SEMPRE EM FRENTE

SÉRIE SIMON SNOW
Sempre em frente (vol. 1)
O filho rebelde (vol. 2)
Venha o que vier (vol. 3)

TAMBÉM DE RAINBOW ROWELL
Eleanor & Park
Fangirl

RAINBOW ROWELL

SEMPRE EM FRENTE

A ASCENSÃO E A QUEDA DE SIMON SNOW

Tradução
LÍGIA AZEVEDO

4ª reimpressão

O selo jovem da Companhia das Letras

Copyright © 2015 by Rainbow Rowell
Publicado mediante acordo com a autora por intermédio de The Lotts Agency, Ltd.

O selo Seguinte pertence à Editora Schwarcz S.A.

Grafia atualizada segundo o Acordo Ortográfico da Língua Portuguesa de 1990, que entrou em vigor no Brasil em 2009.

TÍTULO ORIGINAL Carry On: The Rise and Fall of Simon Snow
CAPA Olga Grlic
ILUSTRAÇÃO DE CAPA Kevin Wada
ILUSTRAÇÕES DE MIOLO Jim Tierney
PREPARAÇÃO Sofia Soter
REVISÃO Renata Lopes Del Nero e Luciana Baraldi

Dados Internacionais de Catalogação na Publicação (CIP)
(Câmara Brasileira do Livro, SP, Brasil)

Rowell, Rainbow
   Sempre em frente : a ascensão e a queda de Simon Snow / Rainbow Rowell ; tradução Lígia Azevedo. — 1ª ed. — São Paulo : Seguinte, 2020.

   Título original: Carry On : The Rise and Fall of Simon Snow.
   ISBN 978-85-5534-116-8

   1. Ficção juvenil I. Título II. Série.

20-44484   CDD-028.5

Índice para catálogo sistemático:
1. Ficção : Literatura juvenil 028.5

Maria Alice Ferreira – Bibliotecária – CRB-8/7964

[2022]
Todos os direitos desta edição reservados à
EDITORA SCHWARCZ S.A.
Rua Bandeira Paulista, 702, cj. 32
04532-002 — São Paulo — SP
Telefone: (11) 3707-3500
www.seguinte.com.br
contato@seguinte.com.br

/editoraseguinte
@editoraseguinte
Editora Seguinte
editoraseguinteoficial

Para Laddie e Rosey.
Que vocês lutem as próprias batalhas
e forjem as próprias asas.

NOTA DA AUTORA

Se você já leu meu livro *Fangirl*, sabe que Simon Snow era um personagem fictício dentro daquela história.

Um personagem fictício *fictício*. Meio que um amálgama de centenas de outros Escolhidos que vieram antes.

Em *Fangirl*, Simon é o herói de uma série de livros de aventura infantojuvenis escritos por Gemma T. Leslie — e tema das fanfics escritas pela protagonista, Cath.

Quando terminei de escrever, senti que podia deixar Cath e seu namorado, Levi, para trás, assim como seu mundo. Senti que sua história havia sido concluída...

Mas não consegui deixar Simon para trás.

Eu tinha escrito bastante sobre ele através dessas outras vozes, mas ficava pensando o que *eu* faria se Simon estivesse em uma história *minha*, e não na de Cath ou na de Gemma.

O que *eu* faria com Simon Snow?

O que eu faria com Baz? E Agatha? E Penny?

Li e amei tantas histórias mágicas sobre Escolhidos. Como escreveria a minha?

Sempre em frente é isso.

É a minha versão de um personagem que eu não conseguia tirar da cabeça. É a minha versão desse tipo de personagem, desse tipo de jornada.

É uma maneira de dar a Simon e Baz, apenas esboçados em *Fangirl*, a história que sentia que devia a eles.

LIVRO UM

1

SIMON

Sigo até a estação de ônibus sozinho.

Sempre rola alguma questão com a minha papelada quando vou embora. No verão inteiro, não podemos nem ir até o mercado sem acompanhante e permissão da rainha — então, no outono, assino minha própria liberação do abrigo e vou embora.

— Ele estuda em uma escola *especial* — uma das mulheres da secretaria explica à outra. Devolvo meus documentos por baixo da divisória de acrílico que me separa delas. — É uma escola para delinquentes horríveis.

A outra mulher nem levanta os olhos.

Todo mês de setembro é assim, ainda que eu nunca volte para o mesmo abrigo.

O Mago foi me buscar pessoalmente da primeira vez, quando eu tinha onze anos. No ano seguinte, ele disse que eu podia ir para Watford sozinho.

—Você matou um dragão, Simon. Deve dar conta de uma longa caminhada e alguns ônibus.

Eu não pretendia matar o dragão. Ele não teria me ferido, acho. (Ainda sonho com isso às vezes. Com o fogo que o consumiu de dentro para fora, como uma queimadura de cigarro devorando uma folha de papel.)

Vou para a rodoviária e como um chocolate aerado com recheio de menta enquanto espero pelo primeiro ônibus. Vou pegar outro depois. E mais um trem.

Quando já estou acomodado no trem, tento dormir com a mala no colo e os pés esticados no assento à minha frente, mas um homem algumas fileiras atrás não para de me encarar. Sinto seu olhar subindo pelo meu pescoço.

Pode ser só um tarado. Ou um policial.

Ou pode ser um caçadente de recompensas que sabe que muita gente pagaria bem para vir atrás de mim... ("*Caçadente* de recompensas?", eu disse para Penelope da primeira vez que encaramos um. "Isso", ela respondeu. "Porque se eles te pegam, ficam só com seus dentes.")

Troco de vagão e nem tento dormir de novo. Quanto mais me aproximo de Watford, mais inquieto fico. Todo ano, penso em pular do trem e percorrer o restante do caminho à base de feitiços, ainda que eu acabasse em coma.

Eu poderia lançar um anda-logo no trem, mas já é um feitiço arriscado nas melhores condições, e meus primeiros feitiços do ano escolar costumam ser especialmente perigosos. Eu deveria treinar durante as férias, lançar feitiços simples e previsíveis quando ninguém está olhando. Como acender as luzes. Ou transformar maçãs em laranjas.

— Fechem botões ou amarrem cadarços — a srta. Possibelf sugeriu. — Esse tipo de coisa.

— Só tenho um botão — eu disse, e corei quando ela olhou para minha calça jeans.

— Então use magia nas tarefas de casa — ela disse. — Para lavar os pratos. Polir a prataria.

Não me dei ao trabalho de dizer à srta. Possibelf que durante as férias faço refeições em pratos descartáveis, com talheres de plástico (só garfos e colheres, nunca facas).

Nem me dei ao trabalho de praticar feitiços no verão.

É chato. E sem sentido. E não é como se *ajudasse*. A prática não me torna um feiticeiro melhor; só é um gatilho...

Ninguém sabe por que minha magia é assim. Por que explode como uma bomba em vez de fluir através de mim como a porra de um rio ou como quer que funcione para os outros.

— Não sei — Penelope disse quando perguntei qual era a sensação da magia dela. — É tipo um poço dentro de mim. Tão extenso que não consigo ver ou imaginar o fundo. Mas, em vez de descer o balde, eu penso direto em içar. Então ali está ela, tanto quanto eu preciso, desde que me mantenha concentrada.

Penelope sempre se mantém concentrada. Além disso, é muito poderosa.

Agatha não é. Não tanto assim, pelo menos. Agatha também não gosta de falar sobre sua magia.

Mas uma vez, no Natal, mantive Agatha acordada até que ela estivesse tão boba de sono que me contou que, para ela, lançar um feitiço se assemelhava a flexionar um músculo e deixá-lo contraído.

— Tipo *croisé devant* — ela disse. — Sabe?

Fiz que não com a cabeça.

Ela estava deitada sobre um tapete de pele de lobo à frente da lareira, toda encolhida, como um gatinho bonito.

— É balé — Agatha disse. — É como se eu segurasse uma postura pelo tempo que conseguisse.

Baz me disse que, para ele, é como acender um fósforo. Ou puxar um gatilho.

Não era sua intenção me contar. Aconteceu quando estávamos lutando contra a quimera na floresta, no quinto ano. Ela tinha nos encurralado e Baz não era poderoso o bastante para enfrentá-la sozinho. (Nem o *Mago* é poderoso o bastante para enfrentar uma quimera sozinho.)

— Anda, Snow! — Baz gritou comigo. — Vai em frente. Libera essa porra. Agora.

— Não dá — tentei explicar. — Não funciona assim.

— Claro que funciona.

— Não é só apertar o botão de ligar — eu disse.

— *Tenta.*

— Não *dá*, porra.

Eu estava balançando minha espada — já era muito talentoso com a espada, mesmo aos quinze —, mas a quimera não era corpórea. (Que é o que acontece quase o tempo todo comigo agora. Basta começar a carregar uma espada e todos os seus inimigos se transformam em névoa ou teia de aranha.)

— Fecha os olhos e imagina um fósforo — Baz me disse.

Tentávamos nos esconder atrás de uma pedra. Ele lançava um feitiço depois do outro; praticamente cantava.

— Quê?

— Era o que minha mãe costumava dizer. Acenda um fósforo dentro do coração e sopre a chama.

É sempre fogo, quando se trata de Baz. Nem consigo acreditar que ele ainda não me incinerou. Ou me queimou na fogueira.

Baz gostava de me ameaçar com um funeral viking, quando estávamos no terceiro ano.

— Sabe o que é, Snow? Uma pira flamejante à deriva no mar. Podemos fazer o seu em Blackpool, assim os pobretões dos seus amigos normais vão poder ir também.

— Cala a boca — eu dizia, tentando ignorá-lo.

Nunca tive nenhum amigo normal, pobretão ou não.

As pessoas do mundo normal se mantêm fora do meu caminho sempre que possível. Penelope diz que elas sentem meu poder e se afastam por instinto. Como cachorros que não fazem contato visual com os donos. (Não que eu seja o dono de alguém, não foi isso que quis dizer.)

De qualquer modo, com feiticeiros é o oposto. Eles amam o cheiro de magia; tenho que me esforçar muito para que me odeiem.

Baz é a exceção. Ele é imune a mim. Talvez tenha desenvolvido uma tolerância à minha magia, tendo dividido o quarto comigo pelos últimos sete anos.

Na noite em que enfrentamos a quimera, Baz gritou tanto comigo que acabei explodindo.

Nós dois acordamos horas depois em uma clareira escura. A pedra atrás da qual nos escondíamos tinha virado pó e a quimera, vapor. Ou talvez só tivesse fugido.

Baz tinha certeza de que eu havia queimado suas sobrancelhas, mas ele me parecia normal, sem nem um fio de cabelo fora do lugar.

Típico.

2

SIMON

Não me permito pensar em Watford durante as férias.

    No meu primeiro ano lá, quando tinha onze, passei o verão inteiro pensando na escola. Pensando em todo mundo que eu tinha conhecido: Penelope, Agatha, o Mago. Nas torres e no terreno. Nos chás. Nos doces. Na *magia*. No fato de que *eu* era mágico.

    Me torturei pensando na Escola de Magia de Watford, passando o dia sonhando com ela, até que começasse a parecer que não era nada além de um devaneio. Só outra fantasia para fazer o tempo passar.

    Como quando eu sonhava em jogar futebol profissionalmente, ou com meus pais, meus pais de verdade, voltando para me buscar...

    Meu pai seria jogador de futebol também. Minha mãe seria chique como uma modelo. Eles explicariam que não tinham podido ficar comigo porque eram novos demais para ter um filho, e isso colocaria a carreira deles em risco. "Mas sempre sentimos sua falta, Simon", diriam. "Estávamos procurando por você." Então me levariam para morar em uma mansão.

    Uma mansão de jogador de futebol... uma escola de magia...

    Ambas pareciam bobagem à luz do dia. (Principalmente quando se acordava em um quarto com outros sete órfãos.)

    Naquelas primeiras férias, eu já tinha desgastado a lembrança de Watford até só sobrar um fiapo quando minha passagem de ônibus e minha papelada chegaram, no outono, com um bilhete do próprio Mago...

    Era real. Era tudo real.

Por isso, no verão seguinte, depois do meu segundo ano em Watford, não me permiti pensar em magia em nenhum momento. Por meses. Me fechei totalmente para ela. Não senti falta, não a desejei.

Decidi deixar que o Mundo dos Magos voltasse para mim como um belo presente surpresa em setembro, se voltasse. (Voltou mesmo. Continua voltando, até agora.)

O Mago costumava dizer que talvez pudesse me deixar passar as férias em Watford um dia — ou passá-las com ele onde quer que vá durante o verão.

Até que decidiu que seria melhor se eu passasse o restante do ano com os normais. Para ter contato com sua linguagem e aprender a me virar.

— Deixe que a privação afie sua lâmina, Simon.

Achei que ele estava falando da minha lâmina de verdade, a Espada dos Magos. Depois me dei conta de que ele estava falando de mim.

A lâmina sou *eu*. A espada do Mago. Não sei se essas férias no abrigo me deixam mais afiado... mas certamente me deixam com mais fome. Fazem com que eu anseie por Watford como... não sei, como se fosse minha própria vida.

Baz e o pessoal dele — as famílias antigas e ricas — têm certeza de que ninguém pode entender tanto de magia quanto eles. Acham que a magia só devia ser confiada a eles.

Mas ninguém *ama* a magia como eu.

Nenhum dos outros feiticeiros — ninguém da minha turma, nem os pais deles — sabe o que é viver sem magia.

Só eu sei.

E sou capaz de fazer qualquer coisa para garantir que a magia esteja sempre aqui, para que eu possa voltar para ela.

Tento não pensar em Watford quando estou longe, mas nessas férias foi quase impossível.

Depois de tudo o que aconteceu no ano passado, não achei que o Mago daria atenção a algo como o fim do ano letivo. Quem interrompe uma guerra para dar férias para as crianças?

Além disso, não sou mais criança. Legalmente, poderia estar por conta própria desde os dezesseis. Poderia ter arranjado um apartamento. Talvez em Londres. (Posso pagar. Tenho uma mala cheia de ouro de leprechaun — uma mala grande, e ouro de leprechaun só desaparece quando se tenta dá-lo a outros feiticeiros.)

Mesmo assim, o Mago me mandou para um abrigo diferente, como sempre faz. Depois de todos esses anos, ainda fica me mandando de lá para cá. Como se eu estivesse seguro em algum lugar. Como se o Oco não pudesse simplesmente me invocar, ou o que quer que tenha feito comigo e com Penelope no fim do último ano letivo.

— Ele consegue te *invocar*? — Penny perguntou assim que escapamos dele. — Do outro lado dessa água toda? Não é possível, Simon. Nunca se viu nada igual.

—Vou avisar isso a ele da próxima vez que for invocado como um esquilo demoníaco de araque! — retruquei.

Penelope tivera o azar de estar segurando meu braço quando fui levado, e acabou sendo arrastada comigo. Se escapamos, devemos isso a seu raciocínio rápido.

— Simon — ela disse aquele dia, quando finalmente estávamos no trem de volta para Watford. — É sério.

— Porra, Penny, sei que é sério. O Oco tem meu número. Nem *eu* tenho meu número, mas ele conseguiu.

— Como podemos saber tão pouco a respeito do Oco? — Penny resmungou. — Ele é tão...

— Insidioso — eu disse. — Imagino que seja daí que vem o nome "Oco Insidioso".

— Para de graça, Simon. Isso é *sério*.

— Eu sei, Penny.

Quando chegamos a Watford, o Mago nos ouviu e se certificou de que não estávamos feridos, mas então nos mandou embora. Simplesmente nos disse para ir para casa.

Não tinha o menor sentido.

Então *é claro* que eu passei as férias inteiras pensando em Watford. Em tudo o que aconteceu, em tudo o que *pode* acontecer e em tudo o que está em jogo... Fiquei remoendo.

Ainda assim, não me permiti fantasiar com as coisas *boas*, sabe? Porque são elas que podem me deixar louco de saudade.

Tenho uma lista mental de todas as coisas de que mais sinto falta e não posso pensar nelas até que esteja a cerca de uma hora de distância de Watford. A partir daí, repasso os itens um a um. É meio como mergulhar aos poucos na água fria. Só que ao contrário, na verdade: mergulhar aos poucos em algo muito bom, para que o choque não seja demais.

Comecei a fazer essa lista de coisas boas aos onze anos e provavelmente deveria cortar alguns itens, mas é mais difícil do que parece.

De qualquer modo, estou a cerca de uma hora de distância da escola, então retomo minha lista mental e encosto a testa na janela do trem.

Coisas de Watford de que mais sinto falta

1) Biscoitos macios de cereja
Eu nunca tinha comido biscoitos macios de cereja antes de Watford. Só de uva-passa ou, com mais frequência, de água e sal. Já eram do tipo industrializado, e depois ainda eram deixados no forno por tempo demais.

Em Watford, há biscoitos de cereja fresquinhos todo dia no café da manhã para quem quiser. À tarde também, na hora do chá. Tomamos chá no refeitório depois da aula, antes dos cursos extracurriculares, de jogar futebol e de fazer lição de casa.

Sempre tomo chá com Penelope e Agatha e sou o único que come os biscoitos.

— Vamos jantar em duas horas, Simon — Agatha ainda me repreende, depois de todos esses anos. Uma vez, Penelope tentou calcular quantos desses biscoitos eu tinha comido desde que entrara em Watford, mas ficou entediada antes de chegar a um número.

Eu simplesmente tenho que comer esses biscoitos quando posso. São fofinhos, leves e têm um toque de sal. Às vezes, sonho com eles.

2) Penelope
Antes esta posição pertencia ao rosbife, mas, alguns anos atrás, decidi me limitar a um único item alimentar, ou a lista seria como aquela música sobre comida do musical *Oliver!*, e meu estômago se contorceria de tanta fome.

Talvez Agatha devesse vir antes de Penelope. Afinal, ela é minha namorada. Mas Penelope entrou na lista primeiro. Ficou minha amiga na minha primeira semana na escola, durante a aula de palavras mágicas.

Eu não soube muito bem o que pensar dela quando nos conhecemos. Era uma menininha gorducha com pele marrom-clara e cabelo vermelho-vivo. Usava óculos gatinho, do tipo que a pessoa usa quando se fantasia de bruxa para uma festa, e tinha um anel roxo gigante pesando sobre a mão direita. Penelope tentou me ajudar com um exercício, e acho que fiquei só olhando para ela.

— Sei que você é Simon Snow — ela disse. — Minha mãe disse que você estaria aqui. Ela falou que você é muito poderoso, provavelmente mais do que eu. Sou Penelope Bunce.

— Não imaginei que alguém como você fosse se chamar Penelope — eu disse. Idiota. (Tudo o que eu disse naquele ano foi idiota.)

Ela franziu o nariz.

— Como "alguém como eu" deveria se chamar?

— Não sei. — E não sabia mesmo. Eu conhecera outras meninas parecidas com ela que se chamavam Saanvi ou Aditi, mas elas não eram nem um pouco ruivas. — Saanvi?

— Alguém como eu pode ter qualquer nome — Penelope disse.

— Ah — eu disse. — Tá, desculpa.

— E podemos fazer o que quisermos com o cabelo. — Ela apontou para o exercício, balançando o rabo de cavalo vermelho. — É falta de educação encarar, mesmo um amigo.

— Somos amigos? — perguntei a ela, mais surpreso que qualquer outra coisa.

— Estou te ajudando com a lição, não estou?

Ela estava. Tinha acabado de me ajudar a encolher uma bola de futebol até ficar do tamanho de uma bolinha de gude.

— Achei que estivesse me ajudando porque sou burro — eu disse.

— Todo mundo é burro — ela respondeu. — Estou te ajudando porque gosto de você.

Depois fiquei sabendo que seu cabelo tinha ficado daquela cor sem querer, enquanto testava uma feitiço novo — mas ela o deixou vermelho o ano todo. No ano seguinte, mudou para azul.

A mãe de Penelope é indiana e o pai é inglês. Na verdade, os dois são ingleses: a parte da família com ascendência indiana mora em Londres há muitos e muitos anos. Depois de um tempo, Penelope me contou que os pais a mandaram ficar longe de mim na escola.

— Minha mãe disse que ninguém sabe de onde você realmente veio. E que pode ser perigoso.

— Por que não deu ouvidos a ela? — perguntei.

— Porque ninguém sabe de onde você veio, Simon! E você pode ser perigoso!

—Você não tem o *menor* instinto de sobrevivência.

— Fora que fiquei com dó. Você segurava a varinha ao contrário.

Sinto saudade de Penny todo verão, ainda que diga a mim mesmo para não sentir. O Mago diz que ninguém pode me escrever ou ligar durante as férias, mas ela encontra outras maneiras de me mandar mensagens. Uma vez, Penny possuiu o velho da loja, aquele que sempre se esquece de colocar a dentadura, e falou comigo através dele. Era legal saber como ela estava e tudo mais, mas foi uma experiência tão perturbadora que pedi a Penny para nunca mais fazer aquilo, a não ser que fosse uma emergência.

3) O campo de futebol
Não consigo mais jogar tanto futebol quanto antes. Não sou bom o bastante para entrar para o time da escola, e sempre acabo me envolvendo em alguma intriga ou catástrofe, ou o Mago me envia para uma missão. (Uma pessoa que pode ser invocada pela porcaria do Oco quando ele bem entende não é um goleiro confiável.)

Mas de vez em quando eu jogo. O campo da escola é perfeito. O gramado é ótimo, fica na única parte plana do terreno. Tem árvores bonitas em volta e dá para sentar à sombra delas para assistir às partidas...

Baz está no time da escola. Claro. O cretino.

Ele é no campo como em qualquer outro lugar. Forte. Gracioso. Implacável.

4) O uniforme
Coloquei esse item na lista quando tinha onze anos. É preciso entender que, quando recebi meu uniforme, foi a primeira vez que tive roupas que serviam direito em mim e a primeira vez que vesti paletó e gravata. Do nada, me senti alto e chique. Até que Baz entrou no quarto, muito mais alto que eu e muito mais chique que todos os outros.

São oito anos de estudo em Watford. No primeiro e no segundo anos, usamos paletó listrado — em dois tons de roxo e dois tons de verde — com calça cinza-escura, suéter verde e gravata vermelha.

É obrigatório usar chapéu-palheta na escola até o sexto ano — o que na verdade é só para ver se seu fica-aí é forte o bastante para mantê-lo no lugar. (Penny sempre teve que lançar o feitiço no meu chapéu. Se eu o fizesse, acabaria tendo que dormir com aquela porcaria na cabeça.)

Há um uniforme novinho esperando por mim todo outono quando entro no quarto. Ele fica estendido na cama, limpo, passado e do tamanho perfeito, não importa o quanto eu tenha mudado ou crescido.

Os alunos do último ano — como eu agora — usam paletó verde com detalhe em branco. Suéteres vermelhos só se quisermos. Capas também são opcionais; nunca usei uma, porque acho meio bobo, mas Penny gosta. Ela diz que se sente a própria Stevie Nicks.

Gosto do uniforme. Gosto de saber o que vou usar todos os dias. Não sei o que vou usar ano que vem, quando estiver formado...

Pensei em me juntar aos Homens do Mago. Eles têm seu próprio uniforme, uma mistura de Robin Hood com o serviço secreto de inteligência britânico. Mas o Mago diz que esse não é o meu destino.

É assim que ele fala comigo.

— Não é o seu destino, Simon. Ele o conduz a outro lugar.

O Mago quer que eu fique à parte de tudo. Treine separado. Tenha aulas especiais. Acho que nem me deixaria estudar em Watford se não fosse o diretor da escola — e se não achasse que é o lugar mais seguro para mim.

Se eu perguntasse ao Mago o que devo vestir depois que me formar, ele provavelmente escolheria uma roupa de super-herói...

Não vou perguntar a ninguém que roupa devo usar depois de sair da escola. Tenho dezoito anos. Posso me vestir sozinho.

Ou Penny pode me ajudar.

5) Meu quarto

Eu deveria dizer "nosso quarto", mas não sinto falta de dividi-lo com Baz.

O quarto e colega de quarto são definidos no primeiro ano em Watford e seguem os mesmos até a formatura. Nunca é preciso fazer as malas ou tirar os pôsteres da parede.

Dividir um quarto com alguém que quer me matar — que quer me matar desde os *onze* anos — é... bom, é uma merda, né?

Talvez o crisol tenha se sentido mal por colocar eu e Baz juntos (não literalmente; não acho que o crisol tenha sentimentos), porque ficamos com o melhor quarto de Watford.

Moramos na Casa da Pantomima, nos limites da propriedade. É um prédio de quatro andares e meio, de pedra, e o nosso quarto fica no último, em uma espécie de torre com vista para o fosso. A torre é pequena demais para abrigar mais de um quarto, mas é maior que os quartos dos outros alunos. Costumava ser o quarto dos funcionários, então temos o nosso próprio banheiro.

Na verdade, é bem tranquilo dividir o banheiro com Baz. Ele fica lá a manhã inteira, mas pelo menos é limpinho; e não gosta que eu mexa nas coisas dele, então as mantêm fora do caminho. Penelope diz que nosso banheiro cheira a cedro e mexerica, e deve ser por causa de Baz — por minha, não é.

Eu contaria como Penny consegue entrar no nosso quarto — meninas não podem entrar em quartos de meninos e vice-versa —, mas eu mesmo não sei. Talvez tenha a ver com o anel dela. Eu a vi usá-lo uma vez para entrar numa caverna, então tudo é possível.

6) *O Mago*
Também coloquei o Mago na lista quando tinha onze anos. E achei que deveria tirá-lo inúmeras vezes.

Como no sexto ano, quando ele praticamente me ignorou. Toda vez que eu tentava falar com o Mago, ele me dizia que estava em meio a algo importante.

O Mago ainda diz isso de vez em quando. Eu entendo. Ele é o diretor. Mais do que isso, na verdade: é chefe do conciliábulo, então teoricamente está encarregado de todo o Mundo dos Magos. Não é como se o Mago fosse meu pai. Ele não é nada meu...

Mas é a coisa mais próxima que tenho de algo assim.

Foi o Mago quem veio até mim no mundo normal e me explicou (ou tentou explicar) quem eu era. Ele ainda toma conta de mim, às vezes sem que eu perceba. E me sinto mais confiante quando o Mago tem tempo para mim, para realmente falar comigo. Luto melhor quando ele está por perto. Penso melhor. É como se, quando está lá, eu quase acreditasse no que o Mago sempre me disse: que sou o feiticeiro mais poderoso que ele já conheceu.

Que todo o meu poder é algo *bom*, ou pelo menos vai ser um dia. Que vou me acertar e resolver mais problemas do que causo.

O Mago é a única pessoa que tem permissão de entrar em contato comigo durante as férias.

Em junho, ele sempre se lembra do meu aniversário.

7) A magia
Não a *minha* magia, necessariamente. Ela está sempre comigo e, na verdade, isso não é muito reconfortante.

Quanto não estou em Watford, sinto falta de estar *perto* de magia em geral. De magia ambiente, casual. De gente lançando feitiços no corredor e durante as aulas. De alguém passar um prato de linguiça de um lado a outro da mesa como se estivesse suspenso por fios.

O Mundo dos Magos não é um mundo de verdade. Não temos cidades. Nem mesmo bairros. Os feiticeiros sempre viveram em meio à mundanidade. É mais seguro assim, de acordo com a mãe de Penelope; isso nos impede de nos afastar demais do resto do mundo.

As fadas fizeram isso, ela explicou. Ficaram cansadas de lidar com as pessoas e se esconderam nas florestas por séculos, até que não conseguiram mais encontrar o caminho de volta.

O único lugar em que feiticeiros dividem o mesmo teto e não são parentes é em Watford. Há clubes, festas e reuniões anuais mágicas, mas Watford é o único lugar onde estamos o tempo todo juntos. É por isso que casais não param de se formar nesses últimos anos. Penny diz que quem não conhece o futuro companheiro em Watford pode ficar sozinho para sempre — ou acabar fazendo um tour de solteiros pela Grã-Bretanha Mágica aos trinta e dois anos.

Não sei por que Penny está preocupada; desde o quarto ano, ela tem um namorado nos Estados Unidos. (Ele veio para Watford como aluno de intercâmbio.) Micah joga beisebol, e seu rosto é tão simétrico que daria para conjurar um demônio com ele. Os dois conversam por vídeo quando Penny está em casa, e quando está na escola ele escreve para ela quase todos os dias.

— Tá — Penny me diz —, mas ele é *americano*. Os americanos não pensam em casamento igual a gente. Micah pode me trocar por uma normal bonita que conhecer em Yale. Minha mãe sempre me diz que esse é o problema da nossa magia: está se esvaindo nos casamentos impensados dos americanos.

Penny cita a mãe tanto quanto eu cito Penny.

As duas estão sendo paranoicas. Micah é um cara legal. Ele vai se casar com Penelope — e aí vai querer levá-la para os Estados Unidos. É com *isso* que deveríamos estar nos preocupando.

Mas, voltando...

Magia. Sinto falta de magia quando não estou na escola.

Quando estou sozinho, a magia é pessoal. Meu fardo, meu segredo.

Mas, em Watford, a magia é só o ar que respiramos. É o que me torna parte de algo maior, não aquilo que me distingue.

8) Ebb e as cabras

Comecei a ajudar Ebb, que cuida das cabras, no segundo ano. Por um tempo, ficar com os animais era meu passatempo preferido (para deleite de Baz). Ebb é a pessoa mais legal de Watford. Ela é mais nova que os professores, e é surpreendentemente poderosa para alguém que decidiu passar a vida cuidando de cabras.

— O que ser poderoso tem a ver com o resto? — Ebb diz. — Ninguém é obrigado a jogar cestete só porque é alto.

— Você quer dizer basquete?

Como mora em Watford, Ebb se afastou um pouco do resto do mundo.

— Dá na mesma. Não sou soldado. Não vou viver lutando só porque levo jeito com as mãos.

O Mago diz que somos todos soldados, cada um de nós, quem tiver um grama de magia que seja. Esse era o perigo antigamente, ele diz: os feiticeiros simplesmente seguiam com a vida, fazendo o que tinham vontade de fazer, tratando a magia como um brinquedo ou um presente, não algo que deviam proteger.

Ebb não usa cachorro para pastorear as cabras. Só os funcionários. Eu a vi conduzir todo o rebanho na direção contrária só com um movimento de mão. Ebb tinha começado a me ensinar a trazer as cabras de volta uma a uma, a fazer todas sentirem ao mesmo tempo que foram longe demais. Até me deixou ajudar no nascimento de um filhote...

Agora não tenho mais tanto tempo para ficar com ela.

Mesmo assim, mantenho Ebb e as cabras na lista de coisas de que tenho saudade. Para pensar nelas pelo menos por um minuto.

9) A Floresta Inconstante
É melhor tirar isso da lista.
Foda-se a Floresta Inconstante.

10) Agatha
Talvez eu deva tirar Agatha da lista também.

Estou chegando perto de Watford agora. Estarei na estação em alguns minutos. Alguém da escola deve ter vindo me buscar...

Eu costumava deixar Agatha para o fim. Ficava o verão inteiro sem pensar nela, então esperava até estar quase chegando em Watford para permitir que voltasse à minha mente. Assim, não precisava passar as férias inteiras tentando me convencer de que ela era boa demais para ser verdade.

Mas agora... não sei, talvez Agatha seja mesmo boa demais para ser verdade, pelo menos para mim.

No fim do último ano letivo, pouco antes que eu e Penny fôssemos pegos pelo Oco, vi Agatha na Floresta Inconstante, com Baz. Acho que tinha desconfiado de que havia algo entre eles, mas nunca acreditei que ela me trairia assim — que cruzaria *essa* linha.

Não tive tempo de falar com Agatha depois que a vi com Baz, porque estava ocupado demais sendo sequestrado e escapando. Não pude falar com ela durante as férias, porque não posso falar com ninguém. Agora... não sei. Não sei o que Agatha é para mim.

Nem sei bem se senti saudade dela.

3

SIMON

Quando chego à estação, não tem ninguém me esperando. Ninguém que eu conheço, pelo menos — só um taxista com cara de saco cheio segurando um pedaço de papelão com SNOW escrito.

— Sou eu — digo.

Ele faz cara de dúvida. Não pareço exatamente um riquinho de colégio interno, principalmente sem uniforme. Meu cabelo é curto demais (eu raspo todo fim de ano letivo), uso tênis barato e não pareço *entediado* o bastante. Não consigo manter os olhos parados.

— Sou eu — repito, um pouco irritado. — Quer que eu mostre minha identidade?

Ele suspira e baixa o papelão.

— Se quer que eu te leve até o meio do nada, garoto, não vou discutir.

Entro no banco de trás do carro e deixo a mala ao meu lado. O taxista dá a partida e liga o rádio. Fecho os olhos. Fico enjoado no banco de trás de um carro mesmo num bom dia, e hoje não é um bom dia. Estou nervoso e só comi um chocolate e um saco de batatinhas sabor queijo e cebola.

Estou quase chegando.

É a última vez que vou fazer isso. Voltar à escola no outono. Ainda vou percorrer o trajeto até Watford, mas não assim, não como se estivesse voltando para casa.

"Candle in the Wind" começa a tocar e o taxista canta junto.

O nome da música me lembra vela-ao-vento, um feitiço perigoso. Os meninos da escola dizem que dá para usar para ter mais, vamos dizer, *vigor*. Mas, se você der ênfase na sílaba errada, vai acabar acendendo um fogo que ninguém consegue apagar. Um fogo real. Nunca tentei, mesmo em caso de necessidade — não sou bom com duplo sentido.

Passamos por um buraco e meu corpo é jogado para a frente. Eu me agarro ao banco.

— Se segura — o taxista solta.

Ponho o cinto, olhando em volta. Já passamos da cidade para o campo. Engulo em seco e ajeito a postura.

O taxista volta a cantar, mais forte agora — *"never knowing who to turn to"* —, como se estivesse realmente envolvido com a música. Penso em falar para *ele* se segurar.

Passamos por outro buraco e minha cabeça quase bate no teto. Estamos em uma estrada de terra. Esse não é o caminho que costumo pegar para Watford.

Olho para o taxista pelo retrovisor. Tem algo errado — sua pele está verde, e seus lábios, vermelhos como carne crua.

Então olho diretamente para seu corpo, logo à minha frente. É só um taxista. Dentes tortos, nariz quebrado. Cantando Elton John.

Volto a olhar para o espelho. Pele verde. Lábios vermelhos. Bonito como uma estrela pop. *Goblin*.

Não espero para descobrir qual o plano dele. Levo a mão à cintura e começo a murmurar o encanto para a Espada dos Magos. É uma arma invisível — mais que isso, na verdade; nem está lá quando digo as palavras mágicas.

O goblin me ouve e nossos olhares se encontram através do espelho. Ele sorri e faz menção de pegar algo na jaqueta.

Se Baz estivesse aqui, tenho certeza de que teria uma lista dos feitiços que poderia usar neste momento. Deve haver um em francês que funcionaria maravilhosamente bem. Mas, assim que a espada aparece na minha mão, cerro os dentes e decapito o goblin com ela — arrancando junto um pedaço do banco do motorista. *Voilà*.

Ele continua dirigindo por um segundo, então, de repente o carro segue descontrolado. Graças à magia não há nenhuma divisória entre o banco de trás e o da frente do táxi, então desafivelo o cinto, pulo por cima do banco (por onde a cabeça do goblin estava antes) e pego o volante. Ele deve estar com o pé no acelerador, porque saímos da estrada, mas continuamos ganhando velocidade.

Tento puxar o carro de volta. Na verdade, não sei dirigir, então viro o volante para a esquerda, e a lateral do táxi pega em uma cerca de madeira. O airbag abre na minha cara e eu voo para trás. O carro continua batendo contra alguma coisa, provavelmente a mesma cerca. Nunca achei que fosse morrer assim...

O táxi para antes que eu consiga pensar em uma maneira de me salvar.

Estou quase no chão, e bati a cabeça na janela e no banco. Quando contar essa história para Penny, não vou mencionar que tirei o cinto de segurança.

Estico o braço acima da cabeça e alcanço a maçaneta. A porta abre e caio para fora do táxi, aterrissando de costas na grama. Parece que passamos por cima da cerca e paramos num campo. O motor continua ligado. Levanto, gemendo, e me inclino pela janela do motorista para desligá-lo.

Um espetáculo se revela lá dentro. Tem sangue no airbag todo. E no cadáver. E em mim.

Abro a jaqueta do goblin, mas não encontro nada além de chiclete e um estilete. Não parece ter sido trabalho do Oco — não há sequer um rastro incômodo dele no ar. Inspiro fundo para garantir.

O suposto taxista devia estar só atrás de vingança. Os goblins estão na minha cola desde que ajudei o conciliábulo a expulsá-los de Essex. (Eles andavam devorando pessoas bêbadas no banheiro de casas noturnas, e o Mago ficou preocupado com a possibilidade de perda de gírias regionais.) Acho que o goblin que conseguir me matar vai acabar virando o rei deles.

Mas esse não vai ganhar a coroa. Minha espada está fincada no banco ao lado dele, então eu a puxo e a faço desaparecer no meu quadril. Aí me lembro da mala e a pego também, limpando o sangue na calça cinza de moletom antes de abri-la e encontrar minha varinha. Não posso deixar essa confusão aqui e acho que não vale a pena guardar nada como prova.

Aponto a varinha para o táxi e sinto a magia à flor da pele.

— Me ajuda aqui — sussurro. — *Saia, mancha maldita!*

Já vi Penelope usar esse feitiço para se livrar de coisas impronunciáveis. No meu caso, tudo o que faz é limpar um pouco do sangue na minha calça. É melhor que nada.

A magia se acumula nos meus braços, tanto que meus dedos tremem.

—Vamos — digo, apontando. — *Some daqui!*

Saem faíscas da varinha e das pontas dos meus dedos.

— *Anda*, caralho... — Sacudo o pulso e aponto de novo. Noto a cabeça do goblin na grama perto do meu pé, de volta ao verde. Goblins são demônios lindos. (A maior parte dos demônios é bem charmosa.) — Imagino que tenha comido o taxista — digo, chutando a cabeça na direção do carro. Sinto o braço queimar.

— *Tudo o que é sólido desmancha no ar!* — grito.

Sinto uma onda quente passar do chão até a ponta dos meus dedos, e o carro desaparece. A cabeça desaparece. A cerca desaparece. A estrada...

Uma hora depois, suando e ainda coberto de sangue seco de goblin e da poeira que saiu junto com o airbag, finalmente vejo a escola à minha frente. (Só um trecho da estrada de terra tinha desaparecido, e aquilo mal chegava a ser uma estrada, na verdade. Eu só tive que voltar para a rodovia e a seguir até aqui.)

Todos os normais pensam que Watford é um colégio interno ultraexclusivo. No fundo, é mesmo. O terreno está coberto de encantamentos. Ebb me contou uma vez que lançamos feitiços novos na escola conforme os desenvolvemos. Então ela tem inúmeras camadas de proteção. Toda essa magia é capaz de queimar as retinas de um normal.

Caminho até o portão alto de ferro, em cima do qual está escrito ESCOLA WATFORD, e seguro as barras para que sintam a magia dentro de mim.

Antes, isso já bastava. O portão se abria para qualquer feiticeiro. Tem até uma inscrição no alto: A MAGIA NOS SEPARA DO MUNDO; NÃO DEIXEMOS QUE NADA NOS SEPARE UNS DOS OUTROS.

— É um belo ideal — o Mago disse quando pediu defesas mais rígidas ao conciliábulo —, mas não devemos seguir os conselhos de segurança de um portão de seiscentos anos. Não espero que as pessoas que vão à minha casa obedeçam ao que quer que esteja escrito em ponto-cruz nas minhas almofadas.

Eu estava nesse conciliábulo, com Penelope e Agatha. (O Mago queria nossa presença para mostrar o que estava em risco. "As crianças! O futuro do nosso mundo!") Não fiquei ouvindo toda a discussão. Minha mente vagou, pensando em onde a casa do Mago ficava e se um dia ele ia me convidar para conhecê-la. Era difícil visualizá-lo em casa, quanto mais com almofadas. Ele tem aposentos em Watford, mas passa várias semanas seguidas fora. Quando eu era mais novo, achava que, quando não estava na escola, o Mago vivia na floresta, comendo nozes e frutinhas e dormindo em tocas de texugo.

A segurança do portão e do perímetro foi ficando mais rígida a cada ano.

Um dos Homens do Mago — Premal, irmão de Penelope — está de guarda do lado de dentro do portão hoje. Deve estar bem puto por isso. O resto da equipe do Mago provavelmente está na sala dele, planejando a próxima ofensiva, enquanto Premal fica aqui, recebendo os calouros. Ele vem até mim.

— Tudo bem, Prem?

— Acho que eu é que deveria te perguntar isso…

Olho para minha camiseta ensanguentada.

— Goblin — digo.

Premal assente, aponta a varinha para mim e murmura um feitiço de limpeza. Ele é tão poderoso quanto Penny. Quase consegue enfeitiçar em silêncio.

Odeio quando as pessoas lançam feitiços de limpeza em mim; faz com que eu me sinta como uma criança.

— Obrigado — digo mesmo assim, e começo a passar por ele.

Premal me impede com um braço.

— Só um minuto — ele diz, erguendo a varinha até a altura da minha testa. — Medidas especiais hoje. O Mago disse que o Oco está andando por aí com o seu rosto.

Faço careta, mas tento não me afastar da varinha.

— Achei que era para ser segredo.

— E é — ele diz. — Um segredo que pessoas como eu precisam saber para poder te proteger.

— Se eu fosse o Oco, já poderia ter te comido.

— Vai ver é isso que o Mago tem em mente. Pelo menos assim teríamos certeza de que é ele. — Premal abaixa a mão. — Liberado. Pode ir.

— Penelope já chegou?

Ele dá de ombros.

— Não sou responsável pela minha irmã.

Por um segundo, acho que diz isso com certa ênfase, com magia, lançando um feitiço, mas então ele se vira e se recosta contra o portão.

Não tem ninguém no gramado. Devo ser um dos primeiros alunos a chegar. Começo a correr, só porque posso, incomodando um bando de andorinhas escondido na grama. Elas voam à minha volta, piando, e eu continuo correndo. Passo do gramado, da ponte levadiça, do muro, do segundo e do terceiro portões.

Watford está aqui desde o século XVI. Foi construída como uma cidade murada, com campos e florestas externos, prédios e pátios internos. À noite, a ponte levadiça sobe, e nada passa pelo fosso e pelos portões.

Não paro de correr até chegar ao alto da Casa da Pantomima, caindo diante da porta do quarto. Pego a Espada dos Magos e a uso para fazer um corte no polegar, então o pressiono contra a pedra. Há um feitiço para isso, para voltar a entrar no quarto depois de tantos meses longe, mas o sangue é mais rápido e certeiro, e Baz não está por perto para sentir o cheiro. Enfio o dedão na boca e empurro a porta, sorrindo.

Meu quarto. Vai ser *nosso* quarto de novo daqui a alguns dias, mas por enquanto é só meu. Vou até a janela e a abro. O cheiro do ar fresco é ainda mais doce agora que entrei. Abro outra janela, ainda chupando o dedão, e vejo as partículas de poeira girarem à brisa e à luz do sol, então voltarem a cair sobre minha cama.

Afundo no colchão velho — com recheio de penas e protegido por feitiços. *Merlim.* Merlim, Morgana e Matusalém, é bom estar de volta. É sempre muito bom estar de volta.

A primeira vez que voltei para Watford, no segundo ano, fui direto para a cama e chorei como um bebê. Ainda estava chorando quando Baz entrou.

— Como assim você já está de mimimi? — ele rosnara. — Estragou meu plano de te levar às lágrimas.

Agora, fecho os olhos e inspiro tanto ar quanto consigo.

Penas. Pó. Lavanda.

Água, do fosso.

Além daquele cheiro levemente acre que Baz diz que é de lobisreios. (É melhor nem começar a falar de lobisreios com Baz; às vezes ele se reclina na janela e cospe no fosso, só para provocá-los.)

Se ele já estivesse aqui, não daria para sentir nada além do cheiro de sabonete chique dele... Inspiro fundo, tentando sentir o cedro.

A porta range e fico de pé na hora, com a mão no quadril, voltando a invocar a Espada dos Magos. É a terceira vez hoje; talvez eu devesse ficar com ela e pronto. É o único feitiço que eu sempre acerto, talvez porque seja diferente de todos os outros. É mais como um voto: *Na justiça. Na coragem. Na defesa dos fracos. Na presença dos poderosos. Através da magia, da sabedoria e do bem.*

Ela não *precisa* aparecer.

A Espada dos Magos é minha, mas não pertence a ninguém. Ela só vem àqueles em que confia.

Seu punho se materializa em minhas mãos, e levanto a espada até o ombro enquanto Penelope acaba de abrir a porta.

Abaixo a espada.

—Você não deveria conseguir fazer isso — digo.

Ela dá de ombros e pula na cama de Baz.

Sinto meu rosto se abrir num sorriso.

—Você não deveria nem conseguir passar pela porta da frente.

Ela dá de ombros de novo e ajeita o travesseiro de Baz debaixo da cabeça.

— Se Baz descobrir que você tocou na cama dele — digo —, vai te matar.

— Ele que tente.

Giro o pulso de leve e a espada desaparece.

—Você está horrível — ela diz.

— Encontrei um goblin no caminho.

— Por que eles não *votam* para ver quem vai ser o próximo rei? — O tom dela é leve, mas sei que está me avaliando. Da última vez que me viu, eu era um emaranhado de feitiços e trapos. Da última vez que vi Penny, tudo estava ruindo...

Tínhamos acabado de escapar de Oco, voltado para Watford e entrado correndo na Capela Branca em meio à cerimônia de fim do ano letivo — a pobre Elspeth tinha acabado de receber um prêmio por não faltar nem um dia nos oito anos de escola. Eu ainda estava sangrando (pelos poros, ninguém sabia por quê). Penny, chorando. A família dela estava ali, porque a família de todo mundo estava ali, e a mãe começou a gritar com o Mago.

— Olha só pra eles! A culpa é *sua*!

O irmão dela, Premal, se meteu entre os dois e começou a gritar também. As pessoas achavam que o Oco devia estar atrás de Penny e de mim, e fugiram da capela com a varinha na mão. Era o caos típico do último dia de aula multiplicado por cem, e a sensação era ainda pior. Parecia o fim.

A mãe de Penelope acabou fazendo um feitiço para tirar toda a família dali, inclusive Premal. (Provavelmente só até o carro, mas foi bem dramático.)

Eu não falo com Penny desde então.

Parte de mim quer agarrá-la e apalpá-la da cabeça aos pés, só para me certificar de que continua inteira — mas Penny odeia escândalo na mesma medida em que a mãe adora.

— Nem me dá oi, Simon — ela me disse uma vez. — Porque depois vamos ter que dar tchau, e não suporto despedidas.

Meu uniforme está arrumado na cama, e eu o guardo no armário, peça por peça. Calça cinza nova. Gravata listrada verde e roxa nova...

Penelope suspira audivelmente atrás de mim. Volto para a cama e deito, de frente para ela, tentando não sorrir de orelha a orelha.

Ela faz beicinho.

— O que pode já estar te incomodando? — pergunto.

— *Trixie* — Penelope solta. É a colega de quarto dela. Penny diz que a trocaria por uma dúzia de vampiros vis e mal-intencionados. Sem precisar pensar duas vezes.

— O que ela fez?

— Voltou pra escola.

— Você pensou que ela talvez não voltasse?

Penny ajeita o travesseiro de Baz.

— Ela sempre consegue voltar mais doida do que no ano anterior. Primeiro transformou o cabelo num dente-de-leão, depois chorou quando o vento soprou tudo.

Dou risada.

— Em defesa de Trixie — digo —, ela é meio pixie. E pixies costumam ser meio doidinhas.

— Ah, ela sabe bem disso. Juro que usa essa história como desculpa. Não vou conseguir sobreviver a outro ano com ela. Talvez transforme a cabeça inteira dela em um dente-de-leão e sopre.

Reprimo uma risada e me esforço para não sorrir demais. Cobras me piquem, como é bom vê-la.

— É seu último ano — digo. — Você vai conseguir.

Os olhos de Penny parecem sérios.

— É *nosso* último ano — ela diz. — Adivinha o que você vai fazer no verão que vem...

— O quê?

— Passar as férias comigo.

Deixo o sorriso correr solto.

— Vamos perseguir o Oco?

— Foda-se o Oco — ela diz.

Ambos rimos, então meu rosto se contorce em uma careta, porque o Oco se parece comigo — é uma versão de mim aos onze anos. (Se Penny não o tivesse visto também, eu pensaria que tinha alucinado.)

Estremeço.

Penny repara.

— Você está magro demais — ela diz.

— É o moletom.

— Vai se trocar. — Ela já trocou de roupa. Está vestindo a saia plissada cinza do uniforme e um suéter vermelho. — Anda, é quase hora do chá.

Sorrio de novo e pulo da cama para pegar uma calça jeans e um suéter roxo do time de lacrosse de Watford. (Agatha joga.)

Penny segura meu braço quando passo pela cama de Baz no caminho para o banheiro.

— É bom te ver — ela sussurra.

Sorrio. De novo. Penny faz minhas bochechas doerem.

— Sem escândalo — sussurro de volta.

4

PENELOPE

Magro demais. Ele está magro demais.

Pior ainda... destroçado.

Simon sempre melhora depois de alguns meses do rosbife de Watford. (E do bolinho salgado, e do chá com leite demais, e das linguiças gordurosas, e dos sanduichinhos...) Ele tem ombros e nariz largos, e quando fica magro demais sobra pele nas bochechas.

Estou acostumada a vê-lo magrelo assim todo outono, mas desta vez está pior.

Seu rosto parece rachado. Os olhos estão vermelhos e a pele em volta parece áspera e irregular. As mãos também estão vermelhas, e quando ele as fecha em punhos os nós dos dedos ficam brancos.

Até o sorriso está horrível. Grande e vermelho demais para o rosto.

Não consigo encará-lo. Eu o pego pela manga quando ele se aproxima e fico aliviada quando segue em frente. Se não fizesse isso, talvez não o soltasse. Talvez o segurasse e prendesse, lançasse um encanto para nos mandar pra tão longe de Watford quanto possível. Poderíamos voltar depois que tudo acabasse. Deixar que o Mago, os Pitch, o Oco e todos os outros travassem as guerras a que parecem se dedicar com tanto afinco.

Simon e eu poderíamos alugar um apartamento em Anchorage, no Alasca. Ou em Casablanca. Ou em Praga.

Eu leria e escreveria. Ele dormiria e comeria, e ambos chegaríamos aos dezenove. Ou até aos vinte.

Eu faria isso. Eu o levaria embora — se não acreditasse que Simon é o único que pode fazer a diferença aqui.

Se eu sequestrasse Simon e o mantivesse a salvo...

Não tenho certeza de que haveria um Mundo dos Magos para o qual voltar.

5

SIMON

Estamos praticamente sozinhos no refeitório.

Penelope senta à mesa, com os pés apoiados na cadeira. (Porque gosta de fingir que não se importa.)

Tem alguns alunos mais novos, do primeiro e do segundo anos, do outro lado do salão, tomando chá com os pais. Percebo que todos, crianças e adultos, estão me olhando. Os alunos vão se acostumar em algumas semanas, mas os pais não vão ter outra oportunidade de dar uma boa olhada.

A maior parte dos feiticeiros sabe quem eu sou. A maioria soube que eu ia estudar aqui antes que eu soubesse; há uma profecia a meu respeito — algumas profecias, na verdade —, a respeito de um feiticeiro superpoderoso que vai aparecer para consertar tudo.

E surgirá aquele que virá para acabar conosco.
E surgirá aquele que representará sua queda.
Que o poder dos poderes venha a reinar,
Para que a todos nós possa salvar.

O Grande Mago. O Escolhido. O Poder dos Poderes.

Ainda é estranho acreditar que esse cara sou eu. Tampouco sou capaz de negar. Quer dizer, ninguém tem poder como eu. Nem sempre consigo controlá-lo ou direcioná-lo, mas eu o possuo.

Acho que quando apareci em Watford as pessoas meio que tinham desencanado das antigas profecias. Ou se perguntavam se o Grande Mago tinha vindo e ido embora sem ninguém notar.

Acho que *ninguém* esperava que o Escolhido viesse do mundo normal. Da mundanidade.

Nunca um mago tinha nascido de normais.

Mas meus pais deviam ser normais, porque feiticeiros não abandonam seus filhos. Não existem orfanatos para magos, Penny diz. A magia é preciosa demais.

O Mago não me disse nada disso quando foi atrás de mim. Eu não sabia que era o primeiro normal mágico, nem o feiticeiro mais poderoso de que já se tinha ouvido falar. Nem que muitos feiticeiros — incluindo os inimigos do Mago — achavam que ele tinha me inventado em uma espécie de manobra política. Um cavalo de Troia no formato de um menino de onze anos de calça larga e cabeça raspada.

Quando cheguei a Watford pela primeira vez, algumas das famílias antigas queriam que eu fizesse o social, conhecesse todo mundo que importava, só para poderem me ver com seus próprios olhos. Me testar. O Mago não quis saber de nada disso. Ele diz que a maior parte dos feiticeiros está tão envolvida nas próprias tramas mesquinhas e disputas de poder que não consegue ter uma visão mais ampla.

—Você não vai ser o peão no jogo de xadrez de ninguém, Simon — o Mago tinha dito.

Fico feliz que ele tenha sido tão protetor. Seria legal conhecer mais feiticeiros e me sentir parte de uma comunidade, mas fiz meus próprios amigos — quando éramos jovens, quando nenhum deles se preocupava muito com meu suposto destino grandioso.

Na verdade, minha condição de celebridade é uma desvantagem na hora de fazer amigos aqui em Watford. Todo mundo sabe que as coisas à minha volta costumam explodir. (Embora nenhuma *pessoa* tenha explodido até agora, o que já é alguma coisa.)

Ignoro os olhares das outras mesas e ajudo Penelope a pegar a comida.

Ainda que estudemos em um colégio interno bastante exclusivo — com catedral, fosso e tudo —, ninguém é mimado em Watford. Temos que limpar nosso próprio quarto e, depois do quarto ano, lavar nossa própria roupa. Podemos usar magia para ajudar, mas não costumo fazer isso. Pritchard, a cozinheira, tem alguns ajudantes, mas nos revezamos para servir a comida. Nos fins de semana, é cada um por si.

Penelope pega um prato de sanduichinhos de queijo e uma montanha de biscoitos macios quentinhos, e eu pego meio tablete de manteiga. (Gosto de comer biscoitos com pedaços de manteiga, assim eles derretem por fora e mantêm uma parte geladinha por dentro.) Penny me observa como se estivesse um pouco enojada, mas também como se tivesse sentido saudade.

— Me conta das suas férias — digo enquanto como.

— Foi bom — ela diz. — Muito bom.

— É?

Migalhas voam da minha boca.

— Fui com meu pai para Chicago. Ele ficou trabalhando na pesquisa no laboratório de lá, e eu e Micah ajudamos. — Ela relaxa um pouco ao mencionar o nome do namorado. — O Micah fala espanhol muito bem, é incrível. Ele me ensinou uma porção de feitiços novos. Acho que se estudar mais a língua vou conseguir lançar esses feitiços como uma nativa.

— E como ele está?

Penelope cora e dá uma mordida no sanduíche, para não ter que responder na hora. Só faz alguns meses que não nos vemos, mas ela parece diferente. Mais crescida, talvez.

As meninas não têm que usar saia em Watford, mas Penelope e Agatha usam. Penny usa saias plissadas até os joelhos, com meias de losangos até os joelhos também, nas cores da escola. Ela usa sapatos pretos com fivelas, como os de *Alice no País das Maravilhas*.

Penny sempre pareceu mais nova do que é — tudo nela é arredondado e menininha, as bochechas gorduchas, as pernas grossas, as covinhas nos joelhos — e o uniforme ainda amplifica.

Mesmo assim... ela mudou esse verão. Está começando a parecer uma mulher em roupas de menina.

— Micah está bem — Penny finalmente diz, prendendo o cabelo escuro atrás das orelhas. — Não passávamos tanto tempo juntos desde que ele estava aqui.

— Então a chama não apagou?

Ela dá risada.

— Não. Na verdade, pareceu... real. Pela primeira vez.

Não sei o que dizer, então tento sorrir para ela.

— Afe — Penny diz. — Fecha essa boca.

Obedeço.

— Mas e você? — Penny pergunta. Sei que estava esperando para me interrogar e não pode se segurar mais. Ela dá uma olhada em volta e se inclina para a frente. — Pode me contar o que aconteceu?

— O que aconteceu quando?

— Nas férias.

Dou de ombros.

— Não aconteceu nada.

Ela recua, suspirando.

— Simon, a viagem para os Estados Unidos não foi culpa minha. Tentei ficar.

— Não — digo. — É só que não tenho nada pra contar mesmo. Você foi embora. Todo mundo foi embora. Eu fui pra um abrigo. Em Liverpool, dessa vez.

— Você quer dizer que o Mago só... te mandou embora? Depois de tudo? — Penelope parece confusa, e eu não a culpo.

Eu tinha acabado de fugir do cativeiro, e a primeira medida que o Mago tomou foi me mandar fazer as malas.

Quando Penny e eu contamos a ele o que tinha acontecido, achei que ele fosse querer perseguir o Oco no mesmo instante. Sabíamos onde o monstro estava e finalmente sabíamos que aparência tinha!

O Oco tem atacado Watford desde que cheguei. Ele envia criaturas das trevas. Se esconde de nós. Deixa um rastro de morte na atmosfera mágica. Finalmente, tínhamos uma pista.

Eu queria encontrá-lo. Queria puni-lo. Queria acabar com aquilo, de uma vez por todas, lutando ao lado do Mago.

Penelope pigarreia. Devo parecer tão perdido quanto me sinto.

— Você falou com Agatha? — ela pergunta.

— Agatha? — Passo manteiga em outro biscoito. Já esfriou, então a manteiga não derrete.

Penny levanta a mão direita e a grande pedra roxa em seu dedo brilha à luz do sol.

— *Quanto mais quente melhor!*

É um desperdício de magia. Ela está sempre desperdiçando magia comigo. A manteiga derrete sobre o biscoito agora quentinho, e eu o passo de uma mão para a outra.

— Você sabe que Agatha não tem permissão para falar comigo durante o verão — respondo.

— Achei que ela ia dar um jeito dessa vez — Penelope diz. — Que abriria uma exceção, para tentar se explicar.

Desisto do biscoito pelando, largando-o no prato.

— Ela não desobedeceria o Mago. Ou os pais.

Ela só fica me olhando. Agatha é sua amiga também, mas Penny é muito mais crítica em relação a ela do que eu. Não é meu trabalho criticar Agatha; meu trabalho é ser seu namorado.

Penny suspira e desvia o rosto, chutando a cadeira.

— Então é isso? Nada? Nenhum progresso? Só mais um verão? O que esperam que a gente faça agora?

Em geral, sou eu quem chuto as coisas, mas já passei o verão chutando as paredes — e quem quer que me olhasse enviesado. Dou de ombros.

— Que a gente volte às aulas, acho.

Penelope não quer ir para o quarto dela.

Ela diz que a namorada de Trixie voltou cedo também, e as duas não têm limites.

— Contei que Trixie furou as orelhas nas férias? Está usando um sininho superbarulhento na parte pontuda.

Às vezes acho que as críticas mordazes de Penny em relação a Trixie estão no limite do especismo. Digo isso a ela.

— Pra você é fácil dizer isso — ela comenta, toda esticada na cama de Baz. — Não mora com uma pixie.

— Moro com um vampiro! — argumento.

— Isso ainda não foi confirmado.

— Está me dizendo que não acha que Baz é um vampiro?

— Sei que ele é um vampiro — ela diz. — Mas ainda não foi confirmado. Nunca o vimos bebendo sangue.

Estou sentado no peitoril, ligeiramente inclinado na direção do fosso, me segurando ao trinco da janela aberta.

— Já o vimos coberto de sangue. Encontramos pilhas de ratos secos com marcas de presas nas catacumbas... Já falei que as bochechas de Baz ficam supercheias quando ele tem um pesadelo? Como se sua boca tivesse dentes a mais?

— Provas circunstanciais — Penny diz. — Ainda não sei por que você fica olhando um vampiro ter pesadelos.

— Porque eu moro com ele! Preciso estar sempre atento!

Ela revira os olhos.

— Baz não vai te machucar aqui no quarto.

Ela está certa. Ele não tem como. Os quartos receberam um feitiço contra traição — o anátema do colega de quarto. Se Baz fizer algo para me machucar fisicamente no nosso quarto, vai ser expulso da escola. O pai de Agatha, o dr. Wellbelove, diz que aconteceu quando ele estava na escola. Um garoto deu um soco no colega de quarto, então foi puxado para fora da janela e aterrissou do outro lado do portão da entrada, que nunca mais se abriu para ele.

Recebemos avisos quando somos mais novos: nos dois primeiros anos, quem tenta machucar o colega de quarto sente as mãos ficando duras e frias. Joguei um livro em Baz uma vez quando estávamos no primeiro ano, e minha mão só voltou ao normal três dias depois.

Baz nunca violou o anátema. Nem mesmo quando éramos mais novos.

— Quem vai saber do que ele é capaz durante o sono? — digo.

—Você — Penny diz. — Porque está sempre de olho nele.

— Moro com uma criatura das trevas, tenho que ser paranoico!

— Eu trocaria minha pixie pelo seu vampiro sem nem pensar. Não tem anátema para impedir alguém de ser irritante até a morte.

Penny e eu voltamos ao refeitório para pegar o jantar — batata-doce assada e linguiça com pãezinhos — e levar para o meu quarto. Não podemos ficar assim juntos quando Baz está. Ele deduraria Penny.

Parece uma festa. Só nós dois, sem nada para fazer. Sem ninguém de quem nos esconder ou contra quem lutar. Penelope diz que vai ser assim um dia, quando morarmos juntos em um apartamento… Mas isso nunca vai acontecer. Ela vai mudar para os Estados Unidos assim que a guerra acabar. Talvez até antes.

E eu vou morar com Agatha.

Agatha e eu vamos resolver seja lá o que esteja acontecendo; nós sempre resolvemos. Faz sentido ficarmos juntos. Provavelmente vamos nos casar logo depois da escola, como aconteceu com os pais dela. Sei que Agatha quer morar no interior… Não posso pagar por algo assim, mas ela tem dinheiro, e vai encontrar um trabalho que a faça feliz. O pai dela vai me ajudar a encontrar um emprego se eu pedir.

É legal pensar nisso: em viver por tempo o bastante para descobrir o que quero fazer da vida.

Assim que Penelope acaba de comer, ela limpa as mãos.

— Então — diz.

Resmungo.

— Ainda não.

— Como assim, "ainda não"?

— Ainda não estou pronto para bolar estratégias. Acabamos de chegar. Nem desfiz as malas.

Ela olha em volta.

— Como assim, Simon? Estou vendo suas calças de moletom bem ali.

— Estou curtindo a paz e a tranquilidade.

Pego o prato dela para comer o que sobrou da linguiça.

— Não tem paz nenhuma — Penny diz. — Só tranquilidade. Isso me deixa nervosa. Precisamos de um plano.

— Tem paz, *sim*. Baz ainda não chegou. E olha só — faço um gesto amplo com o garfo dela na mão —, não tem ninguém atacando a gente.

— Diz o garoto que acabou de matar um goblin. *Simon* — ela diz —, não fizeram um intervalo na guerra só porque ficamos dois meses fora.

Solto outro resmungo.

—Você parece o Mago falando — digo, com a boca cheia.

— Ainda não consigo acreditar que ele te ignorou as férias todas.

— Deve estar ocupado demais com "a guerra".

Penny suspira e cruza as mãos. Está esperando que eu seja razoável.

Vai continuar esperando.

A guerra.

Não há por que falar nela. Vai chegar aqui logo mais. Nem é somente uma guerra, são duas ou três — a guerra civil que está sendo articulada, as hostilidades com as criaturas das trevas que sempre existiram, o que quer que esteja rolando com o Oco —, e elas vão encontrar o caminho até minha porta em algum momento...

— Então — Penny repete. Devo estar com uma aparência péssima, porque em seguida ela diz: —Vamos deixar esse assunto pra depois, a guerra ainda vai estar rolando amanhã.

Limpo o prato de Penny. Ela se ajeita na cama de Baz e eu nem reclamo. Deito de costas na minha cama, enquanto a ouço falar sobre aviões, supermercados americanos e a família enorme de Micah.

Ela pega no sono quando está me contando sobre uma música que ouviu, uma música que acha que vai virar um feitiço um dia, embora eu não consiga pensar em nenhum uso para "Call me, maybe".

— Penelope?

Ela não responde. Eu me inclino e bato com o travesseiro em suas pernas, porque as camas ficam bem perto uma da outra. Baz nem teria que levantar para me matar. Ou vice-versa, imagino.

— *Penny*.

— Quê? — ela diz para o travesseiro de Baz.

—Você tem que voltar pro seu quarto.

— Não quero.

— Mas precisa. Você vai ser suspensa se o Mago te pegar aqui.

— Tudo bem. Vou gostar de ter um tempinho livre.

Levanto da cama e olho para ela. Seu cabelo escuro está espalhado pela fronha, os óculos apertados contra a bochecha. Sua saia subiu, e as coxas nuas parecem carnudas e macias.

Dou um beliscão nela, e a faço pular.

— Anda — digo. — Eu te levo.

Penny endireita os óculos e ajeita a blusa.

— Não. Não quero que você saiba como faço para vir.

— Porque isso não é algo que se deva compartilhar com o melhor amigo?

— Porque é divertido ver você tentando descobrir.

Abro a porta e dou uma olhada na escada. Não vejo nem ouço ninguém.

— Tá bom — eu digo, segurando a porta aberta. — Boa noite.

Penny passa por mim.

— Boa noite, Simon. Até amanhã.

Sorrio. Não posso evitar, é bom estar de volta.

— Até amanhã.

Assim que fico sozinho, visto o pijama. Baz traz o dele de casa, mas gosto do pijama da escola. Não durmo de pijama quando estou nos abrigos, nunca dormi. Faz com que eu me sinta... não sei, vulnerável. Eu me troco e vou para a cama, suspirando.

Essas noites em Watford, antes que Baz chegue, são as únicas em que eu realmente durmo.

Não sei que horas são quando acordo. O quarto está escuro, e um feixe de luar atravessa minha cama.

Acho que vejo uma mulher à janela, e a princípio penso que é Penny. Então a figura se move, e acho que é Baz.

Então decido que estou sonhando e volto a dormir.

6

LUCY

Tem tanta coisa que quero contar a você.
    Mas o tempo é curto.
    E minha voz não tem alcance.

7

SIMON

O sol está nascendo quando ouço a porta do quarto se abrir. Puxo o cobertor até o rosto.

— Vai embora — digo, esperando que Penny puxe papo mesmo assim. Ela é ótima em me fazer esquecer rapidinho o quanto senti sua falta durante as férias.

Alguém pigarreia.

Abro os olhos e vejo o Mago de pé perto da porta, parecendo achar graça — pelo menos aparentemente. Por baixo disso, é mais sombrio.

— Senhor. — Sento na hora. — Desculpe.

— Não precisa se desculpar, Simon. Você não deve ter me ouvido bater.

— Não... Me deixa só... vou só, hum, me trocar.

— Não há necessidade — ele diz, passando o mais longe possível da cama de Baz em seu caminho para a janela. Até o Mago tem medo de vampiro. Embora ele provavelmente não fosse usar a palavra "medo". Diria que é "cauteloso" ou "prudente".

— Sinto muito por não ter estado aqui para recebê-lo ontem — o Mago diz. — Como foi a viagem?

Afasto as cobertas e sento na beirada da cama. Ainda estou de pijama, mas pelo menos não estou mais deitado.

— Boa — digo. — Quer dizer, acho que... não exatamente. O taxista era um goblin.

— Outro goblin? — Ele se vira da janela para mim, com as mãos cruzadas atrás das costas. — Criaturas persistentes, não? Ele estava sozinho?

— Sim, senhor. Tentou me sequestrar.

O Mago balança a cabeça.

— Eles nunca pensam em trabalhar em duplas. Que feitiço você usou?

— Usei a espada, senhor. — Mordo o lábio.

— Certo — ele diz.

— E tudo-que-é-sólido-desmancha-no-ar para limpar.

O Mago levanta a sobrancelha.

— Excelente, Simon. — Ele olha para meu pijama e meus pés descalços, então parece avaliar meu rosto. — E quanto às férias? Algo a relatar? Acontecimentos incomuns?

— Eu teria comunicado, senhor.

(Posso entrar em contato com ele se precisar. Tenho seu número de celular. Ou posso mandar um pássaro.)

O Mago assente.

— Bom.

Ele me olha por mais alguns segundos, então volta a virar para a janela, como se já tivesse observado tudo o que precisava em mim. A luz do sol bate em seus cabelos grossos e castanhos, e por um minuto ele parece ainda mais um herói de capa e espada que o normal.

O Mago está de uniforme: calça justa verde-escura, botas de couro de cano alto, uma túnica verde com bolsinhos, e uma espada embainhada no cinto. Diferentemente da minha, a dele fica totalmente visível.

A mãe de Penny diz que os magos anteriores usavam capa com capuz e que os outros diretores usavam toga e barrete. O Mago, ela diz, criou seu próprio uniforme. Que ela chama de fantasia.

Acho que a sra. Bunce é quem mais odeia o Mago no mundo, sem contar seus inimigos de verdade. As únicas vezes em que ouço o pai de Penny falar é quando a esposa começa a atacar o Mago; ele apenas toca o braço dela e diz:

— Mitali, por favor...

E então ela diz:

— Desculpe, Simon, sei que o Mago é seu pai adotivo...

Mas ele não é, na verdade. O Mago nunca se apresentou assim para mim. Como minha família. Ele sempre me tratou como um aliado, desde que eu era pequeno. Quando me trouxe para Watford pela primeira vez, me levou para sua sala e me contou tudo. Sobre o Oco Insidioso. Sobre a magia perdida. Sobre os buracos na atmosfera, como pontos mortos.

Eu ainda estava tentando aceitar que magia *existia*, e lá estava ele, me contando que algo a estava matando — consumindo, encerrando — e só eu podia impedir.

—Você é jovem demais para ouvir isso, Simon. Onze anos é jovem demais. No entanto, não é justo continuar escondendo isso de você. O Oco Insidioso é a maior ameaça que o Mundo dos Magos já enfrentou. Ele é poderoso, penetrante. Lutar contra ele é como lutar contra o sono quando já se está muito além do limite da exaustão.

"Mas devemos fazer isso. Queremos proteger você. Jurei fazê-lo mesmo à custa de minha própria vida. Mas você deve aprender assim que possível a se proteger sozinho da melhor maneira, Simon.

"Ele é nossa maior ameaça. E você, nossa maior esperança."

Eu estava atordoado demais para responder ou fazer perguntas. Era jovem demais. Só queria ver o Mago fazer aquele truque de novo, fazer o mapa se desenrolar sozinho.

Passei meu primeiro ano em Watford dizendo a mim mesmo que estava sonhando. E o ano seguinte dizendo a mim mesmo que não estava...

Eu já tinha sido atacado por ogros, destruído monumentos de pedra e crescido treze centímetros antes de pensar em perguntar:

Por que eu?

Por que *eu* tinha que lutar contra o Oco?

O Mago respondeu essa pergunta de uma dúzia de maneiras diferentes ao longo dos anos.

Porque eu fui escolhido. Porque a profecia diz. Porque o Oco não me deixa em paz.

Nenhuma dessas respostas é a verdadeira. Penelope me deu a única que me serve...

— Porque você pode fazer isso, Simon. E alguém tem que fazer.

Agora, o Mago observa alguma coisa pela janela. Penso em convidá-lo para sentar. Tento lembrar se já o vi sentado alguma vez.

Faço um movimento e a cama chia. Ele vira para mim, parecendo perturbado.

— Senhor?

— Simon.

— O Oco... você o encontrou? O que perdi?

O Mago esfrega a ponta do queixo entre o polegar e o indicador, então balança a cabeça rapidamente de um lado para o outro.

— Nada. Não estamos mais próximos de encontrá-lo, e outros assuntos exigiram minha atenção imediata.

— O que pode ser mais importante que o Oco? — solto.

— Não mais importante — ele diz. — Apenas mais urgente. São as famílias antigas. Elas estão me testando. — O Mago cerra a mão direita em punho. — Metade do País de Gales parou com o dízimo. Os Pitch estão pagando três membros do conciliábulo para não ir às reuniões, de modo que não tenhamos quórum. E houve escaramuças de um lado a outro da estrada para Londres o verão inteiro.

— Escaramuças?

— Armadilhas, disputas. Testes. Tudo isso é um teste, Simon. Você sabe que as famílias antigas tomariam as rédeas se eu me distraísse por um momento que seja. Voltariam atrás em tudo o que evoluímos.

— Elas acham que podem lutar contra o Oco sem nós?

— Acho que estão tão cegas — ele diz, olhando para mim — que nem se importam. Só querem poder, e imediatamente.

— Bom, não ligo para elas — digo. — Se o Oco ficar com nossa magia, não vamos ter nada para tirarem de nós. É melhor lutar contra ele.

— Vamos fazer isso quando for o momento certo. Quando soubermos como derrotá-lo. Até então, minha prioridade é manter você seguro. Simon... — Ele cruza os braços. — Consultei os outros membros do conciliábulo, aqueles em que posso confiar. Achamos que nossos esforços para protegê-lo podem ter saído pela culatra. Apesar dos feitiços e de toda a vigilância, o Oco parece ter mais facilidade para chegar até você quando está aqui, em Watford. Ele raptou você em junho sem disparar nenhum alerta.

É constrangedor ouvi-lo dizer isso. Parece que esse fracasso é meu, não do Mago ou dos feitiços de proteção. Sou supostamente o único que consegue encarar o Oco, mas quando finalmente tive uma chance, o máximo que consegui fazer foi fugir. Nem acho que teria sido capaz sem Penelope.

O Mago cerra os dentes. Tem um desses queixos retos, com uma covinha profunda, como se tivesse sido esculpido a faca. Morro de inveja.

— Decidimos — ele diz, devagar — que você ficará mais seguro em outro lugar.

Não tenho muita certeza do que ele está dizendo.

— Senhor?

— O conciliábulo encontrou um lugar para você. E um tutor. Não posso entrar em detalhes agora, mas vou levá-lo para lá pessoalmente. Partiremos em breve. Preciso voltar antes que a noite caia.

— Quer que eu vá embora de Watford?

Ele estreita os olhos. Odeia se repetir.

— Sim. Não precisa levar muita coisa. Só suas botas e a capa, quaisquer artefatos que queira guardar...

— Senhor. Não posso deixar Watford. As aulas começam essa semana.

Ele inclina a cabeça.

— Simon. Você não é mais criança. Não tem mais nada que possa aprender em Watford.

Talvez ele esteja certo. Sou um péssimo aluno, não é como se esse ano fosse fazer diferença. Mesmo assim...

— Não posso ir embora. É meu último ano.

O Mago alisa a barba. Seus olhos se estreitam até virarem fendas.

— Não posso — repito. Tento pensar em um motivo, mas a única coisa que me vem à mente é "não". Não posso deixar Watford. Esperei as férias inteiras para chegar aqui. Esperei a vida inteira. Estou sempre em Watford ou desejando estar em Watford, e no ano que vem isso vai mudar, vai ter que mudar, mas *ainda não*. — Não — eu digo. — Não posso.

— Simon — ele diz, com severidade na voz. — Isso não é uma *sugestão*. Sua vida corre risco. E todo o Mundo dos Magos conta com você.

Tenho vontade de dizer: *Baz* não conta comigo. Nenhum feiticeiro da família Pitch acredita que sou seu salvador...

Cerro tanto os dentes que quase consigo sentir sua forma. Balanço a cabeça.

O Mago cruza os braços e faz cara feia para mim, como se eu fosse uma criança que se recusa a ouvir.

— Nunca lhe ocorreu, Simon, que o Oco só ataca você quando está aqui?

— E isso só ocorreu a você agora? — Engulo em seco. — Ao senhor — corrijo, tarde demais.

— Não consigo entender! — o Mago diz, levantando a voz. — Você nunca questionou minhas decisões!

— Você nunca me pediu para deixar Watford!

Seu rosto se endurece.

— Simon, estamos em guerra. Preciso lembrá-lo disso?

— Não, senhor.

— E todos precisamos fazer sacrifícios em tempos de guerra.

— Mas *sempre* estivemos em guerra — digo. — Desde que cheguei aqui. Não podemos parar de viver porque estamos em guerra.

— Não podemos? — Ele finalmente perde a paciência. Abaixa a mão e a coloca no punho da espada. — Olhe para mim, Simon. Me vê levar algo que se assemelha a uma vida normal? Onde está minha esposa? Meus filhos? Minha casa no campo com uma poltrona confortável e um cachorro gordo que traz meus chinelos? Para onde vou nos feriados? Quando tiro férias? Quando faço *qualquer coisa* além de me preparar para a batalha à frente? Não podemos ignorar nossas responsabilidades só porque elas são chatas.

Minha cabeça cai, como se ele a tivesse empurrado.

— Não é isso — murmuro.

— Fale alto.

Levanto a cabeça.

— Não é isso, senhor.

Nossos olhares se encontram.

—Vista-se. E pegue suas coisas.

Sinto todos os músculos do meu corpo se contraírem. Todas as juntas travarem.

— Não.

Não posso. Acabei de chegar. As últimas férias foram as piores que já tive. Só aguentei porque voltaria para Watford quando elas terminassem, mas não aguento mais. Não consigo. Minhas reservas estão vazias, e o Mago nem me disse para onde quer que eu vá. E quanto a Penny? Agatha?

Balanço a cabeça. Ouço o Mago inspirar com força, e quando levanto os olhos tem uma névoa vermelha entre nós.

Ah, merda.

Ele recua um passo.

— Simon — diz. Está com a varinha na mão. — *Fica frio!*

Pego minha própria varinha e começo a proferir feitiços.

— *Aguenta aí! Engole essa! Fica firme! Se segura!*

Mas feitiços exigem magia e recorrer à minha magia agora só faz com que ela venha à superfície; o vermelho entre nós se intensifica. Fecho os olhos e tento desaparecer. Não pensar em nada. Caio na cama, e minha varinha vai ao chão.

Quando volto a pensar, o Mago está inclinado sobre mim, com a mão na minha testa. Sinto cheiro de queimado — acho que são os lençóis.

— Desculpa — sussurro. — Eu não queria...

— Eu sei — ele diz, mas ainda parece assustado. O Mago tira meu cabelo da testa e depois roça os nós dos dedos na minha bochecha.

— Por favor, não me obrigue a ir embora — imploro.

Ele olha em meus olhos, e através deles. Posso ver que está refletindo... e cedendo.

—Vou falar com o conciliábulo — ele diz. — Talvez ainda tenhamos tempo... — O Mago aperta os lábios. Tem um bigode bem fino, do qual tanto Baz quanto Agatha gostam de tirar sarro. — Mas não é só com a *sua* segurança que nos preocupamos, Simon...

Ele continua inclinado sobre mim. Parece que não há nada entre nós para inalar além de fumaça.

—Vou falar com o conciliábulo — ele diz, então aperta meu ombro e se endireita. — Precisa de um enfermeiro?

— Não, senhor.

— Fale comigo se algo mudar. Ou se vir algo estranho. Qualquer sinal do Oco ou outra coisa... fora do comum.

Assinto.

O Mago sai do quarto com a mão apoiada no punho da espada — o que significa que está pensando — e fecha a porta atrás de si.

Eu me viro para me certificar de que a cama não está pegando fogo, então volto a dormir.

8

LUCY

E a neblina é tão densa.

9

SIMON

Penny está sentada à minha escrivaninha quando acordo. Está lendo um livro tão grosso quanto seu braço.

— Já passou do meio-dia — ela diz. — O abrigo te deixou preguiçoso. Vou escrever uma carta para o jornal.

— Você não pode ficar entrando no meu quarto sem bater — digo, levantando e esfregando os olhos. — Ainda que tenha uma chave mágica.

— Não é com uma chave mágica que entro, e eu bati, sim. Você estava ferrado no sono.

Passo por ela no caminho para o banheiro. Penny funga, então fecha o livro.

— Simon, você explodiu?

— Mais ou menos. É uma longa história.

— Atacaram você?

— Não. — Fecho a porta do banheiro e falo mais alto: — Depois te conto.

Penny vai pirar quando souber que o Mago quer que eu vá embora.

Olho para o espelho e tento decidir se tomo banho ou não. Meu cabelo está grudado na cabeça de um lado e espetado do outro — sempre suo quando perco o controle assim. Me sinto todo sujo. Examino o rosto no espelho, esperando precisar fazer a barba, mas não preciso. Nunca preciso. Eu teria um bigode igual ao do Mago se pudesse, e nem ligaria se Baz tirasse sarro.

Tiro a camiseta e esfrego o pingente de cruz de ouro da minha correntinha. Não sou religioso — é um talismã. Tem passado de geração a geração da família de Agatha, como uma proteção contra vampiros. Estava preto e embaciado quando o dr. Wellbelove me deu, mas o esfreguei tanto que ficou dourado. Às vezes ponho na boca. (O que provavelmente não é algo que se deva fazer com uma relíquia medieval.) Não preciso usá-lo durante o verão, mas depois que me acostumei a usar um colar antivampiro, parece idiota tirar.

As outras crianças do abrigo sempre pensam que sou religioso. (E que fumo um maço de cigarros por dia, porque estou sempre cheirando a fumaça.)

Olho no espelho de novo. Penny tem razão. Estou magro demais. Minhas costelas estão saltadas. Dá para ver os músculos da minha barriga, e não porque sou sarado, mas porque faz três meses que não como direito. Fora que tenho pintas no corpo todo, então pareço ter alguma doença mesmo quando não estou desnutrido.

— Vou tomar um banho! — grito.

— Anda logo, ou vamos perder o almoço!

Ouço Penny andando pelo quarto enquanto entro no boxe. Então ela diz do outro lado da porta:

— Agatha voltou.

Ligo o chuveiro.

— Simon, você me ouviu? Agatha voltou!

Eu ouvi.

Qual é a norma para falar com a namorada depois de três meses, sendo que da última vez que você a viu ela segurava as mãos de seu arqui-inimigo? (As duas mãos. E eles estavam cara a cara. Como se fossem começar a cantar.)

As coisas estavam meio estranhas com Agatha mesmo antes que eu a visse com Baz na floresta. Ela andava distante e quieta, e quando me machuquei em março (alguém mexeu na minha varinha), ela só revirou os olhos. Como se fosse culpa minha.

Agatha é a única menina que já namorei. Estamos juntos desde os quinze, então já faz três anos. Mas eu gostava dela muito antes disso. Gosto dela desde a primeira vez que a vi, atravessando o gramado, com o cabelo claro e comprido balançando ao vento. Lembro de pensar que nunca tinha visto nada tão lindo. De pensar que, se eu fosse tão lindo, tão gracioso, nada poderia me atingir de fato. Seria como um leão, ou um unicórnio. Ninguém poderia me atingir de fato, porque nem estaria no *mesmo plano* que as outras pessoas.

Só sentar perto de Agatha já faz a pessoa se sentir meio intocável. Elevada. Como se estivesse perto do sol.

Então imagine a sensação de namorar a garota. É como se você carregasse essa luz consigo o tempo todo.

Tem uma foto de nós dois juntos, tirada no último solstício de inverno. Agatha está com um vestido longo branco, e a mãe entremeou visco em seu cabelo dourado e leitoso. Também estou de branco. Me senti meio ridículo, mas na foto... bom, estou ótimo. Ao lado de Agatha, usando o terno que o pai dela me emprestou... pareço a pessoa que supostamente deveria ser.

O refeitório já está meio cheio hoje. As aulas começam amanhã. As pessoas estão sentadas às mesas ou de pé em rodinhas, colocando o papo em dia.

Tem sanduichinhos de presunto e queijo de almoço. Penelope pega um prato de manteiga para mim, o que me faz sorrir. Eu comeria manteiga de colher se fosse aceitável. (No primeiro ano, comia sempre que era o primeiro a chegar para o café da manhã.)

Procuro Agatha pelo salão, mas não a vejo. Não deve ter vindo almoçar. Não posso acreditar que esteja aqui e não tenha vindo sentar com a gente, apesar do estado das coisas.

Rhys e Gareth, os meninos do quarto abaixo do meu, já estão sentados no outro extremo da nossa mesa.

— E aí, Simon? — Rhys pergunta. Gareth grita com alguém do outro lado do salão.

— E aí? — respondo.

Rhys acena com a cabeça para Penny. Ela nunca tem tempo para a maior parte dos nossos colegas, então eles não se importam muito com ela. Eu ficaria incomodado se todo mundo me ignorasse assim, mas Penny parece gostar de não ter distrações.

Às vezes, quando atravesso o refeitório cumprimentando as pessoas, Penny puxa minha manga para me apressar.

—Você tem amigos demais — ela diz.

— Tenho certeza de que isso não existe. Além do mais, eu não chamaria essas pessoas de "amigos".

— O dia tem determinado número de horas, Simon. Só temos tempo para duas ou três pessoas no máximo.

—Tem mais do que três pessoas só na sua família, Penny.

— Eu sei. Não é fácil.

Uma vez, comecei a fazer uma lista das pessoas com quem eu realmente me importava. Quando cheguei a sete, Penelope disse que eu precisava reduzir aquela lista ou parar de fazer amigos imediatamente.

— Minha mãe diz que nunca se deve ter mais pessoas na sua vida do que você poderia defender de um raxasa faminto.

— Nem sei o que é isso — eu disse a ela —, mas não estou preocupado. Sou bom de briga.

Gosto de ter pessoas na minha vida. Algumas próximas, como Penny, Agatha, o Mago, Ebb, a srta. Possibelf e o dr. Wellbelove. E colegas como Rhys e Gareth. Se eu seguisse as regras de Penny, nunca conseguiria gente o bastante para jogar futebol.

Ela acena meio sem vontade para os meninos, então senta entre mim e eles, virando na minha direção para impedi-los de entrar na conversa.

—Vi Agatha com os pais — ela diz. — Mais cedo, no Claustro.

O Claustro é a maior e a mais antiga casa feminina, um prédio comprido que fica do outro lado do terreno da escola. Tem só uma porta, e todas as janelas são feitas de vários vitrais minúsculos. (As pessoas devem ter ficado muito paranoicas quando começaram a aceitar meninas na escola, no século XVII.)

— Quem? — pergunto.

— *Agatha*.

— Ah.

— Posso ir buscar ela, se você quiser — Penny se oferece.

— Desde quando é minha garota de recados?

— Achei que você não ia querer falar com ela na frente de todo mundo — Penny diz. — Depois do que aconteceu.

Dou de ombros.

— Não tem problema. Agatha e eu estamos bem.

Penny parece surpresa, depois em dúvida. Ela sacode a cabeça, deixando isso para lá.

— Bom — ela diz, rasgando um pedaço de sanduíche —, então a gente pode procurar o Mago depois do almoço.

— Por quê?

— Por quê? Você acha que é fofo se fazer de bobo?

— Sim?

Ela revira os olhos.

— Precisamos ir atrás do Mago para que nos diga o que aconteceu durante as férias. O que ele descobriu sobre o Oco.

— Ele não descobriu nada. Já falei com ele.

Ela para no meio de uma mordida.

— Quando?

— Ele passou no meu quarto hoje de manhã.

— E quando você pretendia me contar?

Dou de ombros e enfio os últimos cinco centímetros de sanduíche na boca.

— Quando você me desse a chance.

Penny revira os olhos de novo. (Ela faz isso bastante.)

— Ele não tinha nada a dizer?

— Sobre o Oco, não. Ele... — Olho para meu prato, então em volta, rapidamente. — Ele disse que as famílias antigas estão criando problemas.

Ela assente.

— Minha mãe diz que estão articulando uma moção de censura contra ele.

— Elas podem fazer isso?

— Estão tentando. E houve duelos durante o verão todo. Um amigo de Premal, Sam, duelou contra um dos primos Grimm depois do casamento, e agora ele vai ser julgado.

— Quem?

— Um dos primos Grimm.

— Pelo quê?

— Feitiços proibidos — ela diz. — Palavras banidas.

— O Mago acha que tenho que partir — digo.

— Como assim? Partir para onde?

— Ele acha que devo ir embora de Watford.

Os olhos de Penny se arregalam.

— Para lutar com o Oco?

— Não. — Balanço a cabeça. — Só... ir embora. Ele acha que eu ficaria mais seguro em outro lugar. E que todo mundo aqui ficaria mais seguro se eu fosse embora.

Os olhos dela se arregalam cada vez mais.

— Mas pra onde você iria, Simon?

— Ele não disse. Algum lugar secreto.

— Tipo um esconderijo? — ela pergunta.

— Acho que sim.

— E quanto à escola?

— Ele não acha que seja importante no momento.

Penny desdenha. Ela acha que o Mago sempre subestimou os estudos. Especialmente os clássicos. Quando ele fechou o programa de linguística, ela escreveu uma carta severa para os membros do conselho.

— O que ele quer que você faça?

—Vá embora. Fique em segurança. Treine.

Ela cruza os braços.

— Numa montanha. Com ninjas. Que nem o Batman.

Dou risada, mas Penny não ri comigo. Ela se inclina para a frente.

—Você não pode ir embora, Simon. Ele não pode te esconder num buraco pelo resto da vida.

— Eu não vou — digo. — Já falei que não ia.

Ela abaixa o queixo.

—Você falou que não ia?

— Eu... bom, não posso simplesmente ir embora, não acha? É o nosso último ano.

— Concordo. Você falou que não ia?

— Eu falei que não queria! Não quero me esconder e ficar esperando o Oco me encontrar. Não parece um bom plano.

— E o que o Mago disse?

— Ele não disse muito. Fiquei chateado e comecei a...

— *Eu sabia!* Seu quarto estava cheirando a acampamento. Minha nossa! Você *explodiu* com o Mago?

— Não. Eu me segurei.

— *Sério?* — Ela parece impressionada. — Parabéns, Simon.

— Mas acho que o assustei.

— Eu teria me assustado também.

— Penny, eu...

— O quê?

—Você acha que ele está certo?

—Acabei de dizer que não acho.

— Não. Sobre... eu ser um perigo para Watford. Um perigo para... — Olho para a mesa dos alunos do primeiro ano. Eles pularam os sanduíches e estão se enchendo de rocambole de geleia. — Para todo mundo.

Penny rasga outro pedaço do sanduíche.

— É claro que não.
— *Penelope.*
Ela suspira.
—Você se segurou, não foi? Hoje de manhã? Quando foi que feriu alguém além de si mesmo?
— Fala sério, Penny, quer que eu faça uma lista? Vou começar com as decapitações. Vou começar com *ontem.*
— Isso não conta, foi numa batalha.
— Acho que conta, sim.
Ela cruza os braços de novo.
— Entra em *outra* conta.
— Nem é só isso — digo. — É que... sou um alvo. O Oco só me ataca quando estou em Watford, e só ataca Watford quando estou aqui.
— Não é culpa sua.
— E daí?
— Bom, você não pode fazer nada quanto a isso.
— Posso, sim — digo. — Posso ir embora.
— *Não.*
— Que argumento convincente...
Passo manteiga no meu terceiro sanduichinho. Minhas mãos estão tremendo.
— Não. Simon. Você não pode simplesmente ir embora. Não pode. Olha, se você é um alvo, então quem corre mais risco sou eu. Passamos a maior parte do tempo juntos.
— *Eu sei.*
— Não, quero dizer... olha pra mim. Eu estou bem.
Olho para ela.
— Estou *bem*, Simon. Baz também, e ele está preso com você.
—Você está ignorando todas as vezes em que quase morreu por minha causa. O Oco me sequestrou faz só alguns meses, e você foi arrastada junto.
— Graças a Morgana.

Ela está olhando nos meus olhos, então tento não desviar o rosto. Às vezes fico feliz que Penny use óculos: seu contato visual é tão ardente que é bom ter um amortecedor.

— Eu disse ao Mago que não ia — repito.

— Ótimo — ela fala. — Continue dizendo.

— *Vovó!* — uma aluna grita, interrompendo nossa conversa, e já começo a sussurrar o encantamento para invocar minha espada. Do outro lado do corredor, a menina do segundo ou terceiro ano corre na direção da figura cintilante à porta.

— Ah... — Penelope diz, admirada.

A figura ganha e perde nitidez, como o holograma da princesa Leia. Quando a menina chega, a figura — que parece ser uma senhora de terninho branco — se ajoelha e a pega. Elas se abraçam sob a arcada. Então a figura desaparece por completo. A menina fica ali, tremendo, então alguns amigos correm para se juntar a ela e ficam pulando no lugar.

— Que legal — Penelope diz. Ela vira para mim e nota minha espada. — Cobras me piquem, Simon, guarda esse negócio.

Mantenho a espada comigo.

— O que foi *aquilo*?

— Você não sabe?

— *Penelope.*

— Ela recebeu uma visita. Sortuda.

— Como assim? — Guardo a espada. — Que tipo de visita?

— Simon, o véu está sendo erguido. Sei que você sabe disso. Estudamos em história mágica.

Faço uma careta e sento de novo, tentando decidir se já estou cheio.

— "E na vigésima volta" — Penny diz —, "quando o ano se esvai e noite e dia sentam em paz à mesma mesa, o véu será erguido. E quem tiver luz a lançar poderá atravessá-lo, desde que não se demore. Cumprimente-os com alegria e confiança, pois sua boca, embora morta, fala a verdade."

Penny está usando sua voz de citação, então sei que é um trecho de um texto antigo qualquer.

— Você não está ajudando — digo.

— O véu está sendo erguido — ela repete. — A cada vinte anos, os mortos podem falar com os vivos se tiverem algo que realmente precisa ser dito.

— Ah... — digo. — Acho que posso ter ouvido falar disso... mas imaginei que fosse mito.

— Seria de imaginar que depois de sete anos você teria parado de dizer coisas desse tipo em voz alta.

— Bom, como eu ia saber? Não tem nenhum livro a respeito, tem? *Todas as coisas mágicas que são verdade e todas as que não passam de besteira, como você sempre imaginou.*

— Você é o *único* feiticeiro que não foi criado com magia. É o único que leria um livro com esse título.

— Papai Noel não existe — digo —, mas a Fada do Dente, sim. Essas coisas não têm lógica.

— Bom, o véu é muito real — Penny diz. — É o que impede as almas de vagar por aí.

— Mas agora está sendo erguido?

Tenho vontade de pegar minha espada de novo.

— O equinócio de outono, quando o dia e a noite têm a mesma duração, está chegando — ela diz. — O véu se afina e então se ergue, como uma neblina. Então as pessoas voltam para nos contar coisas.

— Pra todos nós?

— Bem que eu queria. As pessoas só voltam se têm algo importante a dizer. Algo verdadeiro. É como se voltassem para prestar depoimento.

— Parece bem dramático.

— Minha mãe disse que uma tia voltou há vinte anos para contar sobre um tesouro escondido. Está esperando que ela retorne esse ano para revelar mais coisas.

— Que tipo de tesouro?

— Livros.

— Claro.

Decido terminar o sanduíche. E o ovo cozido de Penny.

— Mas, às vezes, é um escândalo — ela diz. — Pessoas voltam para revelar casos extraconjugais. Assassinatos. A teoria é de que as chances de atravessar são maiores se a mensagem for fazer justiça.

— E como alguém saberia disso?

— É só uma teoria — Penny diz. — Mas se a tia Beryl aparecer para mim, vou perguntar a ela tudo o que puder antes que desapareça.

Eu me viro para olhar pelo corredor.

— O que será que a avó daquela menina veio contar?

Penny ri e empilha os pratos.

— Provavelmente a receita secreta de caramelo dela.

— Então esses visitantes... não são zumbis?

Não custa nada confirmar esse tipo de coisa.

— Não, Simon. Eles são inofensivos. A menos que você tenha medo da verdade.

10

O MAGO

Eu deveria fazê-lo ir. Poderia fazê-lo ir.

Ele não é mais criança, mas ainda obedeceria a uma ordem.

Prometi tomar conta dele.

Como cumprir uma promessa desse tipo? Tomar conta de uma criança quando essa criança é o maior poder que já se viu...

O que *significa* tomar conta de um poder? Usá-lo? Conservá-lo? Impedir que vá parar em mãos erradas?

Eu achei que poderia ajudar mais Simon, especialmente agora. Que poderia ajudá-lo a desenvolver o poder. Ajudar a controlá-lo.

Deve haver um feitiço para ele... palavras mágicas que o fortaleceriam. Um ritual que administraria melhor o poder. Ainda não descobri quais são, mas isso não significa que não está por aí. Que não existe!

Se eu encontrar...

Será o bastante estabilizar o poder, se eu não conseguir estabilizar o garoto?

Isso não está na profecia; nela, nada consta sobre crianças teimosas.

Eu poderia esconder Simon do Oco.

Poderia escondê-lo de tudo o que não está pronto para encarar.

Poderia... *deveria*! Eu deveria ordenar que fosse embora, e ele obedeceria. Ele ainda me daria ouvidos.

Mas e se não fosse o caso?

Simon Snow, eu te perderia por completo?

11

LUCY

Ouça-me.

Ele era o primeiro da família em Watford, o primeiro com poder o bastante para passar pelos testes. Veio sozinho do País de Gales, de trem.

David.

Nós o chamávamos de Davy. (Bem, alguns de nós só o chamávamos de bobo.)

Ele não tinha amigos — acho que nunca teve. Acho que nem *eu* era sua amiga, pelo menos a princípio.

Eu era apenas a única que ouvia.

— Mundo dos Magos — ele dizia. — Que mundo, eu te pergunto, *que mundo*? Isto não é uma escola; escolas educam, escolas *elevam* as pessoas. Está me entendendo?

— *Eu* estou aprendendo aqui — eu disse.

— Está mesmo, não está? — Seus olhos azuis brilhavam. Sempre havia fogo em seus olhos. — Você ganha poder. Você aprende o código secreto. Porque seu pai tinha isso tudo, assim como o seu avô. Você faz parte da turma.

— Você também, Davy.

— Só porque sou poderoso demais para impedirem que eu entre aqui.

— Certo — eu disse. — E foi assim que você entrou para a turma.
— Que sorte a minha.
— Não sei se você está falando sério ou...
— Que sorte a minha — repetiu. — Que azar dos outros. Esse lugar não tem nada de compartilhar conhecimento. Só mantém o conhecimento nas mãos dos ricos.
— Dos mais poderosos, você quer dizer.
— Dá na mesma — ele retrucou. Ele sempre retrucava. Seus olhos estavam sempre brilhando e sua língua estava sempre pronta.
— Então você não queria estar aqui? — perguntei.
— Você sabia que as missas costumavam ser em latim porque a Igreja não achava que a palavra de Deus podia ser confiada à congregação?
— Você está falando de cristianismo? Não sei nada a respeito.
— Por que estamos aqui, Lucy? Quando tantos outros são recusados?
— Porque somos os mais poderosos. É importante que aprendamos a controlar e usar nossa magia.
— É importante mesmo? Não seria *mais importante* educar os menos poderosos? Ajudar essas pessoas a tirar máximo proveito do que têm? Deveríamos ensinar apenas poetas a ler?
— Não estou entendendo o que você quer. Você está *aqui*, Davy. Em Watford.
— Estou aqui. Talvez, se eu conhecer as pessoas certas, se me curvar e rastejar diante de todo Pitch e Grimm, eles vão me ensinar seus feitiços mais complicados. Talvez permitam que eu me sente à sua mesa. Então vou poder passar o resto da vida como eles, me certificando de que ninguém mais tire isso de mim.
— Não é isso que eu vou fazer com a minha magia.
Ele parou de falar por um momento para me olhar.
— O que você vai fazer, Lucy?
— Ver o mundo.

— O Mundo dos Magos?
— Não, *o mundo*.

Tenho tanta coisa para contar.
Mas o tempo é curto. O véu está denso.
E é preciso magia para falar, uma alma cheia de magia.

12

SIMON

Por acaso, estou sozinho quando vejo Agatha.

Estou deitado no gramado, pensando em quando cheguei aqui pela primeira vez e a grama me pareceu tão linda que achei que não fosse permitido pisar nela.

Agatha está de calça jeans e uma blusa branca de tecido fino. Ela vem devagar na minha direção, bloqueando o sol ao subir o morro, de modo que por apenas um segundo um halo se forma em torno de seu cabelo loiro.

Ela sorri, mas sei que está nervosa. Me pergunto se esteve procurando por mim. Eu sento, e ela senta ao meu lado na grama.

— Oi — eu digo.

— Oi, Simon.

— Como foi de férias?

Ela me olha como se não acreditasse que fiz uma pergunta tão boba, mas também como se estivesse meio aliviada pelo papo-furado.

— Tudo bem — ela diz. — Tranquilo.

— Viajou? — pergunto.

— Só para competições.

Agatha é amazona, e participa de competições. Acho que quer saltar pelo Reino Unido um dia. Ou montar? Não sei nada sobre cavalos. Uma vez, ela tentou me fazer subir em um, mas fiquei com medo.

— Você não pode estar com medo desse cavalo — ela disse na época. — Já matou dragões.

— Bom, não estou com medo de matar esse cavalo, estou? Você quer que eu monte nele — eu respondi.

Agora, pergunto a Agatha:

— E deu sorte?

— Um pouco — ela diz. — É mais uma questão de habilidade.

— Ah. — Assinto. — Certo. Desculpa.

Meio que odeio falar com Agatha sobre o lance dos cavalos, e não porque tenho medo deles, mas só porque é mais uma coisa em que sempre dou bola fora. Toda essa porcaria refinada. Regatas, bailes e, sei lá, partidas de polo. Alguns chapéus da mãe dela parecem bolos de casamento.

É demais. Já tenho o bastante com que lidar, tento entender o que significa ser um feiticeiro — nunca vou parecer ter sido criado nesse meio.

Talvez Agatha fique melhor com Baz, no fim das contas...

Se ele não fosse malvado.

Devo estar parecendo irritado, porque Agatha pigarreia, desconfortável.

— Quer que eu vá embora?

— Não — eu digo. — Não. Estou feliz em te ver.

—Você nem olhou para mim — Agatha diz.

Então olho para ela.

E ela é linda.

E eu a quero. Quero que tudo fique bem.

— Olha, Simon, sei que você viu...

Eu a corto.

— Não vi nada.

— Bom, *eu* te vi — ela diz, mais firme. — E Penelope, e...

Eu a corto de novo.

— Não, quero dizer... — Não estou fazendo isso direito. — Eu te *vi*. Na floresta. E vi... ele. Mas tudo bem. Sei que você não seria capaz de... bom, sei que você não seria capaz, Agatha. Não importa, de qualquer maneira. Já faz meses.

Seus olhos estão arregalados e parecem confusos.

Agatha tem lindos olhos castanhos. Quase dourados. Cílios lindos e longos. A pele em torno de seus olhos brilha como se ela fosse uma fada. (Ela não é uma fada. Fadas capazes de enunciar feitiços falados são bem-vindas em Watford, desde que consigam encontrar a escola, mas até hoje nenhuma apareceu.)

— Mas, Simon, temos que... quer dizer, não é melhor a gente *conversar*?

— Prefiro só seguir em frente — digo. — Não tem importância. E é tão... é tão bom te ver, Agatha.

Tento pegar sua mão. Agatha deixa.

— É bom te ver também, Simon.

Sorrio.

Ela quase sorri de volta.

13

AGATHA

É bom vê-lo, é *sempre* bom vê-lo.

É sempre um alívio.

Às vezes penso sobre como vai ser quando ele não voltar.

Um dia Simon não vai voltar.

Todo mundo sabe disso. Acho que até o Mago sabe. (Penelope sabe, mas não acredita.)

É que... é *impossível* que ele sobreviva. Gente demais o quer morto. *Coisas* demais, piores que pessoas. Sombras. Criaturas. O que quer que o Oco Insidioso seja. Todos querem o seu fim, e ele não vai continuar sobrevivendo; já escapou por pouco vezes demais.

Ninguém é tão forte.

Ninguém tem tanta sorte.

Um dia, ele não vai voltar, e vou ser uma das primeiras pessoas a quem vão contar. Já pensei nisso, porque sei que, não importa como eu reaja, não vai ser o bastante.

Simon é o Escolhido. E ele me escolheu. Ainda que eu o ame — crescemos juntos, ele passa todos os Natais na minha casa, eu o amo de verdade —, não é o bastante. O que quer que eu sinta não é o bastante; não vai ser o bastante, quando eu o perder.

E se for como quando nosso cachorro foi atropelado? Eu chorei, mas só porque sabia que esperavam isso de mim, não porque não podia evitar...

Eu costumava pensar que talvez estivesse contendo meus sentimentos por Simon em uma espécie de autodefesa. Tipo, para me proteger da dor de perdê-lo, da dor de talvez perder tudo — porque, quando for o fim dele, que esperança nos restará?

(Que esperança nos resta *agora*? Simon não é a solução para os nossos problemas; ele é só uma ordem de adiamento.)

Mas não é isso. Não é autodefesa.

Só não amo Simon o bastante.

Não o amo do jeito certo.

Talvez eu nem tenha esse tipo de amor em mim. Talvez seja um defeito meu.

Se for o caso, posso muito bem ficar ao lado de Simon, não? Se é onde ele me quer. Se é onde todos esperam que eu fique.

Se é o único lugar onde posso fazer a diferença.

14

SIMON

Passo cerca de uma hora com Agatha, mas não falamos muito. Não conto a ela sobre o Mago.

(E se ela concordar com ele? E se Agatha quiser que eu vá também? Eu ia querer que ela fosse, se corresse perigo em Watford. Bom, ela *corre* perigo aqui. Por minha causa.)

Quando volto para o quarto, Penny já está lá, estirada na cama de Baz, com um livro na mão.

—Você e Agatha conversaram? — ela pergunta.

— Conversamos.

— Ela explicou? O lance do Baz?

— Eu disse que não precisava.

Penny deixa o livro de lado.

—Você não quer saber por que sua namorada estava se pegando com seu inimigo jurado?

— Ele não é meu inimigo *jurado* — digo. — Não fiz juramento nenhum.

—Tenho certeza de que Baz fez.

— Bom, mas eles não estavam se pegando.

Penny balança a cabeça.

— Se eu pegasse Micah de mãos dadas com Baz, ia querer uma explicação.

— Eu também.

— *Simon*.

— Penny. É claro que você ia querer uma explicação. Você é assim. Gosta de exigir explicações e de depois dizer por que as explicações não servem de nada.

— É nada.

— É, sim. Mas eu... olha, eu não ligo. Ficou pra trás. Agatha e eu estamos bem.

— Me pergunto se Baz também acha que ficou pra trás.

— Foda-se o Baz, ele é capaz de fazer qualquer coisa pra me atingir.

E vai começar a tentar assim que aparecer. O que deve ser a qualquer momento...

Quase todo mundo já chegou. Ninguém quer perder o piquenique de boas-vindas no gramado hoje à noite. É sempre imperdível. Brincadeiras. Fogos de artifício. Espetáculos mágicos.

Talvez Baz perca o piquenique; isso nunca aconteceu antes, mas seria legal.

Penny e eu encontramos Agatha no gramado.

Não vejo Baz, mas tem tanta gente que, se ele quisesse, me evitaria com facilidade. (Embora Baz normalmente faça *questão* de que eu o veja.)

Os mais novos já estão jogando e comendo bolo, alguns usando o uniforme de Watford pela primeira vez. Com o chapéu grande demais, a gravata torta. Há corridas e cantoria. Engasgo de leve durante o hino da escola; tem uma frase sobre "os anos dourados em Watford/ os anos brilhantes e mágicos", que me faz pensar que é isso. Todos os dias este ano vou sentir que nunca mais vai haver um igual.

O último piquenique de volta às aulas.

O último primeiro dia de volta.

Faço a maior sujeira, mas Penny e Agatha não se importam, e os sanduíches de ovo com agrião estão uma delícia. O frango assado também. E a torta de porco. E os bolinhos de especiarias com cobertura azeda de limão. E as jarras de leite gelado e refresco de framboesa.

Fico esperando que Baz apareça e estrague tudo. Fico olhando por cima do ombro. (Talvez isso seja parte do plano dele: estragar minha noite me fazendo pensar em como ele vai conseguir estragá-la.) Acho que Agatha também está preocupada com a possibilidade de ele aparecer.

Uma coisa que não me preocupa é um ataque do Oco. Ele enviou macacos voadores para atacar o piquenique quando eu entrei no quarto ano, mas nunca tenta a mesma coisa duas vezes. (Apesar de que poderia enviar *outra* coisa em vez de macacos voadores...)

Depois que o sol se põe, os mais novos voltam para os quartos, e os alunos do sétimo e do oitavo ano permanecem no gramado. Escolhemos um lugar, e Penny transforma o paletó em um cobertor verde para que possamos deitar. Agatha diz que é um desperdício de magia, quando há cobertores perfeitamente bons lá dentro.

— Seu paletó vai ficar cheio de grama — ela diz.

— Ele já é verde — Penelope retruca.

É uma noite quente e Penelope e Agatha são boas em astronomia. Ficamos deitados de costas e elas apontam para as estrelas.

— Eu devia ir buscar minha bola de cristal para prever o futuro de vocês — Penelope diz, e Agatha e eu resmungamos.

— Vou te poupar o trabalho — digo. — Você vai me ver coberto de sangue, mas não vai saber dizer de quem é. E vai ver Agatha toda linda, banhada de luz.

Penelope faz cara feia, mas não por muito tempo. O tempo está bom demais para isso. Encontro a mão de Agatha sobre o cobertor, e quando a aperto ela aperta de volta.

Este dia, esta noite... tudo parece certo. Magicamente certo. Como um presságio. (Eu não acreditava em presságios antes, não sou supersticioso. Mas aprendemos tudo sobre eles na aula de ciência mágica e Penny disse que não acreditar em presságios seria como não acreditar em torrada com manteiga.)

Depois de cerca de uma hora, alguém atravessou o véu e veio parar bem no meio do gramado. É uma irmã morta, que voltou para dizer ao irmão que a culpa não foi dele...

Guardo a espada sozinho dessa vez, sem que Penny precise me mandar fazê-lo.

—É incrível — ela diz. — Duas visitas em um dia, e o véu está só começando a ser erguido...

Quando o fantasma vai embora, todo mundo se abraça. (Acho que os alunos do sétimo ano andaram tomando vinho de dente-de-leão e rum com sabor de frutas. Mas não somos monitores, então não temos nada a ver com isso.) Alguém começa a cantar o hino da escola, e todos acompanhamos. Agatha canta, apesar de ter vergonha da própria voz.

Estou feliz.

Estou *muito* feliz.

Estou em casa.

Acordo poucas horas depois e concluo que Baz deve ter chegado.

Não consigo vê-lo — não consigo ver nada —, mas tem alguém no quarto comigo.

— Penny?

Talvez seja o Mago de novo. Ou o Oco! Ou aquela coisa que sonhei ter visto na janela ontem à noite, de que acabei de me lembrar...

Nunca fui atacado neste quarto — seria a primeira vez.

Sento e acendo a luz sem nem tentar. Isso acontece de vez em quando com feitiços menores, se estou estressado. Não deveria. Penny acha que pode ser um tipo de telepatia, como se eu pulasse as palavras e fosse direto ao ponto.

Não vejo nada, embora talvez esteja ouvindo um farfalhar e uma espécie de gemido. As duas janelas estão abertas. Levanto e olho lá fora, então as fecho. Verifico embaixo das camas. Arrisco um salvo-todos, depois um vem-aqui-já, que faz com que todas as minhas roupas saiam voando do guarda-roupa. Amanhã eu guardo.

Volto para a cama, tremendo. Está frio. Ainda tenho a sensação de que não estou sozinho.

15

SIMON

Baz não está no quarto quando acordo.

Procuro por ele no café da manhã, e nada.

O nome dele está na lista de chamada da primeira aula — grego com o Minotauro. (O nome do professor na verdade é Minos, mas o chamamos de Minotauro porque ele é meio homem, meio touro.)

O professor chama o nome de Baz quatro vezes.

— Tyrannus Pitch? Tyrannus Basilton Grimm-Pitch?

Agatha e eu olhamos em volta, então um para o outro.

Baz também deveria estar na aula de ciência política. Penny me obriga a fazer essa matéria, porque acha que posso virar um líder um dia, depois de derrotar o Oco.

Eu ficaria feliz em passar meus dias ajudando Ebb a cuidar das cabras se sobreviver ao Oco, mas até que ciência política é interessante, então continuo fazendo.

Baz sempre faz também. Provavelmente porque espera reivindicar o trono um dia...

A família dele costumava mandar em tudo antes de o Mago chegar ao poder.

Feiticeiros não têm reis e rainhas, mas os Pitch são a coisa mais próxima que temos de uma família real. Eles provavelmente teriam se coroado em algum momento se esperassem que alguém fosse desafiar sua autoridade.

A mãe de Baz antecedeu o Mago como diretora de Watford, o

que fazia dela a pessoa mais importante em nosso mundo. (Tem um corredor perto da sala do Mago com quadros dos diretores anteriores que mais parece a árvore genealógica da família Pitch.) Foi a morte dela que mudou tudo, colocando o Mago no poder.

Quando o Oco matou a diretora Pitch mandando vampiros para Watford, todo mundo viu que o Mundo dos Magos precisava mudar. Não podíamos continuar como estávamos, deixando o Oco e as criaturas das trevas nos matarem um a um.

Tínhamos que nos organizar.

Tínhamos que pensar em nos defender.

O Mago foi eleito Mago — líder do conciliábulo — em uma reunião de emergência, e assumiu como diretor interino de Watford. (Tecnicamente, ele ainda é interino.) Ele começou a fazer reformas imediatamente.

Se está funcionando ou não, depende de para quem se pergunta...

O Oco continua à solta.

Mas ninguém morreu na escola desde que o Mago assumiu. Ainda estou vivo, então tendo a dizer que ele está fazendo um bom trabalho.

Alguns anos atrás, tivemos que fazer um trabalho para a aula de ciência política sobre a ascendência do Mago. Baz quase deu início a uma revolta. (Me pareceu bem ousado exigir a renúncia do diretor em um trabalho da escola.)

Baz sempre fez um jogo meio esquisito, expressando publicamente certa visão política de sua família — que é basicamente "Abaixo o Mago! De maneira pacífica e legal!" —, como se não tivesse nada a esconder, enquanto os Pitch na verdade conduzem uma guerra secreta, perigosa e muito real contra nós.

Se alguém pergunta aos Pitch por que odeiam o Mago, eles começam a falar sobre "os velhos tempos", "nossa herança mágica" e "liberdade intelectual".

Mas todo mundo sabe que eles só querem voltar ao poder. Querem que Watford volte a ser como era: um lugar exclusivo para os mais ricos e poderosos.

O Mago *eliminou* a mensalidade da escola quando assumiu e extinguiu as apresentações orais e os testes de poder para admissão. Literalmente qualquer um capaz de enunciar feitiços pode estudar em Watford agora, independente de sua força ou habilidade, mesmo que seja meio troll por parte de mãe ou mais sereia que mago. Outra residência estudantil teve que ser construída, a Casa da Fraternidade, para acomodar todo mundo.

— Não se pode ser muito exigente com bucha de canhão — é o que Baz tem a dizer sobre as reformas.

Ele odeia ser tratado como qualquer outro aluno, em vez de como herdeiro. Se sua mãe ainda fosse diretora, ele provavelmente teria o próprio quarto e o que mais quisesse...

Eu não deveria pensar assim. Ele perdeu a mãe, e isso é horrível. Não é porque nunca tive pais que não compreendo quão doloroso deve ser perdê-los.

Baz não aparece na aula de ciência política, então fico de olho em seu melhor amigo, Niall. Ele não esboça nenhuma reação quando chega a vez de Baz na chamada, só olha para mim, como se tentasse dizer que sabe que estou de olho, mas está pouco se fodendo.

Encurralo Niall depois da aula.

— Onde ele está?

— Seu pinto? Não vi. Já perguntou a Ebb?

(Sério, não sei por que pastores de cabras têm fama de pervertidos. Vaqueiros continuam com a reputação ilesa.)

— Cadê o Baz? — pergunto.

Niall tenta passar por mim, mas é impossível, porque quero. Não porque sou grande, só impertinente. Quando olham para mim, as pessoas tendem a ver tudo o que já matei.

Niall para e ajeita a alça da bolsa da escola no ombro. É fracote e branquelo, com olhos castanhos que ele deixa azul-lama com feitiço. Um desperdício de magia.

— E o que você tem com isso, Snow? — Niall escarnece.

— Ele é meu colega de quarto.
— Achava que você ia curtir a solidão.
— Eu curto.
— Então...
Saio da frente de Niall.
— Se ele estiver planejando alguma coisa, vou descobrir — digo. — Sempre descubro.
— Então tá.
— Estou falando sério — grito para as costas dele.
— *Então tá.*

No jantar, estou tão inquieto que destruo o bolinho salgado enquanto o como. (Bolinho salgado. Rosbife. Molho. É o que tem para o jantar todo primeiro dia de aula do ano. Nunca vou esquecer meu primeiro jantar em Watford. Meus olhos quase saltaram das órbitas quando a cozinheira trouxe as bandejas de rosbife. Naquele momento, eu nem me importava se magia era mesmo de verdade, porque o rosbife e o bolinho salgado eram bons pra caralho.)
— Talvez ele só não tenha voltado de férias, sei lá — Penny diz.
— Por que ele ainda não teria voltado de férias?
— A família dele viaja — Agatha diz.
É mesmo?, quero dizer. *É sobre isso que vocês conversam quando estão sozinhos na floresta? Sobre seu amor mútuo por viagens?* Rasgo um pedaço de pão e derrubo o leite. Penny se assusta.
— Ele não perderia aula — digo, levantando o copo. Penny faz um feitiço para limpar a sujeira. — Leva a escola a sério demais.
Ninguém discorda de mim. Baz sempre foi o primeiro da classe. Penny costumava dar trabalho para ele, mas ser minha escudeira acabou prejudicando suas notas. "Não sou sua escudeira", ela sempre diz. "Sou sua companheira de aventuras."
— Talvez a família dele tenha decidido parar de fingir que não

tem nada acontecendo — Penny sugere agora. — E o oitavo ano é opcional. Antigamente, muitos alunos saíam depois do sétimo. Vai ver os Pitch decidiram levar a coisa a sério.

— E ir para o campo de batalha — digo.

— Exatamente.

— Para enfrentar o Mago e eu? Ou o Oco?

— Não sei — Penny diz. — Sempre pensei que os Pitch iam só ficar sentados vendo os dois lados se destruírem.

— Valeu.

— Você sabe o que quero dizer, Simon. As famílias antigas não querem que o Oco vença. Mas acham bom que ele canse o Mago. Vão esperar para atacar quando acharem que ele não tem mais forças.

— Quando acharem que *eu* não tenho mais forças.

— Dá na mesma.

Agatha fica olhando para a mesa em que Baz costuma se sentar. Niall e Dev, outro amigo dele — um primo ou coisa do tipo —, estão sentados lado a lado, cochichando.

— Não acho que Baz tenha largado a escola — ela diz.

Sentada à nossa frente, Penny se inclina, entrando no campo de visão de Agatha.

— Você sabe de algo? O que Baz te disse?

Agatha desce os olhos para o próprio prato.

— Ele não me disse nada.

— Baz deve ter dito alguma coisa — Penny diz. — Você foi a última a falar com ele.

Cerro os dentes.

— *Penelope* — digo, sem soltar a mandíbula.

— Não estou nem aí se vocês dois concordaram em seguir em frente. — Ela faz um gesto abarcando Agatha e eu. — Isso é importante. Agatha, você o conhece melhor do que nós. O que ele te disse?

— Ela não o conhece melhor do que eu — digo. — Eu *moro* com Baz.

— Tá bom. O que ele te disse, então, Simon?

— Nada que me fizesse pensar que ia largar a escola e desperdiçar a oportunidade de passar um ano inteiro me fazendo infeliz!

— Ele nem precisa estar aqui para fazer isso — Agatha murmura. Isso me irrita, ainda que eu estivesse pensando a mesma coisa ontem.

— Acabei — digo. — Vou pro quarto. Curtir a solidão.

Penny suspira.

— Relaxa, Simon. Não é culpa nossa se você está confuso. Não fizemos nada. — Ela olha para Agatha e inclina a cabeça. — Bom, *eu* não fiz...

Agatha se levanta também.

— Tenho lição de casa pra fazer.

Vamos juntos até a porta, então ela vira na direção do Claustro.

— Agatha! — eu chamo.

Só quando ela já está longe demais para me ouvir.

Tenho o quarto só para mim e nem consigo aproveitar, porque a cama vazia de Baz me parece sinistra.

Invoco a Espada dos Magos e pratico com ela no lado de Baz do quarto. Ele odeia quando faço isso.

16

SIMON

Baz não aparece no café da manhã no dia seguinte. Nem no outro.

Nem na aula.

O time de futebol começa a treinar, e alguém assume o lugar dele.

Depois de uma semana, os professores pulam o nome dele na hora da chamada.

Sigo Niall e Dev por alguns dias, mas não parece que estão escondendo Baz em um celeiro nem nada...

Sei que devia estar feliz com a ausência de Baz — eu sempre disse que queria me livrar dele —, mas parece tão... *errado*. As pessoas não desaparecem assim.

Baz não desapareceria assim.

Ele é... indelével. Uma mancha de graxa humana. (Parcialmente humana.)

Depois de três semanas de aula, ainda me pego passando pelo campo de futebol, na esperança de vê-lo treinando e, quando não vejo, faço a volta para os morros atrás da escola.

Ouço Ebb gritando comigo antes de vê-la.

— Ô, Simon. Oi!

Ela está sentada na grama, mais acima, com uma cabra deitada no colo.

Ebb passa a maior parte do tempo nos morros quando o clima está bom. Às vezes ela deixa as cabras pastarem no terreno da escola — diz que elas dão fim às ervas daninhas e às plantas carnívoras. Em

Watford, as plantas carnívoras são de fato um perigo, porque são mágicas. As cabras não são. Perguntei a Ebb uma vez se quando as cabras as comem a magia as prejudica de alguma forma.

— São cabras, Simon — Ebb respondeu. — Podem comer qualquer coisa.

Agora, quando me aproximo, vejo que os olhos de Ebb estão vermelhos. Ela os enxuga com a manga do suéter. É uma blusa velha da escola, com manchas marrons no pescoço e nos punhos, cujo vermelho desbotou para um rosa.

Se fosse qualquer outra pessoa, eu ficaria preocupado, mas Ebb é meio chorona. Ela seria como o Bisonho, se ele vivesse cercado por cabras, em vez de deixar que o ursinho Pooh e o Leitão o animassem.

Esse choro todo irrita Penelope, mas não me incomoda. Ebb nunca diz a ninguém para se animar ou ver o lado bom das coisas. O que é muito reconfortante.

Sento ao seu lado na grama e faço carinho nas costas da cabra.

— O que você tá fazendo aqui? — Ebb pergunta. — Não tem treino de futebol?

— Não estou no time.

Ela coça atrás das orelhas da cabra.

— E isso já te impediu por acaso?

— Eu…

Ebb funga.

— Está tudo bem? — pergunto.

— Ah. Tá. — Ela balança a cabeça, e o cabelo se solta das orelhas. É loiro, meio sujo e está sempre cortado reto acima do queixo e na franja. — É essa época do ano.

— O outono?

— A volta às aulas. Me lembra de quando eu estava na escola. Não dá pra voltar, Simon, nunca dá pra voltar…

Ela limpa o nariz na manga de novo, então limpa a manga no pelo da cabra.

Não comento que Ebb nunca chegou a deixar Watford. Não quero tirar sarro dela, até porque para mim parece um ótimo negócio. Passar a vida toda aqui.

— Nem todo mundo voltou — digo.

Sua expressão muda.

— A gente perdeu alguém?

O irmão de Ebb morreu quando eles eram novos. Esse é um dos motivos pelos quais ela é tão melancólica: nunca superou a perda. Não quero preocupá-la...

— Não — digo. — Quer dizer... Baz. Basil não voltou.

— Ah — ela diz. — O jovem sr. Pitch. Certeza que vai voltar. A mãe valorizava muito a educação.

— Foi isso que eu disse!

— Bom, e quem conhece ele melhor que você? — ela diz.

— Eu disse isso também!

Ebb assente e faz carinho na cabra.

— E pensar que vocês viviam brigando...

— A gente ainda vive brigando.

Ebb me olha, parecendo duvidar. Ela tem olhos estreitos e azuis, bem brilhantes, que parecem ainda mais porque seu rosto está sempre sujo.

— Ebb — eu insisto —, ele tentou me matar.

— Mas não conseguiu. — Ela dá de ombros. — E já faz tempo.

— Ele tentou me matar três vezes! Que eu saiba! Não importa se funcionou ou não.

— Importa um pouco — ela diz. — Fora que quantos anos vocês tinham da primeira vez? Onze? Doze? Não conta.

— Pra mim, conta — digo.

— Conta?

Bufo.

— Conta. Conta, sim, Ebb. Ele já me odiava antes de me conhecer.

— Exatamente — ela diz.

— Exatamente! — eu digo.

— Só estou falando que faz bastante tempo que não tenho que separar vocês dois.

— Bom, não tem sentido ficar brigando o tempo todo — digo. — Não leva a lugar nenhum. E machuca. Acho que estamos nos poupando.

— Pra quê? — ela pergunta.

— Pro fim.

— O fim das aulas?

— O fim do fim — digo. — A grande batalha.

— Então você estava se preparando e ele nem apareceu?

— Exatamente!

— Bom, eu não perderia as esperanças — Ebb diz. — Acho que ele vai voltar. A mãe sempre valorizou uma boa educação. Tenho saudade dela nessa época do ano...

Ebb enxuga os olhos na manga. Sorrio. Às vezes é melhor só curtir o silêncio com ela. E as cabras.

Três semanas se passam. Quatro, cinco, seis.

Paro de procurar por Baz nos lugares onde ele deveria estar.

Sempre que ouço alguém subindo as escadas para o nosso quarto, sei que é Penny. Até a deixo passar a noite na cama dele de vez em quando, porque não parece haver risco iminente de Baz aparecer e botar fogo nela por causa disso. (O anátema do colega de quarto não impede os alunos de ferir qualquer outra pessoa no quarto.)

Abordo Niall mais algumas vezes, mas ele não dá o menor sinal de que sabe onde Baz está. Na verdade, até parece esperar obter algumas respostas *comigo*.

Sinto que deveria falar com o Mago a respeito de Baz, mas não *quero* falar com o Mago. Tenho medo de que ele ainda esteja planejando me mandar embora.

Penny acha que não tem sentido evitá-lo.

— Não é como se você pudesse sair do radar dele.

Talvez eu já tenha saído... Isso também me incomoda.

O Mago sempre passou bastante tempo fora, mas este ano mal ficou em Watford. Quando aparece, está sempre cercado por seus homens.

Normalmente, ele estaria de olho em mim. Me chamando na sua sala. Me passando tarefas, pedindo ajuda. Às vezes eu acho que o Mago precisa mesmo da minha ajuda — ninguém confia tanto em mim quanto ele —, mas às vezes acho que está só me testando. Para ver do que sou capaz. Para garantir que estou pronto.

Estou sentado na sala de aula um dia quando o vejo indo sozinho na direção da Torre em Prantos. Assim que a aula termina, vou para lá.

É uma construção alta, de tijolos aparentes — uma das mais antigas de Watford, quase tão antiga quanto a Capela. Tem esse nome por causa da trepadeira que desce por ela todo verão, como lágrimas escorrendo, e porque a construção vem cedendo e se inclinando ao longo dos anos, quase como se estivesse se curvando para chorar. Ebb diz que não há risco de queda, porque ela é sustentada por feitiços fortes.

O refeitório fica na torre, ocupando todo o térreo, e acima há salas de aula, de reunião e de invocação. A sala do Mago e o santuário ficam no ponto mais alto.

Ele vem e vai conforme a necessidade. O Mago precisa ficar de olho em todo o mundo mágico — do Reino Unido, pelo menos —, e caçar o Oco toma muito tempo.

O Oco não apenas me ataca. Faz coisa bem pior. (Caso contrário, os outros feiticeiros provavelmente já teriam me entregado a ele.)

Quando o Oco apareceu pela primeira vez, há quase vinte anos, começaram a aparecer buracos na atmosfera mágica. Parece que ele consegue sugar a magia de qualquer lugar, provavelmente para usá-la contra nós.

Entrar em um desses pontos mortos é como entrar em uma sala sem ar. Não tem nada ali, nenhuma magia. Até eu fico seco.

A maior parte dos feiticeiros não dá conta. Estão todos tão acostumados com a magia, a se sentirem mágicos, que ficam malucos sem ela. Por isso o monstro recebeu esse nome. Um dos primeiros feiticeiros que o encarou descreveu o ataque como um "oco insidioso, uma mundanidade que penetra a própria alma".

Os pontos mortos continuam mortos. Quem sai, recupera a própria magia, mas a do lugar nunca retorna.

Feiticeiros já tiveram que deixar suas casas porque o Oco tirou toda a magia delas.

Seria um desastre se ele entrasse em Watford.

Até agora, ele tem mandado alguém — ou alguma coisa, alguma criatura das trevas — atrás de mim.

Encontrar aliados é fácil para o Oco. Toda criatura das trevas deste mundo e além adoraria ver a queda dos magos. Vampiros, lobisomens, demônios, banshees, manticoras, goblins — todos guardam ressentimento de nós. Conseguimos controlar nossa magia, mas eles não. Fora que os mantemos sob controle também. Se fosse como as criaturas das trevas querem, o caos tomaria conta do mundo normal. Elas tratariam as pessoas como animais de criação. Nós — os feiticeiros — precisamos que as pessoas vivam sua vida normalmente, sem se deixar afetar muito pela magia. Nossos feitiços precisam de normais falando livremente para funcionar.

Isso explica por que as criaturas das trevas nos odeiam.

Ainda não sei por que o Oco escolheu especificamente a mim como alvo. Imagino que seja porque sou o feiticeiro mais poderoso do mundo. Porque sou a maior ameaça a ele.

O Mago diz que ele próprio pôde seguir meu poder como se fosse um farol quando chegou a hora de me trazer para Watford.

Talvez seja assim que o Oco me encontre também.

Pego a escada caracol que leva ao topo da Torre em Prantos e dá para um saguão redondo. O emblema da escola é visível no chão de mármore, tão polido que parece molhado. Há uma pintura na cúpula do próprio Merlim invocando a magia com as mãos voltadas para o céu e a boca aberta. Ele parece um pouco com o Stephen Fry.

Tem duas portas. A sala do Mago é atrás da porta alta em arco que fica à esquerda. O santuário e os aposentos dele ficam atrás da porta menor à direita.

Bato na porta da sala primeiro, mas ninguém responde. Penso em bater na outra, mas parece intimidade demais. Talvez seja melhor só deixar um bilhete.

Abro a porta da sala do Mago — que é protegida, mas eu sou bem-vindo — e entro devagar, caso ele esteja ali.

Está escuro. As cortinas estão fechadas. As paredes costumam estar forradas de livros, mas um monte deles foi tirado e empilhado pela mesa.

Não acendo a luz. Queria ter um pedaço de papel comigo, assim não precisaria ficar revirando as coisas do Mago. Não tem post-its nem blocos de anotações na mesa dele.

Pego uma caneta-tinteiro pesada. Tem algumas folhas de papel sobre a mesa, com datas. Viro uma e escrevo:

Gostaria de falar com o senhor quando tiver tempo.
Sobre tudo. Sobre meu colega de quarto.

Então acrescento:

(*T. Basilton Grimm-Pitch.*)

Depois me arrependo, porque é claro que o Mago sabe quem é meu colega de quarto, e o nome ficou meio que parecendo uma assinatura. Então assino de fato:

Simon

— Simon — alguém diz, e eu solto a caneta em meio ao susto.

A srta. Possibelf está na porta, mas não entra.

Ela dá aula de palavras mágicas e é a responsável pelos estudantes. É minha professora preferida. Não é exatamente amistosa, mas acho que se importa com a gente de verdade, e parece mais humana que o Mago. (Muito embora eu desconfie que não seja exatamente humana…) É muito mais provável que *ela* note quando alguém está doente, triste ou com o polegar preso à mão por um fio.

— Srta. Possibelf — digo. — O Mago não está.

— Notei. O que veio fazer aqui?

— Vim atrás dele. Queria falar de algumas coisas.

— Ele estava aqui de manhã, mas já foi embora. — A srta. Possibelf é alta e larga. Uma trança prateada grossa desce por suas costas. É inacreditavelmente graciosa e inacreditavelmente eloquente. Quando fala direto com você, é como se a voz dela fizesse cócegas em seus ouvidos. — Você também pode falar comigo — ela diz.

Ela ainda não entrou — não deve ter permissão para atravessar a soleira da porta.

— Bom — digo —, tem a ver com Baz. Basil. Ele não voltou pra escola.

— Também notei — ela diz.

— Sabe se ele vai voltar?

Ela olha para a bengala que usa como varinha e traça um círculo com o punho.

— Não sei.

— Falou com o pai dele? — pergunto.

Ela olha para mim.

— Isso é confidencial.

Assinto, e dou um chutinho na lateral da mesa do Mago, então percebo o que fiz e recuo um passo, passando a mão pelo cabelo.

A srta. Possibelf pigarreia com delicadeza; mesmo estando do outro lado da sala, isso faz com que uma onda de animação suba pelo meu corpo.

— Mas posso te dizer que é política da escola entrar em contato com os pais de um aluno quando ele não volta das férias...

— Então você falou com os Pitch?

Ela estreita os olhos castanho-escuros para mim.

— O que você espera descobrir, Simon?

Abaixo a mão, frustrado.

— A verdade. Ele foi embora? Está doente? A guerra começou?

— A verdade...

Fico esperando que ela pisque. Feiticeiros piscam também.

— A verdade — ela diz — é que não tenho resposta para nenhuma dessas perguntas. Entramos em contato com os pais. Eles estavam cientes de que o filho não voltou para a escola, mas não deram continuidade ao assunto. O sr. Pitch é maior de idade, como você, então é tecnicamente um adulto. Se não está vindo à escola, não está sob minha responsabilidade.

— Mas você não pode simplesmente ignorar quando um aluno não volta para a escola! E se ele estiver planejando alguma coisa?

— Quem deve se preocupar com isso é o conciliábulo, não eu.

— Se Baz estiver organizando uma revolta — insisto —, todos devemos nos preocupar.

Ela me observa. Levanto o queixo e finco o pé. (É a minha postura-padrão quando não sei mais o que fazer.) (Porque se tem algo em que sou bom...)

A srta. Possibelf fecha os olhos, mas não é como se ela estivesse precisando piscar, e sim como se estivesse desistindo. *Ótimo*.

Ela volta a olhar para mim.

— Simon, sabe que me importo com você e que sou sempre sincera. Mas não sei onde Basilton está. Talvez ele esteja mesmo tramando algo horrível. Espero que não, pelo bem dele e pelo seu. Tudo o que sei é que o pai dele pareceu pouco à vontade, mas nada surpreso quando falei com ele. Sabia que o filho não estava aqui, e não parecia feliz com isso. Sinceramente, Simon? Parecia meio sem paciência.

Exalo com força pelo nariz e assinto.

— Isso é tudo o que sei — ela diz. — Se descobrir mais, conto a você, se puder.

Assinto de novo.

— Agora talvez seja melhor você ir almoçar.

— Obrigado, srta. Possibelf.

Quando passo por ela para sair, a professora tenta dar um tapinha no meu braço, mas eu sigo em frente, e a coisa toda parece meio desajeitada. Ouço a porta pesada de carvalho se fechar atrás de nós.

Não vou almoçar. Vou dar uma volta, que acaba em corrida, que acaba comigo destruindo uma árvore nos limites da floresta.

Nem consigo acreditar que a espada obedece quando a chamo.

17

SIMON

Paro de procurar Baz em todos os lugares onde deveria estar...

Mas não paro de procurar por ele.

Caminho pela Floresta Inconstante à noite. Penny vê a expressão no meu rosto e não tenta me acompanhar. Agatha está sempre fazendo lição de casa. Parece estar se esforçando muito este ano. Talvez o pai tenha lhe prometido um cavalo novo ou coisa do tipo.

Eu costumava adorar a floresta, achava que me tranquilizava.

Depois de algumas noites, me dou conta de que não estou andando sem rumo; percorro a floresta como se estivesse fazendo uma varredura. Como fizemos naquele ano em que Elspeth desapareceu: todos de mãos dadas, andando lado a lado, marcando as áreas conforme as cobríamos. Marco as áreas mentalmente agora, jogando luz e movimentando a espada para a frente e para trás para tirar os galhos da frente. Vou desmatar a porra da floresta se continuar assim.

Não encontro nada. Assusto os espíritos. Uma dríade aparece para me dizer que sou basicamente um apocalipse ambulante para a floresta.

— O que busca? — a ninfa pergunta, pairando sobre a terra ainda que eu já tenha dito que isso me dá medo. Ela tem musgo no lugar do cabelo, e está vestida como uma daquelas garotas de mangá, de bota e guarda-chuva vitorianos.

— Baz — digo. — Meu colega de quarto.

— O inanimado? Com olhos bonitos.

— Isso. — Mas Baz é inanimado? Nunca pensei nele assim. Quer dizer, Baz é um vampiro, acho. — Espera, você está dizendo que ele está morto? Tipo, morto de verdade?

— Todos os chupadores de sangue estão mortos.

— Mas você já viu Baz chupando sangue de fato?

Ela fica me olhando. A espada está presa na terra, ao lado dos meus pés.

— O que busca, Escolhido?

Ela parece irritada agora, apoiando o guarda-chuva verde no ombro.

— Meu colega de quarto. Baz. O chupador de sangue.

— Ele não está aqui — ela diz.

— Tem certeza?

— Mais certeza que você.

Suspiro, e enterro a espada mais fundo na terra.

— Bom, eu não tenho nenhuma certeza.

— Você está acabando com minha boa vontade, feiticeiro.

— Quantas vezes tenho que salvar esta floresta para vocês ficarem do meu lado?

— Não adianta salvar a floresta se depois vai acabar com ela.

— Estou procurando pelo meu colega de quarto.

— Seu inimigo — ela retruca. Tem a pele castanho-acinzentada enrugada como casca de árvore, e seus olhos brilham como aqueles cogumelos que crescem nas profundezas da floresta.

— Não importa o que ele é — digo —, você sabe de quem estou falando. Como pode ter certeza de que Baz não está aqui?

A dríade inclina a cabeça para trás, como se ouvisse as árvores às suas costas. Todos os seus movimentos parecem com a brisa nos galhos.

— Ele não está aqui — ela diz. — A menos que esteja escondido.

— Bom, mas é claro que ele está escondido! Está escondido em algum lugar.

— Se *nós* não o vemos aqui, feiticeiro, não é você quem vai conseguir ver.

Pego a espada e a embainho.

— Mas vai me dizer se ouvir alguma coisa?

— Provavelmente não.

—Você é inacreditável.

— Sou improvável.

— Isso é importante — digo. — Uma pessoa muito perigosa está desaparecida.

— Ele não é perigoso para mim — ela sibila. — Não é perigoso para minhas irmãs. Não sangramos. Não fazemos joguinhos a troco de nada.

—Talvez você tenha esquecido que os Pitch são da Casa do Fogo. Abarco em um gesto as árvores atrás dela, todas inflamáveis.

A dríade levanta a cabeça. Seu sorriso se desfaz. Ela passa o guarda-chuva para o outro ombro.

—Tá — ela diz.

—Tá?

— Se virmos seu belo chupador de sangue, vamos dizer que você está atrás dele.

— Isso não vai ajudar.

— Então vamos dizer ao ser dourado.

— Ser dourado? Esse sou eu?

Ela torce o nariz e sacode a cabeleira de musgo. Flores crescem nele.

— Quem então?

— Seu ser dourado. O ser dourado dele. Seu pistilo e estigma.

— Pistilo... está falando de Agatha?

—A irmã de cabelos dourados.

—Você vai dizer a Agatha se vir Baz?

— Isso. — Ela gira o guarda-chuva. — Gostamos dela.

Suspiro e esfrego a testa com as costas da mão.

— Eu te salvei pelo menos três vezes. Salvei essa floresta inteira. Sabe disso, não é?

— O que você *busca*, Escolhido?

— Nada. — Jogo as mãos para o alto e me viro para ir embora, chutando a muda de planta mais próxima. — Nada!

Nada de bom jamais acontece na Floresta Inconstante.

Ando pela floresta.

Ando pelos campos.

Percorro a propriedade entre as aulas, vasculhando prédios vazios, abrindo portas há muito fechadas.

Às vezes, Watford parece tão grande por dentro quanto o terreno murado e as áreas externas somados.

Há salas secretas. Passagens secretas. Alas escondidas que só se revelam com o feitiço ou o artefato certos.

Tem outro andar entre o segundo e o terceiro do Claustro. (Penny diz que é "de brinde".) É um eco do andar acima. As mesmas coisas acontecem ali, um dia depois.

Tem um fosso embaixo do fosso.

Tocas de coelho nos morros.

Há três portões secretos, e só consegui abrir um deles.

Às vezes parece que passei a vida toda procurando pelo mapa ou pela chave que daria sentido a Watford — e a todo o Mundo dos Magos.

Tudo o que encontro são peças de quebra-cabeça. É como se eu estivesse em uma sala escura, cuja luz só basta para ver um canto por vez.

Passei a maior parte do quinto ano vagando pelas catacumbas abaixo da Capela Branca, à procura de Baz. A Capela fica no centro de Watford e é o prédio mais antigo de todos. Ninguém sabe se Watford começou como escola ou outra coisa. Talvez como uma abadia mágica. Ou como um assentamento de magos — é nisso que quero acreditar. Imagina só, uma cidade murada em que feiticeiros vivem juntos, praticamente às abertas. Uma comunidade mágica.

As catacumbas se estendem por baixo da Capela e além. Provavelmente há muitos caminhos a seguir lá embaixo, mas só conheço um.

No quinto ano, eu sempre via Baz escapar na direção da Capela depois do jantar. Achei que devia estar tramando algo, que havia uma conspiração.

Eu o segui até a Capela, através das portas altas em arco que nunca eram trancadas… Depois atrás do altar, atrás do santuário e do Canto dos Poetas… Através da porta secreta, descendo até as catacumbas.

As catacumbas são bem assustadoras. Agatha nunca topou descer comigo e Penelope só foi no começo, quando ainda acreditava que Baz podia estar tramando alguma coisa.

Ela parou de ir no quinto ano. Parou também de assistir aos jogos de futebol de Baz. Parou de esperar no corredor do terraço onde ele faz aula de violino.

Mas eu não podia desistir. Não quando todas as peças estavam começando a se encaixar…

O sangue nos punhos das blusas de Baz. O fato de que ele conseguia enxergar no escuro. (Ele voltava para o quarto à noite e trocava de roupa sem nunca precisar acender a luz.) Então encontrei uma pilha de ratos mortos no porão da Capela, secos até o talo, como limões espremidos.

Eu estava sozinho quando finalmente o confrontei. Nas profundezas das catacumbas, dentro da Tumba das Crianças. *Le Tombeau des Enfants.* Baz estava sentado no canto, com crânios empilhados nas paredes ao seu redor.

— Você me encontrou — ele disse.

Eu já estava com a espada na mão.

— Sabia que encontraria.

— E agora?

Ele nem se levantou. Só limpou o pó da calça cinza e se reclinou contra os ossos.

— Agora você vai me dizer o que está tramando — eu disse.

Ele riu. Baz ria o tempo todo de mim naquela época, mas aquela risada saiu mais vazia do que o normal. Tochas deixavam alaranjada a câmara cinzenta, mas a pele dele continuou branca como giz.

Ajustei minha posição, abrindo as pernas na largura dos quadris, endireitando os ombros.

— Eles morreram por causa de uma epidemia — Baz disse.

— Quem?

Baz levantou a mão, e eu recuei.

Ele levantou uma sobrancelha e moveu o braço em um gesto que abarcava o espaço à nossa volta.

— Eles — Baz disse. — *Les enfants*.

Uma mecha de cabelo preto caiu na testa dele.

— É por isso que você está aqui? Pra rastrear uma epidemia?

Baz me encarou. Ele tinha dezesseis anos, ambos tínhamos, mas Baz fazia eu me sentir como se tivesse cinco. Sempre pareci uma criança ao lado dele, como se nunca fosse conseguir acompanhá-lo. Como se Baz tivesse nascido sabendo tudo sobre o Mundo dos Magos, porque é o mundo *dele*. Está em seu DNA.

— Isso, Snow — ele disse. — Estou aqui por causa de uma epidemia. Vou descobrir o agente causador, colocar numa proveta e infectar Metropolis com vapor.

Segurei a espada mais forte.

Ele parecia entediado.

— O que está fazendo aqui? — exigi saber, balançando a espada no ar.

— Só estou sentado — ele disse.

— *Não*. Nada disso. Finalmente te peguei, depois de todos esses meses, e você vai me dizer o que está tramando.

— A maior parte dos alunos morreu — ele disse.

— Para com isso. Para de me distrair.

— Mandaram pra casa os que estavam bem. Meu tio-bisavô era diretor na época. Ele ficou para ajudar a cuidar dos doentes. O crânio dele está aqui também. Talvez você possa me ajudar a procurar. Já me disseram que essa minha testa aristocrática vem dele.

— Não estou ouvindo.

— A magia não os ajudou — Baz disse.

Cerrei os dentes.

— Eles não tinham um feitiço para se proteger da epidemia — Baz continuou. — Nenhuma palavra tinha poder o bastante, ou o tipo certo de poder.

Dei um passo à frente.

— O que você está fazendo aqui?

Ele começou a cantarolar para si mesmo.

— *Gira, gira horrores... O bolso cheio de flores...*

— Responde, Baz.

— *Ah, desolação!...*

Movimentei a espada contra a pilha de ossos ao lado dele, fazendo os crânios chacoalharem e rolarem.

Ele riu e se endireitou, sustentando os crânios com a varinha.

— *Última forma!*

Eles viraram no ar e voltaram ao lugar.

— Tenha mais respeito, Snow — Baz disse, com a voz cortante, e voltou a se recostar. — O que quer comigo?

— Quero saber o que você anda fazendo.

— É isso que ando fazendo.

— Você fica sentado em uma tumba com um monte de ossos.

— Não são só ossos. São *alunos*. E professores. Todo mundo que morre em Watford vem para cá.

— E?

— *E?* — ele repetiu.

Soltei um grunhido.

— Olha, Snow... — Ele se levantou. Já era mais alto que eu, sempre foi. Mesmo naquele verão em que cresci oito centímetros, juro que o cretino cresceu nove. — Você anda atrás de mim, me seguindo. Agora me encontrou. Não é minha culpa se ainda não encontrou o que está procurando.

— Sei o que você é — rosnei.

Seu olhar estava fixo no meu.

— Seu colega de quarto?

Balancei a cabeça e apertei o punho da espada.

Baz deu um passo à frente, ficando ao meu alcance.

— Então me conta — ele cuspiu.

Não consegui.

— Me conta, Snow. — Ele deu outro passo à frente. — *O que eu sou?*

Soltei outro grunhido, e levantei mais um pouco a espada.

— Um vampiro! — gritei.

Baz deve ter sentido no rosto a força do ar saindo pela minha boca.

Ele começou a rir.

— Sério? Acha que eu sou um *vampiro*? Bom, o que vai fazer quanto a isso?

Ele tirou um cantil do paletó e tomou um gole. Eu não sabia que ele estava bêbado, e baixei a espada um pouco. Tentei me lembrar que devia ficar pronto para a batalha, e a ergui de novo.

— Vai enfiar uma estaca no meu coração? — ele perguntou, se afundando no canto e descansando um braço sobre uma pilha de crânios. — Me decapitar, talvez? Isso só funciona se mantiver a cabeça separada do corpo, mas mesmo assim ainda vou poder andar. Meu corpo não vai parar até encontrar minha cabeça... É melhor botar fogo em mim, Snow, é a única solução.

Eu queria cortá-lo ao meio. Bem ali, naquela hora. Finalmente.

Mas fiquei pensando em Penelope. "Como sabe que ele é um vampiro, Simon? Já o viu beber sangue? Ele já te ameaçou? Tentou te deixar em transe?"

Talvez sim. Talvez fosse o motivo pelo qual eu o vinha seguindo fazia seis meses.

Agora eu o tinha pego.

— Faz alguma coisa — ele me provocou. — Seja o herói do dia, Snow. Ou da noite. Rápido, antes que eu... hum... que coisa horrível devo fazer? É tarde demais para todo mundo aqui embaixo. Só resta você a machucar, não é? Não acho que estou com vontade de beber seu sangue. E se eu te transformar em vampiro sem querer? Vou ficar preso com essa sua cara piedosa por toda a eternidade. — Baz balançou a cabeça e tomou outro gole da bebida. — Não acho que a semivida faria bem a você, Snow. Acabaria com essa sua pele. — Ele riu de novo. Sem alegria. Fechou os olhos, como se estivesse exausto.

Provavelmente estava. Eu mesmo estava. Vínhamos brincando de gato e rato nas catacumbas fazia semanas.

Baixei a espada, mas a mantive desembainhada, e relaxei minha posição.

— Não tenho que fazer nada — eu disse. — Sei o que você é. Agora só tenho que esperar que cometa um erro.

Ele fez uma careta, sem abrir os olhos.

— Sério, Snow? É esse o seu plano? Esperar que eu mate alguém? Você é o pior Escolhido que já foi escolhido no mundo.

— Vai se foder — eu disse. O que em geral significa que perdi a discussão. Peguei o caminho para sair das catacumbas. Precisava contar tudo a Penelope; precisava me organizar.

— Se eu soubesse que seria assim fácil me livrar de você — Baz gritou para minhas costas —, teria deixado que me pegasse há semanas!

Voltei à superfície, torcendo para que ele não se transformasse em um morcego e me seguisse. (Penny disse que isso é um mito, mas ainda assim…)

Eu ainda podia ouvi-lo cantando, mesmo depois de dez minutos andando.

— *Ah, desolação!… Todos no chão.*

Não volto para as catacumbas desde aquela noite…

Espero até ter certeza de que todo mundo foi para a cama — e com sorte está dormindo —, então me esgueiro até a Capela Branca.

Dois bustos guardam a porta secreta no Canto dos Poetas — os poetas magos mais famosos da modernidade, Marx e Wodehouse. Tenho um fio de náilon comigo e amarro uma ponta em volta do pescoço de Groucho.

A porta em si, um painel na parede, está sempre trancada, e não tem chave. Para abrir, só é necessário o desejo genuíno de entrar. A maior parte das pessoas simplesmente não o tem.

A porta se abre para mim e se fecha quando passo. O ar fica mais frio na hora. Acendo uma tocha da parede e escolho um caminho.

Nos túneis sinuosos das catacumbas, uso todos os feitiços de revelação e todos os feitiços de busca que conheço. (*Cadê você? É hora do show! Scooby-Doo, cadê você?*) Chamo Baz pelo nome completo, o que torna mais difícil resistir a um feitiço.

Palavras mágicas são complicadas. Às vezes, para encontrar alguma coisa, é preciso usar o linguajar da época em que foi escondido. Às vezes frases antigas param de funcionar quando o resto do mundo se cansa de usá-las.

Nunca fui muito bom com as palavras.

Em parte é isso que me torna um feiticeiro inútil.

— Palavras são muito poderosas — a srta. Possibelf disse em nossa primeira aula de palavras mágicas. Ninguém mais estava prestando atenção. Ela não estava dizendo nada que os outros alunos já não soubessem, mas eu estava tentando gravar tudo aquilo na memória.

— E quanto mais são ditas, lidas e escritas em combinações específicas e consistentes, mais poderosas elas se tornam — a professora continuou. — A chave de lançar um feitiço é recorrer a esse poder. Não apenas dizer as palavras certas, mas invocar esse significado.

O que significa que é preciso ter um bom vocabulário para fazer feitiços. Ser capaz de improvisar. Ser corajoso o bastante para falar. Levar jeito para a formação de frases.

Também é preciso *compreender* de verdade o que se está dizendo e como as palavras se traduzem em magia.

Não dá para só agitar a varinha e repetir o que quer que tenha ouvido alguém dizer na esquina; esse é um ótimo jeito de separar alguém dos próprios testículos por acidente.

Nada disso vem naturalmente para mim. Palavras. Linguagem. Falar.

Não lembro quando aprendi a falar, mas sei que me mandaram a especialistas. Aparentemente, isso é comum entre crianças órfãs, ou cujos pais nunca falam com elas — elas não aprendem a falar.

Eu costumava fazer terapia e ir ao fonoaudiólogo. Cansei de ouvir: "Ponha em palavras, Simon". Era muito mais fácil só pegar o que eu queria em vez de pedir. Ou bater em quem estivesse me machucando, mesmo que me batessem em troca.

Mal falei no meu primeiro mês em Watford. Não era difícil; ninguém aqui cala a boca.

A srta. Possibelf e alguns outros professores notaram e começaram a me dar aulas particulares. Aulas discursivas. Às vezes, o Mago aparecia, ficava alisando a barba e olhando pela janela. "Ponha em palavras!", eu me imaginava gritando com ele. Então o imaginava me dizendo que tinha sido um erro me trazer para a escola.

De qualquer modo, ainda não sou muito bom com as palavras, e sou péssimo com a varinha, então tenho que recorrer à memória. À sinceridade, também — o que ajuda, acredite ou não. Quando em dúvida, faço o que Penny me manda fazer.

Abro caminho cuidadosamente pelas catacumbas, fazendo o meu melhor com os feitiços que sei que funcionam para mim.

Encontro passagens escondidas dentro de passagens escondidas. Encontro um baú do tesouro que ronca profundamente. Encontro a pintura de uma menina loira com lágrimas escorrendo pelo rosto, escorrendo de verdade, como um GIF entalhado na parede. Uma versão mais jovem de mim teria ficado para descobrir qual é a história dela. Uma versão mais jovem de mim teria transformado isso numa aventura.

Continuo procurando por Baz.

Ou por uma pista.

Todas as noites, volto só quando chego ao fim do fio.

18

LUCY

Sabia que essas paredes têm mil anos de idade?

São atravessadas por espíritos que falam línguas que ninguém mais entende. Não importa, imagino. Ninguém os ouve.

As paredes são as mesmas de quando eu as atravessava. A Capela. A Torre. A ponte levadiça.

Os lobos são novos. Os peixes-fera. Me pergunto onde Davy os encontrou. Que feitiço usou para trazê-los para cá. O que acha que vão impedir.

— Paranoico — Mit sempre dizia. — Acha que todo mundo está atrás dele.

— Acho que algumas pessoas realmente estão atrás dele — argumentei.

— Só porque ele é um canalha odioso — ela disse.

— Ele se importa demais.

— Consigo mesmo? Concordo.

— Com tudo — eu disse. — Não deixa nada para lá.

— Você tem dado ouvidos demais a ele, Lucy.

— Tenho pena dele... E se você o ouvisse, ia perceber que até faz sentido. Por que pixies e centauros com feiticeiros na família não podem estudar em Watford? Por que meu irmão tem que ficar em casa? Só porque não é poderoso o bastante?

— Seu irmão é um idiota — ela disse. — Só se importa com Def Leppard.

— Você sabe como minha mãe ficou triste quando ele não foi aprovado. Meu irmão tem uma varinha e nem sabe como usar. Meus pais quase se divorciaram por causa disso.

— Eu sei. — O tom de Mitali se tornou mais brando. — Sinto muito. Mas a escola tem um limite de espaço físico. Não dá para todo mundo estudar aqui.

— Davy diz que podia aumentar. Ou poderiam construir outra escola. Imagina só se houvesse escolas no mundo todo, para todo mundo capaz de fazer mágica.

Ela fez uma careta.

— Mas o objetivo de Watford é justamente ser a melhor. Garantir a melhor educação para os melhores feiticeiros.

— É esse mesmo o objetivo de Watford? Então Davy está certo. É uma escola elitista.

Mit suspirou.

— Davy diz que estamos ficando mais fracos — contei. — Como sociedade. Que coisas selvagens e sombrias vão nos varrer da terra e reivindicar nossa magia.

— Ele te diz que essas coisas estão debaixo da sua cama?

— Estou falando sério — eu disse.

— Eu sei — ela disse, com tristeza. — Gostaria que não estivesse. O que Davy espera que você faça? O que espera que todos nós façamos?

Eu me inclinei na direção dela e sussurrei a resposta:

— *Uma revolução.*

Tenho vagado.

Tentando encontrar meu caminho até você.

Os muros são os mesmos. A Capela. A Torre.

As gravatas estão mais finas. As saias ficaram mais curtas. As cores são as mesmas.

É impossível não sentir orgulho de Davy agora — parece curioso que isso venha de mim, mas é *impossível* não sentir orgulho dele.

Davy conseguiu. Sua revolução.

Ele abriu essas portas para todas as crianças com o dom da magia.

19

SIMON

É quase Dia das Bruxas quando finalmente falo com o Mago.

Ele manda me chamar. Um tordo chega voando na aula de grego e deixa um bilhete na minha mesa. Costuma ter um ou dois pássaros voando em torno do Mago. Em geral, tordos. Ou cambaxirras e pardais. (É como se ele fosse a Branca de Neve.) O Mago prefere lançar o feitiço um-passarinho-me-contou a usar o celular.

Quando a aula termina, me dirijo a um anexo no extremo da propriedade, próximo ao muro. Ali, estábulos foram transformados em garagens e barracões.

Há Homens do Mago do lado de fora — Penny diz que gostaria mais deles se admitissem mulheres —, reunidos em torno de um caminhão verde de aparência militar que nunca vi antes, com lona fechando as laterais. Um dos homens segura uma caixa metálica. Eles se revezam tentando tocá-la e vendo a mão passar direto por ela.

— Simon — o Mago diz, saindo do celeiro. Ele passa o braço pelos meus ombros e me afasta do caminhão. — Que bom que chegou.

— Eu teria vindo imediatamente, senhor, mas estava em aula. O Minotauro disse que o senhor teria mandado um pássaro maior se fosse uma emergência.

O Mago franze a testa.

— O feitiço não funciona com pássaros maiores.

— Eu sei, senhor. Desculpe. Ele não quis me ouvir.

— Tá — ele dá um tapinha no meu ombro. — Não era uma

emergência. Eu só queria falar com você. Ver se está tudo bem. A srta. Possibelf me contou sobre o ataque de insetos. Ela disse que foi o Oco.

Tagarelas. Na aula de palavras mágicas. Um enxame deles. Eu nunca nem tinha visto um enxame de tagarelas antes.

Nós os chamamos de insetos porque têm mais ou menos o tamanho de uma abelha, mas tagarelas são mais parecidos com pássaros. Um único deles pode matar um cachorro, uma cabra ou um grifo. Dois ou três podem derrubar um feiticeiro. Eles se entocam no ouvido e zumbem tão alto que nem se consegue pensar. Primeiro, se perde a cabeça; quando eles chegam ao cérebro, todo o resto está perdido.

Tagarelas em geral não atacam pessoas, mas entraram pela janela semana passada e me cercaram como uma nuvem laranja e barulhenta. A pior parte foi a sensação de sucção seca que sempre acompanha os ataques do Oco.

Todos os alunos saíram correndo.

— Pareceu ser coisa do Oco, senhor, mas por que ele mandaria tagarelas? Não chegam a ser uma grande ameaça.

— Não para você, certamente. — O Mago alisa a barba. — Talvez ele só queira nos lembrar de que está por aí. O que lançou contra eles?

— Morte-no-ar.

— Boa escolha, Simon.

— Eu... acho que matei outras coisas junto. Ebb encontrou faisões no campo. E Rhys tinha um periquito...

O Mago olha para o tordo voando acima de seu ombro, então aperta meu braço.

— Você fez o que foi preciso. Ninguém se machucou. Passou na enfermaria?

— Estou bem, senhor. — Me aproximo um pouco. — Eu estava pensando... quer dizer... o senhor fez algum progresso? Com o Oco? Vejo seus homens indo e vindo. Mas não... Eu posso ajudar. Penelope e eu. Podemos ajudar.

Ele tira a mão do meu ombro e a apoia no quadril.

— Não tenho nada a relatar nessa frente. Nenhuma descoberta, nenhum ataque. Só os buracos, que ficam cada vez maiores. Quase torço para que o Oco volte a aparecer — estremeço com a lembrança daquele rosto, mas o Mago continua —, para lembrar esses idiotas negligentes da ameaça.

Olho por cima do ombro para o caminhão. Homens passaram por nós carregando caixas durante toda a conversa.

— O senhor recebeu meu bilhete?

Ele estreita os olhos.

— Sobre o jovem Pitch que desapareceu?

— Meu colega de quarto. Ele não voltou para a escola.

O mago alisa a barba com as costas da luva de couro.

— Sua preocupação é adequada, imagino. As famílias antigas estão cerrando as fileiras, chamando seus filhos de volta para casa, trancando os portões. Se preparando para agir contra nós.

— Seus filhos?

Ele começa a desfiar nomes — de meninos que conheço, mas não muito bem. Do sexto, sétimo e oitavo ano.

— Mas as famílias antigas devem saber que o Oco vai acabar conosco se não nos unirmos — digo. — Ele está mais poderoso que nunca.

— Talvez seja parte do plano. Desisti de tentar entender essas pessoas. Elas se importam mais com poder e riqueza do que com nosso mundo. Às vezes acho que sacrificariam tudo para ver minha queda...

— Como posso ajudar, senhor?

— Sendo cuidadoso, Simon. — Ele leva a mão ao meu braço de novo e se vira para me encarar. — Vou partir em algumas horas. Mas estava esperando, à luz desse novo ataque, que pudesse te convencer a seguir meu conselho. *Saia daqui, Simon.* Me deixe te levar ao refúgio de que falei. É a maior distância que posso colocar entre você e o perigo.

Dou um passo para trás.

— Mas foram só tagarelas, senhor.

— Desta vez.

— *Não*. Eu já disse ao senhor... estou bem aqui. Estou perfeitamente seguro.

—Você nunca está seguro! — ele diz, com tanto ardor que quase parece uma ameaça. — Segurança, estabilidade, tudo isso é ilusão. É um falso deus, Simon. É se agarrar a uma jangada naufragada em vez de aprender a nadar.

— Então posso muito bem ficar aqui! — digo. Alto demais. Um de seus homens, Stephen, olha para mim. Continuo mais baixo. — Se nenhum lugar é seguro, posso muito bem ficar aqui. Com meus amigos. Também posso lutar. *Posso ajudar o senhor.*

Ficamos nos encarando, e vejo seus olhos se enchendo de decepção e pena.

— Sei que pode, Simon. Mas estamos em uma situação muito delicada...

Ele não precisa terminar a frase. Sei o que quer dizer.

O Mago não precisa de uma bomba.

Ninguém manda bombas em missões de reconhecimento ou as convida para reuniões de estratégia. É melhor esgotar as outras opções antes de soltá-las.

Assinto.

Dou as costas para ele e começo a voltar para o coração da escola.

Posso sentir seus homens me observando. São todos apenas um ou dois anos mais velhos que eu. Odeio o fato de que se achem ainda mais velhos, de que se achem tão importantes. Odeio as calças corsário verde-escuras que eles usam, as estrelas douradas em suas mangas.

— Simon! — o Mago grita.

Neutralizo minha expressão antes de me virar.

Ele usa uma mão para proteger os olhos do sol e me abre um raro sorriso. Ainda que discreto.

— O Oco pode estar mais poderoso do que nunca, mas você também está. Lembre-se disso.

Assinto e fico olhando enquanto ele volta para a garagem.

Estou atrasado para encontrar Penelope.

20

PENELOPE

Estamos treinando nos morros, embora esteja frio, porque Simon não gosta de treinar onde todo mundo pode vê-lo.

Ele está vestindo um casaco cinza de lã com capuz e o cachecol listrado em dois tons de verde da escola. Eu deveria ter posto calças, porque minha meia-calça cinza não é o bastante para cortar o vento.

O inverno está quase chegando. O véu logo vai se fechar, mas tia Beryl ainda não apareceu.

— *A vida é assim!* — Simon diz, apontando a varinha para uma pedra pequena sobre um toco de árvore. A pedra treme e se desfaz em uma pilha de poeira. — Não sei se o feitiço funcionou ou se estou só destruindo coisas.

Todo aluno do oitavo ano deve criar um feitiço até o fim do ano letivo. Deve descobrir uma expressão nova que cresceu em poder, ou recuperar uma possibilidade negligenciada e aplicá-la melhor.

Os melhores novos feitiços são práticos e duradouros. Frases de efeito costumam não dar certo, porque os mundanos se cansam de dizê-las e as abandonam. (Feitiços são perdidos assim, expirando bem quando se está pegando o jeito.) Músicas são arriscadas pelo mesmo motivo.

É muito raro que um aluno de Watford crie um feitiço que pegue de verdade.

Minha mãe estava apenas no sétimo ano quando criou esta-dama-não-vai-ceder, baseado em um discurso da Margaret Thatcher — ainda é incrivelmente útil em combate, especialmente para mulheres.

(Minha mãe tem um pouco de vergonha, acho. Por ser um feitiço ensinado nas oficinas de magia *ofensiva* do Mago.)

Simon vem experimentando uma frase nova toda semana desde o começo do ano letivo, mas não anda muito animado, e eu não o culpo. Ele tem dificuldade mesmo com feitiços testados e aprovados. Às vezes, quando lança metáforas, elas se tornam literais. Como quando ele lançou um feitiço de rebatida em Agatha no sexto ano para ajudar a curar a ressaca e em vez disso uma bola de beisebol acertou o olho dela. Acho que essa foi a última vez em que Simon apontou a varinha para outra pessoa. Também foi a última vez que Agatha bebeu.

Ele espana os restos da pedra de cima do tronco e se senta, enfiando a varinha no bolso.

— Baz não é o único que não voltou.

— Como assim? — Aponto a varinha para as peças de xadrez que coloquei no chão. — *Começa o jogo!*

O bispo cai.

Tento de novo.

— *O jogo está em andamento!*

Nada acontece.

— Essa frase tem que servir para alguma coisa — digo. — Tanto Shakespeare quanto Sherlock Holmes usaram.

— O Mago me disse que as famílias antigas estão tirando os filhos da escola — Simon diz. — Dois alunos do sétimo ano não voltaram. Nem Marcus, primo de Baz, que ainda está no sexto ano.

— Qual deles é o Marcus?

— Sarado. Com mechas loiras no cabelo. Joga no meio-campo.

Dou de ombros e me inclino para pegar as peças de xadrez. Estou sendo bastante literal neste momento, porque já tentei todo o resto com essa frase. Acho que pode ser um bom feitiço de início, um catalisador...

— Só meninos não voltaram? — pergunto.

— Hum — Simon faz. — Não sei. O Mago não falou nada.

— Ele é tão machista. — Balanço a cabeça. — Foi o Marcus que ficou preso debaixo de um haltere no segundo ano?

— Foi.

— Ele passou pro outro lado, é? Estou morrendo de medo.

— O Mago acha que as famílias antigas estão se preparando para algum tipo de golpe.

— E o que ele quer que façamos?

— Nada — Simon diz.

Guardo as peças de xadrez no bolso.

— Como assim?

— Bom, ele ainda quer que eu vá embora...

Devo ter feito cara feia, porque Simon levanta as sobrancelhas e diz:

— Eu *sei*, Penny, não vou a lugar nenhum. Mas se eu ficar aqui, o Mago espera que seja discreto. Espera isso de nós dois, aliás. Ele disse que é uma situação delicada, que seus homens estão trabalhando nisso.

— Hum... — Sento ao lado de Simon no toco de árvore. Tenho que admitir que adoro a ideia de sermos discretos, de deixar que o Mago escape das confusões em que se mete sem nossa ajuda, para variar. Mesmo assim, não gosto que ele me *mande* fazer isso. Nem Simon.

— Acha que Baz está com os outros meninos?

— Faz sentido, não acha?

Não digo nada. Odeio profundamente falar com Simon sobre Baz. É como falar com o Chapeleiro Maluco sobre chá. Odeio encorajá-lo.

Ele arranca um pedaço de casca do toco de árvore com o calcanhar do sapato.

Eu me inclino em sua direção, porque está frio e Simon é sempre quente. Também porque gosto de lembrá-lo de que não tenho medo dele.

— Faz sentido — ele diz.

21

O MAGO

Livros. Artefatos. Joias encantadas. Móveis encantados. Patas de macaco, pés de coelho, narizes de gnomo...

Pegamos tudo. Ainda que eu saiba que não me serve de nada.

Este exercício tem mais de um objetivo. É bom mostrar às famílias antigas que ainda estou no comando desta história.

Desta escola.

Deste mundo.

Nenhum deles se sairia melhor do que eu.

Me consideram um fracasso porque o Oco ainda está à solta, roubando nossa magia, devastando nossas terras, mas quem entre eles poderia ameaçá-lo?

Talvez Natasha Grimm-Pitch pudesse colocar o Oco em seu lugar, mas já faz tempo que ela partiu, e nenhum de seus amigos e familiares tem uma fração que seja de seu talento.

Envio meus homens para roubar os tesouros dos inimigos, para assaltar suas bibliotecas. Mostro a eles que até uma criança de rosto corado usando meu uniforme tem mais poder neste mundo do que eles. Mostro o que seu nome vale: nada.

Ainda assim...

Não encontro o que preciso. Não encontro respostas de verdade. Ainda não posso consertá-lo.

O Grande Mago é nossa única esperança agora.

Mas nosso maior mago é fundamentalmente falho. Rachou. Quebrou.

O mago é Simon Snow; sei disso.

Nunca algo como ele andou por essa terra.

Mas Simon Snow — meu Simon — ainda não dá conta de todo esse poder. Ainda não consegue controlá-lo. É o único recipiente grande o bastante para comportá-lo, mas está *rachado*. Foi *comprometido*. É...

Só um menino.

Deve haver algum jeito de ajudá-lo, com um feitiço, um encantamento, uma insígnia. Somos feiticeiros! As únicas criaturas mágicas que podem moldar seu poder, dar forma a ele. Em algum lugar em nosso mundo, há uma resposta para Simon. (Um ritual. Uma receita. Uma rima.)

Não é assim que as profecias funcionam...

Não é assim que as histórias se desdobram...

Se há uma falha em Simon, precisa haver um meio de consertá-la.

Vou descobrir qual é.

22

SIMON

Vou reprovar em grego, acho. E estou completamente perdido em ciência política.

Agatha e eu brigamos quanto a eu passar ou não o feriado na casa dela: não quero sair de Watford e não acho que ela realmente queira que eu vá junto. Agatha só quer que eu queira. Sei lá.

Paro de usar a correntinha com o pingente de cruz. Eu a guardo em uma caixa debaixo da cama...

Meu pescoço parece mais leve, mas é como se minha cabeça estivesse cheia de pedras. Ajudaria se eu conseguisse *dormir*, mas não consigo, e nem tenho tempo para isso. Posso sobreviver à base de sonecas e magia, se necessário.

Estou sempre botando Penny para fora do meu quarto, para que ela não saiba como passo as noites.

— Mas não tem ninguém usando a cama de Baz — ela argumenta.

— Não tem ninguém usando a *sua* cama — digo.

— Trixie e Keris juntam as camas quando não estou. Deve ter pó de pixie por toda parte.

— Não é problema meu.

— Todos os meus problemas são problemas seus, Simon.

— Por quê?

— Porque todos os *seus* problemas são problemas meus!

— Vai pro seu quarto.

— Por favor, Simon.

— Anda. Você vai ser expulsa.

— Só se eu for pega.

— *Vai*.

Penny finalmente parte. Eu parto em seguida.

Desisto das catacumbas e começo a vagar pelas muralhas da escola.

Não espero de verdade encontrar Baz aqui. Onde ele ia se esconder? Mas pelo menos sinto que poderia vê-lo se aproximando.

Fora que gosto do vento. Das estrelas. Nunca vejo as estrelas no verão: não importa para que cidade seja mandado, sempre há luzes elétricas demais.

Tem uma torre de vigia coberta, com um banco dentro. Observo os Homens do Mago indo e vindo do caminhão militar a noite toda. Às vezes pego no sono.

—Você parece cansado — Penny diz no café da manhã. (Ovos fritos. Cogumelos salteados. Feijão e chouriço.) — E... — ela se inclina por cima da mesa — tem uma folha no seu cabelo.

— Hum...

Continuo botando o café da manhã para dentro. Se eu correr, dá tempo de comer mais antes da aula.

Penny tenta tocar meu cabelo de novo, então olha para Agatha e recolhe a mão. Agatha sempre teve ciúmes de nós dois, não importa quantas vezes eu diga que não tem nada a ver. (E não tem *mesmo* nada a ver.)

Agora ela parece nos ignorar. De novo. Ainda. Não ficamos a sós desde a briga. Sinceramente, é um alívio. É uma pessoa a menos me perguntando se estou bem. Ponho a mão sobre a perna dela e aperto de leve. Agatha vira para mim, sorrindo da metade para baixo do rosto.

— Bom — Penny diz —, nos encontramos hoje à noite no quarto de Simon. Depois do jantar.

— Por quê? — pergunto.

— Para bolar nossa estratégia! — Penny sussurra.

Agatha acorda.

— Estratégia para quê?

— Tudo — Penelope diz. — O Oco. As famílias antigas. O que os Homens do Mago estão realmente fazendo. Estou cansada de ser discreta. Não acham que estamos sendo deixados de fora?

— Não — Agatha diz. — Acho que deveríamos ser gratos por ter um pouco de paz.

Penny suspira.

— Foi o que eu pensei também, mas agora estou preocupada que tenha sido um erro. Que só estejam querendo nos tranquilizar.

Agatha balança a cabeça.

— Você está preocupada que alguém *queira* que fiquemos felizes e confortáveis.

— Isso! — Penelope diz, dando uma garfada no ar.

— Que horror... — Agatha diz, ironicamente.

— Deveríamos ser incluídos no plano — Penelope diz. — Qualquer que seja ele. Sempre fomos, desde pequenos. Agora somos adultos. Por que o Mago está nos deixando de lado?

— Acha que o Mago está tentando nos tranquilizar? — Agatha pergunta. — Ou o Oco? Talvez Baz.

Ela está sendo sarcástica, mas Penny não nota, ou finge não notar.

— *Isso* — Penny diz, erguendo o garfo de novo, como se estivesse tentando se certificar de que o ar está morto. — Todas essas opções!

Fico esperando que Agatha continue com a discussão, mas ela só balança a cabeça, sacudindo o cabelo loiro, e põe um pouco de ovos mexidos em cima da torrada.

Essa é uma coisa de que gosto muito em Agatha. Em Penny também. As duas comem quando podem. Todos já ficamos presos em porões e fomos raptados por águias vezes o bastante para aprender a aproveitar toda a comida disponível.

Volto a fazer carinho na perna de Agatha. Ele não parece feliz *nem* confortável. Está de cara feia, apertando os olhos, sem nenhuma maquiagem.

—Você parece cansada — digo, me sentindo mal por só ter notado agora.

Agatha inclina o corpo contra o meu por um momento, depois volta a se endireitar.

— Está tudo bem.

—Vocês dois parecem cansados — Penny declara. — Talvez estejam com transtorno do estresse pós-traumático. Talvez seja porque não estão acostumados com essa calmaria toda.

Aperto a perna de Agatha de novo, então levanto para pegar mais ovos, torradas e cogumelos para a gente.

— Porque estão tentando nos tranquilizar — ouço Penny dizendo.

23

PENELOPE

Foi um parto a fórceps reunir os dois aqui e Agatha continua reclamando.

— Penelope, estamos no quarto de um menino. Vamos ser *expulsas*.

— Bom, o mal já está feito — digo, sentando à escrivaninha de Simon. — A chance de te pegarem se sair agora ou depois são as mesmas, então é melhor ficar.

— Não vão pegar vocês — Simon diz, deitando na cama. — Penny vem aqui o tempo todo.

Agatha não fica nada feliz ao descobrir isso. (Eu a ignoro. Se ela é boba o bastante para acreditar que tem alguma coisa rolando entre mim e Simon depois de todos esses anos, não vou desperdiçar meu tempo tentando convencê-la do contrário.) Agatha faz questão de ficar o mais longe que pode de nós dois, ainda que isso signifique se sentar na cama de Baz.

Ela se dá conta do que fez e parece querer levantar. Dispara o olhar pelo quarto, como se o próprio Baz pudesse sair do banheiro a qualquer minuto. Simon parece igualmente paranoico.

Sinceramente... Esses dois...

— Não sei pra que essa reunião — Agatha diz.

— Pra juntar o que cada um de nós sabe — digo, procurando materiais. — Ficaria bem mais fácil se tivéssemos uma lousa...

Levanto a varinha e lanço um risque-rabisque, então começo a escrever no ar: O QUE SABEMOS.

— Nada — Agatha diz. — Acabou a reunião.

Eu a ignoro.

— Na minha opinião, há três coisas com que sempre temos que nos preocupar...

Escrevo: *1) O Oco.*

— O que sabemos sobre o Oco?

— Que ele tem a minha cara — Simon diz, tentando me ajudar. Agatha não parece surpresa com essa informação. Imagino que Simon tenha contado o que aconteceu. — Que quer alguma coisa comigo — ele continua. — Que sempre vem atrás de mim.

— E que anda meio sumido — digo. — Não mandou nada além dos tagarelas desde junho.

Agatha cruza os braços.

— Mas o Oco continua por aí, comendo a magia, né?

— É — reconheço. — Mas não tanto quanto antes. Vi meu pai no fim de semana e ele disse que os buracos estão se espalhando muito mais devagar que antes.

Acrescento isso nas minhas anotações no ar.

— Não sabemos se ele *come* a magia — Simon diz. — Não sabemos o que o Oco faz com ela.

— Vamos nos ater ao que sabemos — digo.

Escrevo: *2) Guerra com as famílias antigas.*

— Eu não chamaria de "guerra" — Agatha diz.

— Mas tem havido conflito, certo? — Simon diz. — E duelos.

Agatha bufa.

— Bom, não se pode entrar na casa de alguém exigindo ver o sótão sem esperar alguns duelos.

Simon e eu nos viramos para olhá-la.

— Como assim? — pergunto.

— O Mago — Agatha diz. — Ouvi minha mãe falando com uma amiga do clube. Ele tem feito batidas na casa de feiticeiros, procurando por magia sombria.

— O Mago entrou na sua casa? — pergunto.

— Ele não ousaria — Agatha diz. — Meu pai é do conciliábulo.

— Que tipo de magia sombria? — Simon pergunta.

— Provavelmente qualquer coisa que possa ser usada como arma — Agatha diz.

— *Qualquer* coisa pode ser usada como arma — Simon diz.

Acrescento às minhas anotações: *Batida, magia sombria, duelos.*

— Sabemos que algumas famílias antigas tiraram os filhos de Watford — Simon acrescenta.

— Mas pode ser só coincidência — digo. — É melhor a gente se informar mais. Vai ver os alunos que saíram da escola só foram para a faculdade.

—Vai ver eles só estavam cansados de ser tratados como vilões — Agatha diz.

—Vai ver eles entraram para o exército — Simon diz.

Acrescento às anotações: *Aliados dos Pitch saindo da escola.*

— E quanto ao Baz? — Simon está ficando nervoso.

Agatha corre a mão pelo colchão.

—Vamos chegar lá — digo. — Mas por enquanto vamos nos concentrar no que sabemos.

Ele insiste.

— A srta. Possibelf acha que Baz sumiu. Ela disse que o pai dele parecia assustado.

Suspiro e acrescento outra coluna: *3) Baz.* Mas não tenho nada para escrever embaixo.

— Ainda não acho que seja uma guerra — Agatha insiste. — É só politicagem, como acontece no mundo normal. O Mago está no poder, e as famílias antigas querem reassumir seu lugar. Vão ficar reclamando, empatando as coisas, fazendo festas...

— Não é só politicagem. — Simon se inclina para a frente, com o dedo em riste. — É uma questão de certo e errado.

Agatha revira os olhos.

— É isso que o outro lado acha também.
— É isso que Baz acha? — ele pergunta.
Tento segurá-lo.
— *Simon*.
— Não é só politicagem — ele repete. — É uma questão do que é certo. E errado. É a nossa vida. Se fosse como as famílias antigas querem, eu nem estaria aqui. Não me deixariam entrar em Watford.
— Mas não seria pessoal, Simon — Agatha diz. — Só porque você é normal.
— Como eu sou normal? — Ele joga as mãos ao alto. — Sou o feiticeiro mais poderoso de que já se ouviu falar.
—Você sabe o que eu quero dizer — Agatha fala, e acho que está sendo sincera. — Watford nunca teve um aluno normal.

Ela está certa, mas fico pensando de quem ouviu isso antes.
— Tem uma profecia a meu respeito — Simon diz, parecendo ridiculamente na defensiva. Tento pensar em um jeito de mudar de assunto.

Tem mesmo uma profecia a respeito dele.

Ou de outra pessoa. Que surgiu repetidas vezes.

O feiticeiro mais poderoso (ou a feiticeira mais poderosa) que já existiu ia vir, supostamente, quando o Mundo dos Magos mais precisasse.

E Simon chegou.

O Oco estava comendo nossa magia, o Mago e as famílias antigas estavam entrando em conflito... e Simon chegou. Exibindo seu poder e acendendo o firmamento mágico como uma tempestade elétrica.

A maior parte dos feiticeiros lembra exatamente onde estava. (Eu não. Mas só tinha onze anos.) Minha mãe estava dando uma palestra. Ela disse que tinha sido como tocar um fio desencapado e sentir a eletricidade dentro de si. Como magia crua, escaldante, tórrida...

Essa ainda é a sensação da magia de Simon. Eu nunca disse a ele, mas é horrível. Só estar ao seu lado quando ele explode é como tomar um choque. Meus músculos ficam cansados, meu cabelo cheira a fumaça.

O poder de Simon às vezes seduz outros feiticeiros; eles conseguem senti-lo e querem ficar por perto. Mas qualquer pessoa que fique realmente perto de Simon supera essa sedução inicial.

Uma vez, ele explodiu enquanto protegia Agatha e eu de um bando de piorugos — como texugos, só que piores. Ela teve tremores e espasmos por uma semana depois, mas disse a Simon que era só um resfriado, para que ele não se sentisse mal. A tolerância de Agatha ao poder dele é menor que a minha; talvez porque ela mesma seja menos poderosa. Talvez porque a magia dos dois seja incompatível.

Isso acontece às vezes, mesmo com duas pessoas apaixonadas. Tem uma história antiga, uma tragédia, sobre dois amantes cuja magia deixava um ao outro louco...

Não acho que Simon e Agatha estejam apaixonados.

Mas não cabe a mim dizer isso a eles. (Até porque eu já tentei.)

De qualquer modo, minha mãe diz que, quando o Mago trouxe Simon para Watford, foi como se estivesse desafiando todo o Mundo dos Magos. *Aqui está o salvador de quem falam há mil anos.*

Mesmo quem não acreditava não podia dizer aquilo em voz alta. Ninguém podia negar que Simon era poderoso.

Tentaram mesmo impedir sua entrada em Watford. O Mago teve que tornar Simon seu herdeiro para que ele fosse admitido — e incluído no Livro da Magia.

Ainda tem bastante gente que não aceita Simon, mesmo entre os aliados do Mago. "É preciso mais que magia para ser um mago", Baz sempre dizia.

Parece uma bobageira esnobe, mas de certa forma é verdade.

Unicórnios são mágicos. Vampiros são um pouco mágicos. Dragões, nulidades, lobispilhos — todos são mágicos.

Mas para ser um mago é preciso *controlar* sua magia, é preciso falar sua língua. E Simon... bom. Simon.

Ele levanta e vai até a janela, a abre e senta no peitoril. A varinha atrapalha, então ele a tira do bolso e joga na cama.

Escrevo no ar: *4) O Mago.*

— Sabemos que os Homens do Mago estão fazendo batidas... — digo. — Simon, você não disse que eles andam descarregando coisas perto dos estábulos? Podemos dar uma olhada lá.

Ele me ignora, olhando pela janela.

— Agatha — digo —, o que mais você ouviu em casa?

— Não sei — ela diz, franzindo a testa e mexendo na saia. — Meu pai teve muitas reuniões de emergência do conciliábulo. Minha mãe disse que eles não podem mais se reunir em casa. Ela tem achado os vizinhos normais desconfiados.

— Certo — digo. — Talvez agora a gente possa passar às perguntas... ao que *não* sabemos.

Começo uma nova coluna no ar, mas Agatha levanta para ir embora.

— Preciso mesmo estudar.

Tento impedi-la.

— Espera, você vai ser pega se for sozinha! — digo, mas ela já está fechando a porta.

Simon exala audivelmente e passa as mãos pelo cabelo, arrepiando os tufos ondulados cor de bronze.

— Vou dar uma volta — ele diz, indo na direção da porta e deixando a varinha na cama.

Parte de mim quer que ele esteja indo atrás dela, mas não acho que seja o caso.

Suspiro, então sento na cama de Simon e olho para nossa reduzida lista. Antes de ir embora, mando minhas palavras pela janela com um esquece-isso.

24

AGATHA

Não sei o que espero.

Que ele me veja aqui de pé, na amurada, com o cabelo ao vento, o vestido esvoaçando à minha volta...

E aí?

Que isso signifique alguma coisa para ele?

Que me veja aqui, esperando por ele nas muralhas, e me veja de verdade pela primeira vez? Que pense: *Eis a resposta*. Que solte minhas fitas e as amarre no braço, ou na coxa. Por Morgana, o que isso significaria?

Algo.

Algo *novo*.

Eu sei que Basil, sei lá... *pensa* em mim. Ou pelo menos pensou em mim. Que costumava me observar. Principalmente quando eu estava com Simon.

Sei que ele odiava minha relação com Simon. Que queria o mesmo. Que faria qualquer coisa para se colocar entre nós.

Baz sempre esteve ali, interrompendo todas as danças. Me provocando para que eu me afastasse de Simon, e continuando a provocar. Desaparecendo. Fugindo.

Dei corda algumas vezes. Talvez devesse ser grata por Baz nunca ter pago para ver.

Porque talvez eu não estivesse blefando. Talvez eu fugisse mesmo com ele. Eu o segui até a floresta aquele dia. Ainda não sei no que estava pensando.

Quer dizer, *sei* quem ele é. Sei o que ele é.

Não posso terminar com Simon por causa de um vampiro conservador — meus pais iam me deserdar. Nem sei o que isso implicaria. Eu teria que ser má? Envenenar a bebida das pessoas? Lançar feitiços das trevas? Ou só sentaria ao lado de um menino diferente em uma mesa diferente? Ficaria linda do outro lado do salão?

Eu seria o ouro no preto dele. Os dois brancos como a neve.

Talvez eu não precisasse ser má — só que Baz não esperaria que eu fosse boa, sempre *tão* boa.

Talvez eu vivesse para sempre.

Ando pelas muralhas à noite, de vestido branco, com uma capa de lã até o joelho. O tempo está virando. Sinto as bochechas queimarem de frio.

Talvez ele me veja aqui em cima antes que eu o veja.

Talvez ele me queira.

E então eu também saiba o que quero.

25

LUCY

Continuo tentando.
    Continuo chamando.
    Sei que esse é o seu lugar.

26

SIMON

A princípio, quando a vejo de pé nas muralhas, acho que é um fantasma. Uma visita.

Ela tem a pele branca e usa um vestido branco esvoaçante. Seu cabelo claro está solto e voa ao vento... Mas todo mundo que passou pelo véu estava usando as roupas em que havia morrido, não roupas típicas de fantasma.

Não percebo que a moça branca nas muralhas é Agatha até ela se assustar e virar para mim. Deve ter me ouvido invocar a espada. Volto a embainhá-la assim que vejo que é ela.

— Ah — digo. — Oi. Achei que fosse estudar.

Não estou mais bravo com ela. Não ao ar livre e fresco, quando já tive tempo de superar.

— E estudei — ela diz. — Aí fiquei com vontade de dar uma volta.

— Eu também — minto de novo.

Juro que não costumo mentir e guardar segredos dos meus amigos assim. É só que... não posso contar que estou aqui procurando por Baz. Não quero falar sobre ele com Agatha, por razões óbvias, e Penelope não quer ouvir.

Depois do quinto ano, Penny decidiu que eu não podia mais falar sobre Baz, *a menos que ele represente um perigo certo e iminente*.

— Você não pode ficar choramingando toda vez que ele te irrita, Simon. Porque, se for assim, você nunca mais vai parar de choramingar.

— Por que não? — perguntei a ela. — Você vive reclamando da sua colega de quarto.

— Não o tempo todo.

— Quase o tempo todo.

— Tá, então... pode falar sobre Baz quando ele representar um perigo certo e iminente. Fora desses casos, ele pode constituir até dez por cento das nossas conversas, no máximo.

— Não vou ficar fazendo as contas toda vez que for falar sobre Baz.

— Então é melhor apenas não reclamar dele o tempo todo.

Ela ainda não tem paciência para me ouvir, mesmo considerando que eu estava totalmente certo a respeito dele naquele ano: Baz estava mesmo tramando alguma coisa. Mais do que de costume, considerando que ele é um vampiro.

Naquela primavera, Baz tentou roubar minha voz. É a pior coisa que se pode fazer com um feiticeiro, talvez pior até do que matá-lo. Um feiticeiro não pode fazer feitiços sem palavras (em geral não, pelo menos).

Aconteceu no gramado. Vi Baz se esgueirando pela ponte levadiça ao crepúsculo, e fui atrás dele. Eu o segui até o portão principal, então ele parou e virou para mim, muito tranquilo, com as mãos nos bolsos, como se soubesse que eu o estava seguindo o tempo todo.

Eu estava prestes a fazer alguma coisa quando Philippa apareceu atrás de mim, gritando com sua vozinha fina:

— Oi, Simon!

Assim que ela disse meu nome, não conseguiu mais parar. Philippa guinchou monstruosamente, como se uma vida inteira de palavras fosse arrancada dela.

Sei que foi Baz quem fez aquilo.

Sei que ele fez *alguma coisa*.

Vi nos olhos dele quando Philippa ficou muda.

Ela foi mandada para casa. O Mago me disse que a menina recuperou a voz, que o dano não foi permanente, mas ela nunca mais voltou para Watford.

Eu me pergunto se Baz ainda se sente culpado. Se em algum momento se sentiu.

Agora ele também foi embora.

Quando volto a prestar atenção em Agatha, ela está tremendo. Desabotoo meu casaco de lã cinza.

— Toma — digo, tirando-o.

— Não. Não precisa.

Eu o estendo para ela mesmo assim.

— Estou bem. Não, Simon, *sério*. Fica com o casaco.

Abaixo os braços. Não parece certo vestir o casaco de volta, então eu o dobro sobre o braço.

Não sei o que mais dizer.

É o máximo de tempo que eu e Agatha passamos juntos desde a volta às aulas. Eu nem a beijei este ano letivo. Provavelmente deveria beijar...

Pego sua mão, mas meu gesto deve ter sido rápido demais, porque ela parece surpresa. Sua mão se abre voluntariamente, deixando algo cair. Eu me ajoelho para pegar antes que saia voando.

É um lenço.

Sei que é de Baz antes mesmo de ver as iniciais bordadas no canto, perto do brasão de armas dos Pitch (chamas, a lua, três falcões).

Sei que é de Baz porque ele é a única pessoa que conheço que usa lenço de pano. Ele jogou um de maneira sarcástica na minha cama da primeira vez que me fez chorar, no primeiro ano.

Agatha tenta puxar o lenço da minha mão, mas não o solto. Eu o afasto dela.

— O que é isso? — pergunto, erguendo o lenço. (Ambos sabemos o que é.) — Está... esperando por ele? Vocês se encontram aqui? Ele vai vir?

Seus olhos estão arregalados e brilhantes.

— Não. É claro que não.

— Como pode dizer "é claro que não" quando está aqui, obviamente pensando nele enquanto segura esse lenço?

Ela cruza os braços.

— Você não sabe no que estou pensando.

— É verdade, Agatha, não sei. *Não sei mesmo*. É aqui que você fica toda noite? Quando diz que está estudando?

— Simon...

— *Responde!*

Soa como uma ordem. E com magia envolvida, o que não é possível — não é uma palavra mágica, não é um feitiço. O feitiço para forçar alguém a ser sincero é: *A verdade, toda a verdade e nada mais do que a verdade*. Nunca o usei, porque é um feitiço avançado, do tipo controlado. Ainda assim, vejo a obrigação no rosto de Agatha.

— Não — eu digo, enchendo minha voz de magia. — *Não precisa!*

Seu rosto passa de compulsão a aversão. Ela se afasta de mim.

— Não foi de propósito — digo. — *Agatha*. Eu não queria. Mas você... — Jogo os braços para o alto. — O que está fazendo aqui?

— E se eu estiver mesmo esperando por Baz? — ela solta, como se soubesse que ia me deixar horrorizado. E deixa mesmo.

— Por quê?

Agatha se vira para a parede de pedra.

— Não sei, Simon.

— Você está esperando por ele?

O vento bate em seu cabelo, fazendo-o voar para trás.

— Não — Agatha diz. — Não estou esperando. Não tenho motivo para acreditar que ele vá vir.

— Mas você quer que ele venha.

Ela dá de ombros.

— Qual é o seu problema, Agatha? — Estou tentando me controlar. — Ele é um monstro. Um monstro de verdade.

— Todos somos monstros — ela diz.

Querendo dizer que *eu* sou.

Tento segurar a raiva que sobe pelas minhas pernas.

— Você me traiu? Com Baz? Vocês estão juntos?

— *Não*.

—Você quer ficar com ele?

Ela suspira e se inclina para as pedras ásperas.

— Não sei.

— Não tem mais nada para me dizer? Tipo… "foi mal"? Não quer resolver isso?

Ela olha para mim, por cima do ombro.

— Resolver o quê, Simon? Nosso namoro? — Agatha vira o corpo para me encarar. — O que é o nosso namoro? Você poder contar comigo quando precisa de um par para o baile? Eu chorar de alegria sempre que você volta dos mortos? Porque ainda faço isso por você. Ainda posso fazer. Mesmo que não estejamos mais juntos.

Seu queixo perfeito e cor-de-rosa está inclinado para cima, trêmulo. Seus braços permanecem cruzados.

—Você é minha companheira, Agatha — digo.

— Não. Penelope é sua companheira.

—Você é minha…

Ela solta os braços.

— O quê, Simon? O que eu sou?

Agarro os cabelos e ranjo os dentes.

—Você é meu futuro!

O rosto de Agatha se contorce, molhado pelas lágrimas. Ainda é encantador.

— E eu deveria querer isso? — ela pergunta.

— *Eu* quero.

—Você só quer um final feliz.

— Por Merlim, Agatha, e você não?

— Não! Eu não quero! Eu quero ser de alguém *agora*, Simon, não seu felizes para sempre. Não quero ser o prêmio no fim. Aquilo que você ganha se passar por todos os chefões.

—Você está distorcendo tudo. Está fazendo parecer horrível.

Ela dá de ombros de novo.

— Pode ser.

— Agatha... — Estico a mão para ela. A que não está segurando o lenço de Baz. — Podemos resolver isso.

— Provavelmente — ela diz. — Mas eu não quero.

Não consigo pensar em mais nada pra dizer.

Agatha não pode terminar comigo. Não pode terminar comigo *por causa dele*. Ah, Baz adoraria isso, adoraria usar isso contra mim. Dane-se, ele nem está aqui.

— Eu te amo, Agatha — digo, achando que pode funcionar. Essas palavras são praticamente mágicas por si só. Repito: — Eu te amo.

Agatha fecha os olhos para não me ver e vira o rosto.

— Também te amo, Simon. Acho que foi por isso que fiquei por tanto tempo.

— Você não está falando sério — digo.

— Estou, sim — ela diz. — Por favor, não briga comigo.

— Não pode me trocar por *ele*.

Ela me olha uma última vez.

— Não estou te trocando por Baz, Simon. Ele foi embora. Só não quero mais ficar com você. Não quero sair cavalgando com você, rumo ao pôr do sol... Não é meu final feliz, não é meu nada feliz.

Não discuto com ela.

Não fico nas muralhas.

Minhas bochechas estão quentes e coçam, o que sempre é um mau sinal.

Passo por Agatha correndo para pegar a escada e desço os degraus com tanta rapidez que pulo alguns e sigo em frente.

Acabo meio que flutuando escada abaixo. Caio sem de fato cair.

Nunca fiz isso, é esquisito.

Penso que preciso contar para Penny, depois penso que não posso contar, mas corro para o Claustro de qualquer maneira, porque não quero voltar para o quarto vazio, a ponte levadiça foi erguida, e não sei mais para onde ir.

Fico debaixo da janela de Penny e penso em como poderia simplesmente ligar para ela se o Mago não tivesse banido os celulares de Watford dois anos atrás.

Ainda me sinto quente.

Tento dispersar um pouco da magia e algumas faíscas recaem sobre as folhas secas atrás de mim. Piso nelas.

Será que Agatha ainda está nas muralhas? Não consigo acreditar que ela disse aquilo. Por um momento, me pergunto se não foi possuída, mas seus olhos não estavam pretos. (Será que estavam pretos? Estava escuro demais para enxergar.)

Ela não pode me deixar assim. Não pode *me deixar*.

Éramos definitivos. Éramos perfeitos.

Éramos o final feliz. (Se eu fosse ter um final feliz.) (É preciso acreditar que se vai ter um final feliz, é preciso seguir sempre em frente, como se ele fosse chegar, senão fica impossível.)

Os pais de Agatha gostam de mim. Talvez até me amem. O pai dela me chama de "filho". Não, tipo, "Gosto de você como se fosse meu filho", e sim, tipo, "Como você está, filho?". Como se eu fosse filho mesmo. Como se eu pudesse ser filho de alguém.

A mãe dela sempre diz que sou bonito. É meio que tudo o que ela diz para mim. "Como você está lindo, Simon."

O que ela diria a Baz? "Como você está lindo, Basil. Por favor, não mate minha família com suas presas hediondas."

O pai de Agatha, o dr. Wellbelove, odeia os Pitch. Diz que eles são cruéis e elitistas. Que haviam tentado impedir que o avô dele estudasse em Watford porque ele tinha a língua presa.

Caralho, não posso... só... não dá.

Me recosto contra uma árvore e apoio as mãos nas coxas, deixando a cabeça pender para a frente e a magia fluir pelo meu corpo. Quando olho para minhas pernas, é como se eu não tivesse limites. Como se estivesse borrado nas beiradas.

Tenho que consertar tudo. Com Agatha.

Vou dizer o que ela quiser que eu diga.

Vou matar Baz, para que ele não seja uma opção.

Vou contar tudo a ela e fazer com que mude de ideia. *Como ela pode dizer que finais felizes não existem?* Tudo o que venho fazendo é com esse objetivo em mente. É no final feliz que as coisas vão começar para mim.

Tenho que consertar essa situação.

— Tudo bem aí, Simon?

É o Rhys. Ele está na cadeira de rodas, vindo da biblioteca.

Olho para ele.

— Tudo bem. Oi.

Não estou bem. Meu rosto está vermelho, e acho que estou chorando. Será que meus contornos parecem embaçados para ele? Rhys passa depressa por mim.

Deixo que ele avance um pouco, então o sigo até a Casa da Pantomima.

Eu deveria ir dormir para esquecer...

Vou me certificar de que controlei meu poder, de que não vou botar fogo na cama, então vou dormir.

Amanhã vou consertar tudo isso.

27

SIMON

Desta vez, não estou dormindo quando ouço os barulhos.

Só estou deitado na cama, pensando em Baz.

O que ele disse a Agatha? O que prometeu?

Talvez não tenha precisado dizer nada. Talvez só ser ele mesmo tenha bastado. Mais inteligente que eu. Mais bonito. Mais rico. Mais equino — ele poderia ir a todas as competições dela usando as roupas e os sapatos certos. Saberia que gravata combinava com cada mês do ano.

Baz tem sangue azul, ainda que seja um vampiro.

Sangue azul... Viro e enfio a cara no travesseiro.

Ouço um rangido, e sinto um vento frio. Tento ignorar. Já fui tomado por essa sensação antes. *Não tem ninguém aqui.* Ninguém à janela, ninguém à porta. O frio entra por baixo das cobertas e eu as puxo, viro e...

Vejo uma mulher de pé na beira da cama.

Eu a reconheço. É a mesma pessoa que estava de pé à janela aquela noite. E agora sei que é uma visita, porque já vi algumas. Ela veio de trás do véu.

—Você não é ele — ela me diz. Sua voz é fria, fria de verdade, como se começasse nos meus ossos e subisse gelada para a minha pele. Parece um lamento.

Penso em invocar a espada, mas não o faço.

— Quem é você? — pergunto.

— Continuo vindo. Este é o lugar *dele*. É para cá que me chamam. Mas só tem você aqui...

Ela é alta e usa vestes formais, como se fosse uma advogada ou professora. Seu cabelo escuro está preso para trás em um coque cheio. Embora seja translúcida, dá para ver que as vestes são vermelhas, a pele é escura e os olhos são cinza. Eu a reconheço do quadro do lado de fora da sala do Mago.

Natasha Pitch, a diretora anterior de Watford.

— Cadê ele? — ela pergunta. — Onde está meu filho?

— Não sei — respondo.

—Você o machucou?

— Não.

—Você não pode mentir para os mortos.

— Nem quero.

Ela olha para a cama vazia e sua tristeza é tão aguda que, neste momento, eu faria qualquer coisa para trazê-lo de volta para ela. (Faria qualquer coisa para trazê-lo de volta.)

— O véu está descendo. Só vou poder rever meu filho daqui a vinte anos.

Ela vira para mim e se aproxima. Já começa a esvanecer. Acontece com todos. Penelope diz que eles não podem ficar por muito tempo. Dois minutos, no máximo.

—Vai ter que ser você.

— O quê?

Ela é fria demais, não suporto a sensação de tê-la tão perto de mim.

Ela estica os braços e segura meus ombros. Suas mãos são como gelo, seu hálito é um calafrio doloroso no meu rosto.

— Diga ao meu filho... — ela diz, com ardor. — Diga a meu filho que meu assassino continua vivo. Nicodemus sabe. Avise a Basilton para encontrar Nico para que eu possa ter paz. Você entendeu?

— Sim — digo. — Encontrar Nico...

— Nicodemus. *Diga a ele.*

—Vou dizer. Eu digo a ele.

Sua expressão se desmancha.

— Meu filho — ela diz, com lágrimas frias se acumulando nos olhos. — Dê isso a ele.

Ela se inclina e dá um beijo na minha têmpora. Ninguém nunca me beijou nesse lugar. Só fui beijado na boca.

— Meu filho — ela diz, e parece um sussurro, mas acho que é um grito, acho que ela está esvanecendo.

Fico deitado na cama, tremendo, depois que ela se vai. O quarto está muito frio. Eu deveria acender a lareira, mas não quero abrir os olhos.

Devo ter pego no sono, porque volto a acordar com o frio, uma nova onda, no meio da noite. Ele paira como uma nuvem gelada sobre a cama, então penetra em mim, me tocando, me embalando.

— Meu filho, meu filho — ouço.

Não vejo seu corpo dessa vez, só sinto o frio em toda a parte. A voz está mais aguda e fina, um lamento ao vento.

— Meu filho, meu filho. Meu botão de rosa. Eu nunca teria deixado você. Ele disse que éramos estrelas.

— Eu digo a ele — falo. Grito. — Eu digo a ele!

Só quero que ela vá embora.

— Simon, Simon… meu botão de rosa…

Fecho os olhos e puxo as cobertas. O frio está grudado em mim, dentro de mim.

— Eu digo a ele!

Se Baz voltar um dia, vou dizer.

28

SIMON

Mal posso esperar para deixar o quarto pela manhã. Corro porta afora com a gravata solta no pescoço e o suéter jogado sobre o ombro.

Não pretendo voltar. Nunca. Não tem espaço para mim ali, com todos os fantasmas. A mãe de Baz que fique com a cama vazia dele; estou cansado de olhar para aquilo.

Tenho que contar a Penny o que aconteceu. Ela vai ficar decepcionada por eu não ter interrogado a fantasma. "Sinto muito que seu filho tenha desaparecido, sra. Pitch, mas como ele não está aqui, podemos aproveitar o tempo que temos para fazer progressos nas ciências mágicas..."

Quando chego, Penny já trouxe chá e torradas para a nossa mesa. Pego um prato de peixe e ovos mexidos.

— Precisamos conversar — digo, me jogando na cadeira à frente dela.

— Ótimo — ela diz. — Achei que fosse me obrigar a arrancar tudo de você.

— Já está sabendo? Como é possível?

— Bom, sei que *alguma coisa* aconteceu. Agatha sentou sozinha e nem olhou pra mim.

— Agatha? — Olho em volta. Ela está sentada sozinha do outro lado do refeitório, lendo um livro enquanto come cereal.

— E aí? — Penny diz. — É porque eu dormi no seu quarto? Posso explicar tudo pra ela.

— Não — digo. — Não... a gente terminou.

Penny estava prestes a dar uma mordida na torrada, mas a devolve.

—Vocês terminaram? Por quê?

— Não sei... Acho que ela está apaixonada pelo Baz.

Estou usando a mesma calça de ontem, então enfio a mão no bolso e toco o lenço dele.

— Ah — Penelope diz. — Acho que dá pra entender. Quer dizer...

Estico a cabeça para a frente.

— Dá pra entender? Como assim? Que minha namorada esteja apaixonada pelo meu arqui-inimigo? Minha namorada, que é uma pessoa boa, apaixonada pelo meu inimigo, que é simplesmente maligno?

— Bom, o namoro de vocês já teve... anos melhores, Simon. Parecia que você e Agatha estavam só deixando rolar.

— Me trair com Baz é "deixar rolar"?

— Ela te traiu?

— Não sei.

Penny suspira. Como se tivesse pena de mim. Ela é superprotetora demais às vezes.

— Agatha não está apaixonada por Baz. Só está procurando outra coisa. Ela acha a ideia de estar apaixonada por um vampiro morto romântica.

— *Morto?*

—Você me entendeu — Penny diz. — Desaparecido. Há tempos.

Baz morreu? A mãe dele não saberia se fosse o caso? Não o teria visto do outro lado do véu? Talvez o além seja grande demais. (Deve ser.) Talvez ela só esteja procurando por ele aqui porque ainda não o viu do outro lado.

Cutuco os ovos algumas vezes, então largo o garfo.

Em meio a tudo isso, nunca considerei seriamente a possibilidade de que Baz pudesse estar morto. Escondido, sim. Tramando. Talvez até ferido ou em cativeiro, mas morto... não.

Ele prometeu fazer da minha vida um inferno.

Quando a porta do refeitório se abre de súbito, é quase como se eu tivesse feito isso, como se fosse uma invocação. O ar frio se espalha pelo salão. Está claro lá fora, no pátio, e a princípio tudo o que dá para ver é a silhueta de alguém.

Isso já aconteceu tantas vezes desde que as aulas começaram que ninguém mais se assusta, nem os menores.

Quando a figura avança, eu o reconheço na hora.

Alto. Com o cabelo preto penteado para trás. Os lábios curvados em um sorriso de desdém... Conheço esse rosto tanto quanto o meu.

Baz.

Levanto rápido demais, derrubando a cadeira atrás de mim. Do outro lado da sala, uma caneca se estilhaça ao cair no chão. Olho de lado e noto que Agatha também está de pé.

Baz vem em nossa direção.

Baz.

LIVRO DOIS

29

BAZ

É desnecessariamente imponente usar abre-te-sésamo na porta, mas faço isso mesmo assim, porque sei que todo mundo vai estar no refeitório, então posso muito bem entrar em cena com estilo.

Queria que fosse assim. Queria ser eu mesmo a pessoa a dar a notícia de que voltei.

Snow é o primeiro a reagir — fica de pé num salto, fazendo a cadeira voar. Me esforço para não revirar os olhos. (Me esforço para não encará-lo. Ele está magro. Parece cansado. Ele costuma estar com seu peso normal nessa época do ano.)

Dev e Niall, ainda bem, agem como se eu tivesse chegado com oito minutos de atraso, em vez de oito semanas. Dev cutuca Niall e Niall me olha entediado, então tira o bule de chá do meu lugar, que está vazio. São bons garotos.

Vou até o balcão e sirvo um prato. Finjo que não estou morrendo de fome. (Agora, parece que estou sempre com fome.)

Snow permanece de pé. A amiguinha intrometida puxa sua manga, tentando fazê-lo sentar. Ele deveria ouvi-la. Espera, o que é isso? Está faltando a Wellbelove nesse quadro perfeito.

Vasculho o salão sem virar a cabeça. Lá está ela, sentada do outro lado do refeitório — problemas no paraíso? —, me olhando. Todos estão me olhando. Percebo que Wellbelove espera algo a mais de mim, então a olho demoradamente, sem entusiasmo. Ela que conclua o que quiser disso; é o que vai fazer, de qualquer maneira.

Me acomodo na mesa e Dev me serve uma xícara de chá.
— Baz — ele diz, sorrindo.
— Cavalheiros — digo. — O que perdi?

30

BAZ

Snow levanta de novo, quando entro na aula de grego. Sento sem nem olhar para ele.

— Chega, Snow. Não sou a rainha.

Ele não responde. Deve estar pensando em uma resposta.

Snow retruca como ninguém. *Mas! Eu! Quer dizer! Hum! É só que!* Não é de surpreender que não se dê bem com feitiços.

O Minotauro cruza os braços e bufa ao me ver.

— Sr. Pitch — ele diz. — Vejo que decidiu se juntar a nós.

— Sim, senhor.

— Vamos precisar discutir como vai recuperar o tempo perdido.

— Claro. Embora eu acredite que o senhor vá descobrir que estou bem à frente da turma. Minha mãe sempre insistiu que eu estudasse grego e latim durante as férias.

É sempre bom mencionar minha mãe quando falo com os professores mais antigos. Eles ainda se lembram dela, até baixam um pouco a cabeça em reverência.

O Minotauro trabalhava na propriedade quando minha mãe era diretora; criaturas não podiam lecionar na época. Duvido que ele vá usar isso contra mim.

Duvido que qualquer um vá.

— Vamos ver — ele diz, estreitando seus olhos bovinos.

Não estou mentindo. Grego não é um problema para mim — tampouco vou ter problemas em latim, palavras mágicas e elocução.

Talvez tenha em ciência política, dependendo do quanto tiverem avançado. O mesmo vale para história e astrologia.

Vou ter que ralar para voltar a ser o primeiro da classe, e acho que o técnico não vai me deixar voltar para o time de futebol...

Talvez todo mundo me desse uma folga se eu contasse que fui sequestrado.

Mas não vou contar a *ninguém* que fui sequestrado.

Sequestrado. Pela porra de uns nulidades ainda por cima.

Nulidades são como trolls, só que ainda mais hediondos. São grandes e idiotas e estão sempre com frio. Vivem enrolados em cobertores e roupões, se os têm, e se não têm se cobrem com folhas, lama e jornais velhos. Eles costumam viver debaixo de pontes, porque *gostam* de viver debaixo de pontes. E só têm inteligência para bater na sua cabeça com uma clava e te arrastar até uma cabana, se forem ganhar alguma coisa com isso.

Tia Fiona ficou horrorizada quando me encontrou no covil de nulidades. Ela me deu bronca durante todo o caminho até em casa e depois por todo o caminho até Watford. Me fez sentar no banco de trás do carro dela (um MGB de 1967 espetacular). "O banco da frente é para quem nunca foi sequestrado por nulidades. Meu Deus do céu, Baz." (Tia Fiona gosta de falar como se fosse uma normal. Ela se acha rebelde.)

Dava para ver que ela estava meio irritada comigo, meio aliviada por eu ainda estar vivo.

Fiquei seis semanas preso em um caixão debaixo daquela ponte, e nem acho que nulidades estivessem *tentando* me torturar. Deviam pensar que era um tratamento humano para um vampiro. Por assim dizer. Até me levaram sangue. (Achei melhor nem pensar em onde tinham conseguido.) Mas não me levaram comida. A maior parte das pessoas não sabe que vampiros precisam de ambos. A maior parte das pessoas não sabe porra nenhuma sobre vampiros...

Eu mesmo não sei porra nenhuma sobre vampiros. Não é como se tivesse recebido um folheto com instruções quando fui mordido.

Nulidades me mantiveram no caixão por seis semanas, e quase todo dia me forneciam sangue. (Em um copinho plástico com canudinho.) Eu aguento ficar sem comida por mais tempo que a maioria das pessoas, mas estava bem mal quando Fiona chegou.

Por sorte, minha tia é muito foda. Ela acabou com os nulidades antes mesmo de encontrar meu caixão; depois me bombardeou de magia curativa.

— *Morte do lobo, saúde do rebanho!* — ela ficava sussurrando. — *Melhoras!*

(Isso me lembrou do dia em que me transformaram. Fiona e meu pai me trataram com uma magia curativa que dava conta das mordidas e dos hematomas, mas não atingia as mudanças que já aconteciam dentro de mim.)

Eu ainda estava fraco quando Fiona me tirou do caixão.

— Tudo bem? — ela perguntou.

— Fome. Sede.

Fiona chutou um nulidade morto. Eles ficam parecendo pedras gigantes quando morrem, um monte de lama e massa cinzenta.

— Consegue chupar um desses?

— Não — eu disse, com desdém. Sangue de nulidade é pantanoso e salobro, nem um pouco potável. Deve ter sido o motivo pelo qual mandaram nulidades atrás de mim.

— Vou te levar no McDonald's — ela disse.

— Me leva pra escola.

Engoli o primeiro dos três hambúrgueres que Fiona me comprou em duas mordidas — e botei para fora na mesma hora. Ela parou o carro no acostamento para que eu saísse e vomitasse.

— Você está péssimo, Basil. Vou te levar pra casa.

— É setembro, me leva pra escola.

— É outubro, vou te levar pra casa pra descansar.

— É outubro? Me leva pra escola, Fiona. Agora.

Limpei a boca na camiseta. Ainda estava com a roupa branca do tênis — os nulidades tinham me sequestrado na saída do clube. Tinha manchas de todas as variedades possíveis e vômito recente.

Fiona negou com a cabeça.

— A escola não tem mais importância, moleque. Estamos no meio de uma guerra.

— Estamos sempre no meio de uma guerra. Me leva pra Watford. Não vou deixar Penelope Bunce se formar como primeira da classe.

— Baz, tudo mudou agora. Você foi sequestrado. Houve um pedido de resgate.

Me inclinei para o carro.

— Foi por isso que os nulidades não me mataram? Porque vocês pagaram o resgate?

— Porra nenhuma. Os Pitch nunca pagaram resgate, e não vamos começar agora.

— Sou seu único herdeiro!

— Foi isso que seu pai disse. Ele queria pagar. Eu falei que sabia que minha irmã tinha chegado ao fundo do poço ao se casar com um Grimm, mas não ia deixar que ele maculasse ainda mais nossa honra. Sem querer ofender, Basil. — Ela me passou outro hambúrguer. — Tenta de novo. Mais devagar.

Dei uma mordida.

— Por que me sequestraram? — perguntei, atrás do sanduíche com três camadas de pão e duas de carne.

— Eles disseram que queriam dinheiro. Depois, varinhas.

— O que nulidades iam querer com varinhas?

— Nada! A questão é quem os contratou. Ou quem os convenceu... Não sei como obrigar um nulidade a fazer o que se quer. Talvez baste levar umas bolsas de água quente. Eles ficaram ligando do seu celular, até que acabou a bateria. Seu pai acha que primeiro te pegaram, depois começaram a pensar no que fazer com você. Mas, para mim, isso foi coisa do Mago. Acabar com nossos privilégios não foi o bastante; ele quer todo o nosso poder.

—Você acha que *o Mago* mandou me sequestrarem? O diretor da escola?

— Acho que o Mago é capaz de qualquer coisa — ela disse. — Você não?

Eu achava, mas Fiona bota a culpa de tudo no Mago. Então fica difícil levá-la a sério, mesmo depois de ter matado alguém para salvar sua vida.

E, naquele momento, eu estava mais preocupado em me deitar.

— Ah — Fiona disse. — Aqui. — Ela tirou minha varinha de marfim polido com punho de couro de sua bolsa gigante e a enfiou no bolso do meu short. Eu a peguei. — Então — Fiona continuou. — Você *não* vai voltar para a escola, para as garras daquele cretino.

—Vou, sim.

— *Basilton*.

Meu nome completo, todas as três sílabas. Ela estava falando sério.

— Ele não vai me incomodar na escola — argumentei —, com todo mundo vendo.

— Baz, temos que levar isso a sério. Ele atacou nossa família *de novo*, e diretamente.

— Estou levando a sério. Sou mais valioso como espião que como soldado, de qualquer maneira. É o que as famílias sempre disseram.

— Era o que dizíamos quando você era criança. Agora é um homem.

— Sou um *estudante* — digo. — O que acha que minha mãe diria se soubesse que está tentando me tirar da escola?

Fiona bufou e balançou a cabeça. Ainda estávamos parados no acostamento. Ela abriu a porta do carro para mim.

— Entra, seu manipulador imprestável.

— Só se você me levar para Watford.

—Vou te levar para casa primeiro. Seu pai e Daphne querem te ver.

— E depois vamos para Watford.

Ela me puxou para dentro do carro.

— Meu Deus. Tá. Se você ainda quiser ir.

É claro que eu ainda queria vir para Watford...

... depois de ter visto meu pai. Depois de minha madrasta ter chorado ao me ver. Depois de ter dormido doze horas sob uma nova barragem de feitiços curativos.

Fiquei quinze dias na cama.

Eles tentaram me convencer a ficar mais.

Até Vera, minha antiga babá, foi trazida para fazer com que eu me sentisse culpado. (Vera é normal. Ela processa toda a nossa esquisitice fingindo que somos mafiosos. Meu pai lança um feitiço de ingenuidade toda vez que as coisas ficam extravagantes demais para ela.)

Depois de duas semanas, fiz as malas e sentei no banco da frente do carro de Fiona.

— Vou roubar o carro se for preciso! — gritei para a entrada da casa. — Ou vou roubar um ônibus!

Eu ia voltar para a escola de qualquer jeito. É meu último ano. O último ano na torre. O último ano no campo. O último ano para atormentar Snow antes que nosso antagonismo fique mais permanente e menos divertido.

Meu último ano em Watford, o último lugar onde vi minha mãe...

É claro que eu ia voltar.

Tia Fiona saiu com seus coturnos pretos e pesados (um clichê) e abriu a porta do carro.

— Pro banco de trás — ela disse. — O da frente é para quem não foi sequestrado por nulidades malditos.

Posso sentir Snow olhando para mim durante toda a aula de grego — sentir de verdade. Ele está tão concentrado que sua magia se espalha por toda a sala.

Às vezes, quando ele fica assim, tenho vontade de puxá-lo de lado e dizer: *Respira fundo, Snow. Extravasa um pouco. Antes que comece outro incêndio. Independente do motivo da sua preocupação, isso não vai ajudar.*

Mas nunca faço isso. Nunca o puxo de lado. Nem o acalmo. Só o provoco até que exploda.

É o que Snow faz de melhor. Ele não planeja ou ataca, só *explode* e destrói tudo em seu caminho.

Ele é até parecido com a porra de um nulidade, pensando bem. O Mago lhe dá luvas e cobertores, e Snow explode na direção para a qual ele o aponta. Já vi isso. Provavelmente mais do que qualquer outra pessoa além de Bunce...

Os limites de Snow parecem sair de foco, tremem como um motor a jato. Sua aura solta faíscas. A luz se reflete em seu cabelo, e suas pupilas se contraem até que os olhos fiquem bem azuis. Ele costuma estar com a espada na mão, então é ali que as chamas começam — envolvendo suas mãos e punhos, lambendo a lâmina. Isso o deixa louco. Acho que seu cérebro apaga quando ele começa a se movimentar. Depois o poder flui dele em ondas. Ondas que arrasam, que queimam. É mais poder do que o restante de nós consegue acessar. Mais poder do que podemos imaginar. Transborda como se ele fosse um copo debaixo de uma cachoeira.

Já vi isso acontecer de perto, bem ao lado dele. Snow protege quem ele sabe que está próximo. Não sei como faz, nem por quê. É a cara dele, na verdade, usar o pouco controle que tem para proteger os outros.

O Minotauro fala em tom monótono. Conjuga verbos que conheço desde os onze anos.

Sinto o olhar de Snow na minha nuca. Sinto o cheiro de sua magia. Fumacento. Pegajoso. Como folhas numa fogueira. As pessoas à nossa volta ficam meio bêbadas e abobadas por conta disso. Noto que Bunce tenta se livrar da sensação. Ela está olhando para ele. Ele está olhando para mim.

Viro a cabeça só o suficiente para que ele veja meus lábios se curvarem.

31

SIMON

Volto para o quarto assim que as aulas terminam, mas Baz não está lá. Suas coisas estão no guarda-roupas. Sua cama está feita. Seus vidros e potes estão de volta à bancada do banheiro.

Abro as janelas, ainda que esteja congelando lá fora, porque passei o dia superaquecido. Penelope quase teve que me segurar no café da manhã. Eu queria correr até Baz e exigir uma explicação. Queria... Acho que eu só queria me certificar de que era ele mesmo. Quer dizer... obviamente era ele.

Baz voltou.

Baz está *vivo*. Ou tão vivo quanto pode estar.

Ele estava com uma aparência péssima, ainda mais branco que o normal. Mais magro também, e tem algo meio estranho no jeito como se move, meio que arrastando a perna. Como se tivesse pedras de pesos diferentes presas a cada membro.

Só quero correr até ele, derrubá-lo e descobrir tudo. Qual é o problema. Por onde ele andou.

Espero no quarto até o jantar, mas Baz não volta. Então me ignora no refeitório.

Ele também ignora Agatha. (Ela o encara tanto quanto eu, mas não acho que esteja preocupada que ele tenha voltado para matá-la.) Agatha está sentada sozinha a uma mesa, e não consigo decidir se isso me deixa triste ou bravo. Se Agatha em si me deixa triste ou bravo. Ou mesmo o que eu deveria sentir em relação a ela. Não consigo nem pensar agora.

— A gente podia estudar na biblioteca hoje à noite — Penny diz, como se eu não estivesse literalmente fumegando.

—Vou ter que falar com ele em algum momento — digo.

— Não, não vai — ela diz. — Quando é que vocês dois se falam, aliás?

—Vou ter que ficar cara a cara com ele.

Ela se debruça sobre a torta de carne moída.

— É com isso que me preocupo, Simon. Você precisa se acalmar primeiro.

— Estou calmo.

— Simon, você nunca está calmo.

— Isso me magoou, Penny.

— Não deveria. É um dos motivos pelos quais te amo.

— Eu só... preciso saber onde ele estava...

— Bom, Baz não vai te contar.

—Talvez ele deixe escapar, enquanto tenta esconder a verdade de mim. O que é que está rolando? Parece que ele esteve em uma prisão americana horrorosa.

—Vai ver ele estava doente.

Eu nem tinha considerado essa possibilidade. Todos os cenários em que pensei envolviam Baz escondido, tramando alguma coisa. Talvez ele estivesse doente *e* tramando alguma coisa...

— O que quer que seja — Penny diz —, brigar com ele não vai ajudar em nada.

— Não vou brigar.

— É claro que vai, Simon. É o que você faz todo ano, assim que o vê. Talvez não devesse fazer isso dessa vez. Tem alguma coisa acontecendo. É maior que Baz. O Mago praticamente desapareceu e Premal está em uma missão secreta há semanas. Minha mãe disse que ele não está respondendo mensagens.

— Sua mãe está preocupada com ele?

— Ela sempre está preocupada com meu irmão.

—Você está preocupada com ele?

Penny baixa os olhos.

— Estou.

— Sinto muito. Quer ir atrás dele?

Ela volta a me olhar, séria.

— Minha mãe não quer. Ela diz que precisamos esperar e ficar atentos. Acho que ela e meu pai andam investigando por aí, com discrição, e não querem que a gente chame atenção para eles. É por isso que você precisa relaxar. Só... fica de olho. Observa. Não derruba nenhuma cadeira nem mata nada.

—Você sempre diz isso. — Suspiro. — Mas quando somos nós ou eles, quer que eu mate as coisas.

— Nunca quero que você *mate*, Simon.

— Nunca sinto que tenho escolha.

— Eu sei. — Ela abre um sorriso para mim. Um sorriso triste. — Não mate o Baz hoje.

— Não vou matar.

Mas provavelmente vou ter que matar um dia, e nós dois sabemos disso.

Penelope me deixa ir para o quarto depois da janta e nem tenta me seguir — está presa com Trixie e a namorada, agora que Baz voltou.

— Não é justo que os alunos gays tenham vantagem! — ela reclama.

— Mas só essa vantagem — digo.

Ela é razoável o bastante para não discordar de mim.

Quando chego ao topo da escada, estou nervoso. Ainda não sei o que vou dizer a ele. *Nada*, ouço Penny dizer na minha mente. *Faz a lição de casa e vai pra cama.*

Como se fosse assim fácil.

Dividir um quarto com a pessoa que você mais odeia é como dividir o quarto com uma sirene. Não dá para ignorar, nem se acostumar. Nunca deixa de ser incômodo.

Baz e eu passamos sete anos fazendo cara feia e rosnando um para o outro. (Ele fazendo cara feia, eu rosnando.) Ambos passamos o máximo de tempo possível longe do quarto quando sabemos que o outro vai estar lá, e quando não há como evitar nos esforçamos ao máximo para não fazer contato visual. Não falo com ele. Não falo na frente dele. Nunca deixo que veja nada que possa repassar à bruaca da tia Fiona.

Tento não chamar mulheres de bruacas, mas a tia de Baz uma vez me colou ao chão com um encanto. Sei que foi ela, porque a ouvi dizer: *Finca-pé!*

Eu também a peguei duas vezes tentando se esgueirar até a sala do Mago.

— É a sala da minha irmã — ela tinha dito. — Gosto de dar uma passada às vezes.

Talvez estivesse falando a verdade. Talvez estivesse tentando derrubar o Mago.

Esse é o problema com todos os Pitch e seus aliados — é impossível dizer quando estão tramando alguma coisa e quando estão agindo normalmente.

Houve anos em que pensei que pudesse descobrir seu plano se prestasse bastante atenção em Baz (o quinto ano). E houve anos em que decidi que morar com ele já era ruim o bastante, então eu não podia ficar de olho nele o tempo todo também (ano passado).

Nos primeiros anos, não era uma questão de estratégia ou decisão. Éramos só nós dois brigando pelos corredores e enchendo um ao outro de porrada duas ou três vezes.

Eu costumava implorar ao Mago para trocar de colega de quarto, mas não é assim que funciona. O crisol nos juntou no primeiro dia de aula.

Todos os alunos são divididos assim no primeiro ano. O Mago faz uma fogueira no pátio, com ajuda dos mais velhos, e os menores ficam em volta. Então o Mago põe o crisol — um crisol de verdade, uma relíquia da época da fundação da escola — no meio do fogo e faz o encantamento; todo mundo espera que o ferro derreta.

A sensação de quando a magia começa a funcionar dentro de você é muito estranha. Eu tinha medo de que não funcionasse em mim, porque eu vinha de fora. Todos os outros alunos começaram a formar pares, mas eu não sentia nada. Pensei em fingir que sentia, mas não queria ser pego e expulso.

Até que senti a magia, como um gancho no estômago.

Tropecei para a frente e olhei em volta. Baz caminhava na minha direção. Todo tranquilão. Como se viesse na minha direção porque queria, não porque tinha um ímã místico dentro de si.

A magia só se extingue depois que os novos colegas de quarto se cumprimentam com um aperto de mãos. Eu estiquei a minha mão para Baz imediatamente, mas ele ficou parado, até não suportar mais. Não sei como resistiu ao puxão; eu sentia como se meu intestino fosse explodir e se enrolar em volta dele.

— Snow — Baz disse.

— Isso — eu falei, balançando a mão. — Aqui.

— O herdeiro do Mago.

Assenti, mas na época nem sabia o que aquilo significava. O Mago me tornou seu herdeiro para que eu pudesse estudar em Watford. Foi por isso também que fiquei com a espada dele. É uma arma histórica, que costumava ser dada ao herdeiro do Mago, na época em que esse título era passado de geração em geração, não nomeado pelo conciliábulo.

O Mago me deu uma varinha também — de osso com punho de madeira, que era do pai dele —, para que eu tivesse meu próprio instrumento mágico. É preciso ter magia dentro de si e um jeito de tirá-la daí: esse é o mínimo exigido para estudar em Watford e para ser um feiticeiro. Todo feiticeiro herda um artefato da família. Baz tem uma varinha, como eu; os Pitch são fabricantes delas. Penny tem um anel. Gareth tem uma fivela de cinto. (O que é muito inconveniente, porque ele tem que jogar o quadril para a frente sempre que quer lançar um feitiço. Gareth é o único que parece achar isso engraçado.)

Penelope acha que minha varinha de segunda mão é um dos motivos pelos quais meus feitiços são tão ruins — não herdei minha varinha de um parente sanguíneo, por isso ela não sabe lidar comigo. Depois de sete anos no Mundo dos Magos, ainda recorro primeiro à espada, porque sei que ela vai vir quando eu a invocar. A varinha até vem, mas na metade do tempo se faz de morta.

A primeira vez que pedi ao Mago para trocar de colega de quarto foi alguns meses depois que eu e Baz começamos a morar juntos. O Mago não quis nem saber — embora soubesse quem Baz era, e soubesse melhor que eu que os Pitch eram cobras traidoras.

— O pareamento de colegas de quarto é uma tradição sagrada em Watford — ele disse, com a voz gentil, mas firme. — O crisol escolheu vocês, Simon. Vocês devem cuidar um do outro, se conhecer tão bem como irmãos.

— Sim, senhor, mas... — Eu estava na sala dele, sentado em uma poltrona de couro gigante, a que tem três chifres no alto do encosto. — O crisol deve ter cometido um erro. Meu colega de quarto é um canalha completo. Talvez seja até maligno. Na semana passada, alguém lançou um feitiço para fechar meu notebook, e *sei* que foi ele. Baz estava claramente segurando uma gargalhada.

O Mago só ficou sentado à mesa, alisando a barba.

— O crisol escolheu vocês, Simon. É seu destino tomar conta dele.

O Mago me deu a mesma resposta até eu cansar de pedir. Ele se negou a tomar uma atitude mesmo depois que *provei* que Baz tinha tentado me dar de comer para uma quimera.

Baz *admitiu*, depois argumentou que o fato de ter sido malsucedido já era punição o bastante. E o Mago concordou com ele!

Às vezes, é impossível entender o Mago...

Foi só nos últimos anos que me dei conta de que o Mago me faz ficar com Baz para mantê-lo sob controle. O que significa, espero

— *acho* —, que o Mago confia em mim. Acha que estou apto para o trabalho.

Decido tomar um banho e fazer a barba enquanto Baz não volta. Só me corto duas vezes, o que é melhor que o normal. Quando saio, de calça de flanela e com a toalha no pescoço, Baz está perto da cama, tirando coisas da bolsa da escola.

Ele levanta a cabeça, com o rosto todo contorcido. Parece até que já o ataquei.

— O que está fazendo? — ele rosna entredentes.

— Estou saindo do banho. Qual é o problema?

— Você — ele diz, jogando a bolsa no chão. — Sempre você.

— Oi, Baz. Bem-vindo de volta.

Ele desvia o rosto.

— Cadê o seu colar? — A voz dele sai baixa.

— Meu o quê?

Não consigo ver seu rosto direito, mas parece que ele está movendo a mandíbula.

— *Sua cruz*.

Levo a mão à garganta, então aos cortes no queixo. A cruz. Eu a tirei há semanas.

Corro para a cama e a encontro, mas não a coloco. Em vez disso, circulo Baz e ocupo seu espaço para forçá-lo a me olhar. Ele me olha com dentes cerrados, a cabeça inclinada para trás e para o lado, como se estivesse *esperando* que eu desse o primeiro passo.

Seguro a cruz com as duas mãos. Quero que ele reconheça o que é, o que significa. Então a levanto acima da cabeça e a penduro com cuidado no pescoço. Meus olhos estão fixos nos de Baz, que não desvia o rosto e abre bem as narinas.

Quando a cruz está em seu devido lugar, suas pálpebras se fecham um pouco e ele endireita os ombros.

— Por onde andou? — pergunto.

Ele volta a olhar nos meus olhos.

— Não é da sua conta.

Sinto minha magia aflorar e tento contê-la.

— Sua cara está uma merda, sabia?

Ele parece ainda pior agora que o vejo de perto. É como se houvesse um plástico cinza por cima dele — inclusive dos seus olhos, que sempre foram cinza.

Em geral, eles são do tipo de cinza que se obtém misturando azul-escuro e verde-escuro. Um cinza de águas profundas. Hoje, estão do tom de cinza do cimento molhado.

Baz solta uma risada.

—Valeu, Snow. Você também está um trapo.

Estou mesmo. É culpa dele. Como poderia comer e dormir sabendo que Baz estava lá fora, tramando contra mim? Agora ele está aqui e, se não for me contar nada de útil, deveria trucidá-lo por ter me feito passar por isso.

Ou… eu poderia fazer a lição de casa.

Vou só fazer a lição de casa.

Tento. Sento à escrivaninha, e Baz senta na cama. Ele acaba saindo sem dizer nada. Sei que está indo às catacumbas caçar ratos, ou à floresta caçar esquilos.

Sei que uma vez ele matou e chupou todo o sangue de um lobisreio, mas não sei por quê — seu corpo apareceu na beira do fosso. (Odeio os lobisreios quase tanto quanto Baz. Eles não são inteligentes, acho, mas são bem malvados.)

Vou para a cama depois que Baz vai embora, mas não durmo. Faz só um dia que ele voltou, e já sinto que preciso saber onde ele está o tempo todo. Parece o quinto ano de novo.

Quando Baz finalmente volta para o quarto, cheirando a poeira e podridão, fecho os olhos.

Então me lembro da mãe dele.

32

BAZ

Quase fui para a sala do Mago hoje à noite.

Só para minha tia parar de me encher o saco.

Ela veio até Watford falando sem parar. Acha que o Mago vai fazer alguma coisa em breve. Acha que ele está procurando por algo específico. Parece que nos últimos dois meses ele tem visitado — invadido — as casas das famílias. Chega de Range Rover (verde de 1981, uma graça) e bebe o chá da casa enquanto seus homens varrem as bibliotecas com feitiços de localização.

— O Mago acha que um de nós está trabalhando com o Oco — Fiona disse —, que não temos nada a esconder se não tivermos nada a esconder.

Ela nem precisou me dizer que temos *muito* a esconder em casa. Não estamos trabalhando com o Oco — por que um feiticeiro trabalharia com o Oco? —, mas nossa casa está cheia de livros proibidos e objetos das trevas. Até alguns de nossos livros de receita foram proibidos. (Embora faça séculos que os Pitch não comem fadas.) (Nem se encontram mais fadas disponíveis.) (Não é porque comemos todas elas.)

Fiona não mora com a gente. Ela tem um apartamento em Londres e namora homens normais. Jornalistas e bateristas. "Não sou traidora", ela diz. "Nunca *casaria* com eles." Acho que ela sai com esses caras porque eles não parecem sérios. Acho que é tudo por causa da minha mãe.

Meu pai diz que Fiona achava que o mundo girava em torno da minha mãe. (De acordo com as histórias do meu pai, minha mãe podia mesmo fazer o mundo girar em torno dela. Ou talvez outros tenham feito isso só para agradá-la.)

Fiona era aprendiz de um botânico em Beijing quando minha mãe morreu. Ela voltou para o velório e nunca mais foi embora. Ficou com meu pai até que ele se casasse de novo, então se mudou para Londres. Agora ela vive com o dinheiro da família, à base de magia, só para vingar a irmã.

Não é uma boa combinação.

Fiona é inteligente — e poderosa —, mas minha mãe era a jogadora de xadrez da família. Ela foi criada para a grandeza. (É o que todo mundo diz.)

Fiona é vingativa. É impaciente. Às vezes só quer se rebelar — ainda que não saiba propriamente contra o quê ou como.

Seu grande plano para desvendar a trama do Mago é me mandar bisbilhotar sua sala. Ela é obcecada pela sala dele; era a sala da minha mãe, e acho que Fiona pretende roubá-la de volta.

— Vou entrar na sala dele escondido e fazer o quê? — perguntei a ela.

— Dar uma olhada.

— O que acha que vou encontrar?

— Como é que vou saber? Ele deve ter deixado pistas. Dá uma olhada no computador.

— Ele nunca está lá para usar o computador — eu disse. — Provavelmente tem tudo no celular.

— Então rouba o celular.

— Rouba você — eu disse. — Tenho aula.

Ela disse que logo ia se encontrar com as famílias — uma associação que reúne todo mundo que saiu perdendo com a revolução do Mago.

(Meu pai também vai a essas reuniões, mas não se envolve muito. Ele prefere falar sobre gado mágico e o preço das sementes. Os Grimm são fazendeiros. Minha mãe deve ter se apaixonado perdidamente por ele.)

Depois que minha mãe morreu, todo mundo que tivesse coragem de desafiar o golpe militar do Mago foi rapidamente forçado a sair do conciliábulo. E ninguém das famílias fez parte dele na última década, embora a maioria das reformas do Mago nos envolva.

Livros banidos, frases banidas. Regras sobre quando e onde podemos nos encontrar. Impostos para cobrir as iniciativas do Mago, e mais notavelmente para garantir que cada fauno bastardo, primo centauro e arremedo de feiticeiro do mundo possa estudar em Watford. O Mundo dos Magos nunca teve impostos. Impostos são para normais; nós preferíamos ter padrões.

Ninguém pode culpar as famílias por contra-atacar sempre que possível.

Eu acabei cedendo. Disse a Fiona que entraria na sala do Mago e daria uma olhada, mesmo que a troco de nada.

— Pega alguma coisa — ela disse, segurando firme no volante.

Eu estava no banco de trás, então só conseguia ver um pedaço de seu rosto pelo retrovisor.

— Tipo o quê?

Ela deu de ombros.

— Não importa. Qualquer coisa.

— Não sou ladrão — eu disse.

— Não seria roubo. A sala é *dela*, é nossa. Pega alguma coisa pra mim.

— Tá bom — eu disse.

Quase sempre acabo concordando com Fiona. A falta que sente da minha mãe a mantém viva para mim.

Mas hoje estou cansado demais para fazer o que Fiona quer.

Apreensivo, também. Tenho a sensação de que estou sendo seguido, de que quem contratou nulidades para me sequestrar vai tentar de novo.

Quando estou pronto para voltar das catacumbas, parece que arrasto meu próprio cadáver escada acima até o quarto.

Snow está dormindo quando entro.

Em geral, tomo banho de manhã, e ele toma à noite.

Toda a dança está coreografada, depois de tantos anos. A gente se movimenta pelo quarto sem se tocar, se falar ou se olhar. (Ou pelo menos sem se olhar quando o outro está prestando atenção.)

Mas estou cheio de teias de aranha no cabelo, e sujei as unhas de sangue de tanta sede.

Isso não acontecia desde meus catorze anos, quando eu ainda não tinha pego o jeito da coisa. Em geral, consigo chupar todo o sangue de um cavalo pequeno sem nem manchar os lábios.

Ando pelo quarto em silêncio. Por mais que goste de incomodar Snow, hoje só quero me limpar e dormir um pouco.

Eu não devia ter assistido a todas as aulas do dia. Minha perna está formigando e minha cabeça está me matando. Talvez seja até bom se o técnico não me aceitar de volta no time, já que eu não consigo nem encarar oito horas sentado na carteira. (Ele pareceu triste quando apareci no treino. Desconfiado. Disse que eu estava em condicional.)

Tomo um banho rápido, sem fazer muito barulho, e quando subo na cama sinto todos os meus ossos gemerem de satisfação.

Por Crowley, como senti falta dessa cama. Ainda que esteja empoeirada e cheia de calombos, com penas de ganso despontando e cutucando.

Meu quarto em casa é enorme. Toda a mobília de lá tem centenas de anos, e eu não posso pendurar nada nas paredes, nem mudar os móveis de lugar, porque está tudo registrado no Fundo Nacional para Locais de Interesse Histórico. A cada poucos anos, o jornal local aparece para fazer uma reportagem a respeito.

Em casa, minha cama é pesada e tem cortinas. Olhando de perto, dá para ver quarenta e duas gárgulas entalhadas nela. Costumava haver um banquinho na cabeceira, porque a cama era alta demais para que eu subisse nela sozinho.

Esta cama, a de Watford, é muito mais minha do que a de casa já foi.

Viro de lado, de frente para Snow. Ele está dormindo, então posso encará-lo. Encaro mesmo. Ainda que saiba que isso não me faz nenhum bem.

Snow dorme todo enrolado: com as pernas dobradas, os punhos recolhidos, os ombros curvados, a cabeça abaixada, o cabelo em um mar de cachos sobre a fronha. O pouco de luz que entra reflete em sua pele dourada.

Não havia luz quando eu estava com os nulidades. Era uma noite infinita de dor, barulho e sangue.

Já sou pelo menos meio morto, acho. Quer dizer, normalmente, mesmo quando estou por aí, me sentindo bem, metade de mim já foi.

Quando eu estava naquele caixão, cheguei mais perto ainda da morte.

Me deixei ir...

Só para me manter *são*. Só para *sobreviver*.

Quando senti que estava indo longe demais, me agarrei à única coisa de que sempre tive certeza:

Olhos azuis.

Cachos acobreados.

O fato de que Simon Snow é o feiticeiro mais poderoso do mundo. De que nada pode machucá-lo, nem mesmo eu.

De que Simon Snow está *vivo*.

E estou desesperadamente apaixonado por ele.

33

BAZ

A palavra mais importante aí é "desesperadamente".

O desespero ficou evidente no momento em que me dei conta de que quem ficaria pior caso eu fosse bem-sucedido em minhas tentativas de acabar com Snow seria eu mesmo.

Percebi isso no quinto ano. Quando Snow me seguiu como um cachorrinho na coleira. Quando ele não me deu *um* minuto de sossego para que eu pudesse refletir sobre meus sentimentos — ou tentar me livrar deles batendo uma. (O que eu acabei tentando nas férias, sem sucesso.)

Gostaria de nunca ter descoberto isso. Que eu o amo.

Tem sido um tormento.

Dividir o quarto com a pessoa que mais desejo é como dividir o quarto com uma fogueira.

Ele não para de me atrair e eu acabo chegando perto demais. Sei que não adianta nada, que não vai levar a nada de bom, que não vai levar a absolutamente nada.

Mas continuo nessa mesmo assim.

E então...

Bom. Então me queimo.

Snow diz que sou obcecado por fogo. Eu poderia alegar que esse é um efeito colateral inevitável de ser inflamável.

Quer dizer, acho que todo mundo é inflamável no fim das contas, mas vampiros são trapos besuntados de gasolina. São algodão-pólvora.

A ironia é que venho de uma longa linhagem de feiticeiros especializados em fogo — duas longas linhagens, na verdade, a dos Grimm e a dos Pitch. Sou ótimo com fogo. Desde que não chegue perto demais.

Não...

A ironia é que Simon Snow cheira a fumaça.

Snow geme — ele é atormentado por pesadelos, nós dois somos — e deita de costas, com um braço esticado na minha direção por um momento, antes de deixá-lo cair sobre a cabeça. Seus cachos ridículos descansam no travesseiro. Snow usa o cabelo curto atrás e nas laterais, mas no alto tem um tufo de cachos soltos. Castanho-dourados. Está escuro agora, mas ainda posso ver a cor.

Conheço sua pele também. Outro tom de dourado, mais claro. Snow nunca se bronzeia, mas tem sardas nos ombros e pintas espalhadas pelas costas e pelo peito, pelos braços e pelas pernas. Três pintas na bochecha direita, duas abaixo da orelha esquerda, uma acima do olho esquerdo.

Não me faz nem um pouco bem saber de tudo isso.

Não tenho certeza de que me faz mal. Não sei se poderia ser pior.

As janelas estão abertas; Snow dorme com elas abertas o ano todo, a menos que eu dê um chilique. É mais fácil dormir com cobertores a mais do que reclamar. Já me acostumei ao peso deles sobre mim.

Estou cansado. Cheio. Sinto o sangue acumulado no ventre — provavelmente vou ter que levantar no meio da noite para mijar.

Snow geme de novo, e vira para o outro lado.

Estou em casa. Finalmente.

Pego no sono.

34

BAZ

Snow não se importa nem um pouco de me acordar.

Ele gosta de ser a primeira pessoa a chegar para o café, Chomsky sabe por quê. São seis da manhã, e ele já está perambulando pelo quarto como uma vaca que veio parar aqui por acidente.

As janelas continuam abertas e a luz do sol entra. Não queimo na luz do sol, isso é mito. Só que não gosto especialmente dela. Arde um pouco, ainda mais logo cedo. Acho que Snow suspeita disso, porque vive abrindo as cortinas.

Acho que antes a gente brigava mais por causa desse tipo de coisa.

Então eu quase o matei e, de repente, discutir sobre cortinas pareceu ridículo.

Snow diz que tentei matá-lo no terceiro ano. Com a quimera. Mas eu só estava tentando assustá-lo aquele dia, só queria ver se ia chorar ou fazer xixi na calça. Em vez disso, ele explodiu como uma bomba nuclear.

Ele também diz que eu tentei jogá-lo do alto da escada no ano seguinte. Na verdade, estávamos brigando no alto da escada, e por acaso acertei um soco que o derrubou. Quando minha tia Fiona me perguntou se eu tinha empurrado Simon Snow da escada, eu disse:

— E como!

No ano seguinte, o quinto ano, tentei mesmo matar Snow.

Naquela primavera, eu o odiava. Odiava ter que olhar para ele, e odiava o que olhar para ele fazia comigo.

Quando Fiona me disse que tinha descoberto um jeito de "tirar o herdeiro do Mago do nosso caminho", eu estava mais do que disposto a ajudar. Ela me deu um gravador de bolso, do tipo antigo, com uma fita dentro, e mandou que eu não falasse enquanto estivesse ligado, chegando a me fazer jurar pela minha mãe morta que não o faria.

Não sei o que eu esperava que fosse acontecer... Senti como se estivesse em um filme de espionagem, esperando no portão e apertando o botão no bolso no momento em que vi Snow começar a perder a paciência.

Talvez eu tenha achado que o estava emboscando...

Talvez tenha achado mesmo que ia machucá-lo — ou matá-lo.

Talvez não achasse que era possível matá-lo.

Até que a tonta da Philippa Stainton veio correndo pelo gramado, louca para passar vergonha. (A menina não deixou Snow em paz aquele ano, ainda que ele claramente não estivesse interessado.) O gravador engoliu a voz dela em um único guincho horrível, como o de um rato sendo sugado por um aspirador de pó. Apertei o botão de parar assim que a ouvi... mas era tarde demais.

Snow sabia que era culpa minha, mas não podia provar nada. Ninguém mais podia, porque eu nem tinha tocado na minha varinha. Não tinha dito uma palavra.

Tia Fiona não se incomodou muito com o erro.

— Philippa Stainton... não é uma das nossas, é?

Lembro que levei o gravador de volta para ela, pensando na magia que devia ter colocado nele. Pensando em onde tinha conseguido tudo aquilo.

— Não fique assim, Basil — Fiona disse, pegando o gravador. — Vamos pegar o garoto da próxima vez.

Alguns dias depois, a srta. Possibelf nos garantiu na aula de palavras mágicas que Philippa ia ficar bem. Mesmo assim, ela nunca voltou a Watford.

Nunca vou esquecer o rosto de Philippa quando sua voz sumiu.

Nunca vou esquecer o rosto de Snow.

Foi a última vez que tentei machucá-lo. Permanentemente.

Lanço maldições contra ele. Atormento Snow. *Penso* em matá-lo o tempo todo, e algum dia vou ter que tentar — mas, até lá, qual é o sentido?

Vou perder.

Nesse dia. Quando Snow e eu tivermos mesmo que lutar um contra o outro.

Posso ser imortal. (Não tenho certeza. Não sei a quem perguntar.) Mas sou o tipo de imortal que ainda pode ser atravessado com uma espada, que ainda pode pegar fogo.

Snow é... outra coisa.

Quando ele explode, é mais um elemento que um feiticeiro. Acho que o nosso lado nunca vai conseguir destruí-lo ou contê-lo, mas sei — eu *sei* — que tenho que fazer minha parte.

Estamos em guerra.

O Oco pode ter matado minha mãe, mas o Mago vai deixar toda a minha família sem magia. Só para nos fazer de exemplo. Ele já tirou nossa influência. Drenou nossos cofres. Manchou nosso nome. Só estamos esperando pelo dia em que ele vai passar à opção nuclear.

Snow é a opção nuclear. Com Snow na manga, o Mago é onipotente. Pode nos obrigar a fazer qualquer coisa... até a desaparecer.

Não posso deixar que isso aconteça.

Este é o meu mundo, o Mundo dos Magos. Tenho que fazer minha parte na luta por ele. Mesmo sabendo que vou perder.

Agora Snow está de pé diante do guarda-roupa, tentando encontrar uma blusa limpa. Ele se espreguiça e observo os músculos de seus ombros se moverem.

Eu só perco.

Sento e jogo as cobertas de lado. Snow se assusta e pega uma camiseta.

— Esqueceu que estou aqui? — pergunto. Vou até meu guarda-roupa e pego a calça e a camisa, que dobro no braço. Não sei por que

Snow se debruça sobre as roupas como se tivesse que tomar uma decisão importante. Ele usa o uniforme todos os dias, inclusive nos fins de semana.

Quando fecho a porta do guarda-roupa, ele está me olhando. Parece em dúvida. Não sei bem o que fiz para deixá-lo em dúvida, mas abro um sorrisinho de escárnio mesmo assim, só para cumprir tabela.

Me troco no banheiro. Snow e eu nunca nos trocamos na frente um do outro; é uma extensão de nossa paranoia mútua. Graças às cobras por isso — minha vida já é dura o bastante.

Quando volto ao quarto, já vestido, Snow ainda está de pé perto da cama, com a camisa no corpo, mas sem abotoar, e a gravata solta em volta do pescoço. Seu cabelo parece ainda pior do que quando acordou, como se ele tivesse corrido as mãos pelos cachos.

Snow congela e olha para mim.

— Qual é o problema? O gato comeu sua língua?

Ele recua. O-gato-comeu-sua-língua é um feitiço perverso, que lancei contra ele duas vezes no terceiro ano.

— Baz. — Ele pigarreia. — Eu...

— Sou uma desgraça para o Mundo dos Magos?

Ele revira os olhos.

— Eu...

— Fala logo, Snow. Parece até que está tentando lançar um feitiço. *Está*? Da próxima vez, use a varinha, vai ajudar.

Ele volta a passar uma mão pelo cabelo.

—Você pode só...

Não tem nada de notável nos olhos de Snow. São de tamanho e forma padrão. Ele tem um pouco de olheira. Os cílios são curtos, grossos e castanho-escuros. Os olhos em si nem são de uma cor especial. Só azuis. Não ciano. Não marinho. Nada de manchas mel ou violeta.

Ele pisca. Balbucia. Sinto meu rosto quente. (Por Crowley, bebi tanto sangue ontem à noite que consigo até corar.)

— Não — digo, pegando meus livros. — Não *posso*.

Saio pela porta. Desço a escada.

Ouço Snow rosnar atrás de mim.

Quando ele chega no refeitório, ainda está com a gravata pendurada de qualquer jeito no pescoço. Bunce franze a testa e puxa uma ponta. Ele larga o biscoito macio no prato e limpa as mãos na calça antes de dar o nó na gravata. Quando olha para mim, já virei o rosto.

35

SIMON

Penelope quer almoçar no gramado. O dia está bom, ela diz, a grama está seca, e talvez seja nossa última oportunidade de fazer um piquenique até a primavera.

Acho que ela só quer me manter longe de Baz e Agatha — eles ficaram de joguinho um com o outro a semana toda. Se olham de lados opostos do refeitório e desviam o rosto depressa. Baz sempre olha para mim também, para garantir que estou assistindo tudo.

Todo mundo continua fofocando sobre onde ele esteve. As teorias mais interessantes são "num rito de passagem das trevas que o deixou com marcas demais para aparecer em público" e "em Ibiza".

— Minha mãe vai me levar à cidade hoje à noite — Penny diz. Estamos sentados com as costas apoiadas em uma árvore gigante e retorcida, olhando para direções ligeiramente diferentes do gramado. — Vamos jantar. Quer ir?

— Não precisa, obrigado.

— Podemos ir naquele lugar de lámen que você gosta. Minha mãe vai pagar.

Nego com a cabeça.

— Acho que preciso ficar de olho em Baz. Ainda não faço ideia de onde ele esteve.

Penny suspira, mas não discute. Ela olha para o gramado marrom.

— Sinto falta das visitas. Era tão mágico...

Dou risada.

—Você entendeu — ela diz. — Tia Beryl apareceu pra minha mãe, mas eu perdi.

— O que ela disse?

—A mesma coisa que disse da última vez! "Pare de procurar meus livros. Não tem nada ali que vá agradar alguém como você."

— Espera, ela voltou para dizer para *não* procurarem os livros?

— Ela era uma estudiosa, como minha mãe e meu pai. Não acha que ninguém é inteligente o bastante para tocar sua pesquisa.

— Não consigo acreditar que uma parente voltou só pra insultar vocês.

— Minha mãe diz que sempre soube que tia Beryl ia ser mal-humorada até no inferno.

—Você sabe se fantasmas podem aparecer no lugar errado?

— Penso neles mais como almas...

— Tá, almas. Elas podem se perder?

— Não tenho certeza — Penny diz, virando para me encarar enquanto arranca um pedaço de sanduíche. — Sei que dá para confundir as almas. Você pode tentar esconder o alvo delas. Tipo, se estiver preocupado que uma possa voltar e contar seu segredo, você pode tentar esconder a pessoa viva que poderia receber a visita. Já houve até assassinatos com esse objetivo. Se eu te matar, você não vai poder receber uma visita, então não vai ouvir ou revelar meu segredo.

— Então dá para confundir as visitas...

— Isso. Elas aparecem onde acham que a pessoa deveria estar. Como alguém normal faria. Madame Bellamy disse que viu o marido espreitando nos fundos da sala de aula algumas vezes antes que ele de fato passasse pelo véu.

Como eu vi a mãe de Baz à janela.

Eu deveria contar a Penny o que aconteceu. Sempre conto tudo para ela.

— Anda — ela diz, levantando e limpando a grama de trás da saia.

—Vamos nos atrasar pra aula.

Penny ergue a mão sobre os guardanapos e as embalagens, então gira o punho.

— *Tudo tem seu lugar!*

O lixo desaparece.

— É um desperdício de magia — digo, por hábito, enquanto pego nossas bolsas.

Penny revira os olhos.

— Estou cansada de ouvir isso. É pra gente fazer magia. Por que economizar?

— Pra ter mais se a gente precisar.

— Sei a resposta oficial, Simon, obrigada. Nos Estados Unidos, eles acham que quanto mais magia a pessoa usa, mais poderosa fica.

— Eles acham a mesma coisa dos combustíveis fósseis.

Penny olha para mim, surpresa, e começa a rir.

— Não precisa estranhar — digo. — Sei tudo sobre combustíveis fósseis.

Baz está em metade das minhas aulas. Só tem cinquenta alunos na nossa série; houve anos em que fizemos todas as aulas juntos, o dia inteiro.

Em geral, sentamos o mais longe possível um do outro, mas hoje, na aula de elocução, madame Bellamy nos faz afastar as carteiras para trabalhar em duplas. Baz acaba bem atrás de mim.

Madame Bellamy não é mais a mesma desde que recebeu a visita. É como se... Bom, é como se tivesse visto um fantasma. Ela fica mandando a gente fazer atividades enquanto perambula pela sala, parecendo perdida.

A esta altura, no oitavo ano, já cobrimos o básico da elocução — falar, marcar as consoantes, projetar. É uma questão de nuances agora. Como deixar feitiços mais poderosos lançando-os com mais ardor e intenção. Como fazer uma pausa logo antes da palavra-chave dá foco ao feitiço.

Gareth é minha dupla hoje. Quase sempre é. Ele é péssimo em elocução. Ainda lança seus feitiços como se estivesse lendo. Eles funcionam, mas não muito bem. Se Gareth levita alguma coisa, ela fica se sacudindo; se transforma alguma coisa, parece que tudo está acontecendo em uma animação em stop-motion de baixo orçamento.

Penelope diz que é constrangedor só de olhar — e vai além da fivela de cinto mágica ridícula.

Baz diz que Gareth nem teria entrado em Watford nos velhos tempos.

A elocução de Baz é perfeita. Em quatro línguas. (Embora eu não possa julgar no que se refere a francês, grego e latim.) Eu o ouço atrás de mim, disparando feitiços de resfriamento e de aquecimento, um depois do outro. Sinto a mudança no ar na minha nuca.

— Calma aí, sr. Pitch — a madame Bellamy diz. — Não há motivo para desperdiçar magia.

Ouço a irritação na voz de Baz quando ele começa a soltar feitiços ainda mais rápido.

Às vezes, fico perturbado com o quanto Baz e Penelope têm em comum. Já mencionei isso a ela antes.

— *E* — eu disse — tanto sua família quanto a dele odeia o Mago.

— Minha família não tem nada a ver com os Pitch! — ela argumentou. — Eles são especistas e racistas. Baz provavelmente não acha nem que *eu* deveria estar em Watford.

— Ele é racista? — perguntei. — Mas ele não é de alguma etnia? A mãe dele parece meio espanhola ou árabe no quadro.

— Todo mundo é de alguma etnia, Simon. E nunca vi uma pessoa tão branca quanto Baz.

— Isso porque ele é um vampiro — eu disse.

Dane-se, tenho que contar a Baz sobre a mãe dele. Ou tenho que contar a Penny sobre a mãe de Baz... Ou ao Mago. Se não foi o Oco que mandou matar a mãe de Baz, quem foi?

Não posso guardar um segredo desses. Nem cabe dentro de mim.

★ ★ ★

Penny se esgueira até meu quarto antes de sair com a mãe à noite. Ela é estupidamente corajosa — e essa é a única coisa estúpida nela. Juro que piora quando passa muito tempo sem que haja algum tipo de emergência. Fico tentado a bater a porta na cara dela.

— Baz vai te dedurar se te pegar na nossa torre — digo. — E vão te suspender.

Ela faz um gesto com a mão, diminuindo a importância do que eu disse.

— Ele está no campo de futebol, vendo o time treinar.

Penny empurra a porta, mas eu a impeço.

— Então outra pessoa vai te dedurar.

—Vai nada. Os meninos do oitavo ano têm medo de mim. Acham que posso transformar todos em sapos.

— Tem um feitiço pra isso?

— Tem, mas dá muito trabalho e eu ainda teria que beijar todo mundo pra reverter o efeito.

Suspiro e solto a porta, dando uma olhada escada abaixo enquanto Penelope entra no meu quarto.

— Só vim te convencer a sair comigo — ela diz.

— Não vai funcionar.

— Anda, Simon. Minha mãe não vai me dar tanto sermão se você estiver junto.

— Não, porque ela vai *me* dar sermão. — Sento na cama, onde espalhei alguns livros e documentos antigos da biblioteca.

— Isso. Vamos dividir esse fardo... Ei, você está lendo *Registros mágicos*?

Registros mágicos é meio que um jornal de feiticeiros. Inclui nascimentos, mortes, obrigações e leis mágicas, além de minutas das reuniões do conciliábulo. Peguei na biblioteca uma encadernação com alguns volumes do começo dos anos 2000.

— Pois é — digo. — Ouvi dizer que é fascinante.

—Você *me* ouviu dizer isso e sei que nem estava prestando atenção. Por que está lendo *Registros mágicos*?

Ergo o olhar.

— Já ouviu falar de um feiticeiro chamado Nico, ou Nicodemus?

— Tipo, na história?

— Não. Não sei. Talvez. Qualquer um. Talvez um político ou alguém do conciliábulo. Ou um professor.

Ela está encostada na minha cama.

— Isso é para o Mago? Você está numa missão?

— Não. — Nego com a cabeça. — Não, eu não o vi. Só estava… Tem a ver com Baz. — Penny revira os olhos. — Eu estava pensando na mãe dele — digo. — Em uma história que ouvi, sobre um inimigo que ela tinha.

— Os Pitch sempre tiveram mais inimigos que amigos.

— Claro. Bom, provavelmente não é importante.

Penny não está muito interessada, mas fiz uma pergunta, então ela tenta responder.

— Um inimigo chamado Nico…

Algo nela toca. Ela arregala os olhos e enfia a mão no bolso.

Arregalo os olhos também.

— É um *celular*?

— Simon…

— Penelope, celulares não são permitidos em Watford!

Ela cruza os braços.

— Não sei por quê.

— Essa é a regra. Eles são um risco para nossa segurança.

Ela franze a testa e pega o celular: um iPhone branco de última geração.

— Meus pais se sentem mais tranquilos se eu tiver um.

— E como é que funciona aqui? — pergunto. — Teoricamente tem feitiços…

Penelope está vendo as mensagens.

— Minha mãe pôs um feitiço nele também. Ela chegou, está me esperando no portão. — Penny levanta os olhos. — Vem com a gente, por favor.

— Sua mãe seria uma supervilã incrível.

Penny sorri.

—Vamos jantar, Simon.

Nego com a cabeça de novo.

— Não, quero dar uma olhada nisso antes que Baz volte.

Ela finalmente desiste e desce correndo os degraus da torre, como se não estivesse nem aí com a possibilidade de ser pega. Vou até a janela para ver se consigo enxergar Baz no campo de futebol.

36

PENELOPE

Minha mãe fez questão de que eu tivesse um celular depois do que aconteceu com o Oco.

Por algumas semanas durante as férias, ela insistiu que eu não ia voltar a Watford e meu pai nem tentou convencê-la do contrário. Talvez se sentisse culpado. Como se devesse saber mais sobre o Oco a essa altura.

Meu pai passou o mês de junho inteiro no laboratório, sem sair nem para comer. Minha mãe fez biryani para ele, sua comida indiana preferida, e deixou pratos fumegantes do outro lado da porta.

— Aquele maluco! — ela exclamava. — Mandando crianças para lutar contra o Oco!

— O Mago não nos mandou — tentei dizer a ela. — Foi o Oco que sequestrou a gente.

Isso só a deixou mais brava. Achei que ela fosse querer saber como o Oco tinha feito. (É impossível sequestrar alguém assim, levar uma pessoa para tão longe. Nem Simon tem magia o suficiente para isso.) Mas minha mãe se recusou a abordar a questão racionalmente.

Fiquei feliz que ela não soubesse os detalhes de todas as confusões em que Simon e eu nos metemos — e de que saímos, devo acrescentar. Merecemos algum crédito por isso.

Minha mãe provavelmente teria se acalmado antes se não fosse pelos pesadelos...

Eu não gritei quando aconteceu de verdade.

Estávamos na Floresta Inconstante, boquiabertos diante da visão de Baz e Agatha juntos. Eu segurei o braço de Simon e, no minuto seguinte, estávamos em uma clareira em Lancashire. Simon a reconheceu — quando pequeno, tinha morado em um abrigo perto de Pendle Hill. Tinha uma escultura sonora enorme ali, que parecia um tornado, e a princípio pensei que quem fazia aquele barulho era o Oco.

Eu soube no mesmo instante que estávamos em um ponto morto.

Meu pai estuda pontos mortos, então já fui a uma porção deles. São os buracos que começaram a aparecer na atmosfera mágica depois que o Oco surgiu. Entrar em um ponto morto é como perder um sentido. Como abrir a boca e ser incapaz de produzir qualquer ruído. A maioria dos feiticeiros não consegue lidar com isso. Perdem a cabeça imediatamente. Mas meu pai me disse que ele nunca teve tanta magia quanto a maior parte dos feiticeiros, então pensar em perdê-la não lhe parece tão assustador assim.

Então Simon e eu nos vemos naquela clareira, e eu sinto na hora que é um ponto morto — e ainda mais do que isso. É pior. O vento produz um assovio estranho e tudo é muito seco, muito seco e quente.

Talvez não seja um ponto morto, pensei, *talvez ainda esteja morrendo*.

— Lancashire — Simon disse para si mesmo.

E de repente... lá estava o Oco.

Eu soube que era o Oco porque ele era a fonte de tudo. Do mesmo jeito que a gente sabe que o sol é o que deixa o dia claro. Todo o calor e a secura vinham dele. Ou eram sugados por ele.

Nenhum de nós, nem eu nem Simon, choramos ou tentamos fugir, porque estávamos simplesmente em choque. Ali estava o Oco — *e ele era a cara do Simon*. A cara do Simon quando o conheci. Com onze anos, usando jeans sujo e uma camiseta velha. O Oco até brincava com a bola de borracha vermelha que Simon nunca largava no primeiro ano.

O menino jogou a bola para Simon, que a pegou. Então Simon começou a gritar para o Oco:

— Para! Para com isso! Mostra sua cara, seu covarde! Mostra sua cara!

Estava tão quente, tão seco, e parecia que a vida era arrancada de nós através da nossa pele.

Já tínhamos sentido aquilo durante os ataques do Oco — a sucção arenosa e seca. Sabíamos qual era a sensação, reconhecíamos o Oco, mas nunca o tínhamos visto. (Agora me pergunto se aquela foi a primeira vez que o Oco foi *capaz* de se revelar.)

Simon tinha certeza de que o Oco usava seu rosto só para provocá-lo. E ficava gritando com ele para que mostrasse seu verdadeiro rosto.

Mas o Oco só ria. Como uma criança em um ataque frenético de riso.

(Não sei dizer por que tenho essa impressão ou o que significa, mas não acho que o Oco ter aparecido desse jeito seja uma piada maldosa. Acho que essa é a verdadeira forma dele. Acho que o Oco parece com Simon.)

A sucção era demais. Olhei para meu braço, e um fluido amarelo e sangue começavam a sair pelos meus poros.

Simon gritava. O Oco ria.

Estiquei o braço, peguei a bola de Simon e a joguei morro abaixo.

O Oco parou de rir e saiu correndo atrás da bola. No instante em que nos deu as costas, a sucção parou.

Eu caí.

Simon me ergueu e me segurou por cima do ombro (o que é bem impressionante, considerando que temos o mesmo peso). Ele seguiu em frente como um fuzileiro real e assim que saiu do ponto morto me colocou à frente de seu corpo. De repente, grandes asas ossudas saíram de suas costas. Não eram asas normais — eram deformadas, com penas e articulações demais.

Nenhum encantamento faz isso. Nenhuma palavra. Simon só disse "*Queria poder voar!*", e tornou essas palavras mágicas.

(Não contei essa parte a ninguém. Feiticeiros não são gênios da lâmpada; não conseguimos fazer nada com desejos. Se as pessoas soubessem que Simon pode fazer isso, ele queimaria na fogueira.)

Estávamos ambos feridos, então tentei lançar feitiços curativos. Continuava pensando que o Oco ia nos invocar de novo assim que encontrasse a bola, mas talvez ele não fosse capaz de executar aquele tipo de truque duas vezes no mesmo dia.

Simon voou para tão longe quanto possível, comigo agarrada nele — presa a ele por feitiços que logo perderiam o efeito. Acho que ele se deu conta de como parecíamos doidos, por isso aterrissou perto de uma cidade.

Íamos pegar um trem, mas Simon não conseguia recolher as asas. Porque não eram *asas*. Eram ossos, penas, magia e desejo.

Meus pesadelos são assim:

Estamos escondidos em uma vala à beira da estrada. Simon está exausto. Eu choro. Tento recolher as asas e empurrá-las para dentro do corpo dele, de modo a poder ir até a cidade e pegar um trem. As asas se desfazem nas minhas mãos. Simon sangra.

Nos meus pesadelos, não consigo lembrar do feitiço certo...

Mas naquele dia eu lembrei. É um feitiço para crianças assustadas, para afastar pegadinhas e fantasias. Apoiei uma mão nas costas de Simon e disse:

— *Que bobagem!*

As asas se desintegraram em partículas de poeira que se acumularam sobre seus ombros.

Simon furtou a carteira de uma pessoa na estação para que pudéssemos comprar as passagens. Dormimos no trem, deitados um no outro. Chegamos a Watford no meio da cerimônia de fim de ano letivo. Meus pais estavam lá e me arrastaram para casa.

Eles quase não me deixaram voltar à escola no outono, tentaram me convencer a ficar nos Estados Unidos. Minha mãe e eu gritamos uma com a outra, e não nos falamos direito desde então.

Eu disse a meus pais que não podia perder o último ano, mas todos sabíamos que a verdade era que eu não ia deixar Simon voltar sem mim.

Eu disse que iria a pé até Watford, que descobriria uma maneira de voar.

Por isso agora eles me obrigam a usar o celular.

37

AGATHA

Watford é um lugar tranquilo para quem não namora Simon Snow — e para quem passou tantos anos com Simon Snow que nem se deu ao trabalho de fazer outros amigos.

Não tenho colega de quarto. A menina que o crisol escolheu para mim, Philippa, ficou doente no quinto ano e foi para casa.

Simon disse que Baz fez algo com ela. Meu pai disse que ela teve uma laringite repentina e traumática.

— Uma tragédia para um feiticeiro — ele comentara.

— Seria uma tragédia para qualquer pessoa — eu dissera. — Os normais também falam, sabia?

Não sinto falta de Philippa. Ela morria de inveja do fato de que Simon gostava de mim. E ria dos meus feitiços. Fora que sempre pintava as unhas sem abrir a janela.

Tenho amigos, amigos de verdade, fora daqui, mas não posso contar a eles sobre Watford. Não *consigo* contar a eles — meu pai lançou um feitiço em mim depois que me pegou reclamando da minha varinha para minha melhor amiga, Minty.

— Eu só disse que era um saco ter que carregar minha varinha pra todo lugar! Não disse que era mágica! — argumentei.

— Ah, pelo amor das cobras, Agatha — meu pai disse.

Minha mãe ficou lívida.

— Você vai ter que agir, Welby.

Então meu pai apontou a varinha para mim.

— Em boca fechada não entra mosca!

É um feitiço muito sério. Só membros do conciliábulo podem usá-lo. Mas imagino que a situação era mesmo séria. Todos os normais que ficam sabendo sobre a magia são rastreados e varridos. E se isso não for possível, o mago responsável tem que se mudar.

Agora Minty (nos conhecemos no jardim de infância e esse é o nome verdadeiro dela — chique, né?) acha que fui mandada para um colégio interno super-religioso que proíbe internet. O que é meio verdade, na real.

Magia *é* uma religião.

Só não é possível não acreditar, ou só comemorar a Páscoa e o Natal. A vida inteira tem que girar em torno disso. Quem nasce com magia está preso a ela, e preso a outros feiticeiros, e preso a guerras infinitas que ninguém nem sabe quando começaram.

Não falo assim com meus pais.

Nem com Simon e Penny.

Porque em boca fechada não entra mosca.

Baz atravessa o pátio sozinho. Não nos falamos desde que ele voltou.

Na verdade, acho que nunca nos falamos direito. Mesmo aquela vez na floresta. Simon apareceu antes que pudéssemos dizer muita coisa, e desapareceu logo depois.

(Mesmo quando penso que Simon não está incluído na minha narrativa, ele aparece para lembrar que os outros não passam de coadjuvantes na grande catástrofe que é sua vida.)

Assim que Simon e Penny desapareceram naquele dia, Baz soltou minhas mãos.

— Que porra foi essa?

Essas foram as últimas palavras que ele me dirigiu.

Baz continua me olhando no refeitório, o que deixa Simon louco. Hoje de manhã, Simon ficou de saco cheio e largou o garfo na mesa. Quando olhei para Baz, ele piscou para mim.

Corro para alcançá-lo. O sol está se pondo, o que quase faz sua pele cinzenta parecer quente. Sei que faz meu cabelo parecer estar pegando fogo.

— Basil — digo, tranquila, sorrindo como se seu nome fosse um segredo.

Ele vira ligeiramente a cabeça para mim.

— Wellbelove.

Parece cansado.

— Não nos falamos desde que você voltou — digo.

— E antes nos falávamos?

Decido ser ousada.

— Não tanto quanto eu gostaria.

Ele suspira.

— Por Crowley, deve ter um jeito melhor de conseguir que seus pais te deem atenção.

— Oi?

— Nada — ele diz, seguindo em frente.

— Achei... achei que você podia estar precisando de alguém com quem conversar.

— Não. Estou bem assim.

— Mas...

Ele para e suspira, esfregando os olhos.

— Olha... Agatha. Nós dois sabemos que, independente do motivo pelo qual você e Snow brigaram, vocês logo vão se resolver e retomar o rumo do seu destino dourado. Não vamos complicar as coisas...

— Mas a gente não...

Baz já voltou a andar. Está mancando um pouco. Talvez seja por isso que não esteja mais no time. Eu o sigo.

— Talvez eu não queira um destino dourado — digo.

— Quando você descobrir como contrariar o destino, pode me falar.

Ele anda tão rápido quanto possível, considerando que está mancando, e decido não correr atrás dele, porque seria ridículo.

— Talvez eu queira uma vida mais interessante! — grito.

— Não sou mais interessante! — ele grita de volta, sem nem virar a cabeça. — Só sou a pessoa *errada* para você. Vê se aprende a diferença.

Mordo o lábio inferior e tento não cruzar os braços como uma menina de seis anos.

Como ele sabe que é errado para mim?

E por que todo mundo acha que sabe qual é o meu lugar?

38

BAZ

Snow passa o dia me encarando — já faz semanas —, e não tenho energia para isso. Talvez tia Fiona estivesse certa; talvez eu devesse ter ficado mais um pouco em casa descansando. Me sinto péssimo.

É como se eu nunca estivesse cheio, como se nunca conseguisse me esquentar. Na noite de ontem, tive algum tipo de ataque nas catacumbas. É escuro pra caralho lá embaixo. Ainda que eu consiga ver no escuro, foi como se estivesse de volta àquele caixão idiota dos nulidades.

Eu não aguentava mais ficar no subterrâneo. Peguei seis ratos, bati com a cabeça deles no chão, fiz um nó no rabo e os levei para cima. Suguei seu sangue no pátio, sob as estrelas. Daria na mesma ter enviado um comunicado a toda a escola contando que sou um vampiro. Um vampiro que tem medo do escuro, pelo amor de Crowley.

Joguei a carcaça dos ratos para os lobisreios. (Eles são piores que ratos. Eu chuparia o sangue de todos eles se o gosto não ficasse na boca por semanas — de carne *e* de peixe.)

Depois dormi como um cadáver por nove horas, e ainda não foi o bastante. Estou dormindo acordado desde o almoço, mas não é como se pudesse ir para o quarto tirar uma soneca. Snow provavelmente ia ficar sentado na cama me observando.

Ele tem me seguido o tempo todo desde que voltei. Não é assim persistente desde o quinto ano. Ontem, me seguiu até o banheiro e fingiu que precisava lavar as mãos.

Não tenho forças para isso.

Sinto como se tivesse quinze anos de novo, como se fosse desistir de tudo caso ele se aproxime demais — e acabar dando um beijo nele, ou mordendo-o. O único motivo pelo qual sobrevivi àquele ano foi não ter conseguido decidir qual das duas opções ia dar um fim ao meu sofrimento.

O próprio Snow provavelmente daria um fim ao meu sofrimento se eu fizesse uma dessas coisas.

Essa era minha fantasia no quinto ano: beijos, sangue e Snow livrando o mundo de mim.

Assisti ao treino hoje à tarde só para ter uma desculpa para sentar, então me separei do time quando todo mundo foi jantar.

Wellbelove me alcança no pátio e tenta me envolver em seu drama de donzela, mas não tenho tempo para essa encheção de saco. Ouvi a srta. Possibelf dizer que o Mago vai voltar a Watford amanhã. Ainda não fui vasculhar sua sala (provavelmente porque é uma ideia idiota), mas pelo menos Fiona vai largar do meu pé por um tempo se eu for até lá e pegar alguma coisa.

Eu me esgueiro até a Torre em Prantos. Em vez de subir a escada em espiral, pego o elevador dos funcionários até o topo.

Passo pela porta que leva para os aposentos particulares do Mago. Quando minha mãe era diretora, morávamos ali. Eu mal andava na época. Meu pai vinha quase todo fim de semana, e passávamos as férias na casa de Hampshire.

Minha mãe deixava que eu brincasse em sua sala enquanto trabalhava. Ela ia me buscar no berçário e eu espalhava minhas pecinhas de Lego pelo tapete.

Quando chego à sala do diretor, a porta se abre facilmente para mim — o Mago nunca tirou o feitiço que minha mãe fez para que eu pudesse entrar. Nada me impede de entrar nos aposentos dele também. (Entrei lá uma vez e acabei vomitando no banheiro.) Fiona queria que eu inspecionasse o lugar todas as noites, mas eu a convenci de que é melhor guardar esse recurso para quando realmente precisarmos dele. Até que tenha utilidade. Não só para deixar sacos de bosta quentinha na cama do Mago.

— Além do mais, Fiona, não vou cagar num saco.

— Eu cago, seu fresco. Pode ser minha bosta.

Meu estômago se retorce quando entro na sala. Quando vejo a escrivaninha da minha mãe. Está escuro aqui — as cortinas estão fechadas —, então acendo uma chama na mão e a estendo à minha frente.

Minha madrasta morre de medo quando faço isso.

— Basilton, não faça isso. Você é inflamável.

Criar fogo me vem com tanta naturalidade quanto respirar. Quase não preciso usar magia, sempre me sinto totalmente no controle. Posso fazer chamas se retorcerem como cobras entre meus dedos.

— Igualzinho à Natasha — meu pai sempre diz. — Ele tem mais fogo dentro de si que um demônio.

(Embora ele tenha achado que ultrapassei os limites quando me pegou fumando na cocheira. "Pelo amor de Crowley, você é inflamável, Baz!")

A sala do diretor é exatamente igual a quando eu brincava nela. Era de se esperar que o Mago tivesse jogado tudo o que era da minha mãe fora e pendurado um pôster do Che Guevara, mas não.

A cadeira dele está empoeirada. A cadeira da minha mãe. O teclado do computador também está coberto de poeira. Acho que ele nunca o usa. O Mago não é do tipo que fica sentado, digitando. Está sempre bisbilhotando, usando a espada, fazendo algo que justifique a fantasia de Robin Hood.

Abro a primeira gaveta com a varinha. Não tem nada... Material de escritório. Um carregador de celular.

Minha mãe guardava chá, chocolate com menta e bala de cravo nessa gaveta. Me inclino para ver se ainda consigo sentir o cheiro — sinto cheiros que outros não sentem. (Sinto cheiros que *ninguém* mais sente. Porque não sou uma pessoa.)

A gaveta cheira a madeira e couro. A sala cheira a couro, aço e floresta, como o próprio Mago. Abro as outras gavetas na mão. Não tem armadilha nenhuma. Não tem nada pessoal ali. Não sei o que devo levar para Fiona. Talvez um livro.

Ergo a chama na direção da estante e penso em soprá-la, em botar fogo em tudo. Então noto que os livros estão fora do lugar. Claramente fora do lugar. Empilhados, não nas prateleiras. Alguns inclusive no chão. Tenho vontade de organizá-los por assunto, como minha mãe costumava fazer. (Eu sempre podia mexer nos livros. Podia ler qualquer um, desde que o guardasse no lugar e perguntasse a ela se ficasse confuso ou assustado.)

Talvez eu devesse me aproveitar do fato de que os livros estão fora de ordem. Ninguém vai notar se um sumir — ou vários. Pego aquele com um dragão gravado na lombada, soltando fogo pela boca aberta para formar o título *Chamas e labaredas: A arte de queimar*.

Um feixe de luz se alarga na prateleira à minha frente e eu tenho um sobressalto, soltando o livro. Ele farfalha no caminho até o chão, e alguma coisa sai voando com o baque.

Snow está à porta.

— O que você está fazendo aqui? — ele pergunta, com a espada na mão.

Já vi essa espada em ação muitas vezes, então talvez devesse ficar com medo, mas, na verdade, é reconfortante. Já lidei com isso, com Snow, outras vezes.

Devo estar realmente exausto, porque digo a verdade a ele:

— Estou procurando um livro da minha mãe.

— Você não deveria estar aqui — ele diz, com as duas mãos na espada.

Ergo um pouco mais a chama e me afasto da estante.

— Não estou prejudicando ninguém. Só quero um livro.

— Por quê? — Seus olhos descem para o livro caído entre nós, então Snow corre até ele, desfazendo a posição para chegar antes de mim. Só me recosto contra a estante e cruzo os tornozelos. Snow está debruçado sobre o livro. Provavelmente acha que é uma pista, que vai revelar toda a minha conspiração.

Ele volta a levantar, olhando para o pedacinho de papel que tem na mão. Parece chateado.

— Toma — Snow diz, baixo, entregando-o para mim. — Eu... desculpa.

Pego o papel, a foto, enquanto ele me observa. Fico tentado a enfiá-la no bolso e só olhar depois, mas a curiosidade é mais forte, e eu a levanto...

Sou eu.

No berçário, acho. (Watford costumava ter um berçário e uma escolinha. Foi lá que os vampiros atacaram.)

É uma foto de quando eu era bebê. Tinha três ou quatro anos, usava uma jardineira cinza-claro e botinhas brancas de couro. O mais impressionante é minha pele: de um dourado avermelhado que contrastava com a gola e as meias brancas. Estou sorrindo para a câmera e alguém segura meus dedos...

Reconheço a aliança da minha mãe. Reconheço sua mão grande e áspera.

Então me *lembro* de sua mão. Tocando minha perna quando ela queria que eu sossegasse. Segurando a varinha com precisão. Abrindo a gaveta para pegar um doce e o levando à boca.

— Arranha — eu dizia, quando ela tocava minha bochecha.

— São mãos de quem mexe com fogo — ela dizia. — De quem lança chamas.

Sua mão acariciando minha bochecha. Prendendo meu cabelo atrás da orelha.

Suas mãos erguidas, tacando fogo no berçário enquanto um monstro com pele branca como giz enterrava os dentes no meu pescoço.

— Baz... — Snow diz. Ele pegou o livro do chão e agora o estende para mim.

Eu o aceito.

— Preciso te contar uma coisa — Snow diz.

— O quê?

Desde quando Snow e eu contamos qualquer coisa um ao outro?

— Temos que conversar.

Ergo o queixo.

— Pode falar.

— Não aqui. — Ele embainha a espada. — Não deveríamos estar aqui e... o que tenho para dizer é meio particular.

Por um momento — nem um momento, por uma fração de segundo —, eu o imagino dizendo: *A verdade é que estou louco por você*. Então me imagino cuspindo em seu rosto. E então me imagino lambendo o cuspe da bochecha dele e o beijando. (Porque sou esquisito. Pode perguntar por aí.)

Apago a chama da minha mão com um faz-um-pedido, enfio a foto dentro do livro e o seguro debaixo do braço.

— Ainda bem que dividimos um quarto no alto de uma torre — digo. — Lá é particular o bastante pra você?

Snow assente, constrangido, e faz um gesto para que eu saia à sua frente.

— Vamos logo — ele diz.

Eu obedeço.

39

SIMON

Acabei de pegar meu arqui-inimigo no pulo, invadindo a sala do Mago. Poderia fazer com que o expulsassem por isso. *Finalmente.*

Em vez disso, lhe entreguei o objeto que ele pretendia roubar, então perguntei se podíamos ficar a sós por um momento — tudo por causa de uma foto de criança.

O rosto de Baz naquela foto... Sorrindo de alegria, as bochechas vermelhas como maçãs.

E o rosto dele quando a viu. Como se alguém tivesse soado uma corneta e todas as paredes à sua volta tivessem desmoronado.

Voltamos para o quarto, meio constrangidos. Não temos nenhuma experiência andando lado a lado, ainda que em geral sigamos na mesma direção. Mantemos distância na escada e nos afastamos ainda mais quando cruzamos o pátio. O tempo todo, quero invocar minha espada.

Baz já está de cara feia quando chegamos ao quarto. Ele bate a porta atrás de nós, deixa o livro na cama e cruza os braços.

— Pronto, Snow. Estamos a sós. O que quer que tenha a dizer... só diz logo.

Cruzo os braços também.

— Tá — eu digo. — Só... senta um pouco.

— Por que eu deveria sentar?

— Porque estou desconfortável.

— Ótimo — Baz diz. — Você deveria ficar contente por não estar sangrando.

— Pelo amor de Deus! — Só xingo como os normais quando estou perdendo a paciência. — Pode parar um pouco? É importante.

Baz balança a cabeça, exasperado, mas senta na beirada da cama, de cara feia. Mesmo quando seus olhos estão arregalados, ainda são um pouco caídos, dando a impressão de que veem tudo por baixo das pálpebras pesadas. Os cantos de seus lábios se curvam naturalmente para baixo. É como se tivesse nascido emburrado.

Vou até a bolsa da escola e pego um caderno. Fiz o máximo de anotações possível um dia depois que a mãe de Baz veio me visitar. Na hora, achei que estava escrevendo aquilo para contar ao Mago depois.

Sento na cama, de frente para ele, e Baz relutantemente se ajeita para ficar cara a cara comigo.

— Certo — digo. — Não quero te contar isso. Nem sei se devo. Mas é sua mãe, e não acho que seja justo esconder de você.

— O que tem a minha mãe?

Ele descruza os braços e se inclina para a frente, para pegar meu caderno.

Eu o arranco dele.

— Eu vou contar. Só ouve.

Baz estreita os olhos.

Estou ridiculamente perturbado.

— Enquanto você esteve fora... Você não estava aqui quando o véu se ergueu.

Ele adivinha de imediato — suas narinas se abrem, seus olhos parecem ligeiramente desvairados. Baz é tão inteligente que não sei como vou fazer para superá-lo quando esse dia chegar.

— Minha mãe... — ele diz.

— Ela estava à sua procura. Ela voltou várias vezes. Aqui. Onde você estava que ela não conseguiu te encontrar?

— Minha mãe atravessou o véu?

— Isso. Ela disse que tinha sido chamada aqui, no nosso quarto, que *aqui* era o seu lugar. Ela ficou bem frustrada de não te encontrar. Queria saber se eu tinha te machucado.

— Ela falou com você?

— É... quer dizer, falou, sim. — Passo as mãos pelo cabelo. — Ela estava te procurando e me deixou morrendo de medo quando perguntou se eu tinha te machucado. Então disse que o véu estava sendo abaixado de novo...

Olho para o caderno. Baz o arranca de mim, olha para a página vorazmente e o empurra de volta contra o meu peito.

—Você escreve como um animal. O que minha mãe disse?

— Ela disse que... — Minha voz falha. — Que seu assassino ainda caminha. Que você precisa encontrar Nicodemus para que ela tenha paz.

— Para que ela tenha paz?

Não sei o que mais dizer. O rosto dele é pura agonia.

— Mas minha mãe *matou* os vampiros — ele diz.

— Eu sei.

— Ela estava falando do Oco?

— Não sei.

— Conta tudo de novo.

Volto a olhar para minhas anotações.

— O assassino dela ainda caminha, mas Nicodemus sabe. Você tem que encontrar ele para que sua mãe tenha paz.

— Quem é Nicodemus? — Baz pergunta. De maneira feroz e arrogante, igualzinho à mãe.

— Ela não disse.

— E aí? — Baz pergunta. — Teve mais alguma coisa?

— Bom... ela me deu um beijo. — Levanto a mão, e passo a ponta dos dedos pela testa. — Disse que era para você, para eu te dar.

Ele cerra as mãos em punho nas laterais do corpo.

— E depois?

— Depois ela foi embora — digo. — Voltou mais uma vez, na mesma noite, a noite antes do véu descer por completo. — Baz parece querer me estrangular. — Estava diferente, mais triste, como se chorasse. — Dou uma olhada no caderno. — Não consegui ver sua mãe, mas ela disse: "Meu filho, meu botão de rosa". E repetiu isso algumas vezes, acho. Então me chamou pelo nome e disse que nunca teria deixado você. E depois: "Ele disse que éramos estrelas".

— Quem disse? Nicodemus?

— Não sei, acho que sim.

Baz aperta ainda mais as mãos em punhos e sua voz sai como um rugido contido:

— Quem é essa *porra* de Nicodemus?

— Não sei — eu disse. — Achei que *você* fosse saber.

Ele levanta da cama e começa a andar de um lado para o outro.

— Minha mãe voltou. Veio me ver. Mas quem falou com ela foi você. É inacreditável.

— Bom, onde você estava? Por que ela não conseguiu te encontrar?

— Eu estava indisposto! Não é da sua conta!

— Bom, espero que sua viagenzinha secreta tenha valido a pena! — grito. — Porque sua mãe veio te ver! Ela veio, e veio, e veio. Só que você estava ocupado planejando sua rebelião sem sentido!

Baz para por um momento, então vem na minha direção, com as mãos mirando meu pescoço. Tenho mais medo por ele do que por mim mesmo, ainda que saiba que quer me matar. Porque, se Baz me tocar, vai ser expulso. Por causa do anátema do colega de quarto.

Fico de pé num salto e pego seus pulsos. Estão frios.

— Baz, você não quer me machucar, quer? — Ele tenta se soltar. Está fumegando de raiva. — Você não quer me *machucar* — digo, tentando afastá-lo. — Não é mesmo? Desculpa. Olha pra mim. *Desculpa.*

Seus olhos cinzentos recuperam o foco e ele recua um passo, recolhendo os braços. Ambos olhamos em volta, esperando que o anátema entre em ação.

Alguém bate na porta e tanto eu quanto Baz pulamos.

— Simon? — ouço Penny chamar.

Baz ergue uma sobrancelha, e quase posso ouvi-lo pensando: *Muito interessante...* Passo por ele e abro a porta.

— Penny, o que você...?

Ela estava chorando e recomeça a chorar.

— *Simon* — Penny diz, e corre para mim. Eu a envolvo devagar com os braços e olho para Baz, esperando que soe o alarme.

Baz só balança a cabeça em negativa, como se fosse demais para ele.

— Vou deixar vocês sozinhos — diz, já saindo pela porta. Odeio pensar em como Baz vai usar o conhecimento que agora tem contra Penelope, ou contra mim, mas neste momento a prioridade é lidar com ela chorando na minha camisa.

— Ei — digo, dando alguns tapinhas em suas costas. Não sou bom com abraços, e ela sabe disso, mas provavelmente não se importa no momento. — Ei, o que foi?

Penny se afasta e enxuga o rosto com a manga. Ainda está de casaco.

— Minha mãe...

Seu rosto está todo franzido. Ela volta a enxugar as lágrimas com a manga.

— Ela está bem?

— Ela não está ferida, ninguém está. Mas minha mãe me disse que Premal voltou ontem. — Penny fala rápido demais, e continua chorando. — Ele veio com outros dois Homens do Mago, querendo revistar nossa casa.

— Como assim? Por quê?

— Por ordens do Mago. Premal disse que era uma batida de rotina, atrás de magia banida, mas minha mãe disse que isso não existe, e que preferia ser banida para um pântano a deixar que o Mago a tratasse como se fosse uma inimiga do Estado. Então Premal disse que não estava pedindo. Minha mãe disse para voltarem quando tivesse um mandado do conciliábulo... — Penny treme nos meus braços. — Prem disse que estamos em guerra, que o Mago é o Mago, e o que minha mãe tinha a esconder? Então minha mãe disse que não era essa a questão. A questão eram os direitos civis, a liberdade em geral, não receber o filho de vinte e dois anos em casa como se fosse Rolf de *A noviça rebelde*. E tenho certeza de que Premal se sentiu humilhado e fora de si, ou talvez só tenha sido mais babaca que de costume, porque ele disse que ia voltar, e que quando isso acontecesse era melhor minha mãe ter mudado de ideia. Minha mãe disse que ele poderia voltar como um nazista ou um fascista, mas não como seu filho.

A voz de Penny falha de novo e ela cobre o rosto com os braços, me dando uma cotovelada no queixo.

Afasto a cabeça e a seguro pelos ombros.

— Ei — digo —, tenho certeza de que as coisas só saíram do controle. Vamos falar com o Mago.

Ela se solta de mim.

— Simon, não. Não pode falar com ele sobre isso.

— Pen... é o Mago. Ele não vai machucar sua família. Sabe que vocês são boas pessoas.

Ela balança a cabeça em negativa.

— Minha mãe me fez prometer que não ia te contar.

— Temos um pacto — eu disse, de repente na defensiva. — Nada de segredos.

— Eu sei! Por isso estou aqui, mas não podemos contar ao Mago. Minha mãe está com medo, e ela nunca tem medo.

— E por que não deixou que fizessem a batida na casa?

— Por que deixaria?

— Porque se o Mago está fazendo isso deve ter uma razão — digo.

— Ele não importuna as pessoas do nada. Não tem tempo pra isso.

— Mas... e se encontrassem alguma coisa?

— Na sua casa? Sem chance.

— Talvez encontrassem — ela diz. — Você conhece minha mãe. "As informações devem circular livremente." "Não existem ideias ruins." Nossa biblioteca é praticamente tão grande quanto a daqui, e mais bem abastecida. Se alguém quisesse encontrar algo perigoso lá, tenho certeza de que conseguiria.

— Mas o Mago não *quer* machucar sua família.

— E *quem* é que ele quer machucar, Simon?

— As pessoas que querem nos machucar! — praticamente grito. — As pessoas que querem me machucar!

Penny cruza os braços e olha para mim. Quase parou de chorar.

— O Mago não é perfeito. Ele não está sempre certo.

— Ninguém é. Mas temos que confiar nele. O Mago está fazendo o que pode.

Assim que digo isso, sinto uma pontada de culpa no meu peito. Eu devia ter contado ao Mago sobre o fantasma. Devia ter contado a Penny. Devia ter contado *aos dois* antes de contar a Baz. É como se estivesse espionando para o lado errado.

— Preciso pensar a respeito — Penny diz. — Não tenho o direito de contar esse segredo, porque ele não é meu. *Nem seu.*

— Certo — concordo.

— Certo. — Mais algumas lágrimas rolam, e Penny volta a balançar a cabeça. — É melhor eu ir. Nem consigo acreditar que Baz ainda não voltou com o supervisor. Devem pensar que ele está mentindo...

— Não acho que ele vá dedurar.

Ela bufa.

— É claro que vai. Mas não me importo. Tenho problemas maiores.

— Fica mais um pouco — digo. Se ela ficar, vou contar sobre a mãe de Baz.

— Não. Podemos conversar amanhã. Só precisava te contar agora.

— Sua família vai ficar bem — digo. — Não precisa se preocupar com isso. Eu prometo.

Penelope parece duvidar. Eu meio que espero que aponte como tudo o que eu disse até agora foi inútil, mas ela só assente e diz que a gente se vê no café da manhã.

40

BAZ

Eu poderia fazer Bunce se ferrar por isso.

(Não achei que fosse possível passar pelos bloqueios de gênero das residências. Mas é claro que Bunce ia dar um jeito. Sua mente diabólica nunca para de funcionar.)

Mas não me dou ao trabalho.

Percorro o caminho até as catacumbas e caço distraidamente.

O túmulo da minha mãe fica aqui. Odeio pensar que ela pode estar me observando. As almas podem ver através do véu? Ela sabe que me tornei um deles?

Às vezes me pergunto o que teria acontecido se minha mãe estivesse viva.

Fui a única criança do berçário transformada naquele dia. Os vampiros poderiam ter me levado se minha mãe não os tivesse impedido.

Meu pai veio me buscar assim que recebeu a notícia. Ele e Fiona fizeram tudo o que puderam para me curar — mas sabiam que eu havia mudado. Sabiam que o desejo por sangue ia se manifestar um dia.

E só...

Continuaram agindo como se nada tivesse acontecido. Por Crowley, foi sorte eu não ter começado a devorar pessoas assim que cheguei à puberdade. Acho que meu pai não teria feito nenhum comentário se me pegasse chupando o sangue da empregada. "Basil, troque de roupa antes do jantar, ou vai deixar sua madrasta chateada."

Ele provavelmente preferiria me ver tirando a roupa da empregada, isso sim. (Minha homossexualidade com certeza o incomoda mais que minha vampiridade.)

Meu pai nunca reconheceu que sou um vampiro — além dos comentários sobre eu ser inflamável —, mas sei que nunca vai me botar para fora de casa por causa disso.

Mas minha mãe...

Ela teria me matado.

Teria me encarado, visto o que sou e feito a coisa certa.

Minha mãe nunca deixaria um vampiro estudar em Watford. Nunca mesmo.

Paro quando chego à porta do túmulo dela. À pedra na parede que a identifica.

Ela foi a diretora mais jovem da história de Watford, e um dos três diretores que morreram defendendo a escola. Foi mantida aqui, em um lugar de honra, como parte da fundação da escola.

Minha mãe voltou.

E voltou por mim.

Por que não conseguiu me achar?

Talvez fantasmas não consigam ver através de caixões.

Talvez ela não tenha conseguido me ver porque não estou totalmente vivo. Será que vou conseguir vê-la quando Simon finalmente acabar comigo?

Porque ele vai acabar comigo.

Snow vai fazer a coisa certa.

Fico nas catacumbas até estar alimentado. Até estar cansado de espumar. Até não aguentar mais olhar para a minha própria foto. (Um saco de sangue redondinho e sortudo.)

Até parar de chorar.

Seria de imaginar que a transformação acabaria com isso — com as lágrimas. Mas ainda mijo, ainda choro. Ainda perco água.

(Não sei muito bem como esse negócio de ser um vampiro funciona. Minha família não me deixa chegar nem perto de um médico mágico, e não é como se eu ficasse gripado ou precisasse tomar vacina.)

As flores que deixei no túmulo da minha mãe murcharam. Lanço um chuva-de-abril e elas florescem de novo. Isso requer mais magia do que tenho em mim agora — flores e comida exigem vida —, e eu me apoio na parede à frente para não cair.

Ultimamente, não consigo manter a cabeça erguida quando me canso. Minha perna esquerda não voltou ao normal desde os nulidades, está sempre dormente. Piso forte no chão de pedra e sinto o calcanhar formigar.

Se minha mãe voltou enquanto o véu estava erguido, isso significa que ela não completou a travessia. Não está aqui — não consegue me ver —, mas não está no lugar certo. Sua alma está presa no meio do caminho.

Como posso ajudar?

Encontrando esse Nicodemus? Foi ele que mandou os vampiros?

Sempre me disseram que foi o Oco quem mandou os vampiros. Até Fiona acha isso. O Oco vive mandando coisas para Watford...

Minha perna está tão dormente quando chego à torre que preciso subir todos os degraus com a direita.

Bunce foi embora. Snow está na cama e a janela está aberta. Ele tomou banho. Sempre usa o sabonete da escola, de modo que cheira a hospital quando está limpo.

Não me dou ao trabalho de jogar uma água no rosto ou de me trocar. Deito de camiseta e calça. Me sinto a própria morte. Sem nem um calorzinho dentro de mim.

Assim que me ajeito na cama e fecho os olhos, tentando não chorar, Snow pigarreia. Está acordado. Não vou chorar.

— Eu te ajudo — ele diz, tão baixo que só um vampiro poderia ouvir.

— Me ajuda com o quê?

— Te ajudo a encontrar quem matou sua mãe.
— Por quê?

Ele vira de lado e fica de frente para minha cama. Mal consigo vê-lo no escuro, então Snow também não consegue me ver.

Ele dá de ombros.

— Porque foi quem atacou a escola.

Viro de costas para ele.

— Porque ela era sua mãe — Snow continua. — E a mataram na sua frente. Isso é... isso é errado.

41

LUCY

O véu está descendo, nos puxando de volta, mas não consegue me pegar.

Acho que não sobrou o bastante de mim. Imagine só, não ter vida o bastante para estar morta de verdade. Não ter vida o bastante para seguir em frente nem para ser arrastada de volta.

Prefiro ficar aqui.

Prefiro continuar falando com você, mesmo que não possa me ouvir. Mesmo que eu não possa te ver. (Houve um momento em que achei que podia te ver; houve um momento em que achei que você me *ouvia*.)

Eu fico. À deriva. Deslizo por pisos que não me barram. Atravesso paredes que não me impedem. O mundo todo é cinza, cheio de sombras.

Conto a elas minha história.

LIVRO TRÊS

42

SIMON

Baz já está quase pronto quando acordo.

Ele está diante das janelas — fechadas, ainda que já esteja quente demais aqui dentro —, olhando seu reflexo no vidro para dar o nó na gravata.

Seu cabelo até que é comprido para um garoto. Quando ele joga futebol, as mechas caem sobre os olhos e as bochechas. Mas Baz o penteia para trás depois do banho, então pela manhã sempre parece um gângster — ou um vampiro de filme em preto e branco, com aquele "V" bem marcado na testa.

Às vezes me pergunto se ninguém acusa Baz de ser um vampiro justamente porque ele se parece tanto com um. Tipo, seria um pouco ridículo acusá-lo, está na cara demais. (Baz tem nariz comprido e fino. Começa bem alto na cara, quase entre as sobrancelhas. Quando estou olhando para ele, às vezes tenho vontade de esticar o braço e descê-lo alguns centímetros. Não que fosse funcionar.) (O nariz dele é um pouco torto mais para baixo. Isso é culpa minha.)

Não sei em que pé estamos.

Quer dizer, eu prometi ajudá-lo a descobrir o que aconteceu com a mãe dele. Devemos começar agora? Ou é o tipo de promessa que vai voltar para me assombrar daqui a anos, quando eu já tiver me esquecido dela?

Independente disso, ainda somos inimigos, né? Ele continua querendo me matar, certo?

Imagino que não vá tentar me matar até que tenhamos resolvido esse lance da mãe. Essa ideia me tranquiliza.

Baz dá um último puxão no nó da gravata, então vira para mim, já vestindo o paletó.

— Você não vai se safar.

Sento na cama.

— Oi?

— Você não vai fingir que ontem à noite foi um sonho ou que estava brincando. Vai me ajudar a vingar a morte da minha mãe.

— Ninguém falou em *vingança*. — Jogo as cobertas de lado e levanto, mexendo no cabelo com as duas mãos. (Ele fica meio amassado quando durmo.) — Eu disse que ia te ajudar a descobrir quem matou ela.

— Isso é me ajudar a vingar minha mãe, Snow. Porque vou matar o culpado assim que descobrir quem é.

— Bom, nessa parte não vou te ajudar.

— Você já está ajudando — Baz diz, colocando a bolsa da escola no ombro.

— Oi?

— Vamos começar agora — ele diz, apontando para o chão. — É a nossa prioridade.

Baz vai até a porta. Quero contra-argumentar.

— Oi?

Baz para, bufa e vira pra mim.

— E quanto a todo o resto? — pergunto.

— Que resto? As aulas? Não precisamos faltar.

— Não — grunho. — Você sabe do que estou falando. — Penso nos últimos sete anos da minha vida. Em cada ameaça vazia que ele me fez, em cada ameaça sincera. — Você quer que trabalhemos nisso juntos, mas... também quer me empurrar escada abaixo.

— Tá bom. Prometo não te empurrar escada abaixo até resolvermos isso.

— Estou falando sério. Não posso te ajudar se estiver tramando contra mim o tempo todo.

Ele dá uma risadinha.

— Acha que é armação minha? Que trouxe minha mãe dos mortos só pra te zoar?

— Não.

— É uma trégua — ele diz.

— Trégua?

— Tenho certeza de que você sabe o que significa, Snow. Nada de agressões até essa história estar terminada.

— Nada de agressões?

Ele revira os olhos.

— Nada de agressões *físicas*.

Com a mão esquerda, pego minha varinha da mesa que fica entre nossas camas e vou até ele, erguendo a mão direita.

— Jura — digo. — Com magia.

Ele estreita os olhos. Vejo a tensão em seu queixo.

— Tá — Baz diz, afastando minha varinha com a mão. — Mas não vou deixar você chegar nem perto de mim com isso aí. — Ele tira a própria varinha do bolso interno do paletó e a segura entre nós. Então pega minha mão na sua, que está gelada, e eu a puxo, por reflexo. Ele a pega com mais firmeza.

— Trégua — Baz diz, olhando em meus olhos.

— Trégua — eu digo, parecendo muito mais incerto.

— Até descobrirmos a verdade — ele acrescenta.

Assinto.

Então ele toca nossas mãos unidas com a varinha.

— *Um cavalheiro inglês nunca falta com a palavra!*

Sinto minha mão absorver a magia de Baz. A sensação da magia de outra pessoa é sempre diferente — assim como o gosto do cuspe de outra pessoa é sempre diferente. (Na verdade só posso dizer isso em relação a Agatha.) A magia de Baz *arde*. Como um gel anti-inflamatório. Ela penetra os músculos da minha mão.

Acabamos de fazer um juramento. Eu nunca tinha feito um. Baz ainda pode quebrá-lo — ainda pode se voltar contra mim —, mas sentiria cãibras na mão e perderia a voz por algumas semanas. Talvez isso seja parte do plano.

Ficamos ambos olhando para nossas mãos unidas. Ainda posso sentir sua magia.

— Podemos conversar depois da aula — Baz diz. — Aqui no quarto.

Ele solta minha mão e eu a afasto.

— Tá.

Chego atrasado para o café, e Penelope não guardou sardinha nem torrada para mim.

Ela diz que não quer conversar, e eu também não quero, ainda que tenha um monte de coisa para contar.

Agatha continua sentando longe da gente. Nem a vejo esta manhã, e me pergunto se foi a algum lugar com Baz. Eu devia ter acrescentado isso à trégua: *E você tem que deixar minha namorada em paz.*

Ex-namorada, acho. Mas mesmo assim.

— Sua mãe deu notícias? — pergunto a Penny.

— Não — ela diz. — Baz vai me dedurar?

— Não. O Mago voltou?

— Não o vi.

Ela come só metade do que costuma comer, e eu como o dobro, só para manter minha boca ocupada. Vou mais cedo para a aula de grego, porque sinto que decepcionei Penny — não posso ficar do lado dela contra o Mago. Se é que vale alguma coisa, nunca poderia ficar do lado dele contra ela também.

Quando chego à sala de aula, Baz já está lá. Me ignorando. Ele me ignora a manhã toda. Eu o vejo no corredor algumas vezes, cochichando com Dev e Niall.

Quando chega a hora de nos encontrarmos no quarto, digo a Penny que vou estudar na hora do chá, e atravesso o pátio correndo no caminho para a Casa da Pantomima.

Chego até a escada antes de me perguntar se a reunião não é uma armadilha — o que é pura paranoia. Baz não precisa me atrair até nosso quarto; durmo nele todas as noites.

Não é como quando ele tentou me dar de comer para a quimera. Daquela vez, ele me pediu para encontrá-lo na Floresta Inconstante. Ele disse que tinha informações para mim, sobre meus pais, e que era perigoso demais me contar na escola.

Eu sabia que Baz estava mentindo.

Disse a mim mesmo que iria até a floresta só para ver o que estava tramando e derrubá-lo, mas parte de mim ainda pensava que talvez ele realmente soubesse algo sobre meus pais — quer dizer, *alguém* devia saber quem eles eram. E mesmo que Baz só fosse usar o que sabia contra mim, ainda assim eu teria informações.

Foi lindo pra caralho quando a quimera o notou, escondido nas árvores, e o tornou seu alvo. Eu devia ter deixado que o monstro o devorasse. Teria sido bem-feito...

Depois, no quarto ano, ele me escreveu um bilhete com a letra de Agatha me dizendo para esperá-la embaixo do teixo depois que escurecesse. Estava congelando, e é claro que Agatha não apareceu, e eu fiquei preso do lado de fora a noite toda, até que a ponte levadiça fosse baixada na manhã seguinte. Meu feitiço de aquecimento não funcionou e os demônios das neves ficaram jogando castanhas na minha cabeça. Pensei em esmagá-los, mas se trata de uma espécie mágica protegida. (Por causa do aquecimento global.) Fiquei o tempo todo esperando que algo pior acontecesse. Por que Baz queria me torturar com demônios das neves? São só bolas de neve meio vivas, com sobrancelhas e mãos. Não são nem das trevas. Só que nada mais apareceu, o que significava que o plano maligno de Baz tinha dado errado — ou que consistia apenas em me ver morrer de frio antes de uma prova importante.

Então, no ano passado, ele me disse que a srta. Possibelf queria me ver. Quando entrei na sala dela, Baz tinha prendido uma doninha-fétida ali. A professora se convenceu de que eu era o responsável por aquilo, ainda que gostasse bastante de mim.

Me vinguei deixando a doninha-fétida no guarda-roupa dele, o que não foi uma grande ideia, já que dividimos o quarto.

Estou à nossa porta, ainda tentando decidir se é ou não uma armadilha. Decido que não importa — entraria mesmo que eu tivesse *certeza* de que é uma armadilha.

Quando entro, Baz está empurrando uma lousa com rodinhas no espaço entre nossas camas.

— De onde veio isso? — pergunto.

— De uma sala de aula.

— Tá, mas como veio parar aqui?

— Voando.

— Fala sério — eu digo.

Ele revira os olhos.

— Lancei um para-o-alto-e-avante nela. Nem deu muito trabalho.

— Por quê?

— Porque temos um mistério a resolver, Snow. Gosto de organizar meus pensamentos.

— É assim que você costuma planejar minha queda?

— Isso. Uso giz colorido. Agora para de reclamar. — Ele abre a bolsa da escola e tira algumas maçãs e outras coisas embrulhadas em papel-manteiga. — Come — Baz diz, jogando um pacote para mim.

É um sanduichinho de bacon. Ele também trouxe um bule de chá.

— O que é tudo isso? — pergunto.

— Chá, claro. Sei que seu cérebro não funciona a menos que esteja cheio.

Desembrulho o sanduichinho e decido dar uma mordida.

— Obrigado.

— Não me agradece — ele diz. — É esquisito.

— Não tão esquisito quanto você me trazer sanduichinhos.

— Tá bom, de nada. Quando Bunce vai chegar?

— Como assim?

—Vocês fazem tudo juntos, não é? Quando você disse que ia me ajudar, imaginei que fosse trazer sua metade mais inteligente.

— Penelope não sabe nada sobre isso — digo.

— Nem sobre a visita?

— Não.

— Por que não? Você conta tudo pra ela.

— É que... pareceu que só dizia respeito a você.

— E só diz respeito a mim mesmo — Baz diz.

— Então. Por isso não contei a ela. Bom, por onde começamos? Ele faz uma cara feia.

— Eu estava contando com Bunce para nos dizer por onde começar.

—Vamos começar com o que sabemos — digo. Geralmente é assim que Penelope começa.

— Tá. — Baz parece nervoso de verdade. Fica batendo com o giz na perna da calça, deixando manchas brancas. NICODEMUS, ele escreve na lousa, em uma letra manuscrita inclinada e bonita.

— Isso é o que não sabemos — digo. — A menos que você tenha descoberto alguma coisa.

Ele balança a cabeça em negativa.

— Não. Nunca ouvi falar dele. Fiz uma pesquisa rápida na biblioteca na hora do almoço, mas não acho que vá encontrar informação nenhuma em *O jardim de versos da criança*.

A maior parte dos livros mágicos foi retirada da biblioteca de Watford. O Mago quer que nos concentremos em livros normais, para ficarmos próximos da linguagem.

Antes das reformas do Mago, Watford defendia tanto os feitiços tradicionais que preferia ensiná-los em vez de introduzir outros mais novos e que funcionavam melhor. Tinha havido até iniciativas para tornar os livros e a cultura vitorianos mais populares entre os normais, só para dar uma renovada nos antigos feitiços.

— A linguagem evolui — o Mago diz. — Devemos evoluir também.

Baz volta a olhar para a lousa. Seu cabelo está seco agora, caindo sobre as bochechas. Ele prende uma mecha atrás da orelha e escreve uma data na lousa: 12 DE AGOSTO DE 2002.

Quero perguntar o que aconteceu nesse dia, mas me dou conta sozinho.

— Você só tinha cinco anos — digo. — Tem alguma lembrança?

Ele olha para mim, então de volta para a lousa.

— Algumas.

43

BAZ

Algumas. Não lembro como o dia começou ou qualquer parte normal.
    Só lembro algumas coisas daquele ano. Uma ida ao zoológico. O dia em que meu pai tirou o bigode e eu não o reconheci.
    Eu me lembro principalmente de ficar no berçário.
    De que comíamos biscoitos e tomávamos leite. Do desenho de coelho no teto. Da menina que me mordia. Lembro que havia trens de brinquedo e que eu gostava do verde. Que havia bebês e, às vezes, quando um chorava, a moça deixava que eu me aproximasse do berço e dissesse:
    — Está tudo bem, pequeno. Você vai ficar bem.
    Porque era isso que minha mãe me dizia quando eu chorava.
    Não acho que fôssemos muitos. Éramos só os filhos dos funcionários. Em duas salas. Eu ainda estava na turma dos menores.
    Não me lembro de ter ido para lá no 12 de agosto, especificamente, mas me lembro de quando os vampiros derrubaram a porta.
    Vampiros — como eu — têm uma força descomunal quando caçam. Uma porta pesada de carvalho com coelhinhos e texugos entalhados... não seria um obstáculo para um grupo dos nossos.
    Não sei dizer quantos vampiros entraram no berçário aquele dia. Diria que dúzias, mas não pode ser, porque fui a única criança a ser mordida. Lembro que um deles, um homem, me pegou como se eu fosse um filhote de cachorro — pelas alças das costas da jardineira. A parte da frente subiu e me enforcou por um segundo.

Pelo que lembro, minha mãe chegou quase na mesma hora, bem atrás deles. Eu a ouvi gritar feitiços antes de vê-la. Vi o fogo azul antes de ver seu rosto.

Minha mãe podia invocar fogo quase em silêncio. Era capaz de queimar por horas sem se cansar.

Ela lançou torrentes de fogo por cima da cabeça das crianças, fazendo com que o ar parecesse vivo.

Eu me lembro do movimento. De ver um vampiro queimar como fogos de artifício. Da expressão no rosto da minha mãe quando me viu, um lampejo de agonia antes que o homem me segurando cravasse os dentes no meu pescoço.

E então a *dor*.

E então nada...

Devo ter desmaiado.

Quando acordei, estava nos aposentos da minha mãe, e meu pai e a srta. Possibelf lançavam feitiços curativos em mim.

Quando acordei, minha mãe tinha partido.

44

SIMON

Baz leva a mão à lousa e escreve VAMPIROS, MANDADOS PELO OCO e UMA MORTE.

Não sei como ele consegue fazer isso — falar sobre vampiros sem reconhecer que é um. Fingir que eu não sei. Que ele não sabe que eu sei.

— Bom, não houve só uma morte — digo. — Vampiros morreram também, não? Sua mãe matou todos? Quantos eram?

— É impossível dizer. — Ele cruza os braços. — Sem os cadáveres. — Ele vira para a lousa. — Não sobra corpo nesse tipo de morte, só cinzas.

— Então o Oco mandou os vampiros a Watford...

— Foi a primeira invasão na história da escola.

— E a última — acrescento.

— É, ficou muito mais difícil agora — Baz diz. — Temos que dar crédito ao Mago por isso. Ele protege a escola ao máximo. Esconderia Watford atrás do véu se pudesse.

— Houve outros ataques de vampiros desde então? Qualquer um?

Baz dá de ombros.

— Vampiros em geral não atacam feiticeiros. Meu pai diz que eles são como ursos.

Eles.

— Como assim? — pergunto.

— Bom, eles caçam onde for mais fácil, no caso entre os normais, e não atacam feiticeiros a menos que estejam morrendo de fome ou tenham contraído raiva. Dá trabalho demais.

— O que mais seu pai disse sobre vampiros?

A voz de Baz parece gelo quando ele diz:

— É muito raro que esse assunto surja.

— Bom — endireito os ombros e falo deliberadamente —, só acho que ajudaria nessa situação específica se *soubéssemos* como os vampiros funcionam.

Os lábios de Baz se curvam.

— Estou bastante seguro de que eles bebem sangue e se transformam em morcegos, Snow.

— Estou falando da cultura.

— Claro, porque você é ligadíssimo em cultura.

—Você quer minha ajuda ou não?

Ele suspira e escreve na lousa: VAMPIROS, PENSAR A RESPEITO.

Enfio o último pedaço de sanduíche na boca.

—Vampiros podem mesmo se transformar em morcegos?

— Por que não pergunta a um? Vamos em frente. O que mais sabemos?

Levanto da cama, limpo as mãos na calça e pego um volume encadernado de *Registros mágicos* da escrivaninha.

— Procurei como foi a cobertura do ataque...

Vou até a página certa e mostro o livro aberto. O retrato oficial da mãe dele ocupa metade da página. Também tem uma foto do berçário, todo queimado e preto. A manchete diz:

VAMPIROS NO BERÇÁRIO

Natasha Grimm-Pitch morre defendendo Watford de criaturas das trevas.
Nossas crianças estão seguras?

— Nunca vi isso — Baz diz, pegando o livro. Ele senta na minha cadeira e começa a ler a notícia em voz alta. — *O ataque ocorreu poucos dias antes da volta às aulas no outono. Imagine a carnificina que teria sido caso tudo tivesse se passado em um dia de aula típico de Watford... A respon-*

sável pelo berçário, Mary, disse que uma das criaturas atacou Grimm-Pitch por trás, cravando os dentes em seu pescoço depois que ela decapitou um vampiro que ameaçava seu filho. "Ela parecia a própria Fúria", Mary disse. "Como se tivesse saído de um filme. O monstro a mordeu, mas ela ainda conseguiu pronunciar um tigre-tigre-que-flamejas, então os dois arderam em chamas..."

Baz para de ler. Parece chocado.

— Eu não sabia disso — diz, mais para o livro que para mim. — Não sabia que ela tinha sido mordida.

— O que é tigre-tigre...

Paro na hora. É melhor não dizer o nome de feitiços novos em voz alta.

— É um feitiço de imolação — ele diz. — Fazia sucesso entre assassinos... e pretendentes desprezados.

— Então ela se matou? De propósito?

Ele fecha os olhos e pende a cabeça para a frente, sobre o livro. Sinto que deveria tentar reconfortá-lo, mas não tem como alguém ser reconfortado pelo pior inimigo.

A não ser que... Não sou o pior inimigo dele, sou? Que horror.

Ainda estou de pé ao lado de Baz, então dou um tapinha em seu ombro — meio que querendo reconfortá-lo — e pego o livro. Continuo lendo em voz alta de onde ele parou.

— *Seu filho de cinco anos de idade, Tyrannus Basilton, estava abalado, mas não foi ferido. O pai, Malcolm Grimm, levou o menino para se recuperar na casa da família em Hampshire. No momento em que este artigo foi escrito, o conciliábulo estava reunido em caráter de emergência para discutir o ataque a Watford e a escalada dos problemas com as criaturas das trevas, além de nomear um diretor substituto. Houve pedidos para fechar a escola até que as questões com as criaturas das trevas sejam resolvidas. Também foi sugerido que façamos como os americanos e escandinavos e mandemos nossas crianças para escolas normais.* — Paro. — Há mais artigos a respeito disso, do que fazer com Watford. Li alguns meses de notícias. Houve um monte de reuniões, debates e editoriais. Até o Mago assumir em fevereiro.

Baz olha através de mim, para o nada. Seu cabelo está caído sobre os olhos e ele mantém os braços cruzados, segurando os próprios cotovelos. Tento reconfortá-lo de novo, dessa vez apoiando a mão em seu ombro.

— Tudo bem — digo.

Ele ri. É um latido seco.

— Essa talvez seja a única coisa que a gente sabe. Que *não* está tudo bem.

— Não... Eu quis dizer que tudo bem você não estar bem. O que quer que esteja sentindo... tudo bem.

Ele levanta, afastando minha mão.

— É isso que seus amigos dizem toda vez que você explode outra parte da escola? Porque então eles estão mentindo. Não está tudo bem, não vai ficar tudo bem. Até agora, só tivemos sinais de que mais coisas ruins estão por vir. Não está tudo bem com *você*, está, Snow?

Sinto uma vermelhidão subindo pelas minhas costas e pelos meus ombros e a reprimo, me afastando dele deliberadamente.

— Isso não é sobre mim.

— Eu concordaria — ele rosna —, mas já me enganei antes. Parece que tudo por aqui é sobre você.

Deixo o livro na escrivaninha e vou embora. Deveria ter previsto que não ia funcionar. Ele é um imbecil até quando é completamente patético.

— Achei que fosse estudar — Penelope diz.

Seu notebook está na mesa do refeitório e tem uma porção de folhas espalhadas à sua volta. Tem um bule de chá por perto, mas tenho certeza de que já está frio.

Apoio a mão no bule e digo:

— *Quanto mais quente melhor!*

Ouço o chá borbulhar e vejo uma rachadura se abrir a partir da tampa.

— Eu estava ajudando Baz — digo —, mas desisti. De vez.

Penelope franze o nariz para o bule rachado enquanto me sirvo. Sei o que está pensando: *Isso não deveria acontecer...* Então ela levanta a cabeça e franze o nariz para mim.

— Você estava ajudando Baz?

— Pois é. Foi um erro.

Sento e tomo um gole de chá. Queimo a língua.

— Por que você estava ajudando *Baz*?

— É uma longa história.

— Tenho bastante tempo, Simon.

Então ouvimos o primeiro grito. Levanto, derrubando a mesa e quebrando o bule de vez.

Alunos entram no refeitório correndo, vindos do pátio. Todos gritam. Seguro uma menina do primeiro ano que passa por mim e quase a levanto pelo braço.

— O que aconteceu?

— Uma dragoa! — ela grita. — O Oco mandou uma dragoa!

Já estou correndo para a porta, empunhando a espada. Sei que Penny vem logo atrás de mim.

O pátio está vazio, mas tem marcas de queimadura na fonte e uma faixa de terra preta. Dá para sentir o Oco no ar — a sucção vazia, a coceira seca. A maior parte dos alunos de Watford já reconhece a sensação; funciona como um alarme.

Corro do primeiro para o segundo portão e uma onda de calor me atinge sob a arcada, quando estou prestes a pisar na ponte levadiça. Tem um muro de ar quente ali. Estico o braço à frente do rosto e sinto Penny segurando as costas da minha camiseta. Ela estica a mão do anel por cima do meu ombro.

— *U can't touch this!*

— O que é isso? — grito para ela.

— Um feitiço de bloqueio. Se a dragoa conhecer essa música, não vai poder tocar na gente.

— E desde quando dragões ouvem música?

— Estou fazendo o melhor que posso, Simon!

— Não consigo enxergar direito! — grito. — E você?

Não consigo enxergar, mas acho que consigo ouvir as asas batendo. Um rio de fogo invade o gramado. Levanto o olhar e vejo que a criatura está vindo na nossa direção. Parece um tiranossauro vermelho com olhos amarelos de gato e asas grandes de borracha.

Penny continua lançando feitiços por cima do meu ombro para tentar derrubar a dragoa.

— De que vai adiantar trazer essa coisa pro chão? — pergunto.

— Não vamos ser bombardeados com fogo! — ela grita.

Tento lembrar da última vez que entrei em uma luta que envolvia dragões, mas só tinha onze anos, e tenho quase certeza de que só o explodi. *Chega mais perto, assim posso explodir você também*, penso, olhando para o monstro.

A dragoa faz um giro no ar sem atirar fogo em nós, e por um minuto penso que um dos feitiços de Penny funcionou. Até que vejo o alvo dela: um grupo de alunos, do terceiro ano talvez, agachado sob o teixo.

A srta. Possibelf está com eles e eu a vejo usar a bengala para lançar feitiços contra o animal. Corro na direção da árvore, tirando a varinha do bolso de trás e gritando o mais alto possível com a dragoa:

— *Um minuto da sua atenção!*

Jogo todo o peso da minha magia no feitiço.

A dragoa para no meio do voo e olha para mim, pairando no ar por um momento, como se tivessem apertado o pause. Então inclina a cabeça para trás e mergulha na minha direção.

— Droga — Penelope diz, a alguns passos de distância. Ela se vira para a escola, e não para a dragoa, e grita: — *Não tem nada pra ver aqui!*

— O que você está fazendo? — grito, virando à direita para guiar a criatura para longe da escola.

— Seu feitiço funcionou com a escola inteira — Penny diz. —

Está todo mundo vindo para cá! *Não tem nada pra ver aqui!* — ela repete quando chegamos aos portões. — *Última forma!*

Olho para trás, para os alunos na ponte levadiça, correndo até a beirada das muralhas. A dragoa mergulha de novo, e decido avançar na direção dela. Um feixe de fogo passa por cima da minha cabeça. Me jogo no chão no último instante e rolo — os dentes dela raspam a grama ao meu lado.

A criatura levanta, bufando com o que parece ser frustração, então se lança na minha direção, batendo as mandíbulas. Atinjo seu pescoço com a espada, que fica presa. A dragoa se ergue de novo, e vou junto, me segurando à espada e usando o impulso para me lançar em sua cabeça, mantendo os joelhos dobrados atrás de sua mandíbula.

Assim é melhor. Agora posso estrangulá-la.

A dragoa se sacode para tentar se soltar, enquanto tento arrancar a espada de seu pescoço, para poder atacá-la de novo. De repente, ouço Baz gritar meu nome. Levanto a cabeça e o vejo correndo pelas muralhas.

Baz deve ter lançado algum feitiço para que sua voz chegasse até mim. (Será que um ouçam-me-todos? Nunca fui bem-sucedido com ele.)

— Simon! — Baz grita. — Não a machuque!

Não machucá-la? Até parece. Volto a tentar soltar a espada.

— Simon! — Baz grita de novo. — Para! Eles não são criaturas das trevas!

Baz chega ao fim das muralhas, mas em vez de parar, ele passa para o topo e se joga por cima do fosso. Ele simplesmente corre e pula! Sem cair! Baz flutua por cima do fosso e aterrissa do outro lado. É a coisa mais linda que eu já vi.

A dragoa deve achar o mesmo, porque para de lutar comigo e passa a seguir Baz.

Suas asas já não batem mais tão furiosamente como antes. Ela quase paira no ar, mergulhando na direção de Baz e soltando nuvenzinhas de fogo.

Baz corre na nossa direção, então para, com as pernas abertas e a varinha no ar.

— Baz! — eu grito. — Não! Você é inflamável!

— Tudo é inflamável! — ele grita de volta.

— Baz!

Mas ele já está apontando para a dragoa e entoando um feitiço:

— *Joaninha, joaninha, volte já, sua casa pega fogo e seus filhos estão lá.*

O começo é um feitiço comum contra pestes, ratos e coisas do tipo. Baz segue em frente. Está tentando usar toda a música. Como se fosse o próprio Houdini.

— *Joaninha, joaninha, volte já, sua casa pega fogo e seus filhos vão queimar. Todos vão queimar menos a mais bela, que se escondeu debaixo da panela.*

Não tem nada mais poderoso no mundo do que cantigas infantis — as letras que as pessoas aprendem quando crianças e nunca mais esquecem. Um mago poderoso pode fazer um exército dar meia-volta com marcha-soldado.

— *Joaninha, joaninha, volte já, sua casa pega fogo e seus filhos vão queimar.*

A dragoa não voa de volta para casa, mas parece fascinada por Baz. Aterrissa na frente dele e inclina a cabeça. Uma baforada bastaria para acabar com ele.

Baz se mantém firme.

— *Todos vão queimar menos o mais tolo, que se escondeu debaixo do rebolo.*

Escorrego pelo pescoço da criatura, usando o peso do meu corpo para arrancar a espada conforme caio.

— *Joaninha, joaninha, volte já, sua casa pega fogo, e seus filhos vão queimar.*

Não sei por que ninguém o ajuda, então olho em volta e vejo todos os alunos e professores da escola observando pelas janelas ou das muralhas. Todos continuam prestando atenção, como eu mandei. Nem Penny conseguiu resistir. Ou talvez só esteja tão impressionada quanto eu. Baz vai em frente.

— *Todos vão queimar menos a mais gentil, que se escondeu debaixo do barril.*

A dragoa olha para trás, e acho que talvez esteja pensando em se mandar. Então bate os pés, frustrada, e abre bem as asas.

Baz levanta a voz. Tem suor na testa e na linha do cabelo. Sua mão treme.

Quero ajudar, mas provavelmente atrapalharia o feitiço. Penso em golpear a dragoa enquanto está distraída, mas Baz me mandou parar. Ando lentamente, até ficar atrás dele.

A dragoa balança a cabeça e começa a se virar. Acho que ela quer mesmo ir embora, *quer* que o feitiço funcione.

— *Joaninha, joaninha, volte já, sua casa pega fogo e seus filhos vão queimar.*
O braço todo de Baz treme agora.

Apoio a mão sobre seu ombro para lhe dar firmeza. Então faço algo que nunca fiz, que provavelmente nem tentaria com alguém que tivesse medo de ferir.

Eu *empurro*.

Pego uma parte da magia que está sempre tentando sair do meu corpo e a transfiro para Baz.

Seu braço fica reto como uma varinha, e sua voz se eleva no meio da frase.

As asas da dragoa tremulam e ela recua.

Transfiro um pouco mais de magia. Temo que seja demais, embora Baz não caia ou se curve. Seu ombro está rígido como pedra, firme sob minha mão.

— *Joaninha, joaninha, volte já!* — ele grita.

A dragoa bate as asas freneticamente e se projeta no ar, como um avião decolando de ré.

Paro de forçar e fecho os olhos, deixando que Baz sugue minha magia conforme o necessário. Não quero exagerar e fazê-lo explodir na minha mão, como se fosse uma granada.

Quando volto a abrir os olhos, a dragoa é uma mancha vermelha no céu. Ouço aplausos vindo das muralhas.

— *Última forma!* — Baz grita, apontando a varinha para a escola. A multidão começa a dispersar imediatamente. Então Baz se solta da minha mão e me encara.

Ele me olha como se eu fosse uma aberração total. (O que não é novidade para ninguém.) Sua sobrancelha direita está tão erguida que parece prestes a se soltar da cabeça.

— Por que me ajudou? — pergunto.

— Trégua — ele diz, ainda assustado. Então balança a cabeça, como a dragoa fez quando estava tentando se livrar do feitiço. — Fora que não te ajudei. — Ele levanta a mão para coçar a nuca. — Ajudei a dragoa que você ia matar.

— Ela estava atacando a escola.

— Não por vontade própria. Dragões só atacam quando estão sendo ameaçados. Normalmente nem tem dragões nesta parte da Inglaterra.

Penelope vem na minha direção como um trem descarrilhado. Ela pega minha mão e a coloca sobre o ombro.

— Me mostra — Penelope diz. — Manda aí.

Recolho a mão.

— Oi?

Ela a pega de novo.

— Eu vi o que acabou de acontecer. — Penelope volta a encostar minha mão em seu ombro. — Quando aprendeu a fazer isso?

— Para com isso — tento dizer com vontade, olhando em volta para ver quem está ouvindo. O gramado está cheio de alunos, todos inspecionando as marcas de queimadura e agindo como pessoas que acabaram de ficar cara a cara com a morte, mas sobreviveram. — Eu só estava dando apoio moral.

— Excelente trabalho, cavalheiros. — A srta. Possibelf está atrás de nós. Eu nem a vi se aproximar. — Poucas vezes vi uma cantiga tão forte e cheia de nuances, sr. Pitch. E nunca vi uma situação que a exigisse tanto.

Baz se curva, humildemente. Perfeitamente. Seu cabelo cai.

— Sr. Snow — a srta. Possibelf continua —, talvez possa fazer um relatório para o diretor quando ele voltar. Esta semana vamos exercitar moderação na aula de elocução.

Abaixo a cabeça.

— Sim, professora.

— Estão dispensados — ela diz.

Penelope puxa minha mão para o ombro de novo. Eu puxo de volta.

Quando me viro para o castelo, vejo Agatha, a única pessoa que ainda nos observa das muralhas.

45

SIMON

—Você recebeu uma visita! E não me contou nada!

Penelope está de pé, com as mãos na cintura. Tenho certeza de que estaria lançando um mundo de feitiços para me ferir se Baz não tivesse tirado a varinha dela.

—Você contou para *ele* — ela aponta para Baz —, mas não para *mim*?

— Era a mãe *dele* — digo.

— Eu sei — Penny diz —, mas ele nem estava aqui.

— Eu ia te contar, Penny, mas ele voltou e as coisas meio que se complicaram.

— Estamos te contando agora — Baz diz.

— *Estamos?* — ela repete. — Desde quando vocês "estão" juntos?

— Não "estamos"! — meio que grito.

Baz levanta as mãos, frustrado, e se joga de corpo inteiro na cama.

—Vocês são inacreditáveis.

— E quando você virou uma tomada para recarregar outros feiticeiros? — Penny pergunta para mim.

— Não sei — digo. — Nunca tinha tentado.

—Tenta de novo — ela diz, caindo ao meu lado na cama.

— Não, Penny, não quero te machucar.

Ela puxa minha mão para o ombro.

— Simon, imagina o que poderíamos fazer com seu poder e meus feitiços. Poderíamos acabar com o Oco antes da hora do jantar. E depois acabar com a fome e garantir a paz mundial.

— Imagina o que o Mago não vai fazer quando se der conta de que tem um gerador nuclear no próprio quintal — Baz murmura de sua cama.

Engulo em seco e olho para a parede. Penny abaixa a mão. Tenho que admitir que não estou animado para contar ao Mago — ou a quem quer que seja — o que fizemos hoje. Já é ruim o bastante não conseguir controlar meus poderes. Não quero que eles sejam simplesmente tirados das minhas mãos.

Penny põe a mão sobre a minha.

— Foi um feitiço especial? — ela pergunta, com delicadeza.

— Não — digo. — Eu só... empurrei.

— Me mostra.

Baz se apoia no cotovelo para ver melhor. Olho diretamente nos olhos de Penny.

— Confio em você — Penny diz.

— Isso não quer dizer que não vou te machucar.

Penny dá de ombros.

— A dor é temporária.

— Isso não quer dizer que não vou provocar algum dano *permanente*.

Ela dá de ombros de novo.

— Anda. Temos que descobrir como funciona.

— Nunca *temos* que fazer nada — digo. — Mas você sempre *quer*.

Penny aperta minha mão.

— *Simon*.

Olho em seus olhos. Ela não vai me deixar em paz até que eu concorde. Tento me lembrar de como tudo aconteceu no gramado. Como se eu estivesse me abrindo, cedendo... só um pouco. Largando um pouco a mão...

Dou um empurrãozinho de leve.

— Pelo amor das cobras! — Penny diz, tirando a mão da minha e pulando da cama. — O caralho de um troll de nove dedos, Simon.

— Ela sacode a mão, com lágrimas nos olhos. — Por Stevie Nicks e Grace Slick! *Puta que pariu!*

Levanto também.

— Desculpa! Desculpa, Penny! Me deixa ver.

Baz volta a deitar na cama, gargalhando.

Penelope estica o braço. Está vermelho e marcado.

— Desculpa mesmo — digo, pegando seu pulso com cuidado. — Não é melhor ir pra enfermaria?

— Acho que não — ela diz. — Está passando.

O braço de Penny treme. Baz levanta da cama para dar uma olhada.

— A sensação é de que lancei um feitiço em você? — pergunto.

— Não — os dois dizem ao mesmo tempo.

— Foi mais como um choque — Penelope explica, então olha para Baz. — E pra você?

Ele pega a varinha.

— Não sei. Estava concentrado na dragoa.

— Doeu? — ela pergunta a Baz.

— Talvez você não tenha visto o que acha que viu — Baz diz. — Vai ver Snow estava mesmo só me dando apoio moral.

— Ah, tá. E talvez você seja o mago mais talentoso das últimas cinco gerações.

— Talvez eu seja mesmo — ele diz, tocando o braço dela com sua varinha de marfim. — *Melhoras!*

— E agora? — pergunto a ela.

— Está melhor — Penny diz, relutante, já puxando o braço de volta. Ela franze a testa para Baz. — E ardente.

Ele sorri, erguendo a sobrancelha de novo.

— Só estou falando da temperatura — ela diz. — Sua magia parece queimadura de óleo, Basil.

Baz dá de ombros, levantando a varinha, então vira para a lousa.

— É de família.

Como eu disse, a sensação da magia de cada um é diferente. A magia de Penelope é meio espessa e deixa um gosto de sálvia na boca. Eu gosto bastante.

— Então... — ela diz, seguindo Baz até a lousa. —Você recebeu uma visita. Uma visita de verdade. Natasha Grimm-Pitch esteve *aqui*.

Baz a olha por cima do ombro.

—Você parece impressionada, Bunce.

— E estou — Penelope diz. — Sua mãe foi uma heroína. Ela desenvolveu um feitiço contra a febre gnomática. Foi a diretora mais jovem da história de Watford.

Baz olha para Penny como se ela lhe fosse uma completa desconhecida.

— *E* — Penny continua — ela defendeu seu pai em três duelos antes dele aceitar o pedido dela.

— Quanta violência.

— Era o costume — Baz diz.

— Foi incrível — Penny diz. — Li as minutas.

— Onde? — Baz pergunta a ela.

— Temos tudo na biblioteca de casa — Penny diz. — Meu pai ama ritos de casamento e todo tipo de magia familiar. Ele e minha mãe foram unidos em cinco dimensões.

— Que romântico — Baz diz, e fico horrorizado, porque parece que ele está falando sério.

—Vou fazer o tempo parar quando pedir Micah em casamento — ela diz.

— O americano baixinho? De óculos fundo de garrafa?

— Ele não é mais tão baixinho.

— Interessante. — Baz coça o queixo. — Minha mãe fez o mundo girar em torno deles.

— Ela é uma lenda — Penelope diz, sorrindo.

— Achei que seus pais odiassem os Pitch — interrompo.

Os dois olham para mim como se eu tivesse estragado o momento.

— Isso é política — Penelope diz. — Estamos falando de *magia*.

— É claro — digo. — O que eu estava pensando?

— É claro que você não estava — Baz diz.

— O que está acontecendo aqui? — pergunto. — O que estamos fazendo?

Penelope cruza os braços e aperta os olhos, lendo a lousa.

— Estamos tentando descobrir quem matou Natasha Grimm-Pitch — ela declara.

— A lenda — Baz complementa.

Penelope olha para ele com carinho, o tipo de olhar que costuma reservar para mim.

— Para que ela possa descansar em paz.

46

BAZ

Penelope Bunce é uma feiticeira do cacete, não há como negar.

Bom, não há como negar agora que ela está momentaneamente do meu lado.

Não é à toa que Snow a segue como um cachorrinho idiota preso a uma coleirinha bem curta. Tenho certeza de que não sabemos nada que já não sabíamos antes, mas Bunce é tão inteligente e confiante que parece que fazemos progresso a cada minuto passado com ela no quarto.

Bunce também consertou a janela, que parou de ranger.

Sei que ela ainda me considera repugnante e desagradável, mas Roma não foi construída com admiração mútua. Bunce sabe muita coisa de história mágica — sua casa deve estar lotada de livros proibidos — e grande parte de suas opiniões poderiam mandá-la para as masmorras se seu sobrenome fosse Pitch.

(Ela deve ter algum ascendente mundano; Bunce é o nome menos mágico do mundo. Isso sem falar do pai dela, o *professor Bunce,* que mais parece um livro cheio de notas de rodapé em forma humana. Um paletó feito só de protetores de cotovelo. O cara deu uma aula especial sobre o Oco no ano passado, e acho que não consegui seguir sua linha de pensamento até o fim da frase nenhuma vez sequer.)

Snow e Bunce me mandam ir buscar jantar, porque tenho uma ligação com Pritchard, a cozinheira, uma prima distante. Quando volto, Bunce está usando um giz verde para fazer outras anotações sobre as minhas na lousa, em uma letrinha apertada.

NICODEMUS
- VER NA BIBLIOTECA.
- PERGUNTAR PRA MINHA MÃE? (ALGUM RISCO?)
- PERGUNTAR AO MAGO? NÃO.
- GOOGLE? SIM! (MAL NÃO FAZ, SIMON.)

Até seus comentários são dirigidos a Snow. Os dois são uma dupla inseparável. Que nem os Bananas de Pijama. Hum... será que Wellbelove vai aparecer também?

— Simon está certo quanto aos vampiros — Bunce diz, sem dar as costas à lousa.

Quase deixo a bandeja com o jantar virar. Eu me ajeito para endireitá-la.

— Como?

— Os vampiros — ela repete, virando e pondo as mãos na cintura. Sua saia está coberta de pó de giz.

Snow deixa um livro de lado e se aproxima para tirar a jarra de leite da bandeja. Ele a ergue na direção da boca, e eu chuto sua canela.

— O anátema! — Snow diz.

— Não estou tentando te machucar. Estou te protegendo da sua falta de modos. O quarto não vai me culpar dessa vez, seu imbecil. Tem copos ali.

Ele apoia o leite na mesinha entre nossas camas, então pega os copos e o lenço envolvendo os sanduíches.

— Pritchard te deu tudo isso?

Snow desembrulha uma pilha de brownies.

— Ela gosta de mim — digo.

— Achei que ela gostasse de *mim* — diz ele. — Já que a salvei de um lagarto de pia.

— Bom, ela não gosta de mim pelo que faço, mas sim por quem eu sou.

— *Vampiros* — Penelope diz. — Não está me ouvindo?

Sorrio desdenhosamente, por puro hábito.

— Come um sanduíche, Bunce.

— Como vamos descobrir quem mandou os vampiros ou o que eles queriam — ela prossegue — se não sabemos nada sobre eles?

— Vampiros querem sangue — Snow diz, com a boca cheia de rosbife.

— Mas isso eles conseguem em qualquer lugar — Penelope retruca. — Com facilidade. No Soho. Depois da meia-noite. — Ela pega um sanduíche e senta na cama de Snow, de pernas cruzadas, de saia. Daria para ver tudo se eu quisesse, e se inclinasse a cabeça um pouquinho. — Não consigo pensar em um lugar mais difícil para um vampiro conseguir sangue do que em Watford, no meio do dia.

Ela está certa. Continua:

— Por que tentar?

— Bom, as aulas ainda não tinham voltado — digo, pegando uma maçã. — Não tinha ninguém de guarda.

— Tá, mas estamos falando de *Watford*. — Seu cabelo comprido balança. — Mesmo naquela época, havia uma barreira de proteção contra criaturas das trevas.

— Não faz sentido — Snow diz. — O Oco mandou os vampiros. Assim como mandou a dragoa hoje. Ela também não queria estar aqui.

Não sei se Snow se deu conta disso ou se só acreditou em mim. Achei que ele fosse matar a dragoa a sangue-frio na frente de toda a escola.

Bom, não a sangue-frio, porque a criatura estava atacando a gente. Mas matar dragões é uma atividade perigosa, sombria demais até mesmo para minha família. Não se mata um dragão a menos que se esteja tentando abrir um portal para o inferno.

— Mas se a diretora estava falando do Oco — Bunce diz —, por que colocaria esse peso sobre os ombros de Baz? Ela acha que ele pode matar o Oco? E quanto a Nicodemus?

Snow franze a testa.

— Acho que não devemos pensar nisso como um ataque isolado.

— É o único ataque de vampiros na história da escola — argumento.

— É, mas tinha um monte de outras coisas rolando na época — ele diz. — O Mago disse que as criaturas das trevas achavam que estávamos ficando fracos e decidiram investir seriamente contra nós.

— Quando ele disse isso? — Penny pergunta.

— Está no *Registros mágicos* — Snow diz. — O Mago fez um discurso no conciliábulo antes da invasão de Watford.

Ele enfia o que restou do sanduíche na boca e vai para perto de Penny, pegar um livro. Seu paletó e seu suéter estão no chão, e a camisa branca está para fora da calça de um lado.

Snow logo encontra a página certa e mostra o livro para a gente. Fico em pé, porque ainda não estou preparado para sentar na cama dele.

É a primeira página do *Registros mágicos*. O discurso do Mago foi publicado na íntegra, acompanhado de um infográfico grande com datas e atrocidades flagrantes — todos os ataques contra a magicidade em um período de cinquenta anos. NOSSA SOBERANIA CORRE RISCO?, a manchete pergunta.

— Espera um minuto… — Bunce pega o livro de Snow e passa seu sanduíche para que o segure. Ele logo dá uma mordida. — Não tem nada aqui sobre o Oco. — Ela vira as páginas até a notícia da morte da minha mãe, então passa um dedo sobre as linhas. — Nem aqui.

Bunce fecha o livro e bate o anel contra a capa.

— *Pente-fino: Oco!*

O livro se abre e as páginas começam a passar rapidamente. Elas ganham velocidade mais perto do fim, até o livro se fechar com um baque no colo dela.

— Nenhuma menção — Penny diz.

— Não faz sentido — digo. — O Oco existia nessa época. O primeiro ponto morto apareceu no fim dos anos 90. Perto de Stonehenge. Estudamos isso em história mágica.

— Eu sei — ela diz. — Minha mãe estava grávida de mim quando aconteceu. Ela e meu pai visitaram o lugar. — Bunce pega o que resta de seu sanduíche de volta e dá uma mordida. Então olha para mim, mastigando desconfiada. — Como será que eles sabiam...?

— Quem? — pergunto. — O quê?

— Como será que eles descobriram que o Oco estava por trás de tudo? — Bunce pergunta. — Por trás das criaturas das trevas e dos pontos mortos? Como sabiam que era ele antes de entrar em contato com a sensação? É assim que o identificamos agora. Com a sensação.

—Você sentiu o Oco? — Snow pergunta. — Aquele dia no berçário?

— Eu estava meio distraído — digo.

— O que te disseram? — Bunce pergunta.

— Quem?

— Sua família. Depois que sua mãe morreu.

— Não me disseram nada. O que poderiam dizer?

— Disseram que foram vampiros?

— Não precisaram me dizer. Eu estava lá.

—Você lembra? — ela pergunta. —Você viu os vampiros?

—Vi.

Devolvo uma maçã à bandeja. Simon pigarreia.

— Baz, quando você ouviu dizer pela primeira vez que quem mandou os vampiros foi o Oco?

Eles estão visualizando meu pai me fazendo sentar em uma poltrona de couro e dizendo: *Basilton, preciso lhe contar algo...*

Ele nunca disse nada do tipo.

Ninguém *conta* nada a ninguém na minha família. A gente só sabe. Aprende a saber.

Ninguém teve que me contar que podíamos falar sobre minha mãe, mas não sobre a morte dela.

Ninguém teve que me contar que sou um vampiro.

Lembro quando fui mordido, cresci com as mesmas histórias de terror que todo mundo, até que um dia acordei desejando sangue. Ninguém precisou contar que não podia beber o sangue de outra pessoa.

— Aprendi na escola — digo. — Assim como vocês.

Ambos parecem surpresos.

— O que aconteceu com os vampiros? — Snow pergunta. — Fora os que a sua mãe matou.

— O Mago expulsou a maior parte deles da Inglaterra — digo. — Acho que foi a única vez que minha família cooperou com suas batidas.

— Minha mãe diz que a guerra começou com as batidas antivampiros — Bunce diz.

— Que guerra? — Snow pergunta.

—Todas as guerras — ela responde, e se inclina por cima das pernas dele para pegar um brownie.

Pego um sanduíche e a maçã e levanto.

— Preciso de um ar.

Espero até estar nas catacumbas para comer. Não gosto de me alimentar na frente dos outros.

47

SIMON

Penny volta a fazer anotações na lousa.

FALAR COM MEU PAI NO NATAL. TUDO BEM ESPERAR?
PEDIR QUE MANDE SUAS ANOTAÇÕES?

— Por que *todas*? — pergunto.
— Hum?
— Por que todas as guerras? Por que *todas* começaram com batidas antivampiro?
— A guerra contra as criaturas das trevas começou assim — ela diz. — É óbvio. Quer dizer, magos e vampiros nunca se deram bem. Precisamos dos normais vivos, mas os vampiros precisam deles mortos. Mas invadir Watford foi um ato de guerra. E foi o primeiro ataque verdadeiro do Oco.
— E quanto à guerra com as famílias antigas?
— Bom, foi aí que as reformas do Mago começaram — ela diz.
— Queria que tivesse só uma guerra acontecendo — digo. — Um inimigo que eu conseguisse compreender.
— Aliás — Penny diz, finalmente dando as costas para a lousa —, o que é que você vai fazer agora que não tem mais o Baz?
— Ainda tenho o Baz.
— Não como inimigo.
— É só uma trégua — digo.

— Uma trégua em que vocês compartilham magia.

— Penny...

Franzo a testa e deito de costas na cama. Estou exausto.

Sinto quando ela senta perto de mim.

— Tenta de novo — ela diz, pegando minha mão.

— Não.

— Por que você tentou com ele?

— Eu não tentei — digo. — Só queria ajudar e não sabia como. Então o toquei e *pensei* em ajudar.

— Foi bem incrível.

—Você acha que todo mundo viu?

— Não... Talvez. Não sei. Eu mesma não tinha certeza, e era quem estava mais perto. Mas vi que Baz se empertigou quando você tocou nele e que o feitiço começou a funcionar. De jeito nenhum que Baz é poderoso o bastante para espantar um dragão... — Ela aperta minha mão. — Tenta de novo.

Aperto de volta.

— Não. Vou te machucar.

—Você não machucou Baz.

—Vai ver machuquei. Ele é que não vai admitir.

— Talvez só não tenha machucado porque ele já está morto — ela diz.

— Baz não está morto.

— Bom, ele não está vivo.

— Acho... que ele está, sim — digo. — Baz tem magia. Magia é vida.

— Pelo dente de Morgana... Imagina se você pudesse fazer isso de novo. Se tivesse controle sobre seu poder, Simon.

— Quem controlou meu poder foi Baz.

— É como se você estivesse concentrado pela primeira vez, como se tivesse direção. Você o usou como se fosse uma varinha.

Fecho os olhos.

— Eu não o usei.

48

BAZ

Quando volto, Bunce já partiu. Sei que ela estava na minha cama de novo só pelo cheiro: sangue, chocolate e ervas finas. Vou dar uma bronca nela amanhã.

Snow tomou banho, o que deixa o quarto meio úmido. A papelada e as coisas do jantar continuam espalhadas na mesa e no chão. É como ter dois colegas de quarto desleixados.

Pelo menos a lousa está em ordem, coberta pela caligrafia apertada de Bunce, empurrada contra a parede.

Tiro o paletó, faço um feitiço para limpá-lo e o penduro no guarda-roupa. Minha gravata está enfiada no bolso. Eu a tiro e a penduro também.

Comi meu sanduíche no porão e suguei uns ratos para acompanhar. Preciso ir caçar na floresta de novo; há cada vez menos ratos nas catacumbas, por mais que eu tente poupar as fêmeas.

É um saco caçar na floresta. Tenho que fazer isso durante o dia, porque o Mago ergue a ponte levadiça ao pôr do sol, e eu não consigo voar-como-uma-borboleta por cima do fosso todas as noites, como fiz hoje. Não tenho a magia necessária para isso.

Olho para Snow por cima do ombro. Ele é um amontoado comprido sobre a cama, debaixo das cobertas.

Ele tem a magia necessária.

Poderia fazer qualquer coisa.

Sua magia ainda zumbe dentro de mim e já faz horas que tirou a mão do meu ombro. Snow já lançou feitiços contra mim, mas dessa vez foi diferente. Foi como ser atingido por um raio do bem. Me senti purificado. Sem fundo.

Não, não foi isso, não me senti sem fundo. Me senti *sem centro*. Como se eu crescesse por dentro. Como se pudesse lançar qualquer feitiço, cumprir qualquer promessa.

A princípio, foi como se Snow transferisse sua magia para mim, a enviasse para mim, mas depois a magia simplesmente estava *lá*. Naquele momento, tudo o que era dele era meu.

Certo. Tenho que parar de pensar assim. Como se fosse um presente. Snow nunca teria se aberto para mim se não tivesse uma dragoa acima de nós...

Fico pensando se poderia tirar a magia dele caso tentasse, mas a ideia revira meu estômago.

Eu me troco no banheiro e escovo os dentes. Quando saio, vejo que Snow está sentado na cama.

— Baz?
— Quê?

Sento na cama, por cima das cobertas.

— Eu... você pode vir aqui?
— Não.
— Então eu vou aí.

Cruzo os braços e as pernas.

— Também não.

Snow bufa, exasperado. *Ótimo*, penso.

— Só vem aqui — ele diz. — Tá bom? Tenho que tentar um negócio.

— Não percebe como isso é ridículo?

Snow levanta. Está escuro no quarto, mas é uma noite de lua, e sempre consigo vê-lo melhor do que ele me vê. Snow está de calça de flanela cinza da escola, com a corrente de ouro no pescoço. Sua pele é tão pálida quanto a minha sob o luar e brilha como uma pérola.

—Você não pode sentar na minha cama — digo, quando ele senta na minha cama. — Nem Bunce. As cobertas estão fedendo a brownie e intensidade.

— Aqui — ele diz, oferecendo a mão.

— O que você quer de mim, Snow?

— Nada — ele diz. O idiota está sendo sincero. — Temos que tentar de novo.

— Por quê?

— Pra saber se não foi sorte — Snow responde.

— *Foi* sorte. Você estava lutando com uma dragoa e eu estava te ajudando. Foi sorte dobrada.

— Por Merlim, Baz, você não quer saber?

— Se eu posso te usar de gerador?

— Não foi assim — ele diz. — Eu deixei que você fizesse isso.

— E vai me deixar fazer de novo?

— Não.

— Então não interessa se foi sorte ou não!

Snow continua sentado na minha cama.

— Tá bom — ele diz. — Talvez.

— Talvez o quê?

— Talvez eu deixe — ele diz. — Se for como hoje, com vidas correndo risco, e isso resolva a situação. Se for uma alternativa a... sabe, *explodir*.

— E se eu usar contra você?

— Minha magia?

— É — eu digo. — E se eu pegar sua magia e a voltar contra você, resolvendo essa questão de Baz contra Simon de uma vez por todas?

A boca de Snow está ligeiramente aberta. Sua língua brilha na escuridão.

— Por que você tem que ser tão vilanesco? — Ele parece enojado. — Por que *já* pensou nisso?

— Pensei nisso quando ainda estava cantando para a dragoa — digo. — Você não?

— *Não.*

— É por isso que vou te vencer — digo.

— Estamos em trégua — Snow diz.

— Ainda posso *pensar* em te atacar. Tenho pensamentos violentos em relação a você o tempo todo.

Snow pega minha mão. Quero puxá-la, mas sem que pareça que tenho medo, e ao mesmo tempo *não* quero puxá-la. Maldito Snow. Estou tendo pensamentos violentos em relação a ele nesse momento.

— Vou tentar agora — ele diz.

— Tá.

— Não é melhor você lançar um feitiço?

— Não sei — digo. — O experimento é seu.

— Então não precisa — ele diz. — Ainda não. Mas me diz se doer.

— Não doeu antes — resmungo.

— Não?

— Não.

— E qual foi a sensação?

— Para de falar de sensações — digo, sacudindo sua mão. — Agora manda. Ou atira. Sei lá o que você quer fazer.

Snow passa a língua no lábio inferior e deixa os olhos semicerrados. Ele fez essa cara hoje à tarde? Por Crowley...

Sinto sua magia.

A princípio, é um zumbido na ponta dos dedos, então uma onda de estática correndo pelo meu braço. Tento não contorcer o rosto.

— Tudo bem? — ele pergunta, com a voz suave.

— Tudo. O que você está fazendo?

— Não sei — ele murmura. — Me abrindo, acho...

A estática no meu braço se assenta em um feixe pesado, como se fagulhas elétricas pegassem fogo. O desconforto vai embora, mas a sensação de chamas lambendo só fica mais forte. Sei o que fazer com isso: é fogo.

— Ainda tudo bem? — Snow pergunta.

— Ótimo — digo.
— O que isso significa? Que você poderia usar a magia?
Minha risada sai mais simpática do que eu gostaria.
— Snow, acho que eu conseguiria lançar um soneto agora.
— Me mostra — ele diz.
Estou tão cheio de poder que sinto que consigo ver sem nem abrir os olhos. Como se pudesse me transformar em uma supernova se quisesse e ter minha própria galáxia. É assim a sensação de ser Simon Snow? De ter poder infinito dentro de si?
Falo claramente:
— *Brilha, brilha, estrelinha.*
Quando chego ao fim da próxima frase, o quarto à nossa volta sumiu, e as estrelas estão próximas o bastante para que eu as toque.
— *Lá no alto, lá no céu.*
Simon pega minha outra mão e meu peito se abre mais.
— Por Merlim e Morgana — ele diz. — Estamos no espaço?
— Não sei — respondo.
— Isso é um feitiço? — ele pergunta.
— Não sei.
Ambos olhamos em volta. Não *acho* que estamos no espaço. Estou respirando normalmente. Não sinto como se estivéssemos flutuando, embora eu esteja à beira da histeria. É poder demais. São estrelas demais. Sinto gosto de fumaça.
—Você está se segurando? — pergunto a ele.
— Não conscientemente — Snow diz. — É demais?
— Não. É como se você tivesse completado o circuito — digo, segurando sua outra mão. — Mas me sinto meio bêbado.
— Bêbado de poder? — ele pergunta.
Dou risada.
— Caralho, Snow, para de falar. Isso é constrangedor.
—Você quer que eu pare?
— Não. Quero ver as estrelas.

—Vou parar — ele diz.

Snow para. Parece a maré recuando — se a maré fosse feita de heroína e fogo.

Balanço a cabeça. Não solto as mãos dele.

—Tudo bem? — Snow pergunta.

—Tudo. E você?

—Tudo.

Agora só estamos sentados na minha cama, de mãos dadas, Simon Snow e eu. Não consigo olhar em seus olhos, então foco na cruz da correntinha.

— Sua mãe... — ele diz. — Quando voltou, ela fez aquele comentário sobre as estrelas. *Ele disse que éramos estrelas.*

— Acho que é só coincidência.

— É. — Simon assente. — Sobrou um pouco em você? Tipo, alguma coisa ficou no seu corpo? Da minha magia?

— Uma magia residual? — pergunto.

— É.

Balanço a cabeça.

— Não. Só uma sensação. Um zumbido. Mas não poder.

—Você consegue fazer também?

— Como assim?

— Ainda estamos nos tocando — ele diz. —Tenta puxar minha magia.

Fecho os olhos e tento me abrir, como um aspirador de pó ou um buraco negro. Nada acontece. Tento puxar a magia de Snow. Sugá-lo com minha própria magia... De novo, nada.

Abro os olhos.

— Não. Não consigo puxar sua magia. Nunca ouvi falar de um feiticeiro pegando a magia de outra pessoa. Dá para imaginar? Se houvesse um feitiço para isso? Íamos todos nos destruir.

— Já estamos todos nos destruindo.

— Eu não consigo — repito.

—Você acha que minha magia te machucou?

— Acho que não.

— Então podemos fazer de novo.

— Acabamos de fazer, Snow.

Ele assente. Me pergunto se esqueceu que estamos de mãos dadas. Ou se esqueceu o que significa ficar de mãos dadas com alguém. Ou se esqueceu completamente quem eu sou.

Penso de novo em recolher minhas mãos, mas Snow poderia acender um fósforo na minha palma agora e eu não faria isso. Parece que de fato acendeu.

— Baz. — Não é a primeira vez que diz meu nome, mas isso é algo que ele normalmente evita. — Isso é idiotice. Se vamos trabalhar juntos, não pode continuar fingindo que eu não sei.

— Que não sabe o quê? — pergunto, puxando minhas mãos.

— Que não sei sobre você. O que você é.

— Sai da minha cama, Snow.

— Não vai mudar nada…

— Ah, não?

— Bom, tornaria as coisas mais fáceis — ele diz. — Como podemos discutir o que sabemos sobre vampiros se você nem admite que é um?

— *Sai da minha cama.*

Snow levanta, mas não vai para a cama.

— Eu *sei*. Sei desde o quinto ano. Como vamos te ajudar se você continuar guardando segredos? Tipo, por que demorou para voltar para a escola? O que aconteceu com você? Por que está mancando?

— Não é da sua conta — sibilo. — Nada disso é.

— Tem razão, mas você disse que queria minha ajuda. Então agora é da minha conta.

—Vou te contar o que julgar que é relevante.

— Deveríamos descobrir quem mandou vampiros chupadores de sangue para matar sua mãe, e *você* é um vampiro chupador de sangue. Não acha que isso é relevante?

Como se eu pudesse admitir isso. Em voz alta. Sinceramente. Como se qualquer outro feiticeiro não fosse ficar feliz de tacar fogo em mim se soubesse que é verdade.

Como se o próprio Snow não tivesse tentado fazer com que eu me revelasse todos os dias dos últimos sete anos.

Tranco a mandíbula.

Eu deveria ir embora. Deveria voltar para as catacumbas. Mas a magia de Snow me esgotou, e não sei nem se conseguiria ficar de pé agora. Então só fecho os olhos.

— Cansei de você por hoje — digo. — Parece que fui atingido por um raio duas vezes num espaço de doze horas, e agora já deu.

49

SIMON

Agatha quer falar comigo depois da aula de palavras mágicas.

Ela não me disse uma palavra depois que terminamos — mal olhou na minha cara —, então, agora que se aproxima, minha resposta inicial é olhar para o chão e evitá-la. Agatha tem que me puxar pela manga para chamar minha atenção, o que é desconfortável para nós dois.

— Simon — ela diz —, posso falar com você?

Agatha parece nervosa, mordendo o lábio inferior. Tenho que admitir que a primeira coisa que penso é que está com saudades. Que quer voltar comigo.

Vou dizer que sim, é claro. Não vou nem obrigá-la a pedir para voltarmos. Podemos retornar ao ponto em que paramos. Talvez eu até conte a ela o que está rolando com Baz — talvez Agatha possa ajudar.

Então penso em Agatha no nosso quarto fechado, perto o suficiente para que Baz sinta sua pulsação, e decido que não vou contar tudo a ela, não logo de cara.

Vou aceitar voltar mesmo assim.

Tem sido uma merda. Ignorar um ao outro. Sentar separados. Agir como inimigos quando sempre fomos amigos.

Vou aceitar voltar. Bem a tempo do Natal.

Tenho pensado muito no Natal ultimamente. Sempre passei a folga com os Wellbelove. Desde meu primeiro ano em Watford.

Acho que começou como um lance filantrópico para o pai dela, o dr. Wellbelove. É exatamente o tipo de coisa que ele faria, abrir a casa para órfãos no Natal.

Foi assim que Agatha e eu ficamos amigos. Nem sei se ela teria falado comigo um dia se não ficasse presa comigo em sua própria casa por duas semanas todo ano.

Não que Agatha seja metida...

Bom, ela é um pouco. Acho que gosta de ser a garota mais bonita, mais bem-vestida e mais sortuda de todas.

Não posso culpá-la por isso.

Ao mesmo tempo, ela só não é muito sociável. Principalmente na escola. Agatha costumava dançar antes de Watford, e ainda é muito envolvida com a coisa dos cavalos, e acho que é mais próxima dos amigos normais que encontra nas férias.

Agatha não é como Penny. Não se preocupa naturalmente com a política mágica. Não é como eu, também, porque não *precisa* se preocupar.

Não acho que Agatha se preocupe muito com magia, e ponto-final. Da última vez que falamos sobre o futuro, ela cogitava se tornar veterinária.

O dr. Wellbelove é defensor da igualdade entre normais e feiticeiros, e acha que os feiticeiros não devem pensar em si mesmos como melhores que os normais. ("Até entendo o Welby", a mãe de Penelope disse uma vez, "mas podemos fazer tudo o que os normais fazem e *também* magia. Como não somos melhores?")

O pai nunca pressionou Agatha a escolher uma carreira mágica. Acho até que ela poderia namorar um normal se quisesse. (Talvez sua mãe se incomodasse, porque normais não podem frequentar o clube.)

De qualquer modo, adoro a casa deles — pelo menos quando não organizam um jantar refinado ou me arrastam para um evento depois do outro. Tudo na casa dos Wellbelove é novinho em folha, do bom e do melhor. A tv deles ocupa toda uma parede e tem alto-falantes gigantescos escondidos atrás de pinturas de cavalos. Todos os sofás são de couro.

A mãe de Agatha está sempre fora e o pai costuma estar no consultório. (O dr. Wellbelove é médico normal também, mas a maioria dos pacientes são magos. Sua especialidade são doenças agudas anormais.) A família tem uma espécie de empregada, Helen, que cozinha para Agatha e a leva de carro para toda parte, só que ninguém a trata como uma empregada. Ela usa roupas normais em vez de uniforme e é obcecada por *Doctor Who*.

Todos me tratam bem, inclusive Helen. A mãe de Agatha me dá roupas bonitas no Natal e o pai fala comigo sobre o futuro como se eu não fosse morrer em uma bola de fogo.

Gosto muito deles. E gosto do Natal. Vinha pensando em como ia ser esquisito conversar com os pais de Agatha à mesa do jantar quando não estivéssemos mais juntos.

Agatha e eu esperamos todo mundo sair da sala depois da aula. Ela continua mordendo o lábio.

— Agatha... — digo.

— Eu queria falar sobre o Natal — ela diz.

Ela prende o cabelo atrás das orelhas. Seu cabelo é perfeitamente liso e se divide ao meio naturalmente, emoldurando o rosto. (Penny diz que é um feitiço. Agatha diz que não é. Penny diz que não há motivo para se envergonhar de feitiços de embelezamento.)

— Meu pai quer que você saiba que é claro que ainda é bem-vindo para passar o Natal em casa — Agatha diz.

— Ah — digo. — Legal.

— Mas acho que nós dois sabemos que seria muito desconfortável — ela continua, parecendo desconfortável só de dizer isso. — Para nós dois.

— Claro — digo. — Acho que seria desconfortável mesmo.

— Estragaria o Natal — ela diz.

Eu me impeço de dizer: *Estragaria? Tem certeza, Agatha? É uma casa grande, eu posso ficar na sala de TV o tempo todo.*

— Claro — digo apenas.

— Então eu disse a eles que você provavelmente ia passar o Natal com os Bunce.

Agatha sabe que não posso ir para lá. A mãe de Penelope só me aguenta em casa por dois ou três dias antes de começar a me tratar como um pastor-alemão que não consegue evitar derrubar tudo com o rabo.

A casa dos Bunce não é pequena, mas é cheia de gente — e tem muita, muita coisa. Livros, papéis, brinquedos, pratos. Não tenho como não ficar no caminho. Teria que ser etéreo para não derrubar nada.

— Claro — digo a Agatha. — Beleza.

Ela olha para o chão.

— Tenho certeza de que meus pais vão te mandar presentes.

— Vou mandar um cartão.

— Seria simpático — ela diz. — Obrigada. — Agatha ajeita a bolsa no ombro e dá um passo na direção da porta, então para e tira o cabelo do rosto. (É só costume, porque o cabelo dela nunca está na frente do rosto.) — Foi incrível como você derrotou aquela dragoa. E salvou a vida dela.

Dou de ombros.

— Bom, foi graças ao Baz, né? Eu teria cortado a garganta dela se pudesse.

— Meu pai disse que foi o Oco quem a mandou.

Dou de ombros de novo.

— Feliz Natal, Simon — Agatha diz.

Ela passa por mim no caminho para a porta.

50

SIMON

— Vocês deviam me deixar dormir no seu quarto logo — Penelope diz. — Facilitaria muito as coisas.

— *Não* — Baz e eu dizemos ao mesmo tempo.

— Onde você dormiria? — eu pergunto. — Na banheira?

A lousa continua ocupando o espaço aberto ao fim das nossas camas, e tem pilhas de livros em torno dela agora. Todos os livros úteis da biblioteca de Watford acabaram no nosso quarto, graças a Baz e Penelope — e tenho certeza de que nenhum deles foi emprestado adequadamente.

Temos trabalhado aqui todas as noites, mas o resultado ainda é só bagunça.

— Não me importo em dormir na banheira — Penny diz. — Com um feitiço, posso deixá-la mais macia.

— Não — Baz diz. — Dividir o banheiro com Snow já é ruim o bastante.

— Seu quarto é ótimo, Penny — digo, ignorando a patada.

— Um quarto ótimo não teria Trixie.

— É com ela que você divide o quarto? — Baz pergunta. — Aquela pixie?

— Pois é — Penelope diz.

Os lábios dele se curvam para cima e para baixo ao mesmo tempo.

— Imagina: você é pixie... — ele começa a dizer. — Sei que seria péssimo, mas imagina... Você é *pixie*, e aí tem uma filha e dá o nome de Trixie a ela. *Trixie, a pixie.*

— É meio fofo — digo.

—Você acha a *Trixie* meio fofa — Penny diz.

Dou de ombros.

— Ela é mesmo — concordo.

— Por favor, Snow, acabei de comer — Baz diz.

Reviro os olhos. Ele deve pensar que pixies são uma espécie inferior. Com consciência rudimentar, como gnomos e trolls da internet.

— É como ser uma fada e chamar Ada — Baz continua.

— Ou um vampiro e chamar Gampiro — digo.

— Gampiro não é um nome de verdade, Snow. Você é péssimo nisso.

— Em defesa de Trixie — Penelope diz, e dá para ver que custa muito a ela dizer isso —, os pixies não se chamam de "pixies". Quer dizer, ninguém estranha um humano chamado Germano ou uma menina chamada Nina.

— Aposto que seu quarto fica coberto de pó de pixie — Baz diz, estremecendo o corpo.

— Não a incentive — digo. — Boa noite, Penny.

— Tá — ela diz, ficando de pé e pegando o livro que estava lendo. É um volume encadernado de *Registros mágicos*; temos lido todos de cabo a rabo, em busca de pistas. Já estamos craques no cotidiano de dez anos atrás.

É tudo muito esquisito...

Não só trabalhar com Baz, mas tê-lo por perto o tempo todo em que fico no quarto com Penny.

Ele ainda não fala com a gente em qualquer outro lugar.

Baz diz que seus subalternos ficariam confusos se o vissem confraternizando com o inimigo. Foi ele quem os chamou assim, de "subalternos". Talvez estivesse brincando.

Nunca sei quando Baz está tirando sarro de mim. Ele tem uma língua ferina. O sorriso parece de escárnio no rosto mesmo quando está feliz de verdade. Na real, nunca sei quando ele está feliz de verdade. É como se Baz se alternasse entre duas emoções: irritação e deleite cruel.

(Conspiração conta como emoção? Se contar, são três.)

(Nojo, também. Quatro.)

Bom, Penelope e eu ainda não contamos tudo a Baz. Nunca falamos sobre o Mago, por exemplo, porque a coisa evolui rapidamente para uma briga se o fazemos. Fora que Penny não quer que Baz saiba que sua família pode estar em apuros com o Mago. (Ainda que isso provavelmente faria com que Baz se identificasse com ela.)

Penny vive me lembrando de que Baz ainda é meu inimigo. De que ele vai poder usar contra mim tudo o que descobriu quando a trégua acabar.

Não tenho certeza de que quem precisa ser lembrado disso sou eu. Na metade do tempo que passamos juntos, fico lendo na cama enquanto Penelope e Baz listam os dez melhores feitiços do século XIX ou comparam o valor mágico de *Hamlet* com o de *Macbeth*.

Outro dia, ele a acompanhou até o Claustro no caminho para as catacumbas. Quando voltou, disse que não tinha nenhuma ideia de como Penny conseguia entrar na Casa da Pantomima. No dia seguinte, ela disse que ele não fez nenhuma menção ao fato de que estava indo chupar o sangue de roedores.

—Você também está indo? — ela pergunta da porta agora.

— Não, hoje vou ficar por aqui — ele diz.

Esquisito pra caralho.

—Vejo vocês no café — Penny diz, fechando a porta atrás de si.

Se Baz não vai caçar hoje à noite, é melhor eu tomar um banho e ir para a cama. Costumamos ter brigas mais feias quando estamos só os dois.

Estou separando o pijama quando ele diz:

— O que você vai fazer na semana que vem? No feriado?

Sinto minha mandíbula cerrar.

— Provavelmente vou passar uns dias com Penny, mas devo passar o resto do tempo aqui.

— Não vai comemorar em volta da lareira dos Wellbelove?

Bato a porta do guarda-roupa. Ainda não falamos sobre isso. Eu e Baz. Sobre Agatha.

Não sei se os dois estão se falando. Ou se vendo. Agatha nem aparece mais para o jantar. Acho que ela come no quarto.

— Não — digo, passando pela cama dele.

— Snow — ele diz.

— Quê?

— Você devia ir para Hampshire comigo.

Paro e olho para ele.

— Oi? *Por quê?*

Baz pigarreia e cruza os braços, erguendo o queixo para enfatizar quão acima de mim está.

— Porque você jurou me ajudar a encontrar o assassino da minha mãe.

— E estou ajudando!

— Bom, você seria mais útil para mim lá do que aqui. A biblioteca de casa é grande demais para que eu consiga ler tudo sozinho. Lá tenho um carro, então poderíamos sair para investigar. Aqui você não tem nem internet.

— Você está sugerindo que eu vá para a sua casa.

— Isso.

— Passar o Natal.

— Isso.

— Com a sua família.

Baz revira os olhos.

— Não é como se você pudesse passar com a *sua* família.

— Você está louco.

Sigo em direção ao banheiro.

— Por quê? — ele pergunta. — Preciso da sua ajuda e você não tem nada para fazer aqui. Achei que fosse gostar de ter companhia.

Paro à porta e viro para ele.

— Sua família me *odeia*.

— E daí? Eu também te odeio.

— Eles querem me matar — digo.

— Não vão te matar se você for meu convidado. Posso até lançar um feitiço bem-vindo se você quiser.

— Não posso ficar na sua casa. Está de brincadeira?

— Snow, dividimos o quarto há sete anos. Como isso pode ser um problema para você?

—Você está louco! — insisto, fechando a porta. Completamente louco.

— Sua mãe não *confia* em mim? — digo.

Estamos atravessando o corredor e Penelope faz sinal de silêncio com a varinha imediatamente.

— Claro que confia em você. Confia totalmente. Sabe que você é honesto e sincero, e que se ouvir algo que não deveria vai direto contar para o Mago.

— Não vou, não!

—Talvez vá, Simon.

— Penny!

— *Shhhh!*

— *Penny* — tento de novo, mais baixo agora. — Eu nunca faria nada que pudesse prejudicar sua mãe. Além do mais, não acredito que ela tenha algo a temer.

— Ela mandou os homens dele embora — Penny diz. — Premal falou que da próxima vez o Mago vai pessoalmente à nossa casa.

— Então é melhor eu estar lá — digo. — Ele não machucaria sua mãe na minha frente.

Penny para de andar na hora.

— Simon. Acha mesmo que o Mago poderia machucar minha mãe?

Paro também.

— Não. É claro que não.

Penny se inclina para mim.

— Ela está entrando com um recurso perante o conciliábulo. Acha que vai resolver tudo. Mas você *sabe* que preciso pesquisar a Tragédia de Watford enquanto estiver em casa, e de jeito nenhum minha mãe vai te deixar entrar na biblioteca considerando tudo o que está acontecendo. Ela te chama de mini-Mago.

— Por que sua mãe não gosta de mim?

— Minha mãe gosta de você — Penny diz, revirando os olhos. — É dele que ela não gosta.

— Sua mãe não gosta de mim, Penny.

— Ela só acha que você atrai problemas. E é verdade, Simon. Meio que literalmente.

— Tá, mas não posso evitar.

Penelope volta a andar.

— E eu não sei?

Não é que eu me incomode de ficar sozinho em Watford — não me incomodo *muito*. Mas ninguém fica aqui no dia de Natal. Vou ter que arrombar a cozinha para comer. Ou talvez pudesse pedir a chave à cozinheira...

Chegamos à sala da minha próxima aula, e dou uma ombrada de propósito na parede. (Quem diz que bater nas coisas não deixa as coisas um pouco melhores nunca experimentou.)

— É esse o nome agora? — pergunto. — *A Tragédia de Watford*?

Penny precisa de um segundo para retomar nossa conversa.

— Foi como chamaram na época — ela diz. — Mas que diferença faz?

— Nenhuma. É só que estamos fazendo isso porque alguém morreu. A mãe de Baz. "A Tragédia de Watford" parece ser uma história que aconteceu com gente que não conhecemos e com quem não nos importamos.

— Diz ao Mago que vai passar o Natal aqui — ela fala. — Ele vai querer passar com você.

Isso me faz rir.

— O que foi? — Penny pergunta.

— Imagina só isso... — digo. — Passar o Natal com o Mago...

Ela solta uma risadinha.

— Cantando músicas natalinas...

— Comendo peru...

— Assistindo ao discurso da rainha.

— Imagina só os presentes! — digo, rindo. — Ele provavelmente embrulharia uma maldição com lacinho para ver se eu conseguiria quebrar.

— Vendaria seus olhos, te largaria no Inferno da Floresta e diria para voltar com o jantar.

Abro um sorriso amplo.

— Rá! Que nem no terceiro ano.

Penny cutuca meu braço e eu chego mais para lá na parede.

— Fala com ele — ela insiste. — O Mago pode ser meio babaca e maluco, mas se importa com você.

Baz é um dos últimos alunos a deixar a escola. Ele se demora fazendo a mala. A maior parte das nossas anotações está lá dentro... Ele ainda não decidiu se vai falar com o pai e a madrasta a respeito, mas pretende obter o máximo de informações possível.

— Alguém tem que saber quem é Nicodemus.

Estou deitado na cama, tentando me convencer de que vai ser legal ter o quarto só para mim e não ficar olhando para ele. Pigarreio.

— Toma cuidado, tá? Quer dizer, não sabemos quem é esse Nicodemus, e se for perigoso não queremos que saiba que estamos procurando por ele.

— Só vou falar com pessoas em quem confio — Baz diz.

— Mas aí é que tá... não sabemos em quem confiar.
—Você confia em Penelope?
— Claro.
— Confia na mãe dela?
— Confio que ela não é do mal.
— Bom, eu confio na minha família. Não importa se você confia ou não.
— Só estou te dizendo para tomar cuidado.
— Para de mostrar preocupação com meu bem-estar, Snow. Está me deixando sem graça.

Ele fecha a mala de couro e aperta as travas. Então olha para mim, franze a testa e toma uma decisão. Conheço essa expressão. Levo a mão ao punho da espada.

— Snow... — Baz diz.
— Quê?
—Acho que preciso te contar uma coisa. Pelo bem da nossa trégua.

Olho para ele, à espera.

— No dia que você me viu com Wellbelove na floresta...

Fecho os olhos.

— Como isso pode ser pelo bem da nossa trégua?

Baz segue em frente:

— Aquele dia que você me viu com Wellbelove na floresta... não foi como você está pensando.

Abro os olhos.

—Você não estava tentando roubar minha namorada?
— Não.
— Para com isso. Está tentando se meter entre mim e Agatha desde o dia em que ela me escolheu, em vez de você.
— Ela não te escolheu em vez de mim.
— Supera isso, Baz.

Ele parece magoado, o que é novidade.

— Não — Baz continua —, o que estou querendo dizer é que... nunca fui uma opção para Wellbelove.

Volto a apoiar a cabeça no travesseiro.

— Era o que eu achava, mas parece que estava errado. Olha, você pode ficar com a Agatha agora. Ela não quer mais saber de mim.

— Ela me *interrompeu* — Baz diz. — Aquele dia na floresta.

Eu o ignoro.

— Me interrompeu enquanto eu *jantava*. Ela me viu. Eu pedi para que não contasse a ninguém.

— E para isso precisou segurar as mãos dela?

— Só segurei pra te irritar. Sabia que você estava vendo.

— Bom, funcionou — digo.

—Você não está ouvindo. — Ele parece muito magoado agora. — *Nunca* vou ficar entre você e Wellbelove. Eu só estava tentando te irritar.

— Está me dizendo que só deu bola pra Agatha para me magoar?

— *Isso.*

— Nunca gostou dela?

— *Não.*

Cerro os dentes.

— E achou que eu ia gostar de ouvir isso?

— Claro, ué. Agora vocês podem fazer as pazes e ter o melhor Natal da história.

—Você é tão babaca! — digo, ficando de pé num pulo e indo para cima dele.

— O anátema! — Baz grita, e eu o ouço, mas quase dou um soco no queixo dele mesmo assim.

Me detenho a tempo.

— Ela sabe?

Ele dá de ombros.

—Você é *tão* babaca — repito.

— Não é nada de mais — Baz diz. — Não é como se eu a tivesse dado de comer para uma quimera.

— Tá, mas ela *gosta* de você — digo. — Acho que gosta mais de você do que de mim.

Ele inclina a cabeça e dá de ombros de novo.

— Como não gostaria?

—Vai se foder, Baz. Sério. — Estou tão perto dele que estou quase cuspindo em sua cara ao falar. — Ela ficou carregando a porcaria do seu lenço pra lá e pra cá durante todo o tempo em que você ficou desaparecido. Desde o ano passado.

— Que lenço?

Vou até a gaveta em que enfiei o lenço, junto com minha varinha e outras coisas, então o sacudo na cara dele.

— Este.

Baz puxa o lenço da minha mão, mas eu o pego de volta, porque não quero que fique com ele. Não quero que fique com nada neste momento.

— Olha — Baz diz. —Vou parar.Vou deixar Wellbelove em paz daqui em diante. Não ligo para ela.

— Isso é ainda pior!

— Então *não* vou parar! — Baz diz, como se fosse ele que deveria estar bravo. — É melhor assim? Vou me casar com ela e vamos ter os filhos mais bonitos da história da magia, e vamos dar o nome de Simon a todos, só pra te irritar.

—Vai embora! — grito. — *Sério*. Se eu tiver que olhar para a sua cara por mais um segundo o anátema não vai me segurar. Se eu for expulso de Watford, pelo menos não vou mais ter você na minha vida!

51

BAZ

Eu estava tentando fazer um favor a Snow.

Um favor que não serve nem um pouco aos meus interesses — *nem um pouco*.

Eu devia mesmo casar com a Wellbelove. Meu pai ia adorar.

Devia casar com ela. Dar a Wellbelove a chave do que ela quiser. Então encontrar mil homens com a cara do bostinha do Simon Snow e destruir o coração de cada um deles de um jeito diferente.

Wellbelove não é muito poderosa, mas é linda. Tem um belo porte; ela e minha madrasta poderiam sair para cavalgar juntas.

Então meu pai poderia parar de se preocupar com o fato de que o sobrenome Pitch vai morrer comigo. (Ainda que a linhagem Pitch já tenha morrido comigo, porque estou bem seguro de que vampiros não podem ter filhos.) (Por Crowley, imagina só como seria um bebê vampiro. Que pesadelo.) (Por que tia Fiona não passa a porcaria do sobrenome adiante? Se minha mãe me passou o sobrenome dela, minha tia certamente poderia trazer mais alguns Pitch ao mundo.)

Acho que se eu me casasse com uma garota de uma boa família meu pai não ia nem ligar para o fato de eu ser gay. Ou para quem é o verdadeiro pai de seus netos. Se a ideia de passar adiante o sobrenome da minha mãe desse jeito não fizesse meu estômago se revirar, eu até levaria a ideia em consideração.

Snow provavelmente encontraria novas maneiras de me odiar se soubesse que sou assim frio quando se trata de amor, sexo e casamento. Quando se trata da perfeitinha da sua Agatha.

E *daí* se minhas intenções nunca são boas? Não vou para o inferno pelas minhas boas intenções — nem pelas ruins —, só vou.

Vá em frente, Snow. Perdoe sua namorada. Não vou atrapalhar. Subam colinas juntos para assistir à porra do sol refletido no cabelo um do outro ao se pôr. Cansei de ser um estorvo. *Cansei. Trégua.*

Não achei que toda essa... cooperação fosse consertar nada. Não esperava convencer ou converter Snow, mas achei que estávamos fazendo progresso. Como se, quando tudo isso acabasse, eu e ele ainda estaríamos de lados opostos das trincheiras, mas pelo menos não cuspiríamos um na cara do outro. Não íamos procurar briga.

Sei que Simon e eu sempre seremos inimigos...

Mas achei que talvez chegássemos a um ponto em que não desejaríamos isso.

52

SIMON

Com Penny (e Baz) longe, tenho bastante tempo para ficar passeando pela propriedade. Decido procurar pelo berçário.

Baz acha que a Torre em Prantos o engoliu depois que sua mãe morreu. Penny diz que isso às vezes acontece quando um feiticeiro está ligado a um prédio, especialmente se fez magia de sangue ali. Quando sangue é derramado, o prédio também sente e o lugar forma uma espécie de bolsa ao seu redor.

Penso no que pode acontecer se eu morrer na Casa da Pantomima, com todo o sangue que derramei para que nosso quarto me reconhecesse.

Esse é um dos motivos pelos quais Penny não gosta de promessas e feitiços envolvendo sangue. "Se uma pessoa vale tanto quanto sua palavra, palavras devem bastar."

Já estou citando Penny de novo. Venho tendo conversas com ela na minha cabeça o dia inteiro. Às vezes Baz se junta a nós, em geral para me dizer que sou um cuzão... embora ele nunca use essa palavra, nem na minha mente. É vulgar demais.

Estou matando o tempo na Torre em Prantos, conversando comigo mesmo e fuçando em todo canto, quando um movimento do lado de fora da janela chama minha atenção. Um bando de cabras atravessa a ponte levadiça em meio à neve. Alguém segue logo atrás delas, provavelmente Ebb.

Ebb. Ebb...

Ebb está em Watford desde que tinha onze anos, e deve ter pelo menos trinta ou quarenta agora. Devia estar aqui quando a antiga diretora morreu. Ebb nunca deixou a escola.

Quando chego, os animais já estão de volta ao capril. Bato na porta, porque não quero assustar Ebb, que mora aqui, com as cabras.

Sei que é estranho, mas, sinceramente, é difícil pensar em Ebb morando perto de outras pessoas. De outros funcionários da escola. No capril, ela pode fazer o que quiser. Os animais não se importam.

— Ebb! — chamo, batendo mais uma vez. — Sou eu, Simon.

A porta se abre e uma cabra enfia o focinho para fora antes que Ebb apareça.

— Simon! — Ebb diz, abrindo totalmente a porta para que eu possa entrar. — O que faz aqui? Achei que todo mundo já tinha ido pra casa.

— Só vim te desejar um feliz Natal — digo, e a sigo pelo capril. Está mais quente aqui dentro, embora não muito. Não é à toa que Ebb usa outro suéter por cima do esfarrapado da escola, além de um cachecol listrado e um gorro malfeito. — Cobras me piquem, Ebb, é gelado como o coração de uma bruxa aqui.

— Não é tão ruim — ela diz. — Vem, vou acender o fogo.

Passamos pelas cabras para chegar aos fundos do capril, que servem de sala de estar. Tem uma mesinha e um tapete aqui, além de um aparelho de TV, o único de Watford, até onde sei. Tudo está disposto em torno de um fogão de ferro redondo que não está ligado a nenhuma chaminé.

Essa é a melhor parte de visitar Ebb: ela não se importa nem um pouco de desperdiçar magia. Metade do que sai de sua boca são feitiços, mas nunca a vi com pouca energia, nem exausta.

O fogão é enfeitiçado, tenho certeza. Ela provavelmente usa magia para assistir aos jogos de futebol.

Da última vez que visitou Ebb comigo, o que deve ter sido cerca de um ano atrás, Agatha perguntou por que ela não instalava um chuveiro mágico ali. Não sei como Ebb toma banho. Talvez só lance um limpa-como-meu-nome todas as manhãs.

(Tive a mesma ideia aos treze anos, mas Penny me deu o maior sermão sobre a definição de "nome limpo" não ser muito precisa e o fato de que o feitiço só removia a sujeira visível.)

Ebb joga galhos no fogão e cutuca o fogo.

— Feliz Natal pra você também! — ela diz. — Me pegou por pouco. Vou pra casa amanhã.

— Ver sua família? — pergunto.

Ebb assente. Ela é do leste de Londres.

— Precisa que alguém dê uma olhada nas cabras?

— Não, vou deixar elas soltas na propriedade. E você? Vai pra casa da Agatha?

— Não. Pensei em ficar aqui. É meu último ano, e quero aproveitar Watford o máximo possível.

— Você sempre pode voltar, Simon. Eu voltei. Café? Acho que é tudo o que tenho. Não, espera, tenho uns biscoitos. É melhor comer antes que amoleçam.

Viro um balde de ponta-cabeça e sento perto do fogo. Ebb mexe nos armários que instalou nos fundos do capril. Também tem umas prateleiras abertas, cheias de bichinhos de cerâmica empoeirados.

Quando eu estava no segundo ano, dei de Natal a Ebb uma cabrinha de enfeite, que encontrei em uma venda de garagem durante as férias. Ela pareceu gostar tanto que continuei lhe dando bibelôs por alguns Natais. De cabras, ovelhas e burros.

Fico com vergonha por estar de mãos vazias quando Ebb me entrega uma caneca de café lascada e um montinho de biscoitos.

— Não sei o que poderia fazer por aqui — digo. — Não acho que Watford precise de duas pessoas cuidando dos animais.

Uma das cabras menores se aproximou e está cheirando meu joelho. Ofereço um biscoito na palma da mão, e ela o pega.

Ebb sorri e se acomoda na poltrona.

— A gente podia achar um trabalho pra você. Não havia uma vaga quando a diretora Pitch me trouxe pra cá.

— A mãe de Baz — digo, coçando as orelhas da cabra. Fazer com que Ebb fale do que aconteceu talvez seja mais fácil do que pensei.

— Isso — Ebb confirma. — Que feiticeira poderosa ela era.

— Você a conhecia bem?

Ebb dá uma mordida em um biscoito.

— Bom, ela era professora de palavras mágicas quando eu estava na escola — Ebb diz, derrubando migalhas no cachecol sujo. — E foi diretora daqui. Então acho que a conhecia profissionalmente. A gente não circulava nos mesmos lugares, entende? Mas também, depois que Nicky morreu, minha família não circulava mais em lugar nenhum.

O irmão de Ebb morreu quando ela ainda estudava. Ebb fala bastante dele, embora isso sempre a deixe nervosa e triste. Esse é um dos motivos pelos quais Penny nunca se apegou muito a Ebb. "Ela é tão melancólica", Penny disse uma vez. "Deixa até as cabras meio deprimidas."

As cabras me parecem bem. Algumas rodeiam a poltrona de Ebb, e a pidona se acomodou aos meus pés.

— Eu tinha medo de deixar Watford — Ebb continua — e a diretora Pitch disse que eu não precisava fazer isso. Hoje, acho que ela estava preocupada que eu me metesse em encrenca. Sempre tive mais poder que cérebro. Eu era um barril de pólvora. Nicky também. A diretora Pitch prestou um serviço à magia quando me admitiu. Ela disse que eu não precisava me preocupar com o que estava por vir, que o poder não precisava ser um fardo. Se pesa demais nos ombros, é só deixar em outro lugar. Como em uma gaveta. Ou debaixo da cama. "Abra mão, Ebeneza", ela disse. "Você nasceu com isso, mas não precisa ser seu destino." Era o contrário do que o painho me dizia... Mas não sei se a diretora Pitch seria tão tranquila se eu fosse filha dela.

Dou risada, me esforçando para não cuspir migalhas de biscoito.

— O que foi? — Ebb pergunta. — Acho essa história inspiradora.

— Seu nome é Ebeneza?

— É um nome absolutamente normal! Tradicional. — Ela ri também, depois enfia um biscoito inteiro na boca e engole com um pouco de café.

— Ela parece legal — digo. — A mãe de Baz.

— Ela era. Bom, era feroz como uma leoa. E tão sombria que deixava a maioria das pessoas meio desconfortável... Todos os Pitch são assim. Ela lutava com unhas e dentes contra reformas. Mas amava Watford. Amava magia.

— Ebb... como foi que seu irmão morreu?

Nunca perguntei isso a ela, porque não queria deixá-la ainda mais chateada.

Na mesma hora, Ebb se inclina para a frente na poltrona e desvia o rosto.

— Não costumamos falar sobre isso. Eu não deveria nem mencionar meu irmão, na verdade. Quando não pudemos enterrar seu corpo, enterraram seu nome e o transformaram em proscrito. Mas ele era meu irmão gêmeo. Não me parece certo fingir que nunca existiu.

— Eu não sabia que vocês eram gêmeos.

— Pois é. Parceiros no crime.

— Você deve sentir saudade dele.

— Muita. — Ela funga. — Não falo com ele desde o dia em que passou para o outro lado, não importa o que digam.

— É claro que não — digo. — Ele morreu.

— Sei o que dizem.

— Sinceramente, Ebb, nunca ouvi ninguém além de você falar do seu irmão.

Ela me olha por um segundo, com as costas rígidas. Então parece se lembrar de quem é e vira para o fogo, voltando a se curvar.

— Desculpa, Simon. É só que... acho que as pessoas esperavam que eu fosse com ele. Que não conseguisse viver sem meu irmão. Nicky queria que eu fosse.

— Ele queria que você se matasse?

— Nicky queria que eu fosse com ele... — Ela olha em volta, ansiosa, e sua voz baixa para um sussurro. — Até os vampiros. Disse que estaria esperando por mim. Que sempre estaria esperando por mim.

O biscoito que estou segurando quebra.

— Até os vampiros?

— Ninguém fala mesmo dele? Nem de mim?

— Não, Ebb.

Até os vampiros? O irmão de Ebb foi até os vampiros?

Ela parece perdida.

— Eles nunca o mencionam, mesmo depois de tudo o que fez... Acho que é o que acontece quando tiram o seu nome do Livro da Magia. Eu estava presente. A diretora Pitch me deixou ficar com as palavras.

Ela ergue o cajado. Mesmo que seja Ebb, estou tão assustado que me sobressalto. A cabra descansando aos meus pés pula e se afasta. Ebb nem nota. Nunca a vi tão melancólica. Lágrimas límpidas escorrem por suas bochechas imundas.

Ela movimenta o cajado sobre o fogo. As palavras caem nas chamas, mas não queimam.

Nicodemus Petty.

Fico tão chocado que quase estico o braço para pegá-las. Nicodemus! Nicodemus, que foi até os vampiros!

— Nicky — Ebb suspira. — O único feiticeiro que *escolheu* se tornar um vampiro. — Ela enxuga as lágrimas com a manga. — Desculpa, Simon. Eu não deveria falar dele, mas não consigo não pensar no meu irmão nessa época do ano. É Natal, e ele está sozinho.

— Seu irmão continua *vivo*?

É a pergunta errada, ou talvez eu a tenha feito com intensidade demais, porque Ebb tem que enxugar uma nova onda de lágrimas.

— Ele continua por aí — ela diz. — Acho que saberia se ele tivesse partido. Antes, eu sempre sentia quando ele estava em perigo.

— E onde seu irmão está? — pergunto. Sei que devo estar parecendo interessado demais, ansioso demais por uma resposta.

Ebb volta a se virar para o fogo.

— Já disse, não falo com ele desde o dia em que partiu. Eu juro.

— Acredito em você. Sinto muito. Você... deve sentir muita saudade dele.

— Com todo o meu coração — Ebb diz. Ela aponta o cajado para o fogo e pesca as letras de volta, uma a uma.

— Nicky estava com eles? — pergunto. — Com os vampiros que mataram a mãe de Baz?

Ebb ergue o queixo na hora.

— Não — diz, na defensiva. — Eu mesma perguntei a Mary antes que ela morresse. A mulher me jurou que Nicky não veio naquele dia. Ele nunca faria nada do tipo. Não queria matar ninguém. Só queria viver para sempre.

— Você estava aqui? — pergunto. — Quando aconteceu?

Seu rosto parece mais desolado do que achei que seria possível.

— Eu tinha saído com as cabras. Não pude ajudar a diretora.

— O que aconteceu com o berçário? — insisto, com medo de que logo mais Ebb chore tanto que não possa responder a mais perguntas. — Aonde foi parar?

— Ele se escondeu — Ebb diz, fungando bastante. — Tinha sido enfeitiçado para proteger as crianças, mas falhou. Então se escondeu. Foi absorvido pelas paredes e pelo chão. Eu o vi no porão uma vez. Depois no centro da Torre em Prantos. Aí sumiu.

Eu deveria fazer mais perguntas a Ebb. Penny não pararia agora. Baz já estaria com a varinha na mão, exigindo que revelasse *tudo*.

Eu só fico ali sentado com Ebb, olhando para o fogo. De vez em quando, a vejo enxugar os olhos com a ponta do cachecol. Como se quisesse sujar o rosto.

— Desculpa — digo. — Não quis trazer um assunto tão doloroso à tona. Há tanta coisa sobre Watford que não sei...

— E o que qualquer um de nós sabe sobre Watford? — Ebb suspira. — Nem as ninfas da floresta lembram como era antes da Capela Branca.

— Sinto muito — digo.

Ebb se inclina para mim e passa o braço por cima dos meus ombros. Ela faz isso às vezes. Quando eu era pequeno, adorava. Sentava muito perto dela, para ficar ao seu alcance.

— Fica tranquilo. Não foi você que trouxe o assunto à tona — ela diz. — Estou sempre pensando nisso. É até bom falar a respeito. Aliviar um pouco o peso do meu coração, nem que seja só por um minuto.

Levanto. Ela me segue até a porta e me dá uns tapinhas nas costas.

— Feliz Natal, Simon — Ebb diz, limpando o rosto de novo. — Pode me ligar caso se sinta solitário. Manda um sinal, tá? Vou sentir.

Minha nossa, Ebb deve ser tão poderosa quanto o Mago. *Só um sinal?*

— Vou ficar bem — digo. — Obrigado, Ebb. Feliz Natal.

Ela abre a porta para mim, e eu tento disfarçar minha pressa em me despedir. Assim que ela fecha a porta, no entanto, corro para o quarto. Atravesso a neve por todo o caminho até a torre e desenterro o dinheiro que tenho guardado no fundo do guarda-roupa. Não é muito, mas deve bastar para me levar até Hampshire.

Tento pegar carona até a estação de trem, mas ninguém para. Tudo bem. Vou correndo. Chego e compro uma passagem e um sanduíche.

Estou no trem, a uma hora de distância de Watford e a outra hora de Winchester, quando me dou conta de que podia ter pedido um celular emprestado e ligado.

53

BAZ

Gosto de tocar violino na biblioteca. Meus irmãos ainda não podem entrar aqui, e tem um janelão antigo com vista para o jardim.

Gosto de tocar violino e ponto-final. Toco bem. Distrai todas as partes do meu cérebro que costumam me atrapalhar. Consigo pensar melhor quando estou tocando.

Meu avô também tocava. Ele lançava feitiços com o arco.

Esqueci o violino aqui quando fui para a escola — não estava pensando direito —, e agora estou todo duro por causa da falta de prática. Estou trabalhando em uma música de Kishi Bashi que minha madrasta, Daphne, considera "desnecessariamente melancólica".

— Basilton... *sr. Pitch*.

Tiro o instrumento da posição e viro. Vera está à porta.

— Desculpe interromper, mas seu amigo chegou.

— Não estou esperando ninguém.

— É um garoto da escola — ela diz. — Ele está de uniforme.

Deixo o violino de lado e ajeito a blusa.

Pode ser Niall. Ele aparece às vezes. Embora em geral mande uma mensagem antes... Não em geral — sempre. E não estaria de uniforme. Ninguém estaria durante a folga de Natal.

Aperto o passo, praticamente trotando entre a sala de estar e a de jantar, com a varinha na mão. Daphne está à mesa, com o notebook. Ela levanta os olhos, curiosa. Diminuo o ritmo.

Quando chego ao vestíbulo, encontro Simon Snow, parecendo um cachorro perdido.

Ou alguém sofrendo de amnésia.

Ele usa o casaco de Watford e botas de couro pesadas, e está coberto de neve e sujeira. Vera deve tê-lo mandado ficar sobre o tapete, porque Snow está bem no meio dele.

Seu cabelo está todo bagunçado e o rosto está vermelho. Ele parece prestes a explodir, sem qualquer provocação.

Paro à entrada em arco do vestíbulo, guardo a varinha na manga e enfio as mãos nos bolsos

— Snow.

Ele levanta a cabeça na hora.

— *Baz*.

— Estou tentando imaginar o que faz na minha porta... Você caiu do alto de uma colina e rolou até parar aqui?

— *Baz*... — ele repete, e eu espero que diga alguma coisa. — Você... você está de jeans.

Inclino a cabeça.

— Sim. E você está todo sujo.

— Andei toda a estrada até aqui.

— É mesmo?

— O taxista ficou com medo de entrar na sua rua. Ele acha que sua casa é assombrada.

— É mesmo.

Ele engole em seco. Snow tem o pescoço mais comprido que já vi e engole do jeito mais exagerado possível. Projeta o queixo, mexe o gogó, é bem dramático.

— Bom — digo, levantando as sobrancelhas. — Que visita simpática...

Snow solta um rosnado frustrado, dá um passo à frente, para fora do tapete, então recua.

—Vim falar com você.

Assinto.

—Tá bom.

— É que...

— Tá bom — repito, dessa vez um pouco mais simpático. Não quero que fique frustrado a ponto de ir embora. (Nunca quero que Snow vá embora.) — Mas você não pode entrar em casa assim. Como foi que se sujou tanto?

— Eu falei. Vim andando desde a estrada.

—Você podia ter lançado um feitiço para não se sujar.

Ele franze a testa para mim. Snow nunca enfeitiça a si mesmo — ou qualquer outra pessoa — se puder evitar. Puxo a varinha de novo e a aponto para ele. Snow faz uma careta, mas não me manda parar. Lanço um limpo-como-meu-nome em suas botas. A lama se desprende e eu abro a porta, varrendo tudo para fora com a varinha.

Quando fecho a porta, Snow está tirando o casaco encharcado. Está com a calça do uniforme e um suéter vermelho. Suas pernas e seu cabelo estão molhados também. Ergo a varinha de novo.

— Estou bem — ele diz, me impedindo.

—Você vai ter que tirar as botas — digo. — Estão pingando.

Ele se agacha para desamarrar os cadarços, e a calça de lã molhada se estica sobre suas coxas...

Então Simon Snow está parado no meu vestíbulo, de meias vermelhas.

Todo o sangue que tenho em mim corre para minhas orelhas e bochechas.

— Anda, Snow. Vamos... conversar.

54

SIMON

Sigo Baz de um cômodo gigante para outro. Não acho que se trate de um castelo, mas é quase.

Passamos por uma sala de jantar que parece tirada de *Downton Abbey*. Tem uma mulher à mesa, digitando em um notebook prateado.

Ela pigarreia, então Baz para e me apresenta.

— Mãe, você se lembra do meu colega de quarto, Simon Snow.

Ela já devia ter me reconhecido, mas ainda parece em choque, o que faz com que eu me pergunte o que é que estou fazendo aqui. Na porra da casa dos Pitch.

É claro que eu deveria ter pensado nisso no trem, no táxi, ou nos oito quilômetros que caminhei desde a estrada até a porta de Baz.

Mas eu nunca penso.

— Snow — Baz diz —, essa é minha madrasta, Daphne Grimm.

— É um prazer rever a senhora — digo.

Ela ainda parece chocada.

— O prazer é meu. Está aqui em caráter oficial, sr. Snow?

Não sei o que ela quer dizer; nunca estou em lugar nenhum em caráter oficial.

Baz balança a cabeça, tentando desfazer a expressão no rosto dela, que não consigo desvendar.

— Ele só veio me visitar, mãe. Estamos trabalhando juntos… para a escola. Não precisa ser tão formal. Pode chamar ele de Simon.

— Nem *você* me chama de Simon — resmungo.

—Vamos pro meu quarto — Baz diz, me ignorando.

A madrasta dele pigarreia.

— Mando chamar vocês quando o jantar estiver pronto.

— Obrigado — Baz diz, já seguindo em frente de novo e me conduzindo por uma escadaria tão grandiosa que tem estátuas entalhadas nela, de mulheres nuas segurando esferas luminosas. Não sei dizer se a iluminação é elétrica ou mágica, mas faz sentido ter iluminação embutida na escada quando tudo é de madeira escura ou vermelho-escuro, e as janelas ficam tão distantes que o meio da casa parece o fundo do mar.

Tento acompanhá-lo. Ainda não consigo acreditar que ele está de jeans. Não achei que Baz usasse o uniforme fora da escola, mas sempre o imaginei relaxando de terno ou colete, com um lenço de seda no pescoço.

Bom... o jeans parece do tipo bem caro. Escuro. Justo da cintura aos tornozelos, sem parecer apertado.

Por um momento me pergunto se ele está me levando para uma armadilha. Baz não sabia que eu viria, mas casas assim já não vêm com armadilhas embutidas? Ele provavelmente vai puxar um cordão preto trançado e me jogar em um calabouço — assim que eu tiver contado tudo.

Chegamos a um longo corredor. Baz abre uma porta alta em arco, que dá para um quarto. O quarto dele.

É outra piada pronta de vampiro: as paredes são revestidas em tecido vermelho e a cama é monstruosa, decorada com gárgulas. (Tem *gárgulas* na *cama* dele.)

Baz fecha a porta atrás de mim e senta sobre um baú aos pés da cama. Tem gárgulas ali também.

— Muito bem, Snow — Baz diz. — O que está fazendo aqui?

—Você me convidou — eu digo. Ridículo. Simplesmente ridículo.

— É por isso que veio? Para passar o Natal?

— Não. Vim porque tenho algo a te dizer. Mas você me convidou mesmo.

Ele balança a cabeça, como se eu fosse um idiota.

— Fala logo. É sobre minha mãe?

— Descobri quem é Nicodemus.

Isso prende sua atenção. Baz se levanta.

— *Quem?*

— O irmão de Ebb.

— Sua namorada Ebb?

— A pastora Ebb.

— Ela não tem irmão.

— Tem, sim — digo. — Um irmão gêmeo. Tiraram seu nome do Livro da Magia quando virou um *vampiro*.

Posso jurar que o rosto de Baz fica ainda mais branco.

— O irmão de Ebb foi transformado? Foi proscrito por isso?

— Não, ele se juntou aos vampiros porque quis. Voluntariamente.

— Quê? — Baz desdenha. — Não é assim que funciona, Snow.

Dou um passo à frente.

— E como é que funciona, Baz?

— Ninguém *se junta* aos vampiros.

— Nicodemus se juntou. Ele tentou convencer Ebb a ir junto.

— Ebb, a *pastora,* tem um irmão chamado Nicodemus de quem ninguém nunca ouviu falar...

— Já disse, nunca ouvimos falar dele porque Nicodemus foi *proscrito*. É por isso que Ebb mora em Watford. Sua mãe deu um emprego a ela para que não se juntasse ao irmão. Acho que os dois são meio que superpoderosos, e todo mundo tinha medo de que eles se unissem como supervampiros.

— Ebb conheceu minha mãe?

— Isso, foi sua mãe quem a empregou.

Baz fica ali de pé, como se quisesse socar alguma coisa... ou chupar o sangue dela.

— Bom, cadê ele agora? — Baz pergunta. — Esse tal de Nicodemus?

— Ebb não sabe. Não pode falar com ele. Nem deveria falar *sobre* ele, aliás.

Baz sorri com desdém, então me lembra de que ele próprio é um supervampiro, e um supervilão quando diz:

— Ela não sabe, é? Vamos ver então...

Ponho a mão em seu peito. Nem preciso me aproximar para alcançá-lo.

— Não — digo, com firmeza. — Ebb realmente não sabe onde Nicodemus está. Não vamos falar com ela de novo.

Baz engole em seco e umedece o lábio inferior — meio rosado, meio acinzentado.

—Vou falar com a pastora se eu quiser, Snow.

— Não se quiser minha ajuda.

Mantenho a mão em seu peito, porque sinto que ainda precisa que eu o segure, mas nem acredito que está me deixando fazer isso.

Ele levanta o braço e fecha a mão sobre meu pulso. (Como se tivesse lido minha mente.) (Os vampiros fazem isso?)

—Tá — Baz diz, afastando minha mão. — Então como vamos fazer para encontrar Nicodemus?

— Não pensei em nada. Vim para cá assim que falei com Ebb.

— O que Penelope acha?

— Ainda não falei com ela.

— Onde ela está?

— Não sei. Já te disse que não falei com ela. Vim direto pra cá.

Baz parece confuso.

—Você veio direto pra cá?

— Preferia que eu tivesse esperado as festas terminarem?

Ele estreita os olhos e lambe os lábios de novo. Apoio as mãos na cintura, só para ter o que fazer com elas.

— E quanto a você? — pergunto. — Fez algum progresso?

Baz desvia o rosto.

— Não. Mas tenho lido bastante sobre vampiros.

Me seguro para não dizer: *Autoajuda?*

— E o que você descobriu? — pergunto em vez disso.

— Que eles estão mortos, são malignos e gostam de matar bebês.

— Hum — digo. — Não diz nada a respeito de batatinha de sal e vinagre?

Baz come batatinhas na cama quando acha que estou dormindo, depois varre as migalhas que caem no chão.

Ele me olha, então começa a andar na direção da escrivaninha.

— Ninguém sabe nada sobre vampiros — Baz diz, mexendo em uma caneta. — Não de verdade. Talvez eu devesse ir falar com eles.

Alguém bate na porta e a abre em seguida.

—Você tem que bater primeiro! — Baz reclama antes que a menina entre. É a irmã dele, acho. Ainda é nova demais para estudar em Watford. Parece um pouco com a madrasta de Baz, de cabelo escuro e bonita, mas não com Baz e a mãe dele, que têm traços mais marcados.

— Eu bati — ela diz.

— Então precisa esperar que eu diga que pode entrar.

— Mamãe disse pra você descer pro jantar.

—Tá — ele diz.

Ela fica parada ali.

— A gente já vai — Baz diz. —Tchau.

A menina revira os olhos e fecha a porta. Baz volta a mexer na caneta enquanto pensa.

—Tá — digo —, é melhor eu voltar. Me manda uma mensagem se ficar sabendo de alguma coisa. Pode tentar ligar, mas acho que não tem ninguém na escola pra atender o telefone durante as festas.

— Quê?

Ele franze a testa para mim.

— Eu disse pra mandar uma mensagem se...

— Não pode ir agora.

—Já disse tudo o que sei.

— Snow, você veio no último trem, e caminhou por uma hora. Não comeu o dia todo, e seu cabelo ainda está molhado. Não vai a lugar nenhum esta noite.

— Bom, não posso ficar *aqui*.
— Você ainda não está em chamas.
— Baz, olha...
Ele me corta com um gesto.
— Não.

55

BAZ

Snow foi um desastre no jantar.

Eu teria até achado graça, se não estivesse tão desesperado para que ficasse aqui.

Tudo no prato parecia confundi-lo, e ele ficou dividido entre encarar a comida com desânimo e botar tudo para dentro, porque estava claramente morrendo de fome.

Daphne fez tudo o que podia para deixá-lo confortável e meus irmãos encararam ele o tempo todo. Mesmo crianças já ouviram falar do herdeiro do Mago.

Meu pai parece pensar que tenho algum plano tenebroso. (Acho que tenho, mas dessa vez não tem nada a ver com acabar com Snow.) Ele — meu pai — me puxou de lado depois do jantar e perguntou se eu queria que chamasse as outras famílias para ajudar.

— Não — eu disse. — Por favor, não faz isso. Snow só veio por causa de um trabalho da escola.

Meu pai só faltou dar uma piscadela.

Pensei em contar para ele. Que minha mãe voltou para mim. Mas e se meu pai quiser saber por que ela não voltou para ele? E se levar a questão para as famílias? Elas nunca entenderiam por que estou trabalhando com Snow e Bunce. E, no momento, Snow e Bunce parecem os meus melhores aliados. São implacáveis quando definem um objetivo. Totalmente confiáveis, sem nenhum instinto de autopreservação. Já vi esses dois desvendarem tramas e dar o troco em monstros inúmeras vezes.

Snow ainda está comendo. Daphne não para de oferecer mais comida, por educação, e ele não para de aceitar.

Nunca me sentei à mesa com Snow. Pelo menos por alguns minutos, me permito ficar observando, com prazer. Tenho sido muito permissivo desde que tudo começou. (O que é que as pessoas dizem sobre comer sobremesa quando se está a bordo do *Titanic*?)

Os modos à mesa de Snow são abomináveis — é como assistir a um cachorro-do-mato comendo. Um cachorro-do-mato que eu quero pegar de jeito.

Depois do jantar, vamos para a biblioteca, e mostro a ele o que descobri sobre vampiros. Ele se afasta de mim, mas finjo não notar. Devíamos ligar para Bunce e ver qual a opinião dela sobre tudo isso. Vou sugerir isso amanhã.

Não tem nada sobre Nicodemus na biblioteca. Já procurei, mas tento de novo. Fico perto da porta e lanço um pente-fino em Nicodemus Petty. Nenhum livro sai voando da estante.

Encontramos algumas menções à família Petty, e lemos tudo. É uma família antiga do East End, bem grande, na qual uma potência como Ebb surge de vez em quando. Se Snow não tivesse aparecido, Ebb talvez fosse a feiticeira mais poderosa do mundo. E pensar que desperdiça isso em cabras e lágrimas...

— Você acha que saiu no *Registros mágicos*? — Snow pergunta. — Quando Nicodemus se transformou?

— Não sei — digo. — Talvez não. Eles provavelmente quiseram manter escondido, e parece que Nicodemus nunca machucou ninguém.

— Qual é o sentido de virar um vampiro se você não pretende machucar as pessoas? — Snow pergunta.

— Qual é o sentido de virar um vampiro?

— Se alguém sabe é você.

Tenho que me esforçar para me controlar, o que não é fácil. Continuo a ler um livro.

Snow atravessa o cômodo e senta do outro lado da mesinha, puxando uma poltrona.

— Não — ele diz. — Estou falando sério. Por que Nicodemus teria feito isso?

—Você quer saber minha teoria?

Ele faz que sim com a cabeça.

— Para ficar mais forte — digo. — Fisicamente.

— Quão mais forte? — Snow pergunta.

Dou de ombros.

—Você teria que perguntar a ele. Não sei como comparar. Porque não lembro como é ser normal.

— E o que mais? — ele pergunta.

— Para se desenvolver... desenvolver os sentidos.

—Tipo pra ver melhor?

— No escuro — digo. — E ouvir melhor. Ter um olfato mais apurado.

— Para viver para sempre?

Balanço a cabeça em negativa.

— Acho que não. Não acho que seja assim. Mas ele nunca... ficaria doente.

Snow baixa as sobrancelhas.

— Dessa perspectiva, não sei por que não nos transformamos todos.

— Porque é a *morte* — digo.

— Obviamente não é.

— Dizem que sua alma morre.

— Isso é besteira — ele insiste.

— E como *você* sabe disso, Snow?

— *Observando.*

— Observando — digo. — Não dá pra *observar* a alma.

— Dá sim, com o tempo — ele diz. — Acho que eu saberia...

— É a *morte* — repito —, porque é preciso ingerir vida para se manter vivo.

— Com todo mundo é assim — ele diz. — Comer é isso.

— É a morte — insisto, sem erguer a voz —, porque quando se sente fome é impossível parar de pensar em devorar outras pessoas.

Snow se recosta na poltrona. Ele continua boquiaberto, porque ninguém nunca disse a ele que isso é feio. Ele cutuca o lábio inferior com a língua. Penso em chupar sangue dali.

— É a morte — digo mais uma vez, voltando a olhar para o livro —, porque, quando se olha para outras pessoas, pessoas vivas, elas parecem muito distantes. Parecem algo à parte. Assim como pássaros parecem algo à parte. E estão cheias de algo que o vampiro não tem. Que poderia até ser tirado delas, mas ainda assim não seria seu. Elas estão cheias, e... o vampiro tem fome. Não está vivo. Só sente fome.

— É preciso estar vivo para sentir fome — Snow diz. — É preciso estar vivo para mudar.

— Talvez *você* devesse escrever um livro sobre vampiros — digo.

— Talvez devesse mesmo. Aparentemente, sou o maior especialista do mundo.

Quando levanto o olhar, Snow está me encarando.

Posso sentir a cruz na corrente em seu pescoço, como estática nas minhas glândulas salivares, mas nunca um efeito tão pequeno vindo dela. Eu poderia derrubá-lo agora mesmo. (Beijá-lo? Matá-lo? Ver o que rola?)

— Você devia perguntar aos seus pais — Snow diz.

— Se estou ou não *vivo*?

Merda. Não devia ter falado assim. Admiti, mesmo que só um pouco.

Snow fecha a boca. Engole em seco. Eu o morderia bem ali, bem na garganta.

— O que quero dizer — ele se explica — é que você deveria perguntar se eles se lembram de Nicodemus. Talvez saibam onde ele está.

— Não vou perguntar aos meus pais sobre o único feiticeiro que correu para se juntar aos vampiros. Você é burro *assim*?

— Ah — ele diz. — Não pensei nisso.

— Você não pensou... — começo a dizer. E então: — Ah. Ah, ah, *ah*...

SIMON

Baz sobe os degraus correndo e eu o sigo. Não vimos mais ninguém depois do jantar. A casa é tão grande que poderia abrigar uma multidão e ainda assim parecer vazia.

Estamos em uma ala diferente. Em outro corredor comprido. Baz para à frente de uma porta e começa a lançar feitiços de desarme.

— Que paranoia previsível — ele murmura.

— O que estamos fazendo? — pergunto.

— Procurando por Nicodemus.

— Acha que ele pode estar aqui?

— Não — Baz diz. — Mas...

A porta se abre, e entramos em outro quarto cuja decoração dá arrepios. Parece uma exposição de história gótica, porque além das gárgulas tem pôsteres de estrelas do rock dos anos 80 e 90 usando muito delineador preto. Alguém até pichou *Never Mind the Bollocks* em tinta amarela no antigo papel de parede preto e branco.

— De quem é esse quarto? — pergunto.

Baz se agacha perto da estante.

— Da minha tia Fiona.

Recuo na direção da porta.

— O que estamos fazendo aqui?

— Estamos procurando um negócio... — Um segundo depois, ele puxa um livro bem grosso com NUNCA ESQUEÇA A MAGIA escrito em letras douradas em relevo na capa roxa. — Ahá! — ele diz. — Se não me engano, minha tia estudou com Ebb. Já a ouvi falar dela. Mal, é claro. Mas Fiona nunca mencionou que Ebb tinha um irmão...

Baz passa rapidamente pelas páginas. Eu me agacho perto dele.

— O que é isso?

— Um livro de recordações — ele diz. — Costumavam distribuir para os alunos antes da época do Mago. No baile de despedida. Tem fotos da turma dela todos os anos e uns textinhos... — Baz abre o livro em uma página cheia de fotos. Eu bem que queria ter um desses. Não tenho fotos minhas ou dos meus amigos. Acho que Agatha tem algumas.

Baz avançou para o fim do livro e agora está debruçado sobre uma foto grande da turma de Fiona, apertando os olhos.

Alguém grudou outras fotos ao redor daquela.

— Olha — digo, apontando para a foto de uma menina sentada debaixo do teixo. Ela tem cabelo escuro desgrenhado com uma mecha loira, e sorri, com o nariz franzido e a língua entre os dentes. Tem um menino magrelo sentado ao seu lado, com o braço sobre os ombros dela.

— Ele parece a Ebb — digo na hora. Porque o cabelo loiro e liso é igual ao dela. E as maçãs do rosto ossudas também. Mas nunca vi Ebb com uma expressão igual à dele, parecendo tão segura de si, nem consigo imaginá-la feliz desse jeito. Embaixo da foto, está escrito "Eu e Nicky", com um coraçãozinho no lugar do pingo do i.

— *Fiona!* — Baz diz, fechando o livro com tudo.

Eu o pego dele e volto a abrir, me acomodando no chão, apoiado contra a cama. Tem algumas folhas para cada ano que Fiona passou na escola, sempre com uma foto grande da turma e páginas em branco para acrescentar outras imagens e recordações. Não é difícil localizar Fiona em cada foto posada — a mecha loira deve ser natural — e depois achar Ebb e Nicodemus, sempre um ao lado do outro, quase idênticos, mas completamente diferentes ao mesmo tempo. Ebb é Ebb, delicada e incerta, em todas as fotos. Nicodemus parece prestes a bolar um plano. Desde o primeiro ano.

Acho outra foto de Nicodemus com a tia de Baz, dessa vez fantasiados com roupas antigas.

— Você sabia que Watford tinha um grupo de teatro? — pergunto.

— Watford tinha um monte de outras coisas antes do Mago. — Baz tira o livro de mim e o devolve à estante. — Vamos.

— Aonde?

— Agora? Dormir. Amanhã? A Londres.

Devo estar cansado, porque nem um nem outro faz sentido para mim.

— Anda — Baz diz. — Vou te mostrar onde você vai dormir.

Meu quarto consegue ser o mais assustador de todos.

Tem uma pintura de dragão em torno da porta em arco, cujo rosto foi enfeitiçado para brilhar e acompanhar sua movimentação no escuro.

Fora que tem alguma coisa embaixo da cama.

Não sei o que exatamente, mas geme, estala e faz os pés da cama tremerem. Logo me vejo à porta do quarto de Baz, dizendo a ele que vou voltar para Watford.

— Quê?

Ele ainda está meio dormindo. Corado, também — deve ter ido caçar depois que fui para a cama. Ou talvez mantenham animais para ele na propriedade.

— Vou embora — digo. — Aquele quarto é assombrado.

— A casa inteira é assombrada, eu te disse.

— Vou embora.

— Para com isso, Snow. Pode dormir no sofá. Os fantasmas não entram aqui no quarto.

— Por que não?

— Porque têm medo de mim.

— Eu também tenho — resmungo, e Baz joga um travesseiro na minha cara. (Tem o cheiro dele.)

Quando me acomodo no sofá, me dou conta de que não falei sério. Sobre ter medo de Baz.

Eu costumava ter. Costumo ter.

Mas nada me é tão familiar quanto ele nesta casa. Ouvindo sua respiração, tenho minha melhor noite de sono do feriado.

56

FIONA

Está bem, Natasha, eu sei que não deveria ter contado nada a ele.

Você não teria contado.

Ele entra com tudo no meu apartamento, procurando confusão. Sempre foi a confusão em pessoa.

— Me conta sobre Nicodemus — ele diz, como se já soubesse tudo o que precisa saber.

Ele sabe que é meu preferido, essa é a questão. E continuaria sendo mesmo que você houvesse tido toda uma ninhada. O moleque é tão convencido quanto Mick Jagger. Que inteligência afiada!

— Quem andou falando sobre Nicodemus? — pergunto.

Ele senta à minha mesinha ferrada e começa a beber meu chá, mergulhando o que restava do meu biscoito de lavanda nele.

— Ninguém — ele diz. *Mentira.* — Só ouvi dizer que ele é como eu.

— Um pentelho intrometido?

— Você sabe o que eu quis dizer, Fiona.

— Lindo terno, Basil. Aonde vai?

— Dançar.

Ele está todo elegante. O terno é Spencer Hart, salvo engano. Parece que Basil vai receber um prêmio.

Sento à sua frente.

— Ele não tem nada a ver com você — digo.

— Você devia ter me contado — Basil diz. — Que não sou o único.

— Ele escolheu. Ele passou voluntariamente para o outro lado.

— E o que importa se escolhi ou não, Fiona? O resultado é o mesmo.

— Não é, não. Ele deixou nosso mundo. *Foi embora.* Disse que ia evoluir.

Disse que seria mais que mágico.

— *Você já é poderoso o bastante, Nicky* — *argumentei.*

— Não existe isso de "o bastante", srta. Pitch — ele retrucou.

A gravata da escola enfiada no bolso do paletó. Aquele sorrisinho tranquilo e cruel.

— Ele nos traiu, Basil — digo. Sinto a antiga raiva subir pela garganta, trazendo outros sentimentos à tona.

— Ele foi proscrito — meu sobrinho diz.

— Porque é um traidor.

— Porque é um vampiro. — Essa palavra ainda me faz recuar, por mais que eu me esforce para evitar.

Não deveria ser eu, Natasha. Quem deveria dizer a esse garoto que caminho seguir no mundo. Não sou boa nisso. Olha só para mim. Tenho trinta e sete anos na cara e tudo que faço é bolar meus baseados de roupão e comer biscoitos no café da manhã quando consigo levantar da cama. Sou uma negação.

O que *você* diria a ele se estivesse aqui?

Não… deixa pra lá. Sei o que você diria, e estaria errada.

Pelo menos nesse sentido superei você. Fui fraca o bastante para dar uma chance a seu filho. Olha só para ele: pode até estar morto, mas nunca perdido. Ele é sombrio como a noite e brilhante como a estrela, e tem muito da sua magia. É uma fogueira. Você ficaria orgulhosa, Tasha.

— Você não vai ser proscrito, Basil — digo a ele. — É disso que se trata? Ninguém sabe a seu respeito, e mesmo que descobrissem, o que não vai acontecer, saberiam que precisamos de você. As famílias finalmente estão prontas para contra-atacar. Isso já está em andamento.

Ele passa a língua no lábio inferior e olha pela janelinha. Ainda faz sol, e sei que isso o incomoda, mesmo que Basil nunca reclame. Fecho a cortina, e a cozinha mergulha no escuro.

— Ele ainda está vivo? — Baz pergunta. — Nicodemus?

— Acho que sim. Se é que se pode dizer isso. Não ouvi nada que indicasse o contrário.

— E teria ouvido?

Tem um maço de cigarros na mesa. Acendo um com a varinha e dou alguns tragos, batendo as cinzas no pires.

— Você sabe que as famílias usam minhas conexões londrinas...

— O que isso significa, Fiona?

— Falo com pessoas daqui com quem ninguém mais quer falar. Indesejáveis. Não me incomodo de fazer o trabalho sujo de vez em quando.

Então, Natasha, ele levanta uma sobrancelha para mim.

Solto a fumaça.

— Afe. Não estou falando disso, seu safado.

— Então Nicodemus é um indesejável — ele diz.

— É proibido falar com ele. Pelas leis mágicas.

— Você interromperia o contato *comigo* fácil assim?

— Porra, Baz, você sabe que não. Que pergunta é essa?

— Fiquei curioso. — Ele se inclina na minha direção por cima da mesa. — Ele está vivo? Caça para se alimentar? Envelheceu? Transformou alguém?

— Nicodemus Petty não vai ter nenhuma resposta para você, moleque. — Noto que estou apontando com o cigarro para Baz, então decido apagá-lo antes de causar um incêndio. — Ele é um bandido de meia-tigela, um clichê de assassino figurante de filme de ação. Achou que fosse ser o maior dos magos, mas acabou nos fundos de algum bar de vampiros de Covent Garden fazendo jogatinas. Jogou a vida toda fora, e magoou todos que o amavam. *Não tem nada que você possa aprender com ele, Basil.* Além de como ser um vampiro de merda.

Sua sobrancelha continua erguida. Ele bebe o resto do meu chá.

—Tá — Baz diz. — Entendi.

— Ótimo. Agora vai pra casa estudar.

— É feriado.

—Vai pra casa pensar em um jeito de derrubar o Mago.

— Já falei que vou sair pra dançar.

Olho para seu terno de novo, e para os sapatos pretos lustrosos.

— Basil. Você está saindo com algum cara?

Ele sorri, e é a cara da encrenca. Devíamos tê-lo jogando no Tâmisa, dentro de um saco com pedras. Devíamos tê-lo entregue às fadas.

— Mais ou menos.

57

AGATHA

Estou sentada na bancada da cozinha de Penelope, passando cobertura cor-de-rosa em outro biscoito de gengibre em forma de bonequinha.

— Por que as bonecas têm que usar rosa? — Penny pergunta.

— Por que as bonecas não podem usar rosa? — digo. — Eu gosto.

— Isso porque você foi condicionada por anos de Barbies e Lego com gênero marcado.

— Até parece. Nunca brinquei de Lego.

Passar um tempo com Penny está sendo melhor do que eu imaginava. Quando ela me encurralou no pátio antes de sairmos de férias, achei que fosse me dar um sermão por ter abandonado Simon.

— Ei — ela disse —, ouvi dizer que Simon não vai passar o Natal na sua casa.

— Porque não estamos mais juntos, Penelope. Está feliz?

— Em geral, sim — ela disse —, mas não porque vocês terminaram.

É impossível encerrar uma conversa com Penny. Não adianta ser grosseiro ou ignorá-la, essa garota é inabalável.

— Agatha — Penny disse —, você acha *mesmo* que quero ficar com Simon?

Acho que ela quer ser a pessoa mais importante na vida de Simon, então não sabia se devia responder "sim" ou "não".

— Sei lá, Penelope. Só sei que você não queria que *eu* ficasse com ele.

— Porque vocês dois viviam infelizes!

— Não é da sua conta!

— Claro que é! — ela disse. —Vocês são meus amigos!

Revirei os olhos para Penny, que é claro que seguiu em frente.

— Não foi por isso que vim falar com você — ela disse logo. — Ouvi dizer que Simon não vai passar o Natal na sua casa. Ele também não pode passar na minha, porque minha mãe está puta com o Mago, mas pensei que talvez nós duas ainda pudéssemos nos encontrar para trocar presentes e fazer biscoitos.

Nós três fazemos isso todo ano.

— Sem Simon?

— É, como eu disse, minha mãe está com o pé atrás com Simon.

— Mas a gente nunca se encontra sem ele.

— Só porque ele está sempre com a gente — Penny disse. — Só porque vocês terminaram nós duas não somos mais amigas?

— Somos amigas?

— Por Stevie Nicks e Grace Slick, espero que sim — Penny disse. — Só tenho três amigos. Se não formos amigas, só me restam dois.

— O que vocês estão fazendo? —A mãe de Penny entra na cozinha, carregando um notebook, como se não pudesse deixá-lo de lado enquanto faz uma xícara de chá. Seu cabelo preto está preso em um coque bagunçado, e ela está usando o mesmo cardigã com calça de moletom de ontem, quando cheguei. Minha mãe nem sairia do quarto assim.

A sra. Bunce é professora de história medieval em uma universidade normal, mas também é historiadora mágica. Ela publicou uma prateleira inteira de livros a respeito, mas não ganha dinheiro com isso. Não há feiticeiros o bastante para sustentar as artes e as ciências mágicas como opções de carreira. Meu pai se deu bem como médico mágico, porque é um dos poucos com formação adequada, e todo mundo precisa de médicos. O pai de Penny dava aula de linguística na universidade local, mas agora trabalha em tempo integral no conciliábulo, pesquisando o Oco. Agora mesmo, ele está trabalhando com uma equipe de pesquisadores no laboratório do andar de cima. Faz quase dois dias que estou aqui e ainda não o vi.

— Ele só desce pra tomar chá e comer sanduíche — Penny disse quando perguntei a respeito. Ela tem irmãos mais novos, que reconheço de Watford. Tem um acampado na sala, assistindo a três meses de novela atrasada, e outro que fica o dia inteiro lá em cima, navegando na internet. São todos estranhamente independentes. Acho que eles nem têm horário para comer. Só entram e saem da cozinha com tigelas de cereal e mistos-quentes.

— Estamos fazendo biscoitos de gengibre — Penny diz à mãe quando ela pergunta. — Pro Simon.

— Relaxa, Penelope — a mãe dela diz, apoiando o notebook na ilha da cozinha e dando uma olhada nos biscoitos. — Você vai ver Simon em uma ou duas semanas, tenho certeza de que ele ainda vai te reconhecer. Ah, Agatha, sinceramente, as bonequinhas *precisam* usar rosa?

— Gosto de rosa — digo.

— É bom ver vocês duas juntas — a sra. Bunce diz. — É bom quando a vida real passa no teste de Bechdel.

— Ah, claro, porque a casa vive *cheia* de amigas suas — Penny resmunga.

— Não tenho amigos — a sra. Bunce diz. — Tenho colegas. E filhos.

Ela pega uma das bonequinhas usando cor-de-rosa e dá uma mordida.

— Bom, não evito outras meninas — Penny diz. — Evito outras *pessoas*.

— E eu tenho muitas amigas — digo. — Queria poder estudar com elas.

Não é a primeira vez hoje que penso que estou desperdiçando um dia que poderia estar passando com meus amigos de verdade, com meus amigos normais, só para ser legal com Penelope.

— Bom, isso vai acontecer no ano que vem, quando você for pra faculdade — a mãe de Penny diz. — O que pretende estudar, Agatha?

Dou de ombros. Ainda não sei. Não deveria precisar saber, só tenho dezoito anos. Não estou *destinada* a nada. Meus pais não me tratam como se eu tivesse que fazer grandes coisas. Sinto que a sra. Bunce vai ficar um pouco decepcionada se Penny não encontrar uma cura para o câncer ou descobrir onde as fadas vivem.

A mãe dela franze a testa.

— Hum… Tenho certeza de que logo vai saber. — A chaleira elétrica desliga e ela faz seu chá. — Querem mais? — Penny estica sua caneca, e a mãe dela enche a minha também. — Eu tinha amigas na idade de vocês. A mais próxima era Lucy… — a sra. Bunce ri, como se recordasse algo. — Éramos unha e carne.

— Vocês não são mais amigas? — pergunto.

Ela apoia nossas xícaras na bancada e olha para mim, como se não estivesse totalmente concentrada na nossa conversa até agora.

— Acho que ainda seríamos, se ela aparecesse — a sra. Bunce diz. — Lucy foi para os Estados Unidos alguns anos depois da formatura. Não nos vimos mais depois que saímos de Watford.

— Por quê? — Penny pergunta.

— Eu não gostava do namorado dela — a sra. Bunce diz.

— Por quê? — insiste Penny.

Meu Deus, os pais de Penny devem ter ouvido essa pergunta saindo da boca dela umas cem mil vezes até agora.

— Ele era controlador demais.

— Foi por isso que ela mudou pros Estados Unidos?

— Acho que ela foi embora quando eles terminaram. — A sra. Bunce parece decidir o que vai dizer a seguir. — Na verdade… ela namorava o Mago.

— O Mago tinha *namorada*? — Penny diz.

— Bom, ele não era o Mago naquele época — a mãe dela diz. — Era só o Davy.

— O Mago tinha *namorada* — Penny repete, arregalando os olhos. — Ele tinha um *nome*. Eu não sabia que você tinha estudado com ele, mãe!

A sra. Bunce toma um gole de chá e dá de ombros.

— Como ele era? — Penny pergunta.

— Do mesmo jeito que é hoje — sua mãe diz. — Só mais novo.

— Ele era bonito? — pergunto.

Ela faz uma careta.

— Não sei... Você acha que ele é bonito agora?

— Afe, não — Penny diz.

— Acho — digo ao mesmo tempo.

— Ele *era* bonito — a sra. Bunce admite. — Carismático também, à sua maneira. Lucy ficou doidinha por ele. Ela achava que o namorado era um visionário.

— Isso você tem que admitir que é verdade, mãe — Penny diz.

A sra. Bunce faz outra careta.

— Desde aquela época, tudo sempre teve que ser do jeito dele. Tudo era preto no branco para Davy. E se Lucy não concordasse com ele... Bom, ela sempre concordava. Foi completamente absorvida por ele.

— Davy — Penelope repete. — É tão esquisito.

— Como Lucy era? — eu pergunto.

A mãe de Penny sorri.

— Genial. Ela era tão *poderosa*. — Seus olhos se iluminam ao dizer isso. — Forte. Jogava rúgbi com os meninos, lembro bem. Tive que consertar a clavícula dela no campo uma vez, foi uma loucura. Ela era uma menina do interior, com ombros largos, cabelo loiro e os olhos mais azuis...

O sr. Bunce entra na cozinha.

— Pai! — Penny diz. — *Agora* podemos conversar?

Ele vai até a chaleira elétrica e a liga. A mãe de Penny a desliga e a leva até a pia para encher de água. O marido dá um beijo na testa dela.

— Obrigado, amor.

— *Pai* — Penny repete.

— Oi?

Ele está revirando a geladeira. É um homem baixo, menor que a esposa, com cabelo loiro-acinzentado e um narigão molenga. Os óculos de armação metálica redonda, bem antiquados, estão no alto da cabeça. Todo mundo na família de Penny usa óculos antiquados.

Correm rumores de que o sr. Bunce não tem nem metade do poder que a esposa tem. Minha mãe diz que ele só entrou em Watford porque o pai tinha lecionado na escola. A mãe de Penny é tão esnobe quando se trata de poderes que é difícil imaginar que tenha se casado com um qualquer.

— Você esqueceu, pai? Eu preciso falar com você.

O sr. Bunce está enchendo os braços de comida. Dois iogurtes. Uma laranja. Um pacote de salgadinho. Ele pega um biscoito de gengibre e então me nota.

— Ah. Oi, Agatha.

— Oi, sr. Bunce.

— Martin — ele diz, já indo embora. — Pode me chamar de Martin.

— *Pai*.

— Isso, claro, vem comigo, Penny. Traz o chá, por favor.

Ela espera o chá ficar pronto, pega mais uns biscoitos — estão comendo mais rápido do que sou capaz de decorar — e o segue escada acima.

— Por que eles terminaram? — pergunto à sra. Bunce depois que Penny e o pai vão embora.

Ela está olhando para o notebook, segurando a caneca de chá no meio do caminho para a boca, como se a tivesse esquecido.

— Quê?

— Lucy e Davy — digo.

— Ah. Não sei. Já tínhamos perdido contato. Imagino que finalmente descobriu que ele era um canalha e teve que cruzar o oceano pra se livrar dele. Consegue imaginar ser ex do *Mago*? Ele está em toda parte.

— Como você descobriu que ela foi embora?

A sra. Bunce parece triste.

— A mãe dela me contou.

— Por que será que o Mago nunca mais namorou?

— Vai saber — ela diz, voltando a olhar para a tela do notebook. — Talvez ele namore normais em segredo.

— Ou vai ver realmente amava Lucy e nunca a esqueceu — digo.

— Pode ser — a sra. Bunce diz, mas nem está prestando atenção. Ela digita por alguns segundos, depois olha para mim. — Você acabou de me lembrar de uma coisa em que não penso há anos. Espera um segundo.

Ela sai da cozinha, e eu fico achando que não vai voltar. Os Bunce às vezes fazem isso. Mas ela volta, trazendo uma fotografia.

— Foi Martin quem tirou.

São três alunos de Watford, duas meninas e um menino, sentados na grama — perto do campo de futebol, parece. As meninas estão de calça. (Minha mãe me disse que ninguém usava saia na escola nos anos 90.) Uma delas é claramente a sra. Bunce. Com o cabelo rebelde solto, ela lembra bastante Penny. Tem a mesma testa larga. O mesmo sorriso. (Queria que Penny estivesse aqui, para poder tirar sarro dela.) O menino é obviamente o Mago, ainda que um pouco diferente, com cabelo comprido solto, sem o bigodinho bobo. (O Mago tem o pior bigode do mundo.)

Não conheço a menina no meio.

Ela é encantadora.

Tem cabelo loiro na altura dos ombros, enrolado e cheio. As bochechas são rosadas, e os olhos são tão grandes e azuis que dá pra ver a cor na foto. Ela sorri calorosamente, segurando a mão da amiga, mas com o corpo inclinado na direção do garoto, que está com o braço sobre os ombros dela.

O Mago era muito bonito. Mais bonito que as duas. Parece mais tranquilo na foto do que já o vi na vida, sorrindo de lado, com uma expressão quase inocente nos olhos.

— Lucy e eu nunca chegamos a brigar — a sra. Bunce diz. — Eu puxava briga, e ela tentava mudar de assunto. Nem no fim brigamos. Acho que ela parou de falar comigo porque cansou de ter que defender Davy. Ele já era tão intenso na época que saímos da escola... Tinha radicalizado, estava pronto para acusar todos no palácio e montar a guilhotina.

Noto que a sra. Bunce está mais falando consigo mesma e com a foto do que comigo.

— Ele nunca calava a boca — ela diz, deixando a foto na bancada. — Ainda não sei como Lucy o aguentava.

A sra. Bunce levanta o rosto e estreita os olhos para mim.

— Agatha, sei que estou sendo indiscreta, mas nada do que dissemos nesta cozinha sai daqui, entendido?

— Ah, é claro — digo. — Não se preocupa, minha mãe também reclama do Mago.

— Jura?

— Ele nunca vai nas festas dela, e quando vai é de uniforme, normalmente sujo de lama. Ainda por cima, vai embora cedo. Isso a deixa com dor de cabeça.

A sra. Bunce ri.

Seu celular toca e ela o tira do bolso.

— Mitali — ela atende. A sra. Bunce volta a olhar para o notebook e dá um clique. — Vou ver.

Ela pega o notebook, equilibrando-o na barriga, e sai da cozinha segurando o celular entre a orelha e o ombro.

Volto a olhar para os três jovens na foto. Parecem tão felizes. É difícil acreditar que não se falam hoje em dia.

Olho para Lucy, para as bochechas coradas e os olhos azul-celeste, e enfio a foto no bolso.

58

LUCY

Queria que você o tivesse conhecido quando era jovem.

Ele era bonito, claro. Ainda é. Agora de um jeito que todos podem ver.

Na época, era bonito só para mim.

Eu tinha *pena* dele. Acho que foi assim que começou. Ele falava e falava, mas ninguém ouvia.

Eu gostava de ouvir. Gostava de suas ideias. Ele estava certo sobre tantas coisas. Ainda está.

— Como anda a revolução, Davy?

— Não me provoca, Lucy. Não gosto desse tipo de coisa.

— Eu sei. Mas eu gosto.

Ele estava sentado sozinho debaixo do teixo, então sentei ao seu lado. Quando começamos a nos falar, eu o encontrava aqui, para que ninguém nos visse juntos. Para que ninguém me visse com o maluco do Davy.

Eu tinha passado a gostar de encontrá-lo sob o teixo porque era como se ficássemos sozinhos, só nós dois.

— Você anda quieto — eu disse.

— Não tenho mais nada a dizer. Ninguém me ouve.

— Eu ouço.

— Levei minhas queixas ao conciliábulo — Davy disse. — Eles riram de mim.

— Tenho certeza de que não riram, Davy...

— Não é preciso rir em voz alta para zombar de alguém. Fui tratado como uma criança.

— Bom, você meio que é uma criança. Eu também sou.

Ele me encarou na hora. Tem algo especial nos olhos de Davy. São meio mágicos. Eu nunca conseguia desviar os meus.

— Não, Lucy. Não somos.

Depois daquela reunião com o conciliábulo, Davy estava sempre na biblioteca, ou no refeitório, derrubando molho em livros de quatrocentos e tantos anos.

Às vezes eu sentava com ele, e às vezes ele falava comigo.

— Lucy, você sabia que Watford costumava ter o próprio oráculo? Ficava na sala no alto da capela, aquela da janela que dá para as muralhas. O oráculo era tão importante quanto o diretor.

— E quando isso acabou?

— Em 1914, com um corte de orçamento. A ideia era que oráculos doassem seus serviços quando necessário depois disso.

— Não conheço nenhum oráculo.

— Era o oráculo de Watford quem treinava os outros. A profissão morreu. Mas tem toda uma seção de profecias na biblioteca...

— Desde quando você se importa com bolas de cristal e cartas de tarô?

— Não acho que crianças devam brincar com ferramentas que não compreendem, mas isso... — Seus olhos brilham. — Sabia que a Grande Fome foi profetizada?

— Não.

— E o Holocausto.

— *Sério?* Quando?

— Em 1511. Sabia que há uma única visão que todos os oráculos tiveram desde a fundação de Watford?

— Eu não sabia nem que oráculos existiam até trinta segundos atrás.

— De que um grande mago está por vir.

— Como na canção infantil — eu disse. — *E surgirá aquele que virá para acabar conosco, e surgirá aquele que representará sua queda. Que o poder dos poderes venha a reinar, para que a todos nós possa salvar.*

— Isso.

— Minha avó falava muito do Grande Mago.

—Tem dezenas de profecias sobre ele — Davy disse. — Um único mago, o Escolhido.

— Como sabe que são sobre a mesma pessoa? Como sabe que ele, ou ela, já não veio e foi embora?

— Acha mesmo que não teríamos notado alguém que salvou o mundo todo? Alguém que consertou as coisas?

— As profecias dizem o que vai ser consertado?

— Só que vai haver uma ameaça, e que vamos adentrar as trevas e nos dividir. Que a própria magia estará em perigo, e que vai vir um mago com um poder além de qualquer sonho, um feiticeiro que tira os poderes do centro da Terra. "*Ele caminha como um homem comum, mas seu poder é incomparável.*" Um oráculo o descreveu como um "receptáculo", grande e forte o bastante para conter toda a magia.

Davy ficava mais e mais entusiasmado conforme falava. Seus olhos brilhavam, as palavras atropelavam umas às outras. Ele apontou para uma pilha de livros, como se sua mera presença provasse que as profecias eram irrefutáveis.

Percebi que recuei um pouco.

—Você não...

— O quê? — Davy perguntou.

— Bom, você não acha...

— O quê, Lucy? O que eu não acho?

— Bom... que *você* é o Grande Mago?

Ele riu com desprezo.

— Eu? Não. Que besteira. Sou mais poderoso que qualquer um desses cretinos — ele disse, olhando em volta na biblioteca —, mas meu tipo de poder é plenamente concebível.

Tentei rir.

— Claro. Então...

— Então...?

— Então por que isso é tão importante pra você?

— Porque o maior mago de todos os tempos vai *vir*, Lucy. E vai ser no momento em que mais precisarmos dele. Quando os magos estiverem *"com as garras apontadas para a garganta um do outro"*, quando *"a cabeça de nossa maior fera tiver perdido o rumo"*. Isso está muito próximo. Isso é agora. Todos deveríamos nos preocupar. Todos deveríamos estar prontos!

59

PENELOPE

Gosto do laboratório do meu pai. Fica no sótão. Ele não deixa que ninguém arrume, nem mesmo seus assistentes. É uma bagunça completa, mas meu pai sabe onde tudo está, então fica maluco se alguém tira um livro de uma pilha e bota em outra.

Um mapa da Grã-Bretanha cobre uma parede inteira — os buracos na atmosfera mágica ainda não chegaram ao mar, mas vêm aumentando ao longo dos anos. Meu pai usa tachinhas e fios para registrar o perímetro de cada buraco, com cores diferentes de fios mostrando o quanto eles aumentaram. Bandeirinhas marcam a data da medição. Alguns dos maiores buracos foram se fundindo — quase não resta mais magia em Cheshire, por exemplo.

Os assistentes estão todos em campo, coletando dados. Ele acabou de contratar um novo, um antropólogo mágico, para estudar os efeitos dos buracos em criaturas mágicas. Meu pai também gostaria de estudar como afetam os normais, mas até agora não conseguiu financiamento para isso.

Vou até o mapa. Tem dois buracos em Londres — um bem grande em Kensington e outro menor na Trafalgar Square. Odeio pensar no que aconteceria se o Oco atacasse perto de nossa casa em Hounslow. Muitas famílias mágicas tiveram que se mudar, e isso às vezes as enfraquece. A magia se instala em determinado lugar. É um apoio.

Me acomodo em uma das mesas altas. Meu pai gosta de ficar de pé enquanto trabalha, por isso todas as mesas são altas. Ele já está com um livro aberto, copiando números num caderno. Também usa um computador, mas ainda registra tudo à mão.

— Tive que dar uma olhada em exemplares antigos do *Registros mágicos* — digo —, para um trabalho da escola...

— Hum-hum...

— Acabei deparando com a Tragédia de Watford.

Meu pai levanta os olhos.

— Sei.

—Você lembra o que aconteceu?

— É claro. — Ele volta a olhar para o caderno. — Sua mãe e eu estávamos na faculdade. Você era bem pequena...

Meus pais se casaram logo depois de Watford e começaram a ter filhos cedo, apesar de terem feito faculdade e de minha mãe querer ter uma carreira. Meu pai sempre diz que ela queria *tudo*, e *imediatamente*.

— Deve ter sido horrível — digo.

— Foi mesmo. Watford nunca havia sido atacada. E a coitada da Natasha Grimm-Pitch...

—Você a conhecia?

— Não pessoalmente. Ela era mais velha. Sua irmã, Fiona, era alguns anos mais nova que eu, mas nunca nos conhecemos também. Os Pitch nunca foram de se misturar.

— Então você não gostava dela? Da Natasha Grimm-Pitch?

— Politicamente, não — ele diz. — Ela achava que feiticeiros menos poderosos deveriam entregar a varinha.

Feiticeiros menos poderosos. Como ele.

— Por que os vampiros atacaram Watford, afinal? — pergunto. — Nunca tinham feito isso.

— O Oco os mandou — meu pai responde.

— Mas não é isso que as primeiras notícias dizem — eu me inclino para ele por cima da mesa —, logo depois do ataque. Só falam que foram vampiros.

Meu pai volta a me olhar, interessado.

— É verdade. — Ele assente. — Não sabíamos, a princípio. Só pensamos que criaturas das trevas estavam tirando vantagem da nossa desorganização. Era uma época diferente. Tudo era mais relaxado. O Mundo dos Magos era mais como... um clube. Ou uma sociedade. Não tínhamos um esquema de defesa. Havia até ataques de lobisomem naquela época. Em Londres, dá para acreditar?

— Então ninguém sabia que o Oco estava por trás do ataque a Watford?

— Não por um tempo — ele diz. — Nem sabíamos que o Oco era uma entidade no começo.

— Como assim?

— Bom, os buracos começaram a aparecer...

— Em 1998.

— Isso — ele diz —, os primeiros registros são de 98, dezessete anos atrás. Achamos que pudesse ser um fenômeno natural, ou resultado da poluição. Como os buracos na camada de ozônio. Lembro que foi o dr. Manning que cunhou o termo. Ele visitou o buraco em Lancashire e o descreveu como "um oco insidioso, uma mundanidade que penetra a própria alma". — Meu pai sorri. Ele gosta de frases de impacto. — Comecei minha pesquisa pouco depois disso.

— Quando vocês se deram conta de que o Oco era uma pessoa?

— Ainda não sabemos se é uma pessoa.

— Não, quero dizer... quando foi que se deram conta de que agia com propósito? De que estava nos atacando?

— Não tem um dia específico — ele diz. — Quer dizer, tudo meio que mudou em 2008. Sou da opinião de que o Oco ficou mais poderoso nessa época. Vínhamos acompanhando alguns buracos pequenos, parecidos com bolhas na atmosfera mágica, e de repente eles se proliferaram, como um câncer em metástase. Na mesma época, o mundo das trevas ficou maluco. Acho que foi quando as criaturas começaram a atacar Simon diretamente que percebemos que havia malícia envolvida, e inteligência, e que não se tratava de um desastre natural. E então identificamos a sensação... Os buracos, os ataques... a sensação que causam é bem específica.

Seu olhar permanece em mim, e sua boca fica mais tensa.

Depois que o Oco sequestrou Simon e eu no ano passado, meu pai quis saber todos os detalhes. Contei a maior parte — tudo relacionado ao Oco, inclusive que aparência tem. Meu pai acha que ele só assumiu a forma de Simon para zombar dele.

Apoio os cotovelos na mesa.

— Por que acha que o Oco odeia tanto Simon?

— Bom... — Ele franze o nariz. — O Oco parece odiar magia. E Simon tem mais magia dentro de si que qualquer outra pessoa, possivelmente que qualquer outra coisa.

— É estranho saber que Oco não é o nome dele. Quer dizer, que ele não veio com esse nome, ou se nomeou...

— Acha que uma criatura das trevas ia escolher o nome Oco Insidioso?

— Nunca pensei a respeito. Parece que sempre esteve por aí.

Meu pai suspira e empurra os óculos sobre o nariz.

— É deprimente pensar que você não consegue lembrar de um mundo sem o Oco. Fico preocupado que sua geração se acostume com ele. Que não sinta necessidade de contra-atacar.

— Acho que isso não vai acontecer comigo, pai. Essa coisa horrorosa me sequestrou e vive tentando matar meu melhor amigo.

Ele franze a testa, sem tirar os olhos de mim.

— Sabe, Penelope... uma equipe de americanos vai chegar em algumas semanas. Acho que finalmente consegui a atenção deles quando fomos para lá no verão.

Meu pai se reuniu com tantos cientistas mágicos quanto pôde quando visitamos Micah. Um geólogo mágico pareceu muito interessado no trabalho dele.

Os magos americanos são muito menos organizados do que nós. Vivem espalhados pelo país, cada um na sua. Só que eles têm mais dinheiro.

Meu pai vem tentando convencer cientistas internacionais de que o Oco é uma ameaça a todo o mundo mágico, não só ao britânico.

— Eu adoraria se você pudesse estar presente em alguns levantamentos — meu pai diz. — Você poderia conhecer o dr. Schelling. Ele tem um laboratório em Cleveland.

Sei o que ele está fazendo. É assim que meu pai quer me manter a salvo do Oco: me escondendo em Ohio.

— Talvez — digo. — Se não tiver problema perder aula.

— Eu mando um bilhete.

— Simon pode vir também?

Ele aperta os lábios e empurra os óculos de novo.

— Não sei se posso pedir a dispensa dele também — meu pai diz, pegando a caneta. — Sobre o que você disse que é esse trabalho da escola?

— A Tragédia de Watford.

— Me diga se encontrar alguma coisa esclarecedora sobre o Oco. Sempre me perguntei se alguém lá sentiu a presença dele.

Ele está com a cabeça no trabalho agora. Desço da cadeira e começo a sair. Paro à porta.

— Mais uma coisa, pai... Você conhece algum feiticeiro chamado Nicodemus?

Ele levanta o rosto, mas absolutamente nada se altera em sua expressão, então sei que está controlando sua reação.

— Não — meu pai diz. — Por quê?

Ele não costuma mentir para mim.

E eu não costumo mentir para ele.

— Vi o nome dele no *Registros mágicos*, mas não sei de quem se trata.

— Hum — meu pai diz. — Acho que... Acho que não deve ser ninguém importante.

60

SIMON

Esperamos até a meia-noite para ir atrás dos vampiros. A tia de Baz não disse exatamente onde ficam, mas ele acha que vai conseguir encontrá-los, e diz que já devem ter acabado de caçar por volta da meia-noite...

Pensar em tantos assassinatos acontecendo. Enquanto esperamos. É de enlouquecer.

Se os vampiros caçam normais todas as noites, por que não fazemos nada a respeito? O conciliábulo deve saber disso. Quer dizer, se a tia de Baz sabe, o conciliábulo *tem* que saber.

Decido que é melhor não puxar esse assunto com Baz.

Temos bastante tempo para matar ao sair da casa da tia dele, então vamos à biblioteca — uma enorme — e depois à sala de leitura do Museu Britânico, de onde Baz rouba pelo menos meia dúzia de livros.

— Você não pode fazer isso — digo.

— É pesquisa.

— É *traição*.

— Você vai contar à rainha?

Quando todos os museus fecham, damos uma volta pelo parque e encontramos um lugar onde posso comer curry enquanto ele estuda os livros roubados.

— Você devia comer alguma coisa — digo.

Baz levanta uma sobrancelha para mim.

— Ah, para com isso.

Imagino que é por isso que Baz nunca teve uma namorada. Porque ele a levaria à biblioteca e depois insistiria em ficar observando que nem um tarado enquanto ela comia sozinha.

Já limpei o prato de curry e duas porções de pastel, então o observo lendo — juro que ele chupa as presas quando está pensando. Baz fecha o livro com tudo e levanta.

— Anda, Snow. Vamos encontrar um vampiro.

— Obrigado — limpo a boca na manga —, mas já passei do meu limite.

Baz já está saindo pela porta.

— Ei — digo, tentando alcançá-lo. Quando Baz me ignora, pego seu braço.

Ele franze a testa.

— Você não pode sair agarrando uma pessoa quando quer chamar atenção.

— Eu disse "ei".

— Mesmo assim.

— Estava pensando... Se vamos fazer isso, acho que você deve começar a me chamar pelo meu nome.

Não sei por que me parece importante, mas... se vamos entrar em um covil de vampiros juntos, acho que devemos superar o passado e nos tornar aliados de fato.

— Snow *é* o seu nome — Baz diz. — Acho. Quem te deu esse nome, aliás?

Desvio o rosto. Estava escrito no meu braço: *Simon Snow*. Quem quer que tenha me deixado no abrigo deve ter feito isso. Talvez minha mãe.

— Você precisa me chamar de *Simon* — digo. — Já chamou antes.

Ele abre a porta do carro e entra, como se nem tivesse me ouvido, mas sei que ouviu.

— Tá — Baz diz. — Entra logo no carro, Simon.

Eu entro.

★ ★ ★

Levamos quase duas horas para encontrar esse lugar, com base no olfato de Baz. Foi como andar por Covent Garden com um cão de caça.

— É aqui? — pergunto. — Eles estão aqui?

Baz endireita o colarinho e os punhos da camisa. Estamos do lado de fora de um prédio antigo cheio de apartamentos, com uma fileira de nomes ao lado da porta e uma janelinha de latão por onde enfiar cartas.

— Não saia de perto — Baz sussurra, e bate na porta com as costas do punho.

Um grandalhão abre a porta. Ele vê Baz e a abre mais um pouco. Outro homem, de pé atrás de um bar comprido no meio do salão, olha e assente. O porteiro faz um sinal com a cabeça para que entremos.

Sigo Baz pelo salão comprido, com pé-direito baixo, sem luzes no teto. Mesas ornamentadas com um banco de cada lado se estendem pelas paredes dos dois lados, iluminadas por lustres pendentes amarelos.

Todo mundo se vira para nos olhar. Uma mulher perto da porta derruba o copo, e o homem ao seu lado o pega.

Eles não parecem vampiros.

São todos vampiros?

Só parecem ricos. E... cinza. Mas não são lindos, ou magros, ou têm as maçãs do rosto pronunciadas, como nos filmes.

Estão olhando para Baz, não para mim. Ele deve estar assustado, ou pelo menos nervoso, mas não demonstra. Juro que, quanto mais ameaçado é, menos agitado parece. (Quando sou eu quem o ameaça, acho irritante, mas agora é até legal.)

Devem estar todos com inveja de Baz. Ele é tudo o que são, e ainda é mágico. Fora que Baz parece perfeito para o papel, como se tivesse nascido para ser um rei das trevas.

Ele para à primeira mesa.

— Nicodemus — diz. Não é uma pergunta.

Um homem de cabelo e pele acinzentados, usando um terno cinza acetinado, olha para Baz e assente na direção do fundo do salão, então olha para mim com desdém. Não sei se é o pingente de cruz ou meu cheiro que o incomoda. Talvez saiba quem sou. O herdeiro do Mago. (O Mago mata vampiros, porque não considera assassinato.) (Por que não matou *esses* vampiros?)

Sigo Baz pelo salão, arrependido de não ter aceitado as roupas e acessórios refinados que ele tentou me empurrar antes que saíssemos de Hampshire. Estou usando a calça de Watford e uma blusa de lã dele, que só aceitei porque Baz disse que vestido daquele jeito eu parecia ter doze anos.

Baz está andando tão devagar que tropeço sem querer em seus calcanhares. É como se quisesse que todo mundo olhasse bem para ele. (Talvez também seja uma tentativa de esconder que está mancando.) Quanto mais avançamos, mais escuro o salão fica. Olho pelas mesas em busca de Nicodemus, mas não sei bem se o reconheceria, mesmo em um ambiente mais iluminado. Ele ainda parece uma versão masculina e malvada de Ebb?

Quando chegamos à parede dos fundos, estou pronto para dar meia-volta, mas Baz passa por uma porta que eu nem tinha visto. Desço atrás dele pela escada em espiral aberta, com o corrimão balançando. Quando chegamos, estou tonto.

É um porão, acho. Parece uma caverna, maior que o salão lá em cima, com um teto ainda mais baixo e luzinhas azuis no piso, como no cinema.

É difícil dizer quanta gente tem aqui embaixo, porque não consigo enxergar, mas sinto que o lugar está cheio. Está tocando música eletrônica, mas tão baixo que parece vir de bem longe.

Baz fica parado ao pé da escada, com uma mão no bolso, varrendo a sala com os olhos como se procurasse um amigo.

Eles poderiam nos atacar agora se quisessem, os vampiros, e nos destroçar. Estamos em número muitíssimo menor, e não teríamos tempo de lançar um bom feitiço. Nem estou com a varinha, embora eles não saibam. (Baz sabe. Ele não conseguiu acreditar que a deixei a Watford.) (Eu estava com pressa!)

Eu poderia encarar alguns com a espada, mas não todos.

Eu poderia *explodir*. Quem sabe no que daria?

Baz começa a andar. Aqui embaixo as roupas são menos refinadas. Será que esses vampiros são menos privilegiados? Como vampiros perdem os privilégios? Ainda que estejamos no porão, é tudo muito limpo, incluindo as pessoas. Não sei bem o que eu estava esperando. Manchas de sangue? Drinques com sangue? Parece que a maior parte deles está bebendo gim. Vejo garrafas de Bombay Sapphire nas mesas. Meu olhar cruza com o de um vampiro, e ele não quebra o contato visual, então deixo minha magia aflorar — penso nela transbordando. O vampiro desvia o rosto.

Estamos nas profundezas da caverna e já perdi a noção de onde a porta está. Baz puxa a manga de alguém — um vampiro com quase o dobro de seu tamanho.

— Nicodemus — Baz diz, ainda sem fazer perguntas. O vampiro acena para trás com a cabeça, e Baz o solta.

Seguimos em frente, até chegar a uma fileira de mesas de sinuca.

Baz para. Pega um maço de cigarro do bolso interno do paletó, então acende um com a varinha. Todo mundo sentado à mesa recua. Baz traga com vontade — a ponta do cigarro brilha vermelha — e solta a fumaça na direção da mesa.

Eu nem sabia que ele fumava.

— Nicodemus — Baz diz, ainda soltando fumaça.

Então eu o vejo: Ebb. Uma versão mais grosseira e longilínea de Ebb. Com o cabelo escuro penteado para trás. Ele também está de terno, mas parece vagabundo e a costura da manga está esgarçada.

Ele sorri para Baz, medindo-o de cima a baixo.

— Olha só para você... Vivendo o sonho.

Baz traga de novo, então encara Nicodemus, languidamente.

— Meu nome é Tyrannus Basilton Pitch. Estou aqui para falar sobre a minha mãe.

— É claro, sr. Pitch. — Nicodemus praticamente sussurra. — É claro.

O vampiro sorri de novo, e eu noto que seus caninos estão faltando. A língua escapa por um dos buracos.

Os outros dois vampiros que estavam jogando já se afastaram, deixando nós três sozinhos no escuro.

— O que quer de mim? — Nicodemus pergunta.

— Quero saber quem matou minha mãe.

— Você sabe quem a matou. — Sua língua passa pela buraco do canino, cutucando a gengiva. — Todo mundo sabe. E todo mundo sabe o que sua mãe fez com os que estavam lá.

Baz leva o cigarro até a boca, dá um trago e depois baixa a mão, batendo as cinzas no chão.

— Me conta o resto — diz. — Me conta quem foi o responsável.

Nicodemus ri.

— Ou o quê? Você vai me morder? — Ele olha para o cigarro na mão de Baz. — Está tentando deixar claro que é filho da sua mãe? Vai botar fogo em todos nós? Ainda não está morto, sr. Pitch. Não acho que vai escolher o dia de hoje para se matar.

Baz olha em volta. Como se estivesse pensando em quantos vampiros poderia levar consigo.

— Conte o resto a ele — rosno. — Ou *eu* te mato.

Nicodemus olha por cima do ombro de Baz para mim, e seu sorriso azeda.

— Você se acha invencível — ele diz —, com todo esse poder. Como se nada pudesse te derrubar.

— Até agora nada derrubou — digo.

Ele ri de novo. Não tem nada a ver com a risada de Ebb: Nicodemus ri como se nada tivesse importância... Ela ri como se *tudo* tivesse importância.

— Tá — ele diz. — Vou te contar. Uma parte. — Ele larga o taco na mesa. — Vampiros não podem simplesmente entrar em Watford. Não podemos entrar em lugar nenhum sem sermos convidados. A não ser em casa. Alguém veio até mim, algumas semanas antes do ataque, querendo fazer um acordo. É assim que eu sobrevivo. Fazendo acordos, apresentando pessoas. O mercado de trabalho para um vampiro que não morde ou para um mago sem varinha é escasso. — Sua língua desliza compulsivamente entre os dentes. — Pagava bem, mas eu não quis saber. Minha irmã mora em Watford. Eu nunca enviaria a morte até sua casa, a menos que ela quisesse. — Ele volta a abrir um sorriso desfalcado para Baz. — Me pergunto se *você* era parte do plano. É difícil imaginar que os feiticeiros tenham permitido... e por que continuam permitindo? O que esperam fazer com você?

— Quem foi? — Baz pergunta. Acho que não piscou desde que entramos aqui. — Quem foi até você? O Oco?

— O Oco? Ah, claro, foi o bicho-papão, sr. Pitch. Foi o monstro que vive debaixo da sua cama.

— Foi o Oco? — Baz repete.

Nicodemus nega com a cabeça, ainda sorrindo.

— Foi um de vocês, mas não vou arriscar minha vida falando o nome dele. Vocês podem me matar se eu não contar, mas com certeza vou morrer se o fizer.

Baz descansa os caninos entre os lábios e passa a varinha da manga para a palma da mão.

— Posso te obrigar a contar.

— Isso é ilegal — Nicodemus diz. Ele está certo. Feitiços de coação são proibidos. — E perigoso — continua. E está certo de novo. — O que o conciliábulo faria se você usasse um feitiço proibido, Tyrannus Basilton? — Nicodemus sorri. — Acha que seria tolerante com alguém como você?

— Eu deveria te matar aqui e agora — Baz diz, estufando o peito.

— Não acho que ninguém ia me impedir. Ou sentir sua falta.

Apoio a mão no ombro de Baz.

—Vamos.

— Ele não nos contou *nada* — Baz sibila para mim.

— Contei o bastante — Nicodemus diz.

—Vamos — insisto, puxando Baz.

— Isso, vai lá — Nicodemus diz para Baz. — Obedece seu amigo. Um dia você vai voltar.

Baz joga o cigarro na mesa de bilhar e Nicodemus dá um salto para trás, perdendo a compostura pela primeira vez. Ele corre para pegar sua bebida e a joga sobre a bituca. Baz já está indo embora.

Olho para Nicodemus.

— Sua irmã sente sua falta — digo.

Eu me viro e tento seguir Baz. Ele me espera no topo da escada. (Daria para pensar que sou seu melhor amigo; talvez ele queira que pensem isso mesmo.) Parece completamente tranquilo ao atravessar o salão superior até a porta.

Quando saímos para a rua, meus olhos até doem por causa da claridade da noite londrina.

Encontramos o Jaguar do pai dele, e quando abro a porta do passageiro Baz já deu a partida. Assim que entro, ele arranca com o carro, correndo tão rápido quanto possível numa rua tão movimentada. Baz cola num táxi, então muda de faixa.

— Ei — digo.

— Cala a boca, Snow.

— Olha...

— *Cala a boca!* — ele diz com magia, mas não está com a varinha na mão, então não adianta nada. Então Baz a pega e eu acho que vai me amaldiçoar, mas em vez disso a aponta para um ônibus. — *Abram alas para o rei!*

O ônibus muda de faixa, mas tem outro carro à frente. Baz aponta para ele e repete o feitiço. É um desperdício de magia.

—Você vai capotar antes de chegarmos ao West End.

Ele me ignora, apontando a varinha à frente e pisando fundo. Quando vai lançar o feitiço de novo, seguro seu bíceps e transfiro um pouco da minha magia para ele.

— Abram alas! — ele diz. Os carros à frente saem todos para a direita ou para a esquerda. É como se toda a via se abrisse para Baz. Nunca vi nada igual.

Nunca *senti* nada igual.

Fecho os olhos para todos os faróis vermelhos e desejo que abram. Baz pisa fundo no acelerador.

Estamos voando.

Enquanto eu não soltar o braço de Baz, a magia vai continuar fluindo.

Me sinto limpo.

Me sinto uma corrente.

Não sei como Baz se sente. Seu rosto está petrificado, e quando saímos de Londres lágrimas começam a sair de seus olhos. Baz não as enxuga nem pisca, então elas correm pelas bochechas e se agarram ao maxilar.

Fora da cidade, ele não precisa mais que minha magia lhe abra caminho, então eu o solto. Baz entra em estradinhas cada vez menores, até que estamos envoltos por árvores, levantando o cascalho, que bate na traseira do carro.

Baz sai da estrada de repente e pisa no freio, perdendo o controle e quase caindo em uma vala, então sai do carro, como se tivesse acabado de fazer uma baliza, e caminha na direção das árvores.

Abro a porta do passageiro e começo a segui-lo, então volto para desligar o motor e pegar a chave do carro. Sigo suas pegadas na neve além da fileira de árvores, correndo, até perder seu rastro na escuridão.

— Baz! — grito. — Baz!

Sigo em frente, quase tropeçando num galho. Então tropeço mesmo.

— *Baz!*

Vejo uma labareda — fogo — à minha frente, mais adiante na floresta.

— Cai fora, Snow! — eu o ouço gritar.

Corro na direção do fogo e da voz dele.

— Baz?

Outra labareda. Ela pega num galho e se espalha — iluminando Baz, sentado sob a árvore, com a cabeça apoiada nos braços.

— O que está fazendo? — digo. — Apaga isso.

Ele não me responde. Está tremendo.

— Baz, não tem problema. Vamos conseguir o nome com outra pessoa. Ainda não acabou. Vamos fazer o que sua mãe quer.

Ele movimenta a varinha e praticamente urra, espalhando o fogo à nossa volta.

— É *isso* que minha mãe quer, seu idiota.

Me ajoelho à frente dele.

— Do que está falando?

Baz abre um sorriso desdenhoso, revelando os dentes — todos eles. Seus caninos são tão afiados quanto os de um lobo.

— Minha mãe morreu matando vampiros — ele diz. — Quando a morderam, ela se matou. Foi a última coisa que fez. Se soubesse o que eu sou... nunca teria me deixado viver.

— Isso não é verdade — digo. — Ela te amava. Te chamou de "botão de rosa".

— Ele amava o que eu era! — ele grita. — Não sou mais aquele menino. Agora sou um deles.

— Não é nada.

— Você não vem tentando provar que sou um monstro desde que éramos crianças? Por Crowley, agora conseguiu. Vai contar pro Mago, vai dizer pra todo mundo que você estava certo! — As sombras do fogo dançam em seu rosto. Sinto o calor às minhas costas. — Sou um vampiro, Snow! Está feliz?

— Não é nada — digo, e não sei por que digo isso, e não sei por que de repente começo a chorar.

Baz parece surpreso. E irritado.

— Quê?

—Você nunca mordeu ninguém — digo.

— Cai fora!

— Não!

Ele volta a soltar a cabeça sobre os braços.

— Sério. Cai fora. Esse fogo não é pra você.

Pego seus pulsos e o puxo.

—Verdade — digo —, não pode ser para mim.Você sempre disse que ia querer plateia quando acabasse comigo. — Eu o puxo. — *Vamos*.

Baz não luta contra mim, só deixa o corpo cair para a frente. Algumas faíscas caem ao lado dele e eu rosno para elas, apagando-as.

Ergo seu queixo.

— Baz.

—Vai embora, Snow.

—Você não é um monstro — digo. Seu rosto está tão frio quanto o de um cadáver em minhas mãos. — Eu estava errado.Todos esses anos.Você é só um valentão. Um esnobe. Um completo babaca. Mas não é um deles.

Baz tenta virar o rosto, mas eu o seguro no lugar. Ele abre os olhos, piscinas cinza de sombra e dor. Não suporto. Rosno de novo. O fogo retruca.

— Eu mereço isso — Baz diz.

Balanço a cabeça.

— Bom, eu não mereço.

— Então vai *embora*.

Vejo o fogo ardendo em seus olhos, o que significa que deve estar por toda a nossa volta.

— Não vou — digo. — Nunca te dei as costas, e não vou começar agora.

61

BAZ

Já chega. Vou ter que lançar um feitiço para mandar esse idiota para longe de mim. Meu último ato vai ser salvar a vida de Simon Snow, e toda a minha família vai morrer de vergonha.

Ele segura meu rosto, achando que vou ficar vivo só porque ele mandou — porque é a porcaria do Simon Snow, e consegue tudo o que quer se rosnar alto o bastante.

Talvez eu o beije antes de mandá-lo embora.

(Será que consigo jogá-lo longe sem quebrar nenhum de seus ossos? Que feitiço vai mantê-lo longe, de modo que não possa voltar correndo na direção do fogo?)

Acho que vou beijá-lo. Ele está bem aqui. Seus lábios estão entreabertos (ele respira pela boca) e seus olhos estão vivos, vivos, vivos.

Você tem tanta vida, Simon Snow.

Deve ter ficado com a minha.

Ele balança a cabeça, dizendo alguma coisa, e acho que vou mesmo beijá-lo.

Porque nunca beijei ninguém. (Sempre tive medo de acabar mordendo.) E nunca quis beijar ninguém além dele. (Não vou morder. Não vou machucá-lo.)

Só quero dar um beijo nele e partir.

— Simon... — digo.

Então *ele* me beija.

SIMON

Só quero que ele cale a boca e pare de falar assim. Só quero que ele levante e venha comigo para longe daqui. Só quero voltar para nosso quarto em Watford, sabendo que ele está lá, que não está machucando ninguém, que ninguém o está machucando.

BAZ

É um beijo bom? Nem sei.
 A boca de Snow está quente. Tudo está quente.
 Ele me empurra, então o empurro também.
 Sinto o pingente de cruz na língua e na mandíbula. Sinto sua pulsação na minha garganta. Sua boca mata tudo o que tento pensar.
 Simon Snow.

SIMON

A boca de Baz é mais fria que a de Agatha.
 Porque é um menino, penso. *Não, porque ele é um monstro.*
 Ele não é um monstro. É só um vilão.
 Ele não é um vilão. É só um menino.
 Estou beijando um menino.
 Estou beijando Baz.
 Ele é tão frio, e o mundo está tão quente.

BAZ

Vou morrer beijando Simon Snow.
 Por Aleister Crowley, que vida encantada a minha.

SIMON

Se Baz acha que vou soltá-lo, está errado. Gosto dele assim. Sob minha proteção. Nas minhas mãos. Não tramando, confabulando e falando com vampiros por aí.

Agora você é meu, penso. *Finalmente está onde quero.*

BAZ

Snow já fez isso antes.

Está fazendo um negócio gostoso com o queixo. Subindo e descendo. Inclinando a cabeça. Me empurrando para ainda mais longe.

Não tento imitá-lo. Só deixo que faça.

Vou morrer beijando Simon Snow...

Simon Snow vai morrer me beijando.

SIMON

Baz agarra meus ombros e me empurra para longe.

Só funciona porque fui pego de surpresa.

Ele puxa a varinha de dentro da manga, então a aponta por cima do meu ombro, gritando:

— *Faz um pedido!*

Tem fogo em toda a nossa volta, se aproximando pela grama.

Baz apaga o fogo de uma árvore com seu feitiço, mas ela pega fogo de novo em seguida. Ele inspira fundo e eu apoio as duas mãos sobre seu peito, deixando que pegue o que precisar de mim.

— *Faz um pedido!* — ele grita, sua voz ressoando como um trovão.

O fogo morre no mesmo instante, e é mais como se tivesse sido sugado do que apagado com um sopro. Sinto os ouvidos tamparem, e vejo que sai fumaça das árvores.

Olho para Baz.

O que foi isso? Ele só precisava que eu o beijasse para desistir desse surto suicida?

Baz abaixa a varinha e pega meu suéter (que na verdade é dele), então abaixa a gola. Com a outra mão, abre o primeiro botão da minha camisa e pega minha cruz, olhando para a corrente. Baz dá um puxão — a corrente arrebenta e ele a joga longe.

Baz me olha como sempre faz quando está prestes a atacar.

BAZ

Simon Snow ainda vai morrer me beijando.

Mas hoje não.

62

SIMON

Acabo sentado no chão, perto de Baz, de frente para ele. Beijando-o. Ele me pegou agora há pouco pelos dois lados do colarinho, e não me solta.

Não tenho muita certeza do que estamos fazendo, para ser sincero — mas não tem nada pegando fogo no momento. Acho que talvez tenhamos resolvido alguma coisa. Ainda que provavelmente só tenhamos criado um novo problema.

Por um minuto, penso em Agatha, e me sinto um canalha, então lembro que não estamos mais juntos, então isso não é traição. Então fico pensando se isso, o que está acontecendo agora, significa que sou gay. Mas as árvores nos dão cobertura, de modo que ninguém pode nos ver, e decido que não preciso responder à última pergunta imediatamente. Não preciso fazer nada além de me segurar em Baz; porque *isso* eu preciso.

Ainda estou com a mão no rosto dele, mas não está mais frio, pelo menos onde estou tocando. Quando beijo seus lábios, eles quase ficam cor-de-rosa. Por alguns segundos.

Há quanto tempo ele quer isso?

Há quanto tempo *eu* quero isso?

Eu poderia dizer que não queria antes, que a possibilidade só me ocorreu agora. Mas se isso fosse verdade, então por que já tem uma lista na minha cabeça de todas as coisas que sempre quis fazer com Baz? Tipo isso:

Enfio a mão em seu cabelo. É macio e escorrega por entre meus dedos. Eu o agarro, e ele pressiona o rosto contra o meu — então, também do nada, afasta a cabeça.

— Desculpa — digo. (Estou sem fôlego. É constrangedor.)

Baz solta meu suéter e balança a cabeça, levando a mão à testa.

— Não... É que... cadê sua cruz?

Eu a procuro no chão à nossa volta. Quando a encontro, ergo entre nossos rostos.

— Põe de volta — ele diz.

— Por quê? Vai me morder?

— Não. Já te mordi alguma vez?

— Não. Mas você nunca me beijou também.

— *Você* me beijou, Snow.

Dou de ombros.

— E daí? Você vai me morder?

Baz está levantando.

— Não... Só não quero pensar tanto a respeito. Preciso beber alguma coisa. Faz... — ele olha em volta, mas está escuro demais para ver alguma coisa — ... bastante tempo. — Ele volta a me olhar, então desvia os olhos, tímido. — Olha, eu... preciso caçar. Você me espera?

— Vou com você — digo.

— Por Crowley — ele diz —, de jeito nenhum.

Levanto num pulo.

— Pode ser qualquer coisa?

— Quê?

— Qualquer coisa com sangue, né?

— Quê? — ele diz de novo. — É.

Pego sua mão.

— Invoca alguma coisa. Não existem feitiços de caça?

— Claro — ele diz, baixando as sobrancelhas. — Mas só funcionam com proximidade.

Aperto sua mão.

Ele pega a varinha, olhando para mim como se eu estivesse sendo especialmente idiota.

— *Corça!* — ele diz, apontando a varinha para árvores. — *Cervo!*
Minha magia cintila à nossa volta.

Pouco menos de um minuto depois, uma corça se aproxima por entre os galhos queimados.

Baz se arrepia.

—Você tem que parar de fazer isso.

— O quê?

— Essas demonstrações de magia divina.

— Por quê? — digo. — É legal.

— É assustador.

Sorrio para ele.

— É legal.

— Não fica olhando — Baz diz, indo na direção da corça.

Continuo sorrindo para ele.

Baz vira para mim.

— Não fica olhando.

BAZ

Guio a corça até as árvores, onde está escuro demais para que Snow nos veja. Quando acabo de comer, deixo o corpo dela em uma ribanceira.

Não consigo lembrar da última vez que bebi tanto.

Quando volto, Snow ainda está sentado no círculo de cinzas. Sei que não consegue me ver; me dirijo a ele, para não assustá-lo.

— Sou eu, Snow.

—Você me chamou de Simon antes.

Posso ver em seus olhos quando ele finalmente me enxerga indo em sua direção. Acendo uma chama na mão. (Não *na* mão — flutuando um pouco acima.)

— Não chamei, não.

— Claro que chamou.

—Vamos voltar pro carro — digo. — Os vizinhos vão pensar que fizemos algum tipo de ritual das trevas aqui.

—Talvez estejam certos — ele diz, me seguindo.

Snow fica em silêncio quando chegamos ao carro. Eu também, porque não tenho ideia do que dizer. Como retomar a conversa depois de: *Tenho que parar de te beijar pra beber um pouco de sangue.*

—Você é um vampiro — Snow finalmente diz. (Acho que é *assim* que se retoma a conversa.)

Não respondo.

—Você é mesmo um vampiro — ele diz.

Dou a partida.

— Quer dizer, eu já sabia... sei há anos. Mas você é mesmo... — Ele toca minha bochecha. —Você está mais quente agora.

— É o sangue — digo.

—Você fica mais pesado? Tipo, se eu tentar te levantar...

—Acho que sim. Acabei de esvaziar uma corça. — Olho para ele. Ainda quero comê-lo. — Nem tenta.

— Como funciona? — ele pergunta.

— Não sei... Magia de sangue, um vírus mágico... Sei lá.

— Com que frequência você precisa de sangue?

—Toda noite, pra me sentir bem. A cada poucas noites, pra me manter são.

—Você já mordeu alguém?

— Não. Não sou um assassino.

— É sempre fatal? A mordida? Não dá pra chupar só um pouco do sangue da pessoa e ir embora?

— Não consigo acreditar que está me perguntando isso, Snow. Você, que não é capaz de deixar um sanduíche pela metade.

— Então você não sabe?

— Nunca tentei. Não sou... assim. E meu pai ia me matar se eu tocasse em alguém.

(Acho que ele ia mesmo me matar se eu mordesse uma pessoa. Provavelmente seria a coisa certa a fazer.)

— Ei — Snow diz, franzindo a testa para mim —, para com isso.

— O quê?

— O que quer que esteja pensando, para.

Solto o ar, frustrado.

— Como isso tudo não te incomoda?

— O quê?

— Eu ser um *vampiro*.

— Antes incomodava — ele diz. — Quando eu achava que você ia chupar todo o meu sangue durante a noite, ou me transformar num zumbi. Mas os últimos dias foram bastante educativos, não acha?

— Então agora que tem certeza de que sou um vampiro você não se incomoda mais?

— Agora que sei que você só se esgueira por aí pra beber o sangue de pequenos animais e carne de caça, não me incomoda mesmo. Não é como se eu fosse um militante vegetariano.

— E você ainda não acha que estou morto.

Ele balança a cabeça, decidido.

— Não acho que você está morto.

Estamos na entrada de casa agora, e eu viro com o carro.

— Eu queimo no sol — digo.

Ele dá de ombros.

— Eu também.

—Você é um idiota, Snow.

—Você me chamou de Simon antes.

— Chamei nada.

SIMON

Não sei bem por que estou tão feliz. Nada mudou.

Mudou?

O beijo. Isso é novidade. E querer beijar.

Olhar para Baz e pensar no modo como seu cabelo cai em uma onda preguiçosa sobre a testa...

É... já pensei nisso antes.

Baz é um vampiro, mas isso não é novidade.

Ele parece ser o vampiro mais relutante e menos chupador de sangue do mundo — o que é meio surpreendente.

E também o mais bonito. (Agora que já vi mais alguns.)

Quero beijar um cara. Isso é uma mudança, mas ainda não estou preparado para pensar a respeito.

De novo. Quero beijá-lo de novo.

Estacionamos no antigo celeiro convertido em garagem, então entramos na casa pela porta da cozinha. Em silêncio. Para não acordar ninguém.

— Está com fome? — Baz pergunta.

— Estou.

Ele dá uma olhada na geladeira. É um vampiro adolescente típico, fazendo uma boquinha no meio da noite.

Baz me passa uma travessa e pega dois garfos.

— Leite? — ele pergunta. — Coca?

— Leite.

Estou sorrindo, e não consigo parar. Ele empilha a caixa de leite na travessa, pega alguns guardanapos de pano da gaveta e toma a direção do quarto. É difícil acompanhá-lo.

Queria saber o que está pensando...

BAZ

Não sei o que estou pensando.

SIMON

Quando chegamos ao quarto, Baz acende um abajur — a lâmpada é vermelha, então não ilumina muito — e senta no chão, perto do pé da cama, ainda que tenha um monte de assentos confortáveis disponíveis.

Sento perto dele, que pega a travessa das minhas mãos e lança um quente-quente-quente, então tira a tampa e me passa um garfo. É escondidinho de carne moída.

— Você *precisa* comer? — pergunto. — Ou só gosta?

— Preciso — ele diz, pegando uma garfada e evitando meus olhos —, mas não tanto quanto pessoas normais.

— Como você sabe que não é imortal?

— Chega de perguntas.

Comemos o escondidinho todo, direto da travessa apoiada sobre as pernas de Baz. Ele mastiga com a mão sobre a boca. Fico pensando se já o vi comendo antes... Tomo todo o leite. Ele não quer.

Quando acabamos de comer, ele leva a louça para o corredor, então volta e acende a lareira com a varinha.

Sento ao seu lado.

— Você é piromaníaco — digo.

Ele dá de ombros, olhando para o fogo.

— Não está pensando em botar fogo na casa, né?

— Não, Snow. Não sou suicida. Queria ser. Tornaria tudo muito mais fácil.

— Para de falar assim, por favor.

Baz não diz nada por um momento. Então vira pra mim, de repente.

— Foi por isso que me beijou? Pra que eu não me matasse?

Nego com a cabeça.

— Não exatamente. Quer dizer, é claro que eu *queria* impedir você de se matar.

— Então por quê?

— Por que te beijei?

— É.

— Acho que eu queria — digo, dando de ombros.

— Desde quando?

Dou de ombros de novo, e isso o deixa puto. Ele bota mais lenha no fogo.

— Você queria? — pergunto.

— Não. Por que eu ia querer? Por que essa ideia teria me ocorrido? *Ei, sabe o que resolveria essa situação horrível com os vampiros, minha mãe, a guerra e o declínio da magia? Me pegar com o idiota do meu colega de quarto. O mesmo que provavelmente vai foder com a minha vida de vez no futuro. Parece um bom plano.*

— Não precisa ser tão babaca — digo. — Estamos do mesmo lado.

— No momento — Baz diz. — Você vai me ajudar a descobrir quem matou minha mãe. Vou matar quem quer que seja, e aí você vai garantir que eu seja preso numa torre por isso. Você já ganhou, aliás. Assim que contar ao Mago que sou um vampiro, ele vai arrancar minhas presas e me tirar a varinha. Vou acabar em Covent Garden, lambendo as botas de Nicodemus. Isso se eu tiver sorte.

Baz acha mesmo que eu faria isso? Depois de tudo?

— Aqueles vampiros ficaram loucos com você — digo. — Queriam botar uma coroa na sua cabeça.

— Está sugerindo que eu mude de lado?

— Não, só estou dizendo que você foi incrível hoje.

— Você não ouviu nada do que eu disse, né?

— Ouvi, mas você está errado. Não tem como a vida voltar ao normal depois disso. Como seria possível?

— Porque somos amigos agora?

— Somos mais que isso.

Baz pega o atiçador e cutuca o fogo.

— Um beijo e você já acha que o mundo está de cabeça para baixo.

— Dois beijos — digo, e o puxo pelo pescoço.

BAZ

Nem sei que horas são.

A escuridão dentro do quarto mudou de cor, como se o sol estivesse nos espreitando. Estamos deitados de costas perto da lareira, ou do que resta dela, de mãos dadas.

Snow suspira e aperta minha mão. Quando grito, ele franze a testa e as ergue entre nós: tem uma queimadura de cruz na palma da minha mão, de quando arranquei a corrente dele ontem à noite. (A corrente está do outro lado do quarto agora; foi Snow quem a tirou dessa vez.)

Ele leva minha mão à boca e a beija.

— Não achei que você fosse gay — digo. Baixo.

Ele dá de ombros. Metade das respostas de Snow são dar de ombros.

— O que isso significa? — sussurro.

— Não sei — ele diz, fechando os olhos. — Acho que nunca pensei muito sobre quem eu sou. Tem sempre um monte de coisa rolando.

Isso me faz dar risada. É uma risada juvenil, meio boba. Snow começa a rir comigo.

— Tem um monte de coisa rolando, é? — repito.

— E você é gay? — ele pergunta, me olhando, mas ainda rindo.

— Opa — digo. — Completamente.

— Então você faz isso o tempo todo?

Reviro os olhos.

— Não.

— Então como sabe que é gay?

— Só sei. Como você *não* sabe?

— Sei lá. — Ele entrelaça os dedos nos meus e segura minha mão. — Tento não pensar.

— Na possibilidade de ser gay?

— No que quer que seja. Faço listas de coisas pra não ter que pensar.

— Por quê?

— Porque dói pensar em coisas que não se pode ter ou que não estão sob seu controle. Então é melhor nem pensar.

Acaricio as costas de sua mão com o dedão.

— Eu estou na sua lista?

Snow ri de novo, então balança a cabeça. Seu cabelo roça no meu.

— Até parece. — Ele parece estar quase dormindo. — Tentar não pensar em você... é como tentar não pensar em um elefante esmagando meu peito.

Penso nisso.

Em Snow pensando em mim.

Sorrio.

— Não sei se isso é um elogio ou não...

— Nem eu — ele diz.

— Então você não *pensa* — digo.

— É inútil...

Me apoio em um cotovelo e olho para ele.

— Não entendo. Você é o feiticeiro mais poderoso vivo... talvez o maior da história. Pode ter o que quiser. Como pode considerar inútil pensar a respeito?

Snow se apoia nos dois cotovelos e deixa a cabeça cair na minha direção.

— Porque não importa. No fim, só faço o que esperam de mim. Quando o Oco vem me pegar, eu o enfrento. Quando ele manda dragões, eu os mato. Quando você tenta me dar de comer a uma quimera, eu explodo. Nunca escolho ou planejo. Só aceito o que vem. Um dia, alguma coisa vai me pegar de surpresa, ou vai ser grande demais para mim, e eu vou encarar mesmo assim. Vou lutar até não conseguir mais. Pra que *pensar* a respeito?

Simon volta a se deitar. Estico o braço e com todo o cuidado tiro um cacho de sua testa. Ele fecha os olhos.

— Sempre achei que você fosse me matar — digo.

— Eu também — ele diz. — Mas tentava não pensar a respeito.

Enfio os dedos em seu cabelo. É mais grosso que o meu, mais enrolado, e brilha dourado diante da lareira. Snow tem uma pinta na bochecha que quero beijar desde os doze anos. Eu a beijo.

— Faz tempo — digo.

— Hum?

Ele abre um olho.

— Faz tempo que quero fazer isso. Quase desde que nos conhecemos...

Snow volta a fechar os olhos e sorri como se tentasse evitar.

Sorrio também, só porque ele não está me vendo.

— Achei que isso fosse me matar.

63

AGATHA

Penelope me acorda puxando as cobertas. Eu me cubro de novo.

— Acorda, Agatha. Temos que ir.

— Eu vou depois. Estou dormindo.

— Não, temos que ir agora. Anda.

Estou virada para o pé da cama de Penelope. Dormimos assim, e ela ficou chutando minhas costas a noite toda.

— Vai embora! — digo.

— Estou tentando. Mas preciso que você me leve.

Abro os olhos.

— Te leve pra onde?

— Não posso contar. Ainda. Depois conto.

— Fica em Londres?

— Não.

— Penny, é véspera de Natal. Tenho que ir pra casa.

— Eu sei!

Ela já está vestida. Seu cabelo está preso em um rabo de cavalo grosso e cheio de frizz que provavelmente seria lindamente enrolado se ela passasse algum produto nele. *Qualquer um.* Hidratante para mãos. Creme de barbear.

— E você *vai* pra casa. Mas primeiro preciso que me leve pro interior.

— Por quê?

— É uma surpresa — ela diz.

— Não.
— Uma aventura?
—Vou pra casa.
Penny suspira.
—Temos que ajudar Simon.
Fecho os olhos e rolo para longe dela.
— Agatha? Vamos… Isso é um "sim" ou um "não"? Se for um "não", posso pegar seu Volvo emprestado?

64

BAZ

Acordo pelo menos uma hora antes de Snow.

É difícil não ficar olhando para ele dormindo.

Já fiz isso antes — vezes demais —, mas quando pensava que nunca ia conseguir mais nada dele. Quando ficar secando Snow parecia um prêmio de consolação.

Ainda não estou muito certo do que está rolando entre a gente. Nos beijamos ontem à noite. E hoje de manhã. Bastante. Isso significa que vai se repetir hoje? Ele nem tem certeza de que é gay. (O que é meio idiota. Mas Snow é meio idiota. Então…)

Ele está deitado no sofá e eu estou sentado na ponta, perto de suas pernas. Ele se revira nas almofadas, enterrando o rosto.

— Não é porque a gente tá se pegando que você pode ficar me olhando dormir agora — ele diz.

— A gente *se pegou* — eu o corrijo. — Não estou te olhando dormir. Estou tentando pensar num jeito de te acordar sem que você me atravesse com a sua espada.

— Estou acordado — ele diz, cobrindo a cabeça com uma almofada.

— Anda. Bunce está vindo.

Ele tira o travesseiro do rosto.

— Quê? Como?

— Eu disse que temos novas informações, e ela também. Vamos fazer uma reunião.

Ele senta.

— Então ela está vindo pra cá?

— Isso.

— Pra sua mansão gótica?

— Não é uma mansão gótica, é vitoriana.

Snow coça a cabeça.

— É uma armadilha? Você está atraindo todos nós pra cá pra nos matar?

Ele parece genuinamente preocupado.

— Como eu te *atraí*? Foi você quem apareceu na minha porta.

— Mas você tinha me convidado — ele diz.

— Ah, sim. Você me pegou. Sou um vilão. — Levanto. — Te vejo na biblioteca depois que tiver se arrumado.

Tento não dar a impressão de que estou fugindo dele. Espero até sair do quarto, então desço a escada correndo.

Não sei o que eu esperava. Que Snow abrisse os olhos, me visse ali, me beijasse daquele jeito dele todo experiente e dissesse: "Bom dia, meu amor"?

Simon Snow nunca vai me chamar de "amor".

Apesar de que ele disse que a gente estava se pegando...

Não temos lousa em casa, mas minha madrasta tem um quadro-branco na cozinha, que ela usa para controlar os horários em que meus irmãos têm aula ou atividades. Tiro uma foto do calendário com o celular, apago o quadro-branco e o tiro da parede.

Minha irmã de sete anos me pega fazendo isso.

— Vou contar pra mamãe — ela diz.

— Se contar, vou bloquear todas as chaminés, e o Papai Noel não vai poder entrar.

— Tem chaminés demais aqui em casa — ela rebate.

— Não pra mim — digo. — Não ligo de perder tempo com isso.

— Ele pode entrar pela porta.

— Não seja boba, Mordelia, o Papai Noel nunca entra pela porta. Se entrasse, eu diria a ele que é a casa errada.

Já estou passando cuidadosamente com o quadro-branco pela porta da cozinha.

— Vou contar pra mamãe! — ela grita pra mim.

Instalo o quadro-branco na biblioteca, e estou criando duas colunas — "o que sabemos" e "o que ainda não sabemos" — quando Snow entra. Eu o ignoro.

— Não é que eu ache que você vai trair a gente — ele diz.

Solto um ruído que temo que tenha parecido muito com "aham". Simon ajeita os cachos com a mão.

— É só que... Bom, as coisas ainda estão um pouco esquisitas entre a gente, né?

Continuo ignorando.

— Quer dizer... você não disse... que as coisas mudaram pra você. *Eu* disse que não vou te matar.

— Não, não disse — interrompo.

— Deve ter ficado implícito.

— Não.

— Hum, então tá. — Ele pigarreia. — Baz. Não vou te matar. Não vou lutar contra você, tá?

— Ótimo — digo, me afastando do quadro-branco para admirar minha colunas. — Isso vai tornar as coisas bem mais fáceis.

— Que coisas?

— Por Crowley, sei lá! O que quer que as famílias decidam por mim. Provavelmente vão pedir que eu envenene seu refrigerante, agora que você confia em mim. Mas prometo que vou chorar pelo seu cadáver, Snow.

— Ou não — ele diz.

— Tá bom, vou chorar escondido quando o dia chegar.

— Não — ele insiste. — Estou falando sério. *Ou não.*

Olho por cima do ombro para ele.

— O que está querendo dizer?

— Que não temos que lutar.

—Você sabe que seu mentor fez duas batidas na minha casa esse mês?

— Sei... Quer dizer, não, eu não sabia. Mas o ponto é: não fui eu que fiz isso. E se... — ele diz, se aproximando — eu ajudasse a descobrir quem matou sua mãe, depois você me ajudasse a lutar contra o Oco e a gente esquecesse o resto?

— *O resto* — digo, virando. — É uma bela maneira de resumir uma década de corrupção e abuso de poder.

—Você está falando do Mago?

— Estou.

Ele parece sofrer.

— É melhor não.

— Como posso não falar do Mago quando estou falando com *o herdeiro do Mago*?

— É assim que pensa em mim?

— Não é assim que você pensa em si mesmo? Ah, claro. Esqueci. Você não pensa.

Simon suspira e passa a mão no cabelo.

— Pelo amor de Deus. Você tem que pegar assim pesado o tempo todo? Nunca pensa, tipo: "Talvez eu *não* devesse dizer a coisa mais cruel do mundo agora".

— Estou tentando ser eficiente.

Ele se apoia na estante onde coloquei o quadro-branco.

— É muito cruel.

—Você entende disso. Só atira para matar.

— Quando estou num combate. Isto não é um combate.

— Estamos sempre em combate — digo, voltando a me virar.

Estou de frente para o quadro-branco, e ele está ao meu lado, de frente para o cômodo. Ele se inclina ligeiramente na minha direção, sem me olhar, e me dá uma ombrada, me fazendo errar.

— Ou *não* — Snow diz.

Apago a palavra e começo de novo. Estou trabalhando na lista de tudo o que ainda não sabemos. Fico tentado a escrever "tudo o que importa" e "se Simon Snow é mesmo gay". E "se vou viver para sempre".

— Eu vou te ajudar a descobrir quem matou sua mãe — Snow repete, como se estivesse revelando seu plano. — Você vai me ajudar a derrotar o Oco, porque temos esse objetivo em comum, certo? Depois a gente se preocupa com o resto.

— É assim que você sempre consegue o que quer? Repetindo até que se torne realidade?

— Não é assim que se lança um feitiço?

Abaixo a mão que estava escrevendo e viro para ele, exasperado.

— Simon...

— Ah! — ele grita, se endireitando e apontando. Levo o maior susto. Já o vi matar um cachorro com menos esforço. (Ele disse que era um lobisção, eu acho que era só um cachorro empolgado.) — Você fez de novo!

— O quê? — digo, tirando a mão dele da frente do meu rosto.

Snow aponta para a minha cara com a outra mão.

— Me chamou de Simon.

— Prefere "o Escolhido"?

Ele abaixa a mão.

— Prefiro Simon, na verdade. Eu... eu gosto.

Engulo em seco, e meu nervosismo deve estar aparente, porque ele baixa os olhos para minha garganta.

— Simon — digo, e engulo em seco outra vez —, você está sendo idiota.

— Porque prefiro isso a brigar?

— Não tem "isso"! — protesto.

— Você dormiu nos meus braços.

— Foi desconfortável.

Ele abaixa a mão, e eu a pego. Porque sou fraco. Porque estou constantemente decepcionando a mim mesmo. Porque ele está bem aqui, com essa pele bronzeada, essas pintas e esse bafo de quem acabou de acordar.

— Simon — digo.

Ele aperta minha mão.

— Não é que eu não prefira *isso*. É que... — Suspiro. — Nem consigo imaginar. Minha família é contra tudo o que o Mago defende.

— Eu sei — ele diz, com ênfase. — Mas acho que temos problemas maiores que esse. Se descobrirmos quem matou sua mãe e depois formos atrás do Oco juntos, talvez possamos fazer todo mundo perceber que precisamos nos unir, e depois...

— E depois o Mundo dos Magos vai perceber que precisamos trabalhar juntos, e vamos todos cantar uma música sobre cooperação.

— Achei que a gente podia parar de se xingar e de trancafiar uns aos outros em torres.

— Dá na mesma.

Ele puxa meu braço e eu tombo um pouco para a frente. Ou talvez só desfaleça — não estou acima disso. (Mas de Snow, sim. Sempre. Ele é pelo menos uns sete centímetros mais baixo que eu.)

— Por que você é assim? — Suspiro. — Como pode confiar em mim, depois de tudo?

— Não sei se confio em você — ele sussurra de volta. Então estica o outro braço e coloca sobre meu estômago. É como se fosse ao chão. (Meu estômago, digo.) — Mas...

Snow dá de ombros.

Ele acaricia minha barriga e eu fecho os olhos, porque a sensação é muito boa. (Muito boa mesmo.) Porque quero que me beije de novo.

Snow me beijou ontem à noite até meus lábios doerem. Ele me beijou tanto que fiquei preocupado que pudesse transformá-lo só com a minha saliva. Ficou de quatro em cima de mim e me fez ir até sua boca — o que eu fiz. E faria de novo. Ultrapassaria todos os limites por Snow.

Estou apaixonado pelo cara.

E ele prefere isso a lutar.

65

SIMON

Se Penelope estivesse aqui, eu lhe diria que está errada sobre mim. Ela acha que resolvo tudo com a espada. Aparentemente, também resolvo com a boca — porque até agora toda vez que me inclino para Baz ele fecha a boca e os olhos.

Se Penelope estivesse aqui, ela pediria explicações.

Graças à magia que ela ainda não chegou.

Eu acabei de enfiar os dedos entre os botões da camisa de Baz. Sua pele está da temperatura ambiente.

Então alguém pigarreia. Baz levanta na hora, o que significa que sua boca não está mais na minha. Me afasto tão rápido que talvez tenha me teletransportado.

A empregada, ou babá, ou o que quer que ela seja, está parada na entrada. Usa um vestido preto com avental branco.

— Sr. Pitch — ela diz, e deve ganhar para fingir que não vê nada nesta casa, porque nem pisca. Dois meninos se beijando não deve ser nada comparado aos interrogatórios e sacrifícios de bodes que já deve ter interrompido. — Chegou visita. Duas jovens.

— Obrigado, Vera — Baz diz, sem se abalar. — Pode mandar entrar.

Ele alisa a camisa e ajeita o cabelo.

— *Jovens?* — digo. — Mais que uma?

— Agatha — Baz diz por cima do meu ombro. — Seja bem-vinda. Oi, Bunce.

Viro. Penelope e Agatha estão de pé à porta da biblioteca. Pelo visto não esperaram o retorno da empregada para entrar. Penny já está conferindo os livros nas estantes, animada. Agatha olha para mim.

— O que está fazendo aqui? — pergunto.

— Baz ligou pra gente — Penny diz. Ela entra na biblioteca e me entrega um prato de biscoitos de gengibre, coberto com filme.

— O que *você* está fazendo aqui? — Agatha me pergunta.

— Agatha estava na minha casa — Penny explica. — E tem carro, então...

— Pode entrar, Agatha, por favor — Baz diz. — Querem beber alguma coisa?

— Eu aceito um chá — Penny diz.

— Excelente — ele diz, passando por Agatha para sair.

— O que é isso? — Agatha pergunta. — Penelope não me contou nem aonde estávamos indo. O que você está fazendo aqui, Simon?

Franzo a testa para Penny.

Ela tira o filme do prato de biscoitos e pega um.

— Eu não sabia o que podia dizer! E não achei que ela ia me dar uma carona se eu dissesse aonde estávamos indo. Você dois precisam superar essa história, Simon. Se pode fazer as pazes com Baz, pode muito bem fazer as pazes com Agatha.

— É uma paz temporária — Baz diz, já de volta com chá e um prato de frutas. Deve ter usado magia.

— Eu sirvo — Penny diz.

— Paz temporária? — Agatha pergunta. Penny passa uma xícara de chá a ela. — Vocês estão *possuídos*? — Ela devolve a xícara. — Não vou beber isso.

Baz olha para mim.

—Você é quem manda, Snow. Confia nela?

Agatha está fumegando.

— Se ele confia *em mim*?

— É claro — digo. E é verdade, pelo menos até certo ponto. Sei que Agatha é uma boa pessoa. Não confiaria em deixá-la sozinha com Baz, embora eu provavelmente deva repensar isso, levando em conta as revelações recentes. — Agatha, hum...

— Estamos tentando descobrir quem matou a mãe de Baz — Penelope me corta.

— Foi o Oco — Agatha diz.

Penny levanta sua xícara de chá, usando-a para gesticular.

— Não de acordo com ela.

Agatha parece confusa. E um pouco puta.

Olho para Baz. Me parece que ele deveria contar essa parte, só o que for confortável, mas já está de volta ao quadro-branco, preenchendo a coluna "tudo o que sabemos" com "fantasmas", "visitas", "vampiros". Penny dá um pulo assim que Baz acrescenta "Nicodemus" à lista.

Pego seu lugar no sofá, ao lado de Agatha.

— Quando isso começou? — Agatha me pergunta.

— Quando o véu se ergueu — digo. — Natasha Grimm-Pitch me encontrou quando estava procurando por Baz. Ela quer que ele vá atrás do assassino. Quando Baz voltou, eu disse que ajudaria a descobrir quem é.

As sobrancelhas de Agatha quase se tocam de tão franzida que sua testa está, assim como seu nariz.

— Por quê?

— Porque pareceu a coisa certa a fazer.

— *Jura?*

Dou de ombros.

— É. Quer dizer... foi um ataque em Watford. Um assassinato.

— O que o Mago disse sobre isso?

— Nada. Na verdade... — Olho para minhas pernas, coçando a nuca. — Penny e Baz acham melhor não contar a ele.

— Penny *e Baz* acham?

— É a mãe dele — digo. — Acho que devo respeitar sua opinião.

— Mas Baz te odeia!

Assinto.

— Eu sei. Mas estamos meio que... numa trégua.

— Simon, você está se ouvindo falar? Uma *trégua*?

— Vocês foram num bar de vampiros? — Penny grita do outro lado do cômodo. Baz deve estar contando tudo a ela. — Que dupla maravilhosa de idiotas vocês formam! Tiraram fotos?

—Vampiros não aparecem em fotos — digo.

—Você está pensando em espelhos, seu tonto — Baz diz.

—Você não consegue se ver no espelho?

Baz me ignora e volta a contar a Penny sobre Nicodemus.

— Mas... — Agatha fica olhando para os dois. — Baz é sombrio. É *malvado*.

— Achei que você não acreditasse nisso.

— É claro que acredito — ela diz. —Você disse que ele era um *vampiro*, Simon. Espera... — Agatha vira para ele, depois para mim. — Ele acabou de admitir que *é* um vampiro?

Puxo meu cabelo na altura da nuca. Devo estar com uma expressão idiota no rosto.

— Acho que não é tão simples assim...

— Baz ser ou não um vampiro?

— Não, ele é mesmo um vampiro — digo. — Acho que é simples assim, então. Mas você não pode contar a ninguém, Agatha.

— Simon, *você* já contou pra todo mundo. Tem contado pra todo mundo desde que estávamos no terceiro ano.

— Mas ninguém acreditou em mim.

— *Eu* acreditei.

— "Um de vocês"? — Penelope diz, alto. — O que Nicodemus quis dizer com isso? Que foi um mago que deixou os vampiros entrarem? Ou um Pitch, alguém da sua família?

— Não pode ter sido alguém da minha família — Baz protesta. — De jeito nenhum.

— As traições dos Pitch são notórias — Penny argumenta. — Por um período do século XVIII sua família não podia nem assinar contratos.

— Tá, mas a gente nunca traiu outros parentes.

Baz continua contando a Penny sobre Nicodemus. E Ebb.

— Foi Simon quem descobriu tudo — ele diz —, sem nem ter aberto um livro.

— Típico — Penny diz.

Baz não conta que Nicodemus o ameaçou e provocou. Não conta muito sobre Fiona. Não diz que ficou todo tranquilão no bar, mas pirou assim que saiu. Que eu o beijei para salvar sua vida, e depois o beijei só porque queria. (Acabo de me dar conta de que talvez pudesse ter salvo a vida dele de outra maneira...)

— Então você está ficando aqui? — Agatha pergunta. Para mim.

— Não, só vim contar a Baz sobre Nicodemus, depois não tinha carona pra voltar.

— Quem é mesmo Nicodemus?

— O cara que conhece a identidade do traidor — Penny responde, então vira para mim. — Não consigo acreditar que vocês deram as costas pra ele, sabendo que tem todas as respostas! Se ele tivesse contado quem o procurou, estaria tudo resolvido.

— Não tínhamos como obrigar Nicodemus a falar — digo. — E não podíamos atacar o cara, porque estávamos cercados de vampiros.

Penelope cruza os braços.

— Hum, pode ser...

— Quanta ética, Bunce — Baz diz.

— E o que você descobriu, Penny? — pergunto.

— Não muito, em comparação. — Ela se recosta numa estante e cruza os tornozelos. — Falei com meu pai. Ele confirmou que ninguém culpou o Oco pela Tragédia de Watford até alguns anos depois. Tinham imaginado que era só um ataque de vampiros. Ei, Agatha, você já se atualizou? Talvez a gente pudesse falar com os seus pais. Eles podem saber de alguma coisa...

— Ainda não — Agatha diz.

— Bom, então se atualiza — Penny diz. — Está tudo no quadro-branco. É bom ter você de volta.

— Não tenho certeza de que estou de volta — Agatha resmunga. Só eu a ouço.

— Tem sido ótimo, na verdade — digo a ela. — Cooperar com Baz em vez de ficar contra ele.

— É por isso que você estava procurando por ele? — ela pergunta. — Aquela noite, nas muralhas? Por causa da visita?

— Mais ou menos...

Penny e Baz continuam acrescentando coisas ao quadro-branco. Eles brigam pela posse da caneta. Sinto que deveria ficar aqui com Agatha, respondendo suas dúvidas, mas ela não diz mais nada. E ainda não tomou nem um gole do chá.

Penny interroga Baz até ficar sabendo do livro de recordações de Fiona, então pede para vê-lo. Ela e Agatha passam uma hora debruçadas sobre as fotos.

A madrasta de Baz traz sanduíches. Quando ela entra, Baz e Penny se ajeitam para tampar o quadro-branco — ele, todo tranquilo; ela, parecendo guardar um segredo terrível.

Tento convencê-los de que é idiotice fazer anotações assim abertamente, e de que devemos apagar o quadro-branco, mas os dois estão viciados nesse negócio.

Então o pai de Baz chega do trabalho. Ainda parece confuso com minha presença, mas fica muito feliz em dar de cara com Penny e Agatha, mesmo que não se dê bem com os pais de nenhuma das duas. Talvez só seja educado. Baz só revira os olhos.

No fim da tarde, estamos esgotados, e não fizemos nenhum progresso concreto. Até Penny se afastou do quadro-branco.

Continuo sentado ao lado de Agatha no sofá. Baz está na poltrona à nossa frente; olho para ele, e acho que Agatha também, mas Baz raramente olha em nossa direção.

Penelope se apoia no braço da poltrona de Baz. Vejo que suas narinas dilatam, mas ele não se afasta. Se ficou todo esse tempo sem morder ninguém, não vou me preocupar agora.

— Temos que ir atrás de Nicodemus — Penny diz. — É o que a diretora Grimm-Pitch nos mandou fazer.

— Não temos como forçar o cara — digo. — Ele não vai contar nada.

— Vai ver vocês não pediram com jeitinho — ela diz, subindo e descendo as sobrancelhas.

— Ideia brilhante, Penelope — Baz diz. — Então é só você seduzir o cara.

— *Não* — eu digo.

— Eu estava pensando em Agatha... — Penny diz.

— Nem estou aqui — Agatha diz. — Quando vocês forem ser julgados pelo conciliábulo, vão dizer que eu não estava aqui.

— Não infringimos nenhuma lei — digo.

— Ah, tá. Como se isso importasse — ela diz.

— É verdade — Baz concorda. — Sabe, sempre achei que fosse ser injustamente condenado pelo conciliábulo um dia, mas nunca pensei que seria em tão boa companhia.

— Ninguém vai *seduzir um vampiro* — digo.

Baz franze a testa para mim.

— A não ser que possamos convencer sua tia... — digo.

— *Não*.

— Não sei como vocês acham que vão conseguir fazer esse vampiro contar quem é o assassino — Agatha diz, sem expressão —, quando não conseguem nem que Baz conte onde esteve nos últimos dois meses.

— Ele estava doente — Penny diz, então se vira para Baz. — Não estava? Você disse que estava doente. Parecia doente mesmo.

— Ele não estava doente — Agatha disse. — Dev falou que estava desaparecido.

Baz contorce os lábios.

— Dev te disse isso?

— Falei que seus parentes são assim — Penny diz.

Baz sorri com desdém.

— Ele só contou isso a Agatha porque gosta dela.

—Viu? — Penny diz. — Eu *falei* pra gente usar Agatha pra seduzir as pessoas.

—Você falou que estava doente — digo a Baz.

Ele vira para mim, estreita os olhos e desvia o rosto.

— Eu *estava* doente — Baz diz, cruzando uma perna por cima da outra e alisando a calça escura. — Mas também estava desaparecido.

— Onde você estava? — pergunto.

Ele volta a me olhar nos olhos, fixamente.

— Não acho que isso seja relevante...

—Tudo é relevante — Penny diz.

— Eu... — ele pigarreia e olha para os próprios joelhos — fui sequestrado.

Endireito as costas.

— Sequestrado?

— Sequestrado — Baz repete, então volta a pigarrear. — Por nulidades.

— Nulidades? — Penny diz. — Foi um acidente? Eles te confundiram com uma bolsa de água quente?

— Na verdade, eles enfiaram um saco na minha cabeça quando eu estava saindo do clube.

Agatha se endireita.

—Você foi sequestrado *no clube*?

— E por que não contou a ninguém? — pergunto.

— Bom, eu tentei — ele diz. — Mas acho que ninguém me ouviu gritando de dentro do caixão.

Deixo o sanduíche que estava na minha mão cair.

— Nulidades te mantiveram preso num caixão por dois meses?

— Seis semanas — ele murmura. — Acho que eles pensavam que estavam me fazendo um favor, com a coisa do caixão...

Penny empurra o ombro dele.

— Basil. Por que não contou pra gente?

— Por que não contei a vocês? — Agora é para ela que ele olha fixamente. — Vamos pensar a respeito. Quem pagaria nulidades para sequestrar o herdeiro da família Pitch? Quem está atrás da minha família neste exato momento? Quem fez duas batidas na minha casa no mês passado? Quem trancafiou meu primo numa torre?

— Não o Mago... — digo.

— O Mago, óbvio! — Baz está com as duas mãos nos bolsos, inclinado para a frente por cima das pernas cruzadas, com os cotovelos para fora. — Ele pensou em dar um susto nos meus pais, para que eles cooperassem com sua última campanha. Deve ter ficado enfurecido quando me viu na escola e soube que eu tinha escapado! Por que não contei pra vocês? "Ei, Simon, seu mestre jedi está atrás de mim, que tal uma trégua?"

— Como você fugiu? — perguntei.

— Fiona me encontrou. Ninguém a segura.

— É por isso que você estava tão magro — digo. — E pálido. Por isso continua mancando. Eles te machucaram?

Baz se recosta na poltrona, e volta a olhar para as pernas.

— Acho que não foi de propósito. Eles machucaram minha perna quando me pegaram, e ainda não melhorou.

— Você devia ir no meu pai — Agatha diz.

— Ele atende vampiros também?

— Pediram resgate? — Penny pergunta.

— Claro — Baz diz. — Minha família não quis pagar. Os Pitch não negociam com sequestradores.

— Se eu for sequestrada saindo do clube, podem falar pros meus pais pagarem o resgate — Agatha diz.

— Minha tia me encontrou com um feitiço de busca incrementado — Baz diz. — Ela vasculhou a maior parte de Londres.

— Eu podia ter ajudado — digo. — Não teria demorado seis semanas se eu tivesse ajudado.

Baz desdenha.

—Você nunca teria ajudado minha família.

— Claro que teria! Quase fiquei maluco pensando onde você podia estar. A toda esquina achava que você ia pular em cima de mim.

— Não foi o Mago... — Penny diz. Pensativa.

— Foi por *isso* que não contei a vocês — Baz diz. — Sabia que não iam acreditar em mim. Estão tão convencidos de que o Mago é um herói...

— Não — Penny o corta. — Não foi *o Mago*, Baz. Foi o assassino!

— Não foram nulidades? — Agatha diz.

— Foi a mesma pessoa que mandou os vampiros para Watford! — Penny diz, ficando de pé num pulo. — Ela sabia que o véu estava sendo erguido, e que havia uma boa chance de que sua mãe voltasse pra falar com você. Foi uma visita clássica, com um segredo perigoso, um crime contra a justiça. O traidor estava preocupado que Natasha Pitch pudesse voltar, e *sabia* que se fosse o caso ela apareceria pra você. Então ele, ou ela, acho, te escondeu. Esse tipo de coisa costumava acontecer o tempo todo! Tem uma família na Escócia que perdeu um membro diferente a cada vinte anos porque o assassino ia matando a pessoa com maior probabilidade de vingar as mortes anteriores. Não estavam esperando um resgate por você, Baz. Só queriam te manter escondido até as visitas acabarem.

Baz olha para ela. Lambe os lábios.

— Não foi o Mago? — ele pergunta.

— Foi o *assassino* — Penny diz, parecendo satisfeita demais consigo mesma, considerando que a pessoa continua à solta.

— Se isso é verdade — Agatha diz —, precisamos contar ao Mago a respeito. Imediatamente.

66

PENELOPE

Tá bom, tá bom. Provavelmente foi um erro ter trazido Agatha.

É que essa tensão entre ela e Simon estava demorando para passar. Eu não queria que levassem o ano todo sem resolver isso.

Achei que um bom mistério poderia distraí-la de... bom, de todo o resto. Devia ter lembrado que Agatha não curte um bom mistério.

E também que ela é a maior cagueta do mundo.

— Temos que contar ao Mago — ela insiste, cruzando os braços e as pernas. — Vocês sabem disso.

Agatha está fazendo seu melhor para não olhar para os meninos. Eu também devia ter considerado toda a dinâmica do triângulo amoroso deles antes de arrastá-la até a casa de Baz, mas toda essa dinâmica do triângulo amoroso é tão idiota que nem me culpo por ter esquecido completamente.

— Agatha — digo —, estamos começando a fazer progresso aqui.

— Em que sentido? — ela pergunta. — De nos infiltrar entre nulidades?

— Podemos simplesmente falar com eles — Simon sugere. — Nulidades falam?

— Muito mal — Baz diz. — E o que vamos perguntar? "Perderam alguma coisa?"

— Vamos perguntar quem os contratou para sequestrarem você — digo.

— Talvez eles não estejam a fim de cooperar — Baz diz. — Minha tia matou alguns.

Simon parece horrorizado.

— Sua tia matou nulidades?

— Pra se defender!

— Eles a atacaram?

— Pra *me* defender! — Baz diz. — Está mesmo do lado deles? Me mantiveram refém por seis semanas.

— Sua tia devia ter pedido ajuda!

— Se você tivesse ido junto, Snow, *todos* os nulidades estariam mortos.

— Talvez. — Simon ergue o queixo. — Mas em menos de seis semanas.

— Então vamos interrogar os nulidades que restaram — digo.

— Não vamos, não — Agatha diz. — Vamos contar ao Mago e deixar que ele cuide disso. É o trabalho dele, afinal. Estamos falando de sequestro! E assassinato!

— Olha aqui, Wellbelove — Baz diz. — Não vamos falar com o Mago. Já decidimos.

— Tá, mas *eu* não decidi. — Agatha parece furiosa, e de saco cheio. Acho que deveria ter ido para casa umas duas horas atrás.

Simon põe a mão no ombro dela.

— Baz, ela está certa. Muita coisa mudou. Agora sabemos sobre Nicodemus, e encontramos uma ligação entre a morte da sua mãe e seu sequestro...

— Não — digo. — Não vamos falar com o Mago.

Simon parece surpreso.

— Penny, fala sério... Por que não?

— Porque Baz está certo, Simon. O Mago não está nem um pouco a fim de ajudar os Pitch no momento. E de fato todos concordamos em não envolver o Mago.

Agatha bufa.

— Sei que você não concordou, Agatha — digo. — Mas não precisa fazer parte disso se não quiser.

Ela bufa de novo.

— O que quero dizer é que não precisa fazer parte disso *daqui pra frente*. Desculpa ter te trazido pra cá.

— Preciso ir pra casa — ela diz. — É véspera de Natal.

Olho para o relógio.

— Droga. Minha mãe vai ficar louca. Temos que ir. Voltamos a nos reunir dia 26?

Os meninos assentem, ambos olhando para o chão.

Não demoramos a ir embora. Baz vai pegar nossos casacos. Fico decepcionada por não ter conseguido ver mais da casa, ou pelo menos revirado a biblioteca. Fui no banheiro algumas vezes, mas fica no fim do corredor, e parece que foi acrescentado à casa há pouco tempo. (Tem uma privada japonesa, com assento aquecido, e fica tocando uma musiquinha de fundo.)

Agatha veste o gorro branco com cachecol combinando.

—Vamos, Simon. Você não trouxe casaco?

Ele ainda está sentado no sofá, pensando demais em alguma coisa. Provavelmente em matar nulidades. Então levanta o rosto.

— Quê?

— Anda — Agatha diz. — Temos que ir.

— Aonde?

—Viemos buscar você — ela diz.

Ele ainda parece confuso.

— Para me levar de volta a Watford?

Agatha franze a testa. (Vai acabar ficando com uma ruga, e eu vou achar graça.)

— Só… vem — ela diz. — É véspera de Natal. Meus pais vão ficar felizes em te ver.

Simon sorri como se alguém tivesse lhe dado um presente enorme. Baz está de pé atrás dele, de cara feia. (Essa dinâmica de triângulo amoroso é irritante.) Acho que Simon está certo: dá mesmo para ver as presas de Baz através das bochechas.

Baz pigarreia, e Simon olha por cima do ombro.

— Eu... — Simon diz. — Bom, na verdade, acho que talvez eu devesse continuar trabalhando nessa coisa dos nulidades.

Por Morgana, será que Simon se deu conta de que voltar com Agatha é uma péssima ideia?

— *Simon.*

Ela o encara, mas não tenho certeza do que está dizendo. Não acho que ela queira voltar com ele. Provavelmente só está cansada de tudo, e cansada de se ignorarem.

Talvez Agatha se sinta meio mal por deixá-lo na mansão dos Pitch na noite de Natal. Sei que eu me sinto. A atmosfera aqui é bem "vamos matar uma virgem e escrever um disco inteiro do Led Zeppelin". (Embora a biblioteca seja linda, e a madrasta de Baz pareça bem legal.) (Será que Simon ainda é virgem?) (Não pode ser.) (Talvez seja.)

— Mas eu pensei... — Simon começa a dizer.

—Vamos — ela insiste. — Se você não vier, quem vai comer todas as sobras e obrigar os outros a ver *Doctor Who*?

Simon olha para Baz, que ainda parece puto. Fico pensando se tem uma cláusula relacionada a Agatha nessa trégua deles. Talvez ela seja uma zona de exclusão aérea.

Não é justo. Agatha não é só a ex-namorada que não serve nem um pouco para ele — também é uma de suas poucas amigas. Vai continuar sendo, mesmo depois que a trégua acabar.

—Anda, Simon — digo. —Voltamos a nos reunir depois do Natal.

—Tá... — Ele vira para mim. — *Tá*. Vou pegar meu casaco.

67

BAZ

Estou com o violino na mão, sem tocar, quando meu pai aparece na biblioteca.

— Os discípulos do Mago foram embora? — ele pergunta.

Assinto. Meu pai entra e senta no sofá antigo forrado de crina de cavalo, onde Simon passou a maior parte da tarde. Ele já está vestido para jantar, como costumamos fazer aos domingos e nos feriados. Usa um terno preto com um leve brilho vermelho. Seu cabelo ficou branco quando minha mãe morreu, mas parece o meu — grosso, meio ondulado e com um V pronunciado no alto da testa. É bom saber que não vou ficar completamente careca quando ficar mais velho.

Todo mundo diz que fisicamente sou mais parecido com minha mãe — puxamos ao ramo egípcio da família Pitch —, mas procuro imitar a maneira como meu pai se porta: os olhos dele nunca revelam nada. Já até treinei na frente do espelho. (*É claro* que tenho reflexo; Simon Snow é um idiota.)

No momento, estou fingindo que nem ligo que Snow foi embora. Estou fingindo que nem notei que ele não está mais aqui.

Não sei por que fiquei surpreso com sua partida — passei as últimas vinte e quatro horas lembrando Snow de que não somos amigos, independente dos beijos. Não deveria ficar chocado ou desalentado porque ele foi embora com duas pessoas que são suas amigas de verdade... Com a pessoa que Snow sempre quis, desde que o conheço.

Meu pai pigarreia e cruza as pernas, indolente.

— Você se meteu em alguma encrenca, Basilton?

Ninguém me chama de Tyrannus. Minha mãe insistiu em me chamar assim, porque é um nome recorrente na nossa família, mas meu pai odeia.

— Não — digo.

— Isso é parte de alguma trama desvairada da sua tia?

Ele parece entediado. Mexe na perna da calça, alisando a costura.

— Não — digo com tranquilidade. — É só um trabalho da escola, na verdade. Pensei em ser legal, pra variar. Vamos ver no que vai dar.

Meu pai ergue uma sobrancelha. Está tão silencioso na biblioteca que posso ouvir o tique-taque do relógio dele.

— Porque este não é um bom momento para agir sozinho — ele diz. — As famílias têm um plano.

— Estou envolvido nele?

— Ainda não. Quero que você se forme na escola primeiro. Quero que se recupere. Conversei com sua mãe e… ela acha que você poderia gostar de falar com alguém… sobre sua situação.

Ele está falando de Daphne, mas não ligo.

— Um médico? — pergunto.

— Alguém que possa aconselhar você.

— Um *psicólogo*? — Não pareço nem um pouco entediado ao perguntar isso. Alivio a expressão. Pigarreio. — Pai — digo, mais calmo —, não consigo imaginar que parte da minha situação poderia ser discutida com um terapeuta normal.

— Sua mãe… mencionou que você está acostumado a falar da sua condição com todo o cuidado. Só precisaria evitar entrar em detalhes.

— Estou bem — digo.

— Sua mãe…

—Vou pensar a respeito.

Ele levanta, graciosamente, e ajeita os punhos da camisa.

— O jantar vai ser servido em breve — meu pai diz. — É melhor se trocar.

— Sim, pai.

★ ★ ★

Daphne me comprou um terno cinza para as festas de fim de ano, mas tenho que usar essa cor todos os dias na escola, e minha pele já é cinza o bastante. Então visto um terno verde-escuro, que eu mesmo escolhi. Quase preto, com um toque de prata. Estou dando o nó de uma gravata entre o rosa e o vermelho quando Mordelia abre a porta do quarto.

— Bate antes — digo para ela pelo espelho.

— Seu...

— Sai. E bate. Vou ignorar você até fazer direito.

Ela resmunga e sai, fechando a porta do quarto com força, então bate. Eu ficaria desesperado se ela fosse uma Pitch. Mordelia também se comporta como se não tivesse nem um grama de Grimm em si. O sangue da minha madrasta é ralo como mingau.

— Entra — digo.

Mordelia abre a porta e se inclina para dentro do quarto.

— Seu amigo voltou.

Eu me viro para ela.

— Quê?

— O Escolhido.

— Simon?

Ela assente. Passo por ela ao sair do quarto, murmurando:

— Não o chame assim.

Desço a escada correndo. Se ele está aqui, é porque alguma coisa aconteceu. Talvez tenham sido atacados na estrada... Desacelero quando chego à sala de jantar.

Simon está no saguão, coberto de neve e sujeira. De novo.

Enfio as mãos nos bolsos.

— Estou tendo um déjà-vu.

Ele passa a mão pelo cabelo, sujando-o de lama.

— Não tem outro jeito de percorrer o caminho da estrada até sua casa.

— E você ainda não é capaz de lembrar de um feitiço básico de climatização. Onde estão as meninas?

— No meio do caminho para Londres, imagino.

— Por que você não está com elas?

Snow dá de ombros.

Dou alguns passos para mais perto e pego a varinha.

Ele levanta a mão.

— Prefiro tomar um banho e trocar de roupa, se não se importa.

— Por que voltou? — pergunto. Baixo, caso Mordelia esteja espreitando.

— Posso ir embora, se não quiser que eu fique.

— Não foi isso que eu disse.

— Achei que ficaria feliz por eu ter voltado.

Dou mais um passo na direção dele, e digo em tom de ameaça:

— Por quê? Porque aí a gente ia poder ficar rolando no chão, dando uns beijos e agindo como dois pombinhos?

Ele balança a cabeça, como se estivesse no limite, então revira os olhos de maneira evidente.

— É... Acho que sim. *É*. Vamos fazer isso, tá?

Cruzo os braços.

— Tira os sapatos. Vou procurar uma roupa pra você. Vamos nos atrasar pro jantar por sua causa.

Simon fica incrível no terno cinza.

SIMON

Voltei porque fiquei com medo do que poderia acontecer se não voltasse.

Baz poderia simplesmente fingir que nada aconteceu entre a gente. Ele faria com que eu pensasse que tinha sonhado tudo — como se eu fosse um idiota maluco por acreditar que ele sentiria algo por mim.

Eu já estava me sentindo um idiota maluco no carro com Penny e Agatha.

Agatha esbravejava conosco. O que quase nunca acontece. (Só acontece quando estamos perdidos, fomos sequestrados ou ficamos presos no fundo de um poço que está enchendo de água rapidamente.) Ela estava obviamente de saco cheio de nós dois.

— No que estava pensando? — ela me perguntou. — Você estava na casa dos *Pitch*. Ele é um *vampiro*.

— Isso não impediu você de ficar de gracinha com ele na Floresta Inconstante — Penny disse a ela.

— Isso aconteceu *uma vez* — Agatha disse. — Foi uma paixonite adolescente.

— Foi mesmo? — perguntei.

— Eu só queria um beijo... não estava conspirando contra o Mago!

— Queria mesmo?

Eu não sabia bem de quem era que estava com ciúme naquela situação. Dos dois, imagino.

— Não estamos conspirando contra o Mago! — Penny argumentou. — Estamos conspirando... independente dele.

— Até onde pude ver, vocês nem sabem o que estão fazendo — Agatha disse.

Creio que ela tinha razão.

Estava tudo de cabeça para baixo: cooperávamos com Baz e guardávamos segredo do Mago. O que Agatha diria se soubesse que tínhamos nos beijado?

"*Você nem é gay, Simon.*"

Esfreguei os olhos com as palmas das mãos.

— A profecia não diz que Simon tem que ouvir o Mago — Penny explica. — Diz que ele veio para ajudar o *Mundo dos Magos*. O que inclui a mãe de Baz... — Então ela virou para trás e me viu. — Simon, está tudo bem?

— Estou com dor de cabeça — eu disse.

"*Você nem é gay*", ela diria, "*e ele nem está vivo.*"

— Quer que eu tente diminuir? — Penny perguntou, se esticando entre os dois bancos da frente.

— Minha cabeça?

— A dor.

— Por Merlim, não. Vou ficar bem.

"*Você nem é gay, ele nem está vivo, e essa nem é a pior parte disso tudo. O que o Mago diria?*"

— Não faz parte do seu trabalho resolver assassinatos — Agatha disse. — Você não é da polícia.

— Esse é um conceito interessante — Penny disse. — Um sistema policial mágico. Também seria legal ter uma assistência social mágica. E um departamento de saúde e bem-estar.

— Os Homens do Mago são a polícia — Agatha disse.

— Os Homens do Mago são um exército particular.

— Você está falando do seu próprio irmão! — Agatha gritou, se debruçando ainda mais sobre o volante.

— Eu sei! — Penny gritou de volta. — Precisamos desesperadamente de reformas!

— Mas o Mago é o Grande Reformador!

— Qualquer um pode se dar esse nome. Além disso, Agatha, sei que você acha que o Mago é um intruso tarado por impostos que só fica pegando no pé da aristocracia. Já te ouvi dizer isso.

— É o que minha mãe acha — Agatha disse. — Mas ele ainda é o Mago.

— Para — soltei. — Encosta.

Penny virou para mim.

— Você está bem? Vai vomitar?

— Não — eu disse. — Só preciso sair. Por favor.

Agatha desviou o carro para o acostamento, levantando uma nuvem de poeira e cascalho, então se virou no banco para me olhar.

— O que foi, Simon?

— Preciso voltar.

— Por quê?

Ponho a mão na maçaneta da porta.

— Eu... esqueci um negócio.

— Não tem importância — ela disse.

— Tem, sim.

— Então eu te levo.

— *Não*.

— Simon — Penny disse, muito séria —, o que está acontecendo?

Abri a porta.

— Preciso voltar para conferir se Baz está bem.

— É claro que ele está — Agatha insistiu enquanto eu saía do carro.

— Está nada! Acabamos de descobrir que ele ficou preso num caixão por seis semanas.

Elas estavam inclinadas uma contra a outra dentro carro, viradas para gritar comigo.

Penny:

— Ele está bem *agora*!

Agatha:

— Volta pro carro!

Apoiei a mão na porta e me inclinei para poder vê-las.

— Não acho que Baz deva ficar sozinho agora.

— Ele não está sozinho! — as duas disseram.

— É melhor eu ficar de olho nele.

Levantei o corpo de novo.

— A gente te leva — Agatha disse.

— Não. Não. Vocês vão se atrasar para o jantar. Podem ir.

Fechei a porta, virei e comecei a correr imediatamente.

Eu não achava que gente rica realmente comia assim. Na mesa comprida com toalha vermelha e dourada. Com uma flor de bico-de--papagaio amarrada a cada guardanapo grosso. Com travessas de prata pesadas e tampadas.

Eu não ficaria surpreso em descobrir que gente rica na verdade *não* vive assim — mas os Pitch vivem, só para impressionar. Se a véspera de Natal já é assim, o que eles estarão planejando para amanhã?

— Desculpa o atraso, mãe — Baz diz, puxando uma cadeira.

— Que agradável surpresa, sr. Snow — o pai dele diz sorrindo, mas de um jeito que faz com que eu me arrependa da minha decisão de ter voltado.

— Obrigado, senhor. Espero não estar incomodando.

A madrasta de Baz sorri também.

— É claro que não.

Não sei dizer se está sendo sincera ou só educada.

— Eu o convidei — Baz diz para o pai. — Não é como se ele tivesse outro lugar para passar o Natal.

Não sei dizer se Baz está sendo grosseiro comigo ou se só quer dar essa impressão. Não consigo ler a expressão de ninguém nessa família — até o bebê parece entediado.

Achei que eles talvez fossem receber outros membros das famílias Grimm e Pitch para o Natal, mas só tem os pais e irmãos de Baz à mesa. A menina mais velha, Mordelia, duas mais novas, possivelmente gêmeas — não sei bem de que idade, mas velhas o bastante para sentar sozinhas e roer uma coxa de peru —, e um bebê (uma bebê?) em uma cadeirinha entalhada bem chique, batendo o chocalho contra a bandeja.

Todos se parecem com a madrasta de Baz: de cabelo escuro, mas não preto que nem o dele, com bochechas rosadas e meio dentuços, sem nunca conseguir fechar a boca totalmente. Não parecem perigosos o bastante para serem irmãos de Baz, ou filhos do pai dele. Penny diz que os Grimm são menos políticos e menos mortais que os Pitch, mas o pai de Baz parece uma víbora em terno risca de giz; até seu cabelo branco como a neve é assustador.

— Quer um pouco do recheio do peru? — Baz me pergunta, me passando uma travessa. Acho que os empregados estão de folga. (Contei pelo menos quatro desde que cheguei: Vera, duas faxineiras e um homem tirando a neve da entrada.)

Pego uma boa colherada do recheio de castanha e noto que não tem quase nada no prato de Baz. As travessas e tigelas dão a volta duas vezes, e ele só as passa para mim. Me pergunto se Baz tem algum tipo de distúrbio alimentar.

Como o bastante por nós dois. A comida aqui é ainda melhor que em Watford.

—Você costumava acreditar em Papai Noel? — Baz pergunta.

Ele está forrando o sofá, para que eu possa dormir. Sua madrasta trouxe tudo depois que Baz explicou que eu não queria dormir no quarto de hóspedes: "Ele tem medo de fantasmas".

Isso fez as irmãs de Baz rirem. Elas estavam loucas para ir para a cama, para que o Papai Noel pudesse vir logo.

— *Você avisou o Papai Noel que ia vir pra cá?* — *Mordelia me perguntou.* — *Pra ele mandar seus presentes?*

— *Não* — *eu disse.* — *Devia ter avisado, né?*

— Acho que não — digo a Baz agora. — Quer dizer, às vezes alguém se vestia de Papai Noel pra entregar umas porcarias pra gente no abrigo, mas não me lembro de acreditar nele. E você?

— Eu acreditava — Baz diz. — Então, depois que minha mãe morreu, ele não veio... — Baz me joga um travesseiro e vai até uma cômoda alta de madeira. — Achei que eu devia ter sido um menino muito, muito ruim, mas agora acho que meu pai só estava deprimido e esqueceu do Natal. Fiona apareceu mais tarde naquele dia, com um ursinho de pelúcia gigante.

— Um ursinho de pelúcia?

— Não tem nada de errado com ursinhos de pelúcia. Aqui. — Baz me entrega um pijama dele. Eu aceito. Então Baz senta na beirada da cama e se apoia em uma das colunas. — Então... você voltou.

Sento ao lado dele.

—Voltei.

Baz ainda está usando o terno verde-escuro. Penteou o cabelo para trás para o jantar, o que eu preferiria que não tivesse feito. Fica melhor solto, caindo em volta do rosto.

— Podemos ir falar com os nulidades amanhã — ele diz.

— No Natal? Nulidades comemoram o Natal?

— Não sei. — Ele inclina a cabeça. — Não chegamos a ter muito contato. De acordo com os livros, nulidades não fazem muita coisa além de comer e tentar se manter aquecidos.

— E o que eles comem?

— Pedregulhos — Baz diz —, até onde sabemos... talvez só fiquem mastigando.

—Acha que Penny está certa? Que eles agiram a mando de quem assassinou sua mãe?

Ele dá de ombros.

— Faz sentido. E Bunce costuma estar certa.

—Tem certeza de que não se importa de voltar para aquele lugar?

Ele olha para os próprios joelhos.

— Prefiro ir falar com nulidades do que com Nicodemus, e são as duas únicas pistas que temos.

— Queria que a gente já soubesse o motivo... — digo. — Por que alguém ia querer ferir sua mãe?

— Não sei se era isso que queriam — Baz diz. — E se o alvo fosse o berçário, e não minha mãe? Ninguém tinha como saber que ela ia aparecer. Talvez os vampiros quisessem levar as crianças. Talvez quisessem transformar todos nós.

Ele passa a mão na parte superior da coxa. Suas pernas são mais compridas que as minhas; é aí que ele ganha em altura.

— Não sou um bom namorado — digo.

A mão de Baz para sobre a perna da calça e a agarra. Ele endireita as costas.

— Eu entendo, Snow. Pode acreditar. Não estou planejando uma viagenzinha de fim de semana pra gente. Não vou nem contar a ninguém a respeito.

— Não — digo, virando ligeiramente em sua direção. — Não foi isso que eu quis dizer. É que... sempre fui um péssimo namorado. Foi por isso que Agatha terminou comigo. Eu só fazia o que achava que ela queria que eu fizesse, mas sempre entendia errado, e nunca a coloquei em primeiro lugar. Não teve nenhuma vez que senti que acertei, nesses três anos.

— Então por que ficaram tanto tempo juntos?

— Bom, eu é que não ia terminar com a *Agatha*. Não era culpa dela.

Ele voltou a passar a mão pela perna. Estou adorando Baz de terno.

— Só estou dizendo — eu me viro mais um pouco — que não sei como ser seu namorado. E acho que não é isso que você quer de mim.

— Tá — ele diz. — Entendido.

— E sei que você acha que estamos condenados a um fim trágico... como Romeu e Julieta.

— Total — ele diz, para os próprios joelhos.

— E não acho que eu seja gay — digo. — Quer dizer, talvez eu seja, pelo menos uma parte de mim, a parte que parece estar conseguindo mais atenção neste momento...

— Ninguém liga se você é gay ou não — Baz diz, com frieza.

Estou sentado meio de lado agora, vendo-o de perfil. Seus olhos estão semicerrados, e sua boca é uma linha reta.

— O que estou tentando dizer é que... — Minha voz some. Sou péssimo nisso. — Que gosto de ficar olhando pra você.

Ele volta os olhos imediatamente para mim, sem virar a cabeça, e abaixa as sobrancelhas.

— Gosto disso — continuo. — De tudo o que a gente fez até agora.

Baz me ignora.

— Gosto de *você* — digo. — E nem ligo que não goste de mim. Estou acostumado com isso, não saberia o que fazer se fosse diferente. Mas eu gosto de *você*, Baz. Gosto *disso*. Gosto de ajudar. Gosto de saber que você está bem. Quando não voltou para a escola depois das férias, quando desapareceu... achei que fosse ficar maluco.

— Você achou que eu estava envolvido em uma trama maligna — ele diz.

— É — eu digo. — E senti sua falta.

Baz balança a cabeça.

— Tem alguma coisa de errado com você...

— *Eu sei.* Mas ainda quero isto, se topar.

Baz finalmente se vira para me olhar.

— E o que é *isto*, Snow?

— *Isto* — digo. — Quero ser seu namorado. Um péssimo namorado.

Ele levanta uma sobrancelha e me encara, como se nunca fosse ter tempo para descobrir o que tem de errado comigo.

Ouço uma batida leve na porta.

Baz levanta, ajeitando o terno, e vai até a porta. Ele a abre e se abaixa, então pega uma bandeja e a leva até a cama. Tem uma jarra de leite e um prato cheio de comida do jantar.

— Quem mandou? — pergunto.

— Minha madrasta.

— Por que você não comeu nada no jantar?

— Não gosto de comer na frente dos outros.

— Por que não?

— Por que você faz tantas perguntas?

— Você tem anorexia?

— Não, Snow, não tenho anorexia. Você por acaso sabe o que é anorexia? — Ele senta do outro lado da cama, pega o guardanapo da bandeja e o desdobra com uma sacudida. — Minhas presas saltam quando eu como. Dá pra ver.

Engatinho pela cama para sentar mais perto dele.

— Não notei na outra noite, quando você comeu na minha frente.

— Bom, você não é dos mais atentos.

— Ou talvez não dê pra ver tanto quanto você imagina.

Baz olha para mim, e suas bochechas parecem mais cheias que o normal. Ele sorri, e então eu vejo: longas presas brancas, aparecendo por entre os lábios.

— *Demais* — sussurro, tentando olhar mais de perto. Ele me empurra, mas não muito. — Abre a boca de novo — digo. — Me deixa ver.

Baz suspira e retrai os lábios. Seus caninos são *enormes*. E muito afiados.

— De onde é que eles vêm? Quer dizer, aonde é que eles vão quando você não está usando?

— Não sei — ele fala, e soa como se usasse aparelho nos dentes.

— Posso tocar?

— Não. São afiados. E tóxicos.

— Não consigo acreditar que tem uma parte do seu corpo que cresce quando você precisa. Você é tipo um mutante.

— Sou um vampiro — Baz diz. — Jura que você *ouve* essas coisas que saem da sua boca?

Eu me afasto um pouco.

— Sim.

Fico esperando que ele pareça irritado, e ele parece, mas também meio que sorri. Com as presas à mostra.

Entrego o prato a Baz — peru, recheio, bacon, molho. Ele aceita.

— Continua com fome, Snow?

— Eu poderia comer.

— Então come.

Ele me entrega o garfo e fica com a colher. O peru está tão macio que não tem problema. Baz pega uma bela colherada, e eu vejo toda a extensão de suas presas.

— *Demais* — repito.

Baz balança a cabeça.

—Você é tão idiota — ele diz, com a boca cheia. Então olha para o prato. — Mas tudo bem continuarmos com... *isto*. Se você quiser.

Eu quero.

68

AGATHA

São três horas de viagem até Londres. Penelope lança um o-tempo--voa, mas não estamos nos divertindo, então não funciona.

Tenho vontade de ir direto para Watford e contar tudo ao Mago, mas meus pais estão me esperando há séculos — e, sinceramente, a ideia de falar com o Mago sozinha não me agrada. Ele não é exatamente acessível. Se veste como Peter Pan e sempre carrega uma espada. Tipo, o tempo todo. Uma vez apareceu na nossa porta no meio da noite com a orelha na mão. Meu pai teve que costurá-la de volta.

Quando entrei na escola, eu já conhecia o Mago. Ele e meu pai fazem parte do conciliábulo desde sempre. Mas não tenho certeza nem de que o Mago sabe meu nome. Nunca o ouvi dizê-lo. Ele nunca fala comigo.

Penny diz que ele é machista, mas o fato é que o Mago quase não fala com o pessoal de Watford. Incluindo Simon. Nem sei por que quer ser diretor da escola — ele gosta de crianças, pra começar?

Talvez tenha sido por isso que Lucy terminou com ele.

Ou vai ver que o Mago é assim *porque* ela terminou o namoro, e ele nunca superou.

Ainda estou com a foto na bolsa. Espero que a mãe de Penny não descubra que a roubei. Espero *mesmo* que não conte aos meus pais.

Passei por uma fase de furtos quando estava com catorze anos, e fiquei de castigo pelas férias inteiras quando meus pais descobriram meu estoque de esmaltes e delineadores fechados.

— A gente podia ter comprado cosméticos para você — meu pai disse.

— Você não usou magia? — minha mãe perguntou. — Só pegou? — E depois: — Ah, Agatha, esmalte roxo? Tão vulgar.

Penny só me deixa ignorá-la por cerca de vinte minutos antes de explodir.

— Achei que você quisesse ser incluída, Agatha!

— Achou nada — digo.

— Claro que achei! Dava pra ver que você sentia falta do Simon. Dava pra ver que estava triste. Está mesmo dizendo que preferiria que tivéssemos deixado você de fora, te ignorado pelo resto do ano?

— Não!

— Então o quê? O que você quer?

— Quero que sejamos todos amigos — digo —, mas não, tipo, companheiros de armas. Não quero participar de reuniões secretas! Quero que a gente fique junto de bobeira! Fazendo biscoitos, vendo TV. O tipo de coisa que amigos normais fazem.

— Quer que a gente fique vendo TV enquanto Simon enfrenta o Oco? Enquanto Baz é sequestrado por nulidades?

— Não! — Me inclino para a frente, apertando o volante com força. — No cenário que estou descrevendo, nada disso acontece!

— Mas isso está acontecendo!

— Bom, então, sim, acho que eu prefiro ficar em casa. Porque não posso fazer nada para ajudar. Quando foi que servimos pra alguma coisa, Penelope? Tipo, de verdade? Somos só... testemunhas. Reféns. E no futuro, dano colateral. Se estivéssemos em um filme, Simon ia ter que assistir a uma de nós morrendo. É só pra isso que servimos.

— Me deixa fora dessa história! — ela grita.

— Tá bom! — grito de volta.

Nenhuma de nós fala pelo resto da viagem.

Deixo Penny em casa, e ela está tão puta que bate a porta do carro. Estou *muito* atrasada, mas meus pais estão ocupados se arrumando para a festa e nem notam quando entro.

Eles dão uma festa itinerante toda véspera de Natal. Começa numa casa, depois passa para a casa vizinha, depois para a outra... até que estão todos tão bêbados que têm que enfeitiçar o carro para que os leve de volta.

Meus pais sempre fizeram questão de que eu e Simon cumprimentássemos os convidados conforme chegavam; mas depois íamos para o quarto e ficávamos vendo TV e comendo canapés até pegar no sono com a lareira acesa.

A não ser por uma vez, quatro anos atrás, quando escapamos para rastrear lobisomens no Soho. Eles tinham roubado uma chave, ou uma joia, não consigo lembrar. Nunca passei tanto frio! Quase morremos, e depois, quando finalmente acabou, Penny ainda nos fez ficar recolhendo pele de lobisomem, para que pudesse fazer uns talismãs pré-menstruais grotescos. Dei o meu pro meu gato. Espera... uma pedra da lua, os lobisomens tinham roubado uma pedra da lua, foi isso. Quanta bobagem. Graças à magia voltamos antes que meus pais chegassem.

(Devo contar pra minha mãe? O que eu sei? O que Simon está tramando?) (Não. Simon vai ficar bem. Ele sempre fica. Penny vai adorar se gabar das aventuras com nulidades. Talvez eles formem um trio com Baz agora. Divirta-se passando o tempo com um vampiro, Simon! É uma bela maneira de deixar sua vida ainda mais maluca e perigosa.)

— Acho que você pode vir com a gente esta noite — minha mãe diz. Ela e Helen, nossa faxineira, estão arrumando tudo. Nossa casa é a primeira do circuito este ano. — Já que não precisa ficar fazendo companhia para o Simon.

— Mãe.

— Sem choramingar, Agatha — meu pai diz, pegando uma pata de caranguejo de uma travessa. Está ao telefone com um paciente. —

Não, não, estou ouvindo, Balthazar, mas parece perfeitamente normal. Não, não *normal*. Normal mesmo.

Suspiro e sigo minha mãe para a cozinha.

— Mas nem estou vestida pra festa.

— Então vai se vestir.

— Mãe, estou exausta.

Ela já está revirando a geladeira.

— Logo passa. Simon vai vir amanhã então?

Franzo a testa e mexo na bandeja de coquetéis de camarão.

— Acho que não…

Eu disse a ela que Simon ia passar o Natal em Watford, mas de alguma forma minha mãe botou na cabeça que ele daria pelo menos uma passadinha. Pela tradição, imagino.

Talvez eu devesse me sentir culpada por ter retirado o convite. Mas não fiz isso, na verdade — tentei trazê-lo hoje.

Minha mãe se endireita, segurando um pote de gelatina com uma camada de cada cor.

— Acho bom que ele passe o Natal com o Mago — ela diz. — Até onde sei, o Mago costuma ficar sozinho em Watford. Uma vez ele me disse que essa época do ano é auspiciosa demais para se desperdiçar com festividades.

— Como assim? — perguntei.

— Ah, vai saber — ela diz, passando a gelatina a Helen. — Espero que Simon arranje alguma coisa para comer pelo menos. Vamos ter que encher o garoto de doces amanhã.

— Auspiciosa… — repito. — Por que o Mago é tão esquisito?

— Xiu, Agatha. Isso é traição.

— Não é, não. Ele sempre foi assim?

— Eu não sei — ela diz. — Nossa praia nunca foi a mesma. Nem me lembro dele da escola.

Tento pegar um camarão, mas Helen leva a bandeja embora.

— Você lembra dos pais de Penelope? — pergunto à minha mãe.

— Da época da escola?

— Martin e Mitali eram alguns anos mais novos — ela diz, tirando um merengue enorme da geladeira, também em camadas. — Eles têm um menino mais velho que você, não é? Começaram a ter filhos bem cedo, acho que os Bunce são simplesmente assim. Estudei com uma porção de membros da família, embora nenhum deles fosse poderoso o bastante para merecer estar ali. Isso acontece em famílias grandes, sabia? A magia é diluída.

Minha mãe é obcecada por poder — por quem tem e por quem não tem. Ela mesma não tem. Ou pelo menos não muito. Culpa minha avó por ter se casado com um homem abaixo do nível dela. "Meu pai não conseguia nem acender um fósforo se estivesse chovendo", diz.

Com relação à magia, eu diria que tenho o suficiente. Não sou como Simon. Ou Baz. Ou Penelope. Mas me saio bem na escola.

Sei que foi por causa disso que meus pais não tiveram outros filhos; eles não queriam que a magia fosse diluída, ainda que meu pai diga que essa história de que irmãos dividem certa quantidade de poder é pura lorota.

Também sei que meus pais esperam que eu me case com alguém mais poderoso do que eu, para dar um jeito na família.

Antes de começar a sair com Simon, eu namorava um normal em segredo: Sacha. Se minha mãe tivesse ficado sabendo, teria me trancafiado em uma torre. (Provavelmente teria tirado meu cavalo de mim.) Me pergunto como Sacha anda...

— Então você não conhecia os amigos deles? — pergunto. — A sra. Bunce mencionou alguém chamada Lucy, e mostrou uma foto...

— Lucy Day?

— Não tenho certeza...

— Lucy McKenna?

— Era a melhor amiga dela — digo. — Loira, com o cabelo na cintura. Um visual meio hippie chique.

— Querida — minha mãe diz, ajudando Helen a levantar o merengue —, todo mundo era assim nos anos 90.

— Ela parecia a Spice Girl loira — digo. — Mas com ombros largos.

— Ah, Lucy *Salisbury*. Meus feitiços, faz anos que não penso nela.

Minha mãe para à frente da geladeira e põe as mãos na cintura.

—Você a conhecia? — pergunto.

— De fama. Era cinco ou seis anos mais nova, mas sua família frequentava o clube. Querida, você conhece Lady Salisbury. Jogamos baralho juntas. Ela vai vir hoje.

Conheço mesmo Lady Salisbury. Deve ter a idade da minha avó, mas faz parte da turma da minha mãe. Conta piadas obscenas e sempre incentiva todo mundo a comer mais bolo.

— Acha que ela falaria comigo sobre sua filha?

— Pela magia, Agatha, não. Não é coisa que se pergunte. Todo mundo sabe do escândalo em que a filha dela se envolveu. E o filho é um inútil!

— Que escândalo?

— Lucy fugiu alguns anos depois de se formar em Watford. Era o orgulho da família, mas foi embora com um qualquer. Ouvi dizer que era um normal. Talvez americano. Ruth... Lady Salisbury teve um colapso nervoso durante um evento beneficente, um torneio de boliche para gagos, e confessou a Natalie Braine que estava preocupada que a história pudesse envolver uma criança. *Um filho ilegítimo*. Ela nunca mais falou nada a respeito. E nunca mais vimos Lucy desde a escola.

— Lucy desapareceu? — pergunto.

— Pior — minha mãe diz. — Ela fugiu. Da magia. Consegue *imaginar*?

— Sim — digo. E depois: — Não.

Minha mãe tira migalhas inexistentes das mãos.

—Vai se trocar, querida. Os convidados vão chegar a qualquer minuto.

Faço menção de deixar a cozinha, e minha mãe me entrega uma pilha de guardanapos de pano bordados à mão para dar a Helen quando passar pela sala de jantar. Eu os entrego sem dizer nada. Estou ocupada demais pensando...

— Eu conhecia Lucy Salisbury — Helen diz. — Estudamos juntas.

É a cara dela esperar para falar comigo quando minha mãe não está. Minha mãe prefere manter uma relação mais formal com os empregados, mas Helen sempre me tratou como se fosse da família. (Não como uma filha, mais como uma sobrinha; acho que ela gosta mais de Simon que de mim.)

— Lucy era alguns anos mais velha — Helen diz. — As meninas do meu ano ficaram loucas quando ouviram que ela tinha fugido. Parecia tão romântico. E assustador!

— Ela fugiu mesmo?

— Foi o que ouvimos. Conheceu alguém e foi embora. Para a Califórnia.

— Califórnia!

— Eu costumava pensar nela deitada na areia, com aquele cabelo loiro tão comprido — Helen diz.

Subo na cama ainda com a roupa de antes, pego a foto roubada e a seguro diante dos olhos.

Lucy Salisbury fugiu da magia.

Ela namorava o mago mais poderoso de sua época, o cara que estava prestes a dominar o mundo — e simplesmente fugiu.

A sra. Bunce disse que Lucy era uma feiticeira poderosa. Podia ter sido primeira-dama. Talvez pudesse ter governado ao lado do Mago. *E fugiu.*

Será que ela teve um bebê? Será que o levou consigo?

Talvez o esteja criando no mundo normal. Talvez esse seja o presente que Lucy Salisbury deu a si mesma e ao filho: não ter que crescer em meio a essa merda toda. Não ter o Mago como pai, e um mundo em guerra como herança.

O menino se deu bem.

E sobrou para Simon.

69

LUCY

Eu estava feliz.

Eu o amava.

Ele sempre teve mais bondade do que maldade.

Ainda tem mais bondade que maldade nele, acho. Isso só prova quanto de ambas uma pessoa pode ter dentro de si.

Ainda estávamos juntos quando saímos de Watford. Davy tinha herdado uma casinha da avó, e me mudei para lá também. Menti para meus pais, que não gostavam dele.

Davy passava a maior parte do tempo lendo ou escrevendo cartas e panfletos que enviava a estudiosos mágicos.

Ele nunca tinha vontade de encontrar amigos ou sair. Lembro uma vez que fomos a Londres para jantar com Mitali e Martin, para conhecer o filho deles. Eu usei uma saia longa rodada e o cabelo cheio de flores. Estava tão feliz que ia vê-los. Que ia ver Mitali.

No começo foi ótimo. Bebemos vinho tinto, e eu estava muito confortável em uma cadeira redonda acolchoada. Então Davy começou a falar com Mitali sobre o conciliábulo. Ela estava tentando ser admitida como membro.

— Você não vai conseguir mudar nada — ele disse. — Nada vai mudar.

— Sei que pensa assim — ela disse. — Li seus textos.

— É mesmo? — Isso o deixou feliz. Ele se inclinou mais para a frente na cadeira, prendendo a taça de vinho entre os joelhos. — Então sabe que a única saída é a revolução.

— Sei que as coisas só vão melhorar se boas pessoas lutarem pelo que é importante.

— E acha que o conciliábulo se importa com "boas pessoas" e com o que é "importante"? Acha que Natasha Grimm-Pitch se importa com seu idealismo?

— Não — Mitali disse. — Mas se eu fizer parte do conciliábulo meu voto vai valer tanto quanto o dela.

Davy riu.

— Faz duzentos anos que os sobrenomes dos membros do conciliábulo não mudam, só os rostos. Eles poderiam simplesmente mandar entalhar "Pitch" na cadeira do diretor de Watford. Tudo com o que se importam, tudo com o que qualquer um deles se importa, é proteger o próprio poder.

Mitali não se deixou intimidar. Usando jeans largo e blazer de veludo cor de vinho, o cabelo caindo no ombro em um emaranhado de cachos escuros, quem parecia radical era ela.

— Eles protegem o poder de todos — Mitali disse. — De todo o Mundo dos Magos.

— Acha mesmo? — Davy disse. — Pergunte a Natasha Grimm-Pitch a taxa de suicídio entre feiticeiros com pouco poder. Pergunte ao conciliábulo o que está fazendo para combater a gripe pixie e todas as outras doenças mágicas que não afetam seus filhos.

— Como uma revolução vai ajudar os pixies? — Mitali bufou. — Como destruir séculos de tradição e conhecimento institucional vai ajudar qualquer um de nós?

— Vamos criar tradições melhores! — Davy gritou, acho que sem se dar conta de seu tom.

— Vamos escrever novas regras com sangue?

— Se for preciso, vamos! Vamos, Mitali. Isso te assusta?

Fomos embora logo depois. Eu disse que estava com dor de cabeça.

Davy ainda estava corado por causa do vinho, mas não me deixou dirigir. Nem notou quando lancei um mantém-o-curso nele, do banco do passageiro.

★ ★ ★

Nunca mais voltamos a Londres.

Raramente saíamos de casa. Não tínhamos telefone ou televisão. Comprei galinhas do fazendeiro mais próximo e as enfeiticei para que não fugissem. Escrevia longas cartas para minha mãe. Tudo mentira. Davy passava a maior parte dos dias dentro de casa, com os livros dele.

Digo "dele", mas eram todos roubados de Watford. Davy voltava para roubar mais sempre que precisava. Ele era tão poderoso que chegava perto da invisibilidade.

Às vezes, Davy passava alguns dias fora, reunido com outros ativistas mágicos. Ele sempre voltava mais abatido do que partira.

Ele desistiu da revolução. Ninguém lia seus textos.

Desistiu de tudo, exceto da ideia do Grande Mago. Acho que Davy devia ser o maior estudioso do Grande Mago da história da magia. Ele sabia todas as profecias de cor. Escreveu-as nas paredes de pedra de casa e analisou cada frase.

Quando eu lhe levava comida, Davy às vezes pedia minha opinião. O que eu achava que determinada metáfora implicava? Já tinha considerado certa interpretação?

Lembro que uma manhã o interrompi com o café: ovos e mingau de aveia. Por Crowley, comíamos tanto mingau — assim como as galinhas.

É possível multiplicar a comida com magia, é possível transformar travesseiros e velas em alimentos. É possível fazer com que venham pássaros do céu e cervos dos campos. Mas, às vezes, não se tem nada.

Às vezes, não se tem simplesmente nada.

— Lucy — Davy disse. Seus olhos pareciam iluminados. Ele tinha ficado acordado a noite toda.

— Bom dia, Davy. Come alguma coisa.

— Lucy, acho que entendi.

Ele enlaçou minha cintura e me puxou para mais perto de sua cadeira. Naquele instante, eu o amei.

— E se diferentes oráculos tiveram a mesma visão porque não se trata de profecias? E se forem instruções? *Lucy...* e se seu propósito for nos guiar rumo à mudança, e não prevê-la? Aqui estamos nós, esperando para ser salvos, quando as profecias nos dizem como podemos salvar a nós mesmos!

— Como?

— Com o Grande Mago.

Ele foi embora de novo. E voltou com mais livros.

Voltou com potes de óleo e sangue que não era vermelho. Não tenho certeza de quando dormia. Não era comigo.

Eu saía para longas caminhadas pelo campo. Pensei em escrever para Mitali, mas sabia que ela viria voando numa vassoura se eu contasse a verdade, e eu não estava pronta para ir embora.

Não queria deixar Davy. Nunca.

Grande parte disso é culpa dele, por isso *quero* que fique bravo com ele. Mas nunca falei em ir embora. Nunca pedi que me deixasse ir.

Eu achava... Eu achava que o que quer que fosse vir seria melhor se eu estivesse ali com ele. Achava que sua ligação comigo o ajudava. Como uma pipa, presa ao fio do carretel. Achava que enquanto eu estivesse ali, Davy nunca seria levado de vez.

Ele matou minhas duas galinhas.

Davy veio para a cama uma noite, cheirando a lama e plástico queimado, e tirou meu cabelo da frente para beijar minha nuca.

— Lucy.

Virei para Davy. Ele estava sorrindo. Parecia jovem, como se alguém tivesse limpado a amargura de seu rosto com um pano quente.

— Agora entendi — Davy disse, beijando minhas bochechas, então minha testa. — O Grande Mago, Lucy. Podemos trazê-lo.

Dei risada. Estava feliz de vê-lo feliz. Estava feliz de ter um pouco de sua atenção para mim.

— Como, Davy?

— Simplesmente assim.

Balancei a cabeça. Não estava entendendo.

Ele me deitou de costas, beijando meu pescoço.

— Nós dois podemos fazê-lo.

Ele continuou beijando meu pescoço, até chegar à gola do camisão com que eu dormia.

— Você está falando de um bebê?

Ele levantou a cabeça e sorriu.

— Quem melhor do que a gente? — Davy perguntou. — Para criar o salvador?

LIVRO QUATRO

70

NICODEMUS

Ela não fala comigo. Desde então. Porque é contra as regras.

Mas ela não se preocupava tanto com as regras quando éramos pequenos. Fazíamos nossas próprias regras, né. Éramos brutamontes, quem ia nos impedir?

Nunca vou esquecer quando Ebeneza baixou a ponte levadiça para que nós três pudéssemos ir para a cidade beber. A cara da diretora quando pegou a própria irmã voltando bebaça! (Fiona nunca soube maneirar na sidra.) A diretora Pitch estava furiosa — de pé no gramado, de roupão, grávida de nove meses.

Deixaram Ebb sem varinha — sem cajado — por uma semana, porque foi ela quem baixou a ponte. Na noite seguinte, ela repetiu o feitiço usando a *minha* varinha. (A gente sempre conseguiu trocar de artefato.) Ela era corajosa pra caralho.

Claro que fomos pegos de novo.

A ideia nem era passar despercebido.

É só que a gente era jovem, livre e cheio de magia. O que a diretora podia fazer? Expulsar a própria irmã e os dois feiticeiros mais poderosos de Watford?

Não iam mandar Ebeneza embora; estavam preocupados demais com a possibilidade de ela se voltar contra eles. Preocupados demais com a possibilidade de Ebb perceber que poderia fazer mais com toda aquela magia do que mandar todas as mesas para o teto, ou chamar todos os vira-latas da região para Watford, como se fosse o flautista de Hamelin.

Mas eu percebi. O que Ebb podia fazer. O que *eu* podia fazer.

* * *

Chego à nossa rua, corto caminho pelo beco e entro no jardim dos fundos. O portão range. Estou alguns minutos adiantado. Ebb ainda deve estar lá dentro. Vou até o salgueiro e sento no banco da mamãe.

Queria fumar um cigarro.

Parei de fumar quando passei para o outro lado, já faz quase vinte anos. Mas aquele Pitch pirralho soprou fumaça no meu rosto, e fiquei com vontade de novo.

Fi e eu costumávamos enrolar nossos próprios cigarros, com papel mentolado.

Ebeneza não fumava. Dizia que o tabaco atrapalhava sua magia.

— Sua irmã quer se manter pura — Fiona provocava. — Como uma atleta. Como a Lady Di.

A gente enchia o saco de Ebb porque ela era virgem. Porra, provavelmente ainda é. (Passar a mão em outras garotas conta?)

A porta dos fundos abre e eu levanto o rosto. Não é Ebb. É alguém que não reconheço, saindo para fumar. Fecho os olhos e inspiro. Ter olfato de vampiro pode ser bem útil.

Logo Ebb vai sair para o jardim e se recostar contra o portão. Não vai falar comigo. É o acordo implícito. É a regra.

Só vai falar.

Vai contar ao vento como está. Vai atualizar a lua de tudo o que aconteceu com nossos familiares. Às vezes ela faz alguma magia — não para mim. Só por fazer. Tudo o que é vivo aparece para cumprimentar Ebb, mesmo no auge do inverno. No ano passado, um cervo chegou pelo beco, todo tranquilo, e descansou a cabeça nas mãos dela. Eu o matei e suguei seu sangue assim que Ebb voltou para dentro. Acho que ela sabia que eu ia fazer isso — talvez fosse até um presente para mim. Talvez estivesse tentando me manter puro por um dia.

Tive que arrastar a carcaça do cervo por um quilômetro e meio antes de encontrar uma lata de lixo grande o bastante.

Logo Ebb vai sair. Vai falar. Vou ouvir. Nunca falo — acho que Ebb não ia gostar. Pareceria demais com uma conversa. Chegaria perto demais de quebrar as regras.

O que eu diria? Não tenho nada a contar que ela queira ouvir. Não tenho nenhuma novidade que não vá revirar seu estômago. Tudo o que Ebeneza quer saber é que ainda estou aqui. Como estou.

Minha irmã fala principalmente sobre a escola. Sobre a propriedade. As cabras. Os alunos. A dríade com que ela sonha desde o sexto ano. Ela não fala sobre o Mago. Ebb nunca teve interesse em política. Imagino que não se coloque no caminho dele — embora tenha me contado uma vez que tiveram uma briga feia quando um lobisreio dele matou uma cabra dela.

Nunca vi um lobisreio, só ouço Ebb falar deles. É o único animal de que ela não gosta. Ebb diz que tentam pular para a ponte levadiça. Que a ponte treme enquanto os alunos e as cabras a atravessam. Um lobisreio conseguiu uma vez — e se arrastou pelo gramado, rosnando, até que Ebb o mandou de volta para a água com um feitiço. "Agora lanço um feitiço para que durmam quando a ponte é baixada", minha irmã me contou. "Eles ficam no fundo do fosso."

Quem quer que tenha saído para fumar um cigarro o termina e volta para dentro, batendo a porta de tela.

Cheguei adiantado, mas agora Ebeneza está atrasada. Muito atrasada. O sol vai nascer daqui a pouco.

Não tem mais barulho dentro da casa. As crianças devem estar dormindo. Ebb disse que nossos irmãos e até nossa irmã menor têm filhotinhos agora. Eu nunca pensei em ter filhos antes de passar para o outro lado. Agora penso. Fi e eu. Uns dois fedelhos. Sua família teria um chilique se ela tivesse ficado comigo. Acho que ia acabar não ficando... Sei onde Fi mora agora. Nossos caminhos poderiam se cruzar se eu deixasse. Também não acho que ela vá querer ouvir qualquer coisa que eu tenha a dizer.

Ebb está atrasada.

Vai ver esqueceu.

Não é a cara dela. Nunca esqueceu, todos esses anos.

Não posso ligar. Nem sei se ela tem celular.

Levanto e caminho um pouco embaixo da árvore. Em geral, Ebb lança um feitiço para que ninguém me veja.

Estou inquieto. Me aproximo da casa. Se alguém estiver acordado, vou conseguir ouvir. Está tudo escuro. Uma das janelas da cozinha está entreaberta, mas não sinto cheiro de comida. Ebb diz que ajuda mamãe com a ceia agora. Presunto, normalmente. Com pudim de pão. Ebb costuma me trazer um prato.

Subo os degraus da porta dos fundos e dou uma olhada pelo vidro. A cozinha está vazia. Não ouço nada.

Giro a maçaneta, achando que a porta vai estar trancada, mas ela abre. Avanço com cuidado, sem muita certeza de que posso — mas a casa me recebe, e fico ali por um momento, sentindo pena de mim mesmo na cozinha da minha mãe.

Sinto o cheiro da criança antes de vê-la.

Ela está escondida atrás da porta, me espiando.

— É você, tia?

— Tia? — pergunto. — Por acaso pareço a tia de alguém?

— Achei que fosse a tia Ebb. Você parece com ela.

É uma menininha loira de camisola xadrez vermelha. Deve ser filha de Lavinia. A própria Vinnie tinha mais ou menos essa idade da última vez que a vi.

— Sou seu parente — digo. — Vim falar com Ebb. Por que não a chama pra mim? Ela não vai ficar brava.

Não com ela, pelo menos.

— Tia Ebb foi embora — a menina diz. — Com o Mago. A vovó ainda está chorando. Estragou o Natal.

— O Mago? — digo.

— Isso — a menina diz. — Alguém contou. Mamãe disse que tia Ebb foi presa.

— Presa? Por quê?
— Não sei. Deve ter quebrado as regras.
Olho para a menina, que me olha de volta. Então viro para a porta.
— Aonde você vai? — ela me pergunta.
— Encontrar sua tia.

71

SIMON

Acordo com fome.

Só percebo que a fome não é minha quando estou totalmente desperto.

O ar está seco. Coça. Repuxa minha pele, formiga, como agulhas me espetando.

Sento e sacudo a cabeça. A sensação não vai embora. Inspiro fundo e penetra nos meus pulmões. Como areia. Como pó de vidro.

O Oco.

Olho para a cama de Baz — os lençóis e cobertores foram jogados de lado. Ele não está. Fico de pé e saio do quarto para o corredor escuro como sangue.

— *Baz* — sussurro.

Ninguém responde.

Sigo a sensação desagradável pelo corredor, escada abaixo, até a porta da frente — o céu noturno e a neve branca brilham tanto que alguma luz entra. Abro a porta e corro para fora.

A sensação está mais forte aqui. Pior. Quase como se eu estivesse em um ponto morto. Mas, quando recorro à magia, ela ainda está aqui: vem para a superfície da minha pele e zumbe na ponta dos meus dedos. Se acumula na minha boca.

Tenho que contê-la.

Sigo a coceira adiante. (Deveria voltar para dentro. Deveria calçar os sapatos.) Acabo correndo na direção das árvores enfileiradas ao longo da lateral da casa dos Pitch, como se fosse uma cortina.

Estou com o pijama de Baz, listrado em vermelho e dourado, e a calça já está molhada até a coxa. A sensação de fome fica mais forte a cada passo. Me suga. Sinto a magia subir à flor da pele. Um galho roça em mim e pega fogo.

Sigo em frente.

Não sei aonde vou. Nunca estive nessa floresta. Não há espaço entre as árvores. Não sigo um caminho, não chego a uma clareira.

Quando o ouço rir, paro tão abruptamente que minha magia continua no tranco, vazando pelas laterais.

Ele está aqui, recostado a uma árvore.

Ele. O Oco Insidioso.

Eu.

— Oi — diz, jogando a bola no ar. Ele a pega, franze a testa por um segundo, e a enfia no bolso da calça jeans.

— Você fala — digo.

— Agora falo. Agora faço todo tipo de coisa.

Ele olha para cima, para a árvore, e estende a mão na direção de um dos galhos mais finos — ela passa direto. Ele faz uma careta e tenta de novo. Dessa vez, sua mão se fecha em torno do galho e ele o quebra. Ele volta a olhar para mim e sorri, como se esperasse orgulho.

— Por que você tem a minha cara? — grito. Essa ainda me parece a pergunta mais importante de todas.

— É só a minha cara. — Ele ri. — Por que não seria igual à sua?

— Porque você não é eu.

— Não. — O Oco franze a testa. — Olha só pra você. Toda vez que te vejo está diferente. Eu sempre estou assim. — O galho continua em suas mãos. Ele o quebra em dois, então o solta e vem na minha direção. — Você pode fazer um monte de coisas que eu não posso.

Recuo, e dou em um emaranhado de galhos.

— Por que está aqui? O que quer de mim?

— Nada — ele diz. — Nada, nada, nada. Mas o que *ele* quer de você? Essa é a verdadeira pergunta.

Ouço alguém gemer. Tem algo se mexendo entre as árvores... Queria enxergar melhor, e assim que penso nisso minha magia fica mais brilhante — *eu* brilho. O Oco ri de novo.

— *Simon?* — alguém chama. Acho que é Baz, mas a voz está estranha. Ou ele está sem fôlego ou sente dor.

— Baz? Está tudo bem?

— Não, não... *Simon!*

Finalmente vejo Baz à minha frente, a uns cinco metros, encostado em uma árvore. O Oco está acima de nós agora, sentado em um galho baixo, observando. A cabeça de Baz pende.

Corro em sua direção.

— Baz!

Ele ergue o rosto, que também está estranho. Retorcido. Seus olhos estão dilatados e pretos, sua boca cheia de lâminas brancas — os lábios se retraíram para dar espaço a elas.

Eu deveria voltar, mas em vez disso me espremo por entre as árvores para tentar chegar até ele. É Baz quem se afasta de mim.

—Tem algum problema — ele diz. — Estou com fome.

— Baz, você está sempre com fome.

— Não. É diferente. — Ele balança a cabeça e os ombros, como um animal. — Eu te vi na floresta — Baz diz. — Agora há pouco. Mas você estava mais novo, como da primeira vez que te vi. — As palavras saem arrastadas, como se tivessem que deslizar por entre os dentes. — Por um minuto pensei que você estava *morto*. Que era uma visita.

— Não era eu. — Dou um passo na direção dele. — Foi o Oco que você viu.

—Você me tocou. Eu me abaixei e você pôs a mão no meu rosto.

— Não era eu.

— E então você transferiu algo pra mim. — Ele cambaleia para trás, se mantendo a um passo de distância. — Como você faz, Simon. Mas dessa vez não foi magia. Foi um vazio. Você empurrou esse vazio para mim, e todo o resto teve que abrir espaço.

— Baz, para. Me deixa te ajudar.

Ele continua balançando a cabeça. Por um momento, me lembra da dragoa vermelha, balançando a cabeça de um lado para o outro.

— É mais fácil com criaturas — o Oco diz. Está atrás de Baz agora, de pé. Ele estica o braço e apoia a mão na coluna de Baz. — É só passar o que tenho para elas.

Baz geme e se desdobra até que suas costas estejam arqueadas.

— *O quê?* — pergunto. — O que é que você passa?

O Oco dá de ombros.

— Nada. Dou um pouco do meu nada.

Baz levanta o rosto para mim, todo pupilas e dentes. Dá um passo à frente.

— Vai embora, Simon. Estou com fome.

— Dou um pouco do meu nada — o Oco repete —, então elas se atraem pelo que há de maior: *você*. Aí você me dá mais nada. É um ótimo jogo.

Baz continua vindo na minha direção. Não arredo pé.

— Vai embora, Simon! Estou com fome!

— Está com fome de quê, Baz?

— De você! — ele grita. — De magia, de sangue, de magia... de tudo. *De você. De magia.*

Ele balança a cabeça tão rápido que é quase um borrão.

Tem uma árvore entre nós, que Baz arranca do solo e joga de lado.

— Demais — o Oco diz. — Nunca tentei com um bicho desses antes.

Baz salta sobre mim como um grifo de aço. Eu o pego e caímos no chão.

Ele é muito mais forte, mas no momento sou só magia, então não há como me esmagar. Rolamos no chão. Seguro sua cabeça com ambas as mãos, afastando sua boca.

— Estou com muita fome — ele lamenta. — E você está tão cheio.

— Pode pegar — digo, tentando olhar em seus olhos. — Baz. Você sabe que pode.

Empurro o queixo dele e agarro seu cabelo, mantendo-o à distância, mas deixo a magia fluir.

Permito que extravase por todos os meus poros. Baz soluça e para de lutar de repente. Parece que eu estou despejando água em um poço vazio.

Ela flui.

E flui.

O corpo de Baz cede.

— Nossa... — o Oco diz. — Isso é ainda melhor que lutar.

Sinto que ele está próximo. Ergo os olhos e vejo que está acima de nós, sólido como uma rocha sob o luar.

— Quando aprendeu a fazer isso? É como se tivesse aberto uma torneira — pergunta o Oco.

— Você pegou a magia dele? — grito para ele.

— Se eu peguei a magia dele? — o Oco repete, como se fosse uma pergunta muito engraçada. — Não. Eu não pego nada. Sou só o que resta depois de você.

Ele sorri, como um gato sorriria para um passarinho. Nunca vi essa expressão em meu rosto.

— Simon! — Baz grita embaixo de mim. Olho para ele e vejo que agora está brilhando também. Suas presas desapareceram, mas ele ainda parece estar sofrendo. Ele aperta meu tríceps. — Chega!

Eu o solto e rolo para o lado, mas a magia ainda extravasa de mim, ainda flui. É mesmo uma torneira. Eu me concentro em fechá-la. Quando parece que a magia volta ao seu lugar, quando paro de brilhar, fico de quatro.

— Baz?

— Aqui — ele diz.

Sigo sua voz.

— Está tudo bem?

— Acho que sim. — Ele está deitado no chão. — Só me sinto meio... queimado.

— Você está pegando fogo?

— Não — ele diz. — Não. Meio queimado por dentro.

Olho em volta, mas não vejo o Oco. Nem o ouço. Nem sinto que suga meu ar.

— Ele foi embora? — Baz pergunta.

— Acho que sim.

Caio ao lado dele.

— E você? Tudo bem? — pergunta ele.

— Tudo.

Baz tateia até me encontrar, então passa o braço por baixo do meu pescoço e dos meus ombros, me puxando sem muita força para si. Me aproximo, até que minha cabeça esteja em seu peito.

— Tudo bem? — ele pergunta de novo.

— Tudo. E você?

— Acho que sim. — Baz tosse, e afundo o rosto no peito dele. — O que foi isso?

— O Oco.

— Simon, *você* é o Oco Insidioso?

— *Não.*

— Tem certeza?

BAZ

Me sinto queimado.

Incinerado.

Aquele menino — que era *mesmo* Simon — de alguma forma me esvaziou. Como se tivesse forçado minha magia a sair ou diminuir...

Então Simon me preencheu com fogo.

Sinto como se uma fênix tivesse renascido nas minhas entranhas.

Simon esconde o rosto no meu peito, e eu o abraço mais forte.

Era Simon. Foi como vê-lo de novo pela primeira vez. De jeans velho e camiseta suja. Aquela crueza na pele, aquela fome nos olhos.

Quando eu o vi sair do meio dos pinheiros, quis dar um chute nas canelas dele — era Simon, com toda a certeza.

O Simon crescido está tremendo, então passo o outro braço em volta dele também. Sinto como se meus braços estivessem vazios, mas Simon parece totalmente sólido.

Simon Snow é o Oco.

Ou… o Oco é Simon Snow.

SIMON

"Se eu peguei a magia dele? Não. Eu não pego nada. Sou só o que resta depois de você."

Estou deitado em Baz, que está com os dois braços à minha volta. Fico tentando tirar o rosto do Oco da minha cabeça. (Tirar meu rosto da cabeça dele.)

"Dou um pouco do meu nada… Aí você me dá mais nada."

Sento e esfrego os olhos.

— Ainda precisa caçar?

— Não — Baz diz. — Eu já tinha comido quando ele me encontrou.

Fico agachado, então levanto, e estico a mão para Baz.

— Ele falou alguma coisa? Antes de te atacar?

Baz pega minha mão e levanta. Ele não a solta depois.

— Ele disse: "Você serve".

Fecho os olhos, e minha cabeça pende para a frente.

— Ele te usou. Ele te usou contra mim.

— Todo mundo usa — Baz diz, baixo. Sinto seu braço deslizando devagar e delicadamente pela minha cintura.

Eu me acomodo nele.

— Desculpa.

BAZ

Se Simon Snow é o Oco… isso o torna um vilão. Um supervilão.

Será que estou apaixonado por um supervilão?

SIMON

Baz está tremendo, e acho que talvez chorando — faria sentido, depois do que aconteceu. Abro os olhos e ergo o queixo.

Ele não está chorando — está rindo.

Está rindo tanto que cai em cima mim.

— Qual é o seu problema? — pergunto. — Você está em choque?

— Você é o Oco.

— Não sou — digo, tentando endireitá-lo pelos ombros.

— Posso estar morto, mas não sou cego, Snow. Você é o *Oco*.

— Não era eu! Por que está rindo?

Baz continua rindo, em meio a sorrisos de escárnio.

— Estou rindo porque você é o Escolhido — ele diz, ainda meio bobo. — Mas também é a maior ameaça à magia. Você é o cara do mal!

— Baz. Eu juro. Não era eu.

— Parece com você. Fala que nem você. Fica jogando aquela bolinha vermelha infernal pro alto que nem você.

Ele me segura com mais firmeza.

— Acho que eu saberia se fosse o Oco Insidioso — digo.

— Eu não te daria tanto crédito assim, Simon. Você é bem tapado. E tão bonito que deveria ser um crime. Já mencionei isso?

— Não.

Ele se inclina como se fosse me morder, então me beija.

É muito bom.

É sempre muito bom.

Eu me afasto.

— Não sou o Oco! Mas só de pensar nisso você fica com vontade de me beijar?

— Tudo me deixa com vontade de te beijar. Ainda não entendeu? Por Crowley, você é mesmo um tapado.

Ele me beija de novo e volta a rir.

— Não sou o Oco — repito, quando tenho a chance. — Saberia se fosse.

—Você é uma porra de uma tragédia, Simon Snow. Não podia ser um desastre maior, literalmente.

Baz tenta me beijar, mas eu o impeço.

— E você gosta disso?

— Amo — ele diz.

— Por quê?

— Porque combinamos.

Saímos da floresta. Baz sabe o caminho.

O lugar está mesmo cheio de cervos só para ele. Nem estranho ao constatar isso — aparentemente posso me acostumar com qualquer coisa.

Aparentemente, Baz também.

— Aquele troço — tento de novo. — Não sou eu.

— Talvez seja você no passado — ele diz. — Talvez você possa viajar no tempo.

— Mas eu não lembraria? Se ele fosse eu quando mais novo?

— Não sei como essa coisa de viajar no tempo funciona — Baz diz. — Não é magia.

—Você não está mais mancando — digo.

Ele olha para baixo e sacode as pernas.

— Estou melhor mesmo — Baz diz. — Por Crowley, Snow, você me curou. Será que ainda sou um vampiro?

Levanto as sobrancelhas, e ele ri.

— Calma, milagreiro, ainda sou um vampiro. Você ainda cheira a bacon e rosquinhas de canela.

— Como posso cheirar a bacon *e* rosquinhas de canela?

— Você cheira a algo que eu adoraria comer. — Baz para e estica um braço à minha frente. — Espera. Sentiu isso?

Paro também. É leve, mas perceptível. A sensação de ressecamento. A coceira no fundo da garganta.

— O Oco — Baz diz. — Ele voltou?

Alguém grita atrás de nós, chamando por Baz.

Levo a mão à cintura, tentando invocar minha espada. Ela não vem. Não sinto nem uma gota da minha magia.

Baz tira a varinha de dentro do pijama (é claro que ele está preparado). Ele tenta lançar um feitiço. Nada acontece. Ele tenta de novo.

— É um ponto morto — sussurro. — É um dos pontos mortos do Oco.

— *Basilton!* — a madrasta dele grita, correndo na nossa direção. Está de roupão, com o cabelo solto. — *Malcolm, ele está aqui!*

— O Oco... — Baz olha para mim, pálido como nunca o vi, o rosto branco como giz sob o luar. — Snow. Corre.

— Quê?

— Foge — ele diz. — Foi você quem fez isso.

72

SIMON

Eu poderia andar até Londres.

Se estivesse calçado.

E se não tivesse tanta neve...

Quando Baz me disse para ir embora, quando me culpou pelo ponto morto, eu quis discutir. Mas seus pais estavam correndo na nossa direção, em pânico, e eu não sabia bem o que estava acontecendo. O buraco tinha engolido a casa inteira? Toda a propriedade?

Virei para correr para a floresta — mas ela estava pegando fogo. Por minha causa. Por causa da minha magia. E não havia nada que eu pudesse fazer, porque agora não tinha mais magia nenhuma.

— Vai! — Baz repetiu, e eu fui. Eu corri.

Quando cheguei à rua, meus pés estavam dormentes de frio, mas continuei correndo. Por toda a rua. Até a estrada. Para longe dele.

Continuo correndo.

Toda a minha magia volta de repente e me manda para o chão, tremendo. Ainda não estou com minha varinha. Nem tenho um celular...

Eu poderia pedir carona. Será que alguém ia parar? Será que alguém passa por essa estrada completamente isolada no meio da noite? Na noite de Natal? (Papai Noel não existe, ainda que a Fada do Dente sim.)

Estou ajoelhado no acostamento, em meio à neve. *Vou conseguir*, penso. *Já fiz isso antes. Só tenho que querer. Tenho que precisar.*

Penso em fugir, em ir para a casa de Penny, em minha magia me preenchendo e saindo pelos meus ombros. Sinto quando o pijama de Baz rasga...

São asas. Largas e ossudas.

Não tem penas desta vez; eu devia estar pensando na dragoa. As asas são de couro vermelho, com pontas cinzas nas articulações. Elas se abrem assim que penso nelas, e me tiram da neve.

Arranco o restante da camisa do pijama e não penso em como voar, só em para onde quero ir. *Para o alto. Além.* Dá certo. Está mais frio aqui em cima, então penso em calor, e minha pele começa a esquentar.

A casa de Baz está abaixo de mim agora, à distância. O incêndio que comecei ainda queima. Observo a fumaça saindo da floresta, então tento me aproximar — mas não consigo. Sou feito de magia, e não tem mais magia ali.

Pairo no ar.

Penso em apagar o fogo. As nuvens estão cheias de chuva gelada — então *penso* em levá-las até a floresta, e elas seguem sozinhas.

Penso em Baz me mandando embora, e vou.

Até que paro de pensar.

73

PENELOPE

Quem atendeu a porta foi minha irmã mais nova, Priya. Ela estava esperando pelo Papai Noel, e com muita seriedade, aliás, visto que já eram quatro da manhã. Meus pais devem ter dormido antes dela.

Priya ouviu a batida na porta e achou que era o bom velhinho. Não temos lareira, então ela deve ter imaginado que ele entraria pela porta da frente.

Quando Priya abriu, Simon entrou voando, e ela gritou.

Não a culpo. Ele parecia mesmo Satã encarnado. Com asas vermelhas e pretas enormes. Um rabo vermelho com ponta preta. Ele tinha lançado algum feitiço que o fazia brilhar amarelo e laranja, e estava coberto de neve e sujeira, usando a calça de pijama mais chique e imunda que eu já vi.

Meus pais ouviram Priya gritar e desceram a escada correndo. Minha mãe gritou também. Então meu pai gritou e depois aparentemente teve que impedir minha mãe de lançar maldições, porque ela achou que Simon estava possuído, enfeitiçado ou tinha se transformado em Lúcifer.

Foi então que o resto de nós desceu as escadas correndo (com exceção de Premal, que não veio para casa nem para o Natal). Vi Simon e corri para ele. Nem me ocorreu ficar com medo.

Isso fez com que meus pais voltassem à normalidade.

Minha mãe começou a lançar feitiços de aquecimento, e meu pai pegou uma bacia de água quente e um pano para limpar Simon.

Acabamos colocando-o no chuveiro. Ele estava tão exausto que mal aguentava ficar em pé. Nem conseguia dizer de onde tinha vindo. Imaginei que tinha conseguido voltar para a casa de Baz, mas não queria que meus pais soubessem que deixamos Simon em uma estrada no meio do nada na véspera de Natal.

Ajudei meus pais a dar um banho nele e ninguém se importou que eu o visse pelado. Então vestimos uma calça de agasalho da minha mãe em Simon. Ela tentou guardar o rabo junto com uma perna.

— *Bobagem!* — fiquei tentando, até minha mãe me mandar parar.

— Não está funcionando, Penny.

— Da última vez funcionou.

—Talvez não seja um feitiço — meu pai disse. —Talvez ele tenha se transformado de vez.

— Vai ver ele evoluiu — Priya disse, da porta do banheiro. — Tipo um Pokémon.

—Vai dormir, Priya — meu pai disse.

— Estou esperando pelo Papai Noel!

—Vai dormir! — minha mãe gritou.

Ela também tentou lançar feitiços.

— *Última forma! Volta tudo!*

— Cuidado, Mitali — meu pai disse. —Você vai acabar transformando Simon num bebê.

Nenhum dos feitiços da minha mãe teve efeito sobre Simon, nem os que ela lançou em hindi. (Minha mãe não fala hindi, mas minha bisavó falava.) Nada funcionou.

Eles deixaram Simon na minha cama e meu pai sugeriu que ligássemos para o Mago, mas minha mãe disse que deviam esperar para ver o que Simon queria que fizessem.

(Ele parecia consciente, mas não dizia nada. Nem fazia contato visual.)

Meus pais continuaram discutindo mesmo depois de sair do quarto e fechar a porta.

— Pra cama, Priya! — ouvi meu pai gritar.

Subi ao lado de Simon na cama e toquei suas asas vermelhas com a mão do anel.

— *Bobagem!* — sussurrei. — *Bobagem!*

74

SIMON

Acordo na cama de Penelope na manhã de Natal.

Ela está sentada ao meu lado, olhando para mim.

— O que foi? — pergunto.

— Graças à magia! Estava preocupada que você tivesse perdido a fala.

— Por quê?

— Porque você não abriu a boca ontem à noite. Pelo amor das cobras, Simon, o que aconteceu com você?

— Eu...

Estou deitado de bruços. Tento virar de costas, mas não consigo. As asas ainda devem estar para fora. Só de pensar nelas faço com que se abram, e derrubo Penny.

— Simon!

— Desculpa — digo, tentando recolher as asas. — Desculpa.

Penny pega a ponta da asa e esfrega entre o dedão e o indicador.

— É permanente?

— Não sei — digo. — Não era minha intenção.

— Nós te cobrimos de feitiços ontem, mas nenhum teve efeito.

— "Nós" quem?

— Eu e meus pais. Não se lembra de ter vindo pra cá?

— Mais ou menos... Me lembro de voar. Não reconhecia Londres. De cima. Então tive que ir até a roda-gigante, depois voei baixo pelas ruas até encontrar sua casa. Sempre vim de metrô.

— Será que alguém te viu?

— Não sei. Tentei pensar em ficar invisível...

— Você o quê?

Fecho os olhos e penso nas asas. Penso que não preciso mais delas. Sinto a magia me enchendo. (A magia está sempre me enchendo agora. Está sempre subindo pela garganta.) Penso em como não quero voar, então penso em fazer as asas voltarem para minhas costas.

Quando abro os olhos de novo, Penny me encara, com a mão que segurava a asa vazia. Parece assustada.

— O que você fez?

— Recolhi as asas.

— E o rabo?

Tateio e sinto um rabo de couro, parecendo uma corda.

— Minha nossa.

Me concentro em me livrar dele, e o rabo escapa da minha mão, arranhando a palma e voltando a entrar no corpo.

— Qual era a do rabo? — Penny pergunta.

— Não sei — digo, sentando. — Eu devia estar pensando naquela dragoa.

— Simon... — Ela está balançando a cabeça. — O que aconteceu ontem à noite?

— O Oco — digo. — Ele atacou a casa dos Pitch. Tentou usar Baz contra mim.

— Ele criou o maior buraco da Grã-Bretanha!

— Quê?

— Meu pai recebeu uma ligação hoje de manhã. Hampshire já era.

— *Quê?*

— Ele está lá agora, com toda a equipe, mas os Pitch não querem deixar que entrem na propriedade. Dizem que foi uma declaração de guerra.

— Do Oco?

— Do *Mago* — ela diz. — Dizem que é ele quem controla o Oco. Que ele talvez até *seja* o Oco. As famílias antigas convocaram um conselho de guerra, ninguém sabe onde. Minha mãe diz que o Mago está procurando por você, mas que ela não vai contar de jeito nenhum. A menos que você *queira* que ela conte. Você quer?

— Não sei, acho que sim... Por que os Pitch estão culpando o Mago por isso?

Penny morde o lábio e olha para baixo.

— Por sua causa, acho. Todo mundo está dizendo que você foi até a casa dos Pitch no Natal e fez um ritual das trevas para acabar com a magia deles.

— Eu estava lutando contra o Oco! Ou pelo menos tentando. Ele fez alguma coisa com Baz e o virou contra mim como faz com criaturas das trevas.

— Você teve que lutar contra *Baz*?

— Não! Transferi minha magia, pra que ele pudesse enfrentar o Oco. Foi como um feitiço. O Oco estava *lá*, Penny, com a minha cara... e dessa vez falou comigo. Com a minha voz. Ele ficou olhando pra gente. E então... então simplesmente desapareceu. E se roubou a magia da casa de Baz só para se vingar? Porque o venci?

Penny continua mordendo o lábio.

— Ainda não entendo por que você tinha um rabo...

— Eu... preciso sair daqui. — Estou com as mãos no cabelo. Tento lembrar o que foi que aconteceu. — Quando Baz voltou a si, saímos da floresta e demos de cara com um ponto morto. Os pais dele estavam pirando, e Baz me disse para ir embora. Então... eu fui. Não sabia mais como chegar aqui.

— Então voou.

— É.

Ela parece mais preocupada do que nunca, tirando a vez em que fomos sequestrados.

— Que feitiço você lançou, Simon?

— Penny... foi que nem da última vez. Não lancei nenhum feitiço. Só... fiz o que precisava fazer.

Penelope retorce as mãos, com o olhar fixo no colo.
— Penny?
— Oi?
Ela não levanta os olhos.
— O que eu faço?
Penny suspira.
— Não sei, Simon. Talvez Agatha esteja certa. — Ela finalmente me encara. — Talvez seja hora de falar com o Mago.

Penny decide que é melhor almoçar antes. Mesmo que seja tarde. Passei a maior parte do dia dormindo.

Seus pais não estão e não tem nada na geladeira além de peru cru. Penny não tem confiança para cozinhá-lo com um feitiço, então comemos cereal, torradas e os doces que sobraram da ceia.

A irmã dela entra na cozinha.

— Foi por culpa sua que o Papai Noel não veio — a menina me diz. — Você o assustou.

— Papai Noel vai vir, Priya — Penny diz.

Eles são em cinco irmãos: Premal, Penny, Pacey, Priya e Pip. (Penny diz que a mãe devia ser acusada de crueldade e o pai de negligência.)

— Papai Noel não existe — Pacey grita da sala de estar. — Nem Deus.

Não conheço Pacey muito bem. Ele está no quinto ano em Watford, mas não se dá bem com Penny. Ela e os irmãos estão sempre discutindo. Acho que nem sabem como se comunicar de outra maneira.

Ainda me sinto péssimo: com frio e molhado, ainda que esteja perfeitamente seco e usando algumas roupas de Pacey. (Acordei com uma calça de moletom feminina.) Ainda que eu não conseguisse sentir o rabo esquisito de dragão quando o tinha, agora que foi embora minha bunda dói um pouco. O cereal fica voltando na garganta e eu faço força para engolir.

Estou tentando não me preocupar ou pensar no que deveria fazer a seguir. Penny está certa — é melhor falar com o Mago. Ele vai nos dizer o que fazer.

Quando alguém bate à porta, acho que deve ser ele. Priya vai atender, mas Penny a impede. Levanto e invoco minha espada, só para garantir.

É Baz.

De pé diante da porta da casa de Penny, com o terno verde-escuro de novo, cheirando vagamente a fumaça. Está com a mão no bolso e aperta os olhos. Levanta um pouco o queixo.

— Me deixa entrar, Bunce. Não temos tempo para delicadezas.

— Você não precisa ser convidado para poder entrar? — ela pergunta. Baz sorri com desdém, e Penny faz um gesto para ele. — Vem.

Baz passa por ela e olha em torno da sala.

— Onde fica o escritório do seu pai?

— Ele não está, foi pra sua casa. E por que acha que eu te deixaria entrar no escritório dele? Aliás, o que está fazendo aqui?

— Estou aqui — Baz diz, olhando para mim e me medindo de cima a baixo — porque temos um acordo.

Penelope se põe entre nós.

— Se fizer um único movimento na direção de Simon, um gesto que seja, enquanto está na minha casa, vou matar sua família inteira, Basilton. A coisa vai ser tão feia que eles não vão nem ser capazes de encontrar o véu. Simon não fez isso.

Ele volta a sorrir com desdém para ela.

— Aí é que você se engana. Me mostra o escritório do seu pai. Tem algum mapa? Imagino que tenha.

Ficamos olhando para ele. Eu, porque não posso evitar. Penny, chocada.

— E a trégua? — ele diz. — Ainda estamos em trégua. Anda logo!

Assinto.

— Vamos, Penny. Leva a gente lá pra cima.

Ela suspira e descruza os braços.

— Tá, mas não encosta em nada. Nenhum de vocês, aliás.

Nós a seguimos escada acima. Baz dá uma ombrada em mim no caminho.

— Tudo bem, Snow? — ele pergunta, baixo.

— Tudo. E você?

— Também.

— Sua magia? — sussurro.

— Normal.

Ele toca de leve nas minhas costas, e nem sei se foi de propósito.

Subimos o último degrau para o sótão, onde o pai de Penny trabalha. Nunca vim aqui. O cômodo é todo de mapas. Eles estão espalhados pelas paredes, cobertos de tachinhas e barbantes. Pelas mesas altas, com canecas de chá vazias em cima para segurar. Tem um quadro-negro ocupando uma parede inteira, cheio de números e fragmentos de frases.

— Maravilha — Baz diz. — Você teve a quem puxar, Bunce.

Ele caminha pelo escritório, até achar o que procura.

— Aqui — Baz diz. — Devidamente etiquetado. — Paro atrás dele. É um mapa do sudeste, com um barbante vermelho em volta de Hampshire. Numa bandeirinha, diz: VÉSPERA DE NATAL DE 2015.

— O Oco atacou Simon ontem à noite, e o maior buraco da Grã-Bretanha se abriu. — Ele se vira para nos olhar. — Quando a dragoa atacou Watford? Que dia era?

Dou de ombros.

— Foi depois da prova de palavras mágicas — Penny diz. — No meio de novembro.

— Certo... — Baz caminha pelo escritório, lendo as bandeirinhas. Ele para diante de um mapa da Escócia. — Aqui. Dia 15 de novembro. Ilha de Skye.

— Você quer provar que o Oco está ligado aos buracos? — Penny pergunta. — Porque já sabemos disso.

— Estou chegando lá, Bunce... Quando foi que os buracos começaram a aparecer?

— Temos mesmo que fazer isso pelo método socrático?

Baz franze a testa para ela.

Penny suspira.

— Ninguém sabe. Começamos a registrar buracos em 1998, mas nessa época já havia alguns menores espalhados pelo país...

Ele assente depressa, cortando-a.

— E quando foi que você nasceu, Simon? Eu deveria saber, mas não lembro de você já ter comemorado aniversário.

Dou de ombros de novo. Então pigarreio.

— Não sei. Quer dizer... Ninguém sabe. Eles fizeram uma estimativa quando me encontraram.

— Mas você deve ter uns dezoito. Talvez dezenove?

— Colocaram que nasci em 1997 na minha certidão.

Baz assente.

— Ótimo, 1997. Um pouco antes que os buracos fossem descobertos. Quando foi que você se deu conta de que era um feiticeiro?

Penny está prestando atenção agora. Nós dois nunca falamos sobre isso. Não gosto de falar sobre isso.

— Eu nunca me dei conta — digo. — Foi o Mago que me contou.

Baz me prega à parede com o olhar.

— Mas como o Mago sabia? Como ele te encontrou?

Pigarreio.

— Eu explodi.

Os dois sabem o que isso significa. Aos onze anos de idade, eu não sabia. Acordei no meio da noite, depois de um pesadelo horrível — eu tinha ido para a cama com fome e sonhei que minha barriga pegava fogo. Quando despertei, sem ar, a magia transbordava de mim. Explodia. O abrigo queimou totalmente, mas todos os seus moradores acordaram a ruas de distância. Ilesos, mas ainda assim *a ruas de distância*. (Uma vez assisti a um programa sobre tornados nos Estados Unidos que mostrava móveis que tinham sido encontrados intactos a quilômetros de distância. Foi exatamente assim.)

— Você acendeu a atmosfera mágica como uma árvore de Natal — Baz diz.

— Como um bombardeio — Penny diz. — Minha mãe vomitou quando aconteceu.

— E *quando* foi isso? — Baz pergunta. — Quando foi que aconteceu?

— Agosto — digo. Mas sei que Baz sabe. — Do ano em que entramos em Watford.

— Agosto de 2008 — Baz diz, e caminha pelo escritório. — Aqui. — Ele aponta para um ponto morto no mapa. — E aqui — diz, apontando para outro.

Penny e eu encaramos o mapa.

Ela dá um passo à frente e aponta para um círculo de barbante.

— E em Newcastle... — diz, baixo. — E uma porção de outros menores na costa. Os buracos mudaram naquele ano. Meu pai diz que entraram em metástase.

— Mas... mas eu não estava em nenhum desses lugares! — digo às pressas. — Nunca tinha estado num ponto morto até ontem à noite.

Baz vira para mim.

— Acho que você não precisa estar no lugar. Para fazer acontecer.

— Simon — Penny pergunta —, quando você explodiu diante da quimera?

— No quinto ano — Baz diz. — Na primavera de 2013.

— Aqui — Penny diz, apontando. — E um bem grande ali.

— Vocês estão dizendo que eu sou o Oco? — Dou um passo para trás. — *Porque eu não sou!*

Baz me encara.

— Eu sei. Sei que você não é o Oco. Mas, olha, Simon. O Oco *falou pra gente*. Ele disse que não rouba a magia. Ele disse que é "o que resta depois de você".

— Nem sei o que isso significa, Baz!

Sinto como se pudesse explodir agora mesmo. As pontas dos meus dedos zumbem.

— Significa que não é o Oco que suga a magia, Simon. É você.

Penny arfa.

— *Simon*. Da primeira vez que explodiu, você tinha onze anos...

— Exatamente — Baz diz. — Devia estar usando uma camiseta vagabunda e uma calça jeans velha, brincando com aquela maldita bola.

Baz e Penny olham um para o outro.

— Simon explodiu — ela diz — e sugou tanta magia que... — Baz assente, animado. — Abriu um buraco na atmosfera mágica! — ela conclui.

— Um buraco com a forma dele — Baz concorda.

Seguro a cabeça com ambas as mãos, mas ainda não faz sentido.

— Vocês estão dizendo que eu criei um gêmeo do mal?

— É mais uma impressão sua — Baz diz.

— Ou um eco — Penny completa, ainda embasbacada.

Baz tenta explicar de novo:

— É como se você puxasse tanta magia de uma só vez que deixasse impressões digitais... Na forma de seres.

— Mas... — digo.

— Mas... — Penny balança a cabeça. — Por que a atmosfera mágica não se acomodou a Simon do mesmo jeito que se acomoda aos feiticeiros com grande poder? É um sistema em equilíbrio.

— A Terra também é — Baz diz —, mas se você devastar uma floresta o ecossistema não vai se recuperar na hora.

— Não faz sentido! — digo. — Mesmo se eu tivesse produzido um buraco no meu formato, como ele ganhou vida? Por que é um monstro?

— Mas ele ganhou vida mesmo? — Penny pergunta.

— E é um monstro? — Baz a segue.

— Estamos falando do Oco Insidioso! — grito.

— Estamos falando de um *buraco* — Baz diz, calmo. — Pensa só. O que buracos querem?

— Ser preenchidos? — arrisco. Sei que não estou conseguindo acompanhar os dois.

— Por Crowley, não — ele diz. — *Crescer*. Tudo quer crescer. Se você fosse um buraco, só ia querer crescer.

— É isso, Baz! — Penny dá um abraço nele. — Você é um gênio!

Baz a afasta depois de um segundo.

— Calma aí. Também sou um vampiro.

Me jogo contra uma parede. Algumas tachinhas vão ao chão.

— Ainda não entendi.

— Simon — Penny diz —, você é poderoso demais. Usa magia demais de uma vez só. A atmosfera mágica não suporta isso, e entra em colapso quando você explode.

— Teoricamente — Baz diz.

— Teoricamente — ela concorda.

— Mas... — eu digo, porque deve ter um monte de "mas" aí. — Por que o Oco fica tentando me matar? Por que manda todas as criaturas do Reino Unido atrás de mim?

— Ele não está tentando te matar — Baz diz. — Está tentando te fazer explodir.

— E usar mais magia — Penny diz.

Baz aponta para os mapas atrás de si.

— Para fazer um buraco maior.

Olho para os dois.

Os dois olham para mim.

Ainda parecem muito satisfeitos consigo mesmos, e animados, como se não estivessem olhando para a maior ameaça que o mundo mágico já enfrentou.

— Temos que contar ao Mago — digo.

A expressão de Baz se desfaz.

— Só sobre o meu cadáver.

75

BAZ

— Se é verdade — Snow diz —, se um pouco que seja for verdade, não podemos guardar segredo. Temos que falar com o Mago.

Eu sabia que isso ia acontecer.

Sabia que essa seria a solução dele.

Sabia desde o começo que Simon ia correr para o Mago quando as coisas ficassem sérias.

— Porra nenhuma — digo. — Temos que ir atrás dos nulidades.

— Dos *nulidades*? — Simon repete, como se não conseguisse acreditar no que estou dizendo. — Você acabou de me contar que estou destruindo o Mundo dos Magos e agora quer caçar nulidades?

— Você assumiu um compromisso comigo — eu o lembro. Tento passar urgência na minha voz, em vez de desespero.

Snow me olha de um jeito estranho, como se eu estivesse falando sobre o fato de que agora somos namorados. Como se isso ainda importasse.

Solto um suspiro amargo.

— Não estou falando disso, seu idiota. Você prometeu me ajudar a encontrar o responsável pela morte da minha mãe.

— Eu vou te ajudar a encontrar o responsável pela morte da sua mãe — Snow diz. — Depois que descobrirmos como parar com isso. — Ele inclina a cabeça para trás. — Talvez. Quer dizer... Se eu ainda estiver vivo. Se o Mago não decidir que é melhor acabar comigo.

— *Simon* — Bunce o repreende.

— Ele vai ter que entrar na fila depois que minha família descobrir o que está acontecendo — digo. — Depois que todo o Mundo dos Magos descobrir. As famílias antigas já acham que você e o Mago estão tramando para roubar a magia delas. Quem derrotar vocês vai ser coroado.

— *Baz* — Penny diz.

— Imagino que esteja pensando que vai ser você — Snow diz, estreitando os olhos.

— Estabelecemos uma trégua — digo, levantando a voz. — A merda toda já saiu de controle, e se não resolvermos o assassinato da minha mãe agora nunca vamos conseguir. Você prometeu, Simon. *Eu prometi.*

— A gente tem coisas mais importantes com que se preocupar agora! — Snow grita.

— Nada é mais importante que a minha mãe!

76

BAZ

Só lembro onde os nulidades vivem porque, quando estava me arrastando para o carro, Fiona disse: "Nossa senhora, que bagunça, e bem debaixo da ponte Blackfriars! Esta cidade está perdida!".

Não demoro muito para chegar de Hounslow. É Natal, e não tem ninguém na rua. Estaciono e abro caminho na neve até a extremidade da ponte.

Começo a entrar um pouco em pânico.

Sei que não deveria ter vindo sozinho, mas todas as pessoas para quem eu poderia pedir ajuda teriam me arrastado de volta ao assunto mais premente: o fato de que agora somos uma família de sem-teto mágicos. Nem Fiona teria me ouvido hoje.

Simon e Penny voltaram à sua missão de salvar o dia. Ou destruir o mundo. Talvez ambos. Tudo bem. Eu sempre soube em que posição da lista de prioridades de Simon estava: logo abaixo do resto do mundo. Bem, bem abaixo do Mago.

Não tem problema. Está tudo bem.

Estou com medo, mas é normal. Experimente voltar ao lugar onde você foi mantido num caixão até que não conseguisse mais lembrar da própria aparência.

Estou em melhor posição do que da última vez. Estou consciente, para começar. Trouxe minha varinha. Totalmente alerta.

É fácil encontrar a porta do covil dos nulidades. É basicamente um buraco. Escorrego um pouco na lama, e meu estômago se revira com o cheiro. De papel molhado e podridão. Estou no lugar certo.

Está escuro demais aqui embaixo para enxergar, então acendo um fogo na palma da mão, iluminando o círculo de nada ao meu redor.

Deixo as chamas crescerem... e vejo muito mais nada. Estou em uma câmara cheia de lixo. Blocos de asfalto. Pedras enormes. Nada me é familiar, porque eu estava inconsciente quando me trouxeram e praticamente inconsciente quando me levaram. Nem sei muito bem que aparência nulidades têm.

Pigarreio. Nada acontece.

Pigarreio de novo.

— Meu nome é Basilton Pitch — digo, bem alto. — Vim fazer uma pergunta a vocês.

Uma das pedras enormes começa a tremer. Ergo o fogo e a varinha em sua direção.

O negócio se abre como um Transformer e vira um troço ainda maior que parece estar usando uma blusa de frio bege gigantesca.

—Você — ele diz, e o som é de uma obra na estrada.

É um ronco familiar. Sinto as paredes se fechando à minha volta e gosto de sangue velho na boca. (O sangue fica mais grosso quando velho, porque coagula.)

—Você — a coisa diz. —Você matou os nossos.

— Bom, vocês me sequestraram — digo. — Lembra?

— Não matou — ele diz.

Agora tem mais coisas por aqui, roncando à minha volta. Não consigo ver de onde vêm, mas parece haver menos detritos espalhados. Tento identificar seus rostos — tudo neles é cinza-amarelado. São como montes de cimento úmido.

— Estavam a meio caminho de matar — eu digo —, mas não foi por isso que vim aqui. Vim falar com vocês.

Estou cercado por eles agora. É como estar dentro de um círculo de pedras.

— Não gosta falar — um ronca. Talvez aquele mesmo do suéter. Talvez este outro, perto de mim, usando um cobertor elétrico, arrastando a tomada no chão.

— Frio demais pra falar — outro grunhe. — Hora de descanso.

É verdade, eu tinha esquecido. Nulidades hibernam. Devo tê-los acordado.

— Podem descansar — digo. — Já vou embora. Só me digam uma coisa...

Eles roncam entre si.

— Quem mandou que fossem atrás de mim?

As criaturas não respondem. Sinto que estão cada vez mais perto de mim, ainda que não veja se aproximarem.

— Quem mandou vocês me pegarem? — grito. Estou com a varinha empunhada, o braço dobrado atrás das costas. Talvez já devesse estar lançando feitiços agora, mas não vou conseguir nenhuma resposta se os matar. Fora que eles podem revidar.

Será que já estão revidando?

De repente, parece que as paredes de pedra me esmagam. Eles se aproximam de mim, se espremendo em volta do fogo na minha mão... *o fogo.*

— Se me esmagarem — grito — o fogo vai se extinguir!

O ruído cessa. Acho que estão parados. Parecem se acomodar em placas disformes à minha volta, em torno da minha mão. Por quanto tempo acham que posso ficar assim? (E por que não se mudam de uma vez para um lugar mais quente?)

— Podem contar — digo. — Quem mandou me pegarem?

— Não conta — um deles responde. É como ouvir pedras sendo transformadas em cascalho.

— Por que não?

A parede atrás de mim parece se aproximar.

— Disse pra não contar.

Eu endireito a coluna.

— Bom, estou dizendo para contarem.

— Deu calor — o maior deles diz.

— Vocês não parecem quentes.

— Deu calor por um tempo — ele diz.

— Disse pra não falar — outro grunhe.

— Não gosta de falar.

Deixo o fogo na minha mão se extinguir, e eles fazem um barulho parecido com dez mil dentes rangendo.

— Mais fogo — ouço. — Mais foooogo.

— Eu faço mais fogo quando responderem minha pergunta! — Eles vibram. Não sei bem se de raiva, impaciência ou outra coisa. — Quem mandou vocês? Quem pagou para que me pegassem?

— Deu calor — ouço.

— Quem?

— Um de vocês.

— Mágicos.

— Quem de nós? Foi um homem? Que cara ele tinha? — disparo.

— De homem. Macio.

— Quente.

— Mancha molhada no asfalto.

—Verde.

—Verde? — repito.

O maior deles se desdobra, então se desfaz em uma pilha à minha frente, forçando os outros a se afastarem.

— Maior pedra de todas!

— Um de vocês.

— Quente.

— Pega o menino-vampiro — o maior ronca —, deixa no escuro, dá sangue.

— Fica com ele até frio chegar e ficar.

— Fogo. Quente. Você prometeu.

Eles voltam a se fechar à minha volta.

—Você prometeu.

Volto a acender o fogo na mão, mas, em vez de recuar, eles se aproximam ainda mais. Não consigo nem ver meu pulso.

— Se afastem! — grito. Meu braço esquerdo está sendo puxado para longe do ombro, e o braço com a varinha está pressionado contra minha orelha. — *Sai fora!*

— Lança papel-embrulha-pedra — alguém grita. Não é um nulidade, mas um humano.

— Quê?

— Papel-embrulha-pedra. Anda!

— *Papel embrulha pedra!* — eu grito, então um tipo específico de caos tem início.

Alguém pula em cima dos nulidades, batendo neles com jornais como se estivesse num daqueles jogos de dar martelada na toupeira. Os nulidades tentam escapar, mas quando são pegos, ficam imóveis na hora. Totalmente imóveis. A pressão sobre mim cessa.

Quando olho, deparo com ninguém menos que Nicodemus, em cima do maior deles, recuperando o fôlego.

— Que porra você está fazendo aqui? — pergunto a ele, imagino que boquiaberto.

Nicodemus desdenha.

—Vim te salvar de nulidades.

—Você colocou esses troços pra dormir com o jornal?

— Pois é. Por que não fez isso antes?

Nicodemus está usando um paletó barato por cima da camiseta branca, jeans preto com corrente e coturnos velhos com ponta de aço. Sei bem o que a ridícula da minha tia viu nele.

Ele se abaixa e pega meu pulso, apontando minha varinha para a parede de pedra que está prendendo o outro braço.

— Quebra essa pra mim! — ele diz.

— Oi?

— Repete.

— Por quê?

Ele belisca meu pulso.

— *Quebra essa pra mim!* — eu digo, e a pedra se desfaz, soltando o meu braço.

— Não deveria ter funcionado — digo, sacudindo a mão livre.

Os nulidades não acordam, ainda que eu quebre partes deles.

— Para de reclamar e vem — Nicodemus diz. — O jornal não vai dar conta por muito tempo.

Ele estica o braço, então eu o pego, ainda que cheire a sangue azedo e sidra. Nicodemus me puxa para que eu também suba nas criaturas.

Pulamos de uma a outra, depois voltamos ao chão.

— Por aqui — Nicodemus diz, acedendo uma lanterna grande.

Eu o sigo pelo caminho enlameado para a luz do dia. Assim que saímos, eu o empurro para longe de mim.

— Ei! — ele diz. — Acabei de salvar sua vida!

— Você estragou meu plano. Eles estavam prestes a me contar quem mandou me sequestrar!

— Eles já te contaram — Nicodemus rosna. — Foi o Mago!

O Mago. O homem verde. Maior pedra de todas. *O Mago?*

Os lábios de Nicodemus se retorcem, e posso ver as lacunas onde há dentes faltando.

— Foi o Mago que mandou te sequestrarem. — Nicodemus continua seguindo em frente, e eu continuo recuando. — Foi o Mago que deixou os vampiros entrarem em Watford.

— Quê? — tropeço na neve, mas me seguro.

— O Mago fez um acordo com eles — Nicodemus diz, a centímetros do meu rosto. — Se atacassem Watford e assustassem todo mundo, deixaria que vivessem em Londres, sem ser incomodados. O Mago pretendia fechar esse acordo comigo, mas eu não quis, então ele encontrou outra pessoa.

— O Mago mandou os vampiros para matar minha mãe?

—Tentei avisar, mas, vindo de mim, ela não acreditaria nem numa promessa de Merlim. — Nicodemus dá de ombros. — Não sei se adianta alguma coisa, mas não acho que a morte da sua mãe fazia parte dos planos do Mago. Mas também não acho que ele deu muita bola. Tornou tudo mais fácil, não é?

Recuo mais um passo.

— Por que está me contando isso agora? Por que não contou antes? E por que estava aqui? Você me seguiu?

Olho para os lados, procurando por mais vampiros. É uma armadilha?

— Eu não podia contar — Nicodemus diz. — Ele teria me matado! Mas agora nem ligo. Ele prendeu minha irmã, né? Seu Mago. Está com ela agora. Preciso da sua ajuda pra resgatar minha irmã.

Foi o Mago. Esse tempo todo.

Quer dizer, sempre achei que tinha sido ele, mas nunca achei *de verdade* que tinha sido ele. Como pode ser? Ele é o *Mago*. Como pode simplesmente...?

Solto um grunhido como Snow costuma fazer, que vem do meu estômago e invoca minhas presas. Então me viro e corro para o carro.

Nicodemus corre atrás de mim. Ele pega meu braço.

— Espera! Vou com você!

— De jeito nenhum.

— Já falei, ele pegou minha irmã!

— E eu com isso?

— Vou te ajudar a lutar.

— Não quero sua ajuda, seu monstro.

— Que pena — ele diz, me puxando. — Porque vai ter mesmo assim!

Somos interrompidos por ganidos desesperados. Um normal passeia com um cachorrinho cavalier vesgo que parece bastante interessado em nós dois, latindo como um louco.

— Anda, Della.

O normal puxa a coleira dela, e a cachorra quase se enforca pulando em nossa direção. *Au, au, au!*

Eu poderia jurar que está dizendo: *Baz! Baz! Baz!*

Dou as costas para Nicodemus e me aproximo da cachorra.

— Você me chamou?

— Baz! — a cachorra ladra. — Graças à magia! Sou eu, Penelope!

— Bunce? — A voz parece mesmo a dela. De um jeito meio latido e canino. — Quem te transformou em um cachorro?

— Sou um cachorro? — ela late. — O feitiço nunca funcionou assim. Baz, você tem que vir me buscar!

O normal se inclina para pegar a cachorra, como se eu fosse uma ameaça a ela.

E sou mesmo. Pego a cachorra e a aproximo do meu rosto.

— Ei! — o normal diz. Nicodemus silva para ele, que solta a coleira.

— Bunce, do que está falando?

— Não podemos deixar Simon encontrar o Mago sozinho. Estou com um pressentimento muito ruim. Preciso que venha me pegar!

Simon. Sozinho com o Mago. O assassino da minha mãe.

— Estou indo. — Enfio a cachorra debaixo do braço e olho para o normal. — Preciso pegar seu cachorro emprestado.

—Você não pode simplesmente...

Ergo a varinha.

— *Não tem nada pra ver aqui!*

O normal olha para a gente, então para as próprias mãos, e pega um cigarro do bolso.

Começo a correr para o carro.

Nicodemus segue logo atrás de mim.

—Vou com você!

Continuo correndo. Ele volta a pegar meu braço. Eu me viro, e acendo uma chama na palma da mão. Nicodemus dá um pulo para trás.

Bunce late para ele.

— Tenho que salvar minha irmã — Nicodemus diz. — E posso ajudar. Sabe que não tenho como entrar sozinho.

Ergo o queixo.

—Você poderia mesmo ajudar. E se o que diz é verdade, Ebb certamente precisa de ajuda. Mas de jeito nenhum que vou deixar outro vampiro entrar em Watford. Mesmo um vampiro castrado.

77

AGATHA

— Ah, graças à magia — minha mãe diz. Ela está à porta do meu quarto, de roupão.

Levanto a cabeça do travesseiro.

— O que foi?

Peguei no sono vestida, deitada em cima das cobertas. Não tenho ideia de que horas são.

— Mitali Bunce acabou de ligar. Simon e Penelope fugiram sabe-se lá para onde, e achei que você poderia ter ido com eles.

— Não... Eles fugiram?

— Ela está torcendo para que tenha sido isso, e não que tenham sido sequestrados. — A voz da minha mãe falha. — Depois do que aconteceu ontem à noite...

— Mãe, o que foi?

— Houve outro ataque — ela diz. — Aquele Oco horrível... ele atacou os *Pitch*. Devorou tudo. É uma pena. Era a maior propriedade mágica que havia.

— Mas Simon... — começo a dizer.

— O que foi, meu bem? Ele te disse alguma coisa?

Eles foram atrás dos nulidades. Tenho certeza disso. É exatamente o tipo de coisa que fariam. Fugir para confrontar um bando de ogros sem falar com os pais ou pedir ajuda...

Penso em contar à minha mãe. Que Simon estava na casa dos Pitch ontem à noite. Que ele e Penny — e *Basilton Grimm-Pitch* — estavam tramando juntos.

Mas minha mãe ia perguntar por que não contei antes.

Acho que ia me mandar ficar de bico calado. Diria que nada de bom viria de se envolver agora, com todo o Mundo dos Magos à beira da guerra, ou talvez até já dentro dela.

Meu pai está em uma reunião emergencial do conciliábulo, ela diz. O Mago está trancado em sua torre, conversando com as estrelas ou coisa do tipo.

Dá para ver que minha mãe está aliviada porque não estou com Simon e Penny, mas também estranhamente preocupada.

— Agatha, está tudo… sabe… bem com Simon?

— Além do fato de que ele desapareceu?

— Você me entendeu, querida. *Entre vocês*. Entre vocês dois.

— Estamos bem — garanto a ela.

Não vou contar agora que terminamos. Nem sei se Simon está vivo. Não vou contar à minha mãe que acabei com minhas perspectivas futuras até que seja obrigada a fazê-lo.

Pego sobras da festa — coca zero e umas torradinhas meio murchas com patê de alcachofra — e volto para o quarto. Peguei no sono antes da festa ontem à noite, e meus pais não me acordaram. Devem ter decidido que eu precisava descansar.

Dou uma mordida numa torrada. Não posso fazer nada a respeito de tudo o que que está acontecendo.

Nem sei onde Simon está. "Caçando nulidades" não ajuda em nada. O que mais eu sei? Que talvez esteja com Baz? Que os dois são amigos agora? Não chega a ser uma pista.

Ainda não consigo acreditar que os dois estão amigos.

Da parte de Simon, sim. Ele fica amigo de quem se oferecer. De qualquer um que não se importe com os riscos de se aproximar de um desastre ambulante. Mas o que Baz ganha com isso?

Ele sempre quis ver Simon morto. Faria qualquer coisa para tirá-lo do seu caminho.

Qualquer coisa...

E se for tudo um truque?

E se Baz *conduziu* Simon até os nulidades? Assim como me conduziu até a floresta aquela noite...

Tá. Ele não me *conduziu*. Eu o segui. Mas ainda assim. *Ainda assim...*

Baz é um vampiro.

Baz é um vilão.

Baz é um *Pitch*.

Meu celular está na mesa de cabeceira. (Tenho um para usar em casa.) Eu o pego e mando uma mensagem para Penny.

Sua mãe está te procurando. Está todo mundo preocupado.

E depois: *Vocês foram brigar com nulidades? Precisam de ajuda? Posso mandar ajuda.*

E depois: *Baz está aí? Acho que pode ser um truque. Ele pode estar tentando pegar Simon.*

E depois: *Vocês podiam ter deixado um bilhete. É o mínimo.*

Largo o celular na cama e abro o refrigerante. A foto de Lucy e Davy está debaixo do meu travesseiro. Eu a pego.

O que Lucy Salisbury, tão corajosa e audaz, faria em uma situação dessas?

Fugiria para a Califórnia, como uma pessoa esperta deve fazer, me parece. Deixaria que os heróis cuidassem de tudo.

Se Baz está contra Simon, não há nada que eu possa fazer...

Mas não posso só ficar sentada aqui, à toa, droga! (Aquele *idiota*.) (Aqueles idiotas.) Mesmo quando não estou envolvida em seu drama escroto, ainda estou... ainda tenho que desempenhar meu papel...

É nesse momento que costumo pedir socorro.

Minha mãe está no telefone quando saio. Pego o carro.

78

BAZ

Levei algum tempo para entender que Bunce só estava possuindo a cachorra, não presa dentro do corpo dela. Nunca ouvi falar de uma magia desse tipo. Tenho certeza de que é ilegal.

A Bunce de verdade, essa feiticeira incrível, está escondida atrás de uma sebe em Hounslow, esperando por mim.

Estou indo encontrá-la.

— Eu não precisaria fazer isso se você não ficasse miguelando o número do seu celular! — ela late do banco de trás.

PENELOPE

Estou escondida no jardim do vizinho. Não posso voltar para casa, porque se minha mãe estiver lá, não vai mais me deixar sair. E *tenho* que ir, não posso deixar Simon encontrar o Mago sozinho. Talvez ele já esteja em Watford. Provavelmente só pensou em teletransporte e de repente estava lá.

Eu estraguei tudo com Simon.

Ele ia me deixar ir junto, acho, depois do chilique de Baz, mas eu tentei fazê-lo desistir da ideia, tentei argumentar com ele.

— Talvez Baz esteja certo — eu disse.

Simon andava de um lado para o outro do meu quarto, com a espada na mão. Parou para me lançar um olhar desdenhoso.

— Sério, Penny? Nulidades?

— Não, não nisso. Simon, pensa bem, o que vai acontecer quando as pessoas descobrirem a seu respeito?

— Não ligo pra isso! — ele rugiu.

Fiz sinal para que falasse baixo. Meus irmãos estavam lá embaixo.

— Mas você liga pro Mago — eu disse. — O que acha que vai acontecer quando ele descobrir que você está roubando magia?

— *Não estou roubando!* — ele silvou.

— *O que quer que esteja fazendo, então!* — sussurrei. — O que acha que vai acontecer quando ele souber?

— Não sei! O Mago vai decidir.

Eu deveria ter desistido aí, acho. Em vez disso, me coloquei à frente de Simon e tentei pegar sua mão. Ele deixou.

— Simon — eu disse —, talvez a gente devesse simplesmente fugir.

Ele pareceu confuso. Apertou mais o cabo da espada com a outra mão.

— É isso que estou dizendo, Penny. Temos que ir.

— Não. — Dou um passo para a frente, apertando sua mão. — Acho que essa pode ser nossa única chance de... partir.

Ele me olhou como se eu fosse demente.

Expliquei melhor:

— Todo mundo já ligou você ao Oco. Quando descobrirem o que está realmente acontecendo, mesmo as pessoas que gostam de você... Você é uma ameaça a todos, Simon. Ao mundo inteiro. Quando descobrirem... Talvez essa seja nossa última chance de *partir*. Podemos simplesmente... *ir embora*.

Ele balançou a cabeça.

— Pra onde, Penny?

— Pra onde quisermos — eu disse. — Pra longe.

SIMON

Longe. Não existe isso de longe.

Só existe aqui e o mundo normal. Penelope acha que essa é uma saída para mim? Fugir da magia?

Acho que essa possibilidade nem existe. *Sou* magia. O que quer que esteja fazendo, fugir não vai mudar nada.

— Tenho que consertar isso — eu disse. — É meu dever.

— Não acho que você consiga — ela disse.

Soltei sua mão.

— Preciso conseguir. É o motivo pelo qual estou *aqui*.

Mas talvez não seja o motivo, afinal. Talvez eu só esteja aqui para foder com tudo...

Nada disso muda o que preciso fazer.

PENELOPE

—Vou falar com o Mago — ele disse.

— Simon — implorei —, não faz isso, por favor.

Ele já não estava me ouvindo. Asas vermelho-escuras saíam de seus ombros e o rabo que mais parecia uma flecha descia por entre suas coxas.

Ele olhou para mim, decidido, e decolou.

Foi então que falei com Baz.

Ele para o carro esportivo cor de vinho. Quando saio de trás dos arbustos, Baz já está se esticando para abrir a porta do passageiro.

Tem um cachorrinho vesgo no banco de trás. Desfaço o feitiço de possessão, e ele late.

79

LUCY

Entramos escondidos em Watford no equinócio de outono.

— Ele vai nascer no solstício — Davy disse, me puxando pelo buraco no chão para dentro da antiga sala do oráculo, que ficava no alto da Capela Branca.

— Ou ela — eu disse.

Ele riu.

— Acho que pode ser também.

Fiquei de pé no chão de madeira.

— Como os oráculos subiam aqui?

— Antes tinha uma escada — ele disse.

O cômodo era redondo, com vitrais curvos nas janelas e teto em cúpula com uma pintura elaborada — um mural com homens e mulheres de mãos dadas em círculo, olhando para estrelas de tinta metálica e escritos em preto em uma caligrafia ornamentada. Eu só conseguia entender uma parte. *No ventre do tempo*, por exemplo, era Shakespeare.

— Como descobriu este lugar?

Davy deu de ombros.

— Explorando.

Ele conhecia Watford como ninguém. Enquanto o restante de nós namorava e estudava, ele vasculhava cada centímetro da propriedade.

Davy traçou um padrão no chão, com sal, óleo e sangue azul-escuro. Não um pentagrama — era outra coisa.

Sentei no chão frio e cobri os ombros e as pernas com meu xale.

Não tínhamos trazido nada. Nem cobertores ou travesseiros. Nem uma esteira.

Davy tinha uma pilha de anotações, à qual voltava sem parar.

— Tem certeza disso? — perguntei pela vigésima vez aquela semana. Ele vinha sendo mais indulgente comigo desde que eu concordara com aquilo.

Eu concordara mesmo.

Porque achava...

Achava que Davy talvez o fizesse sem mim. Que daria um jeito.

Achava que, se estivesse ali, poderia impedi-lo de ir longe demais.

E achava... que Davy queria um filho. Nas entrelinhas, estávamos falando de *um filho*. Davy estava me pedido para ter o filho dele. O que mudaria nossa vida.

Eu queria aquilo.

— Tenho — Davy disse. — Comparei os rituais e as frases de três fontes. Os três relatos se complementam e há pouca divergência.

— Por que ninguém mais tentou isso? — perguntei.

— Ah, acho que tentaram — ele disse, animado. — Mas *nós* não tentamos. Como você disse, ninguém estudou esses rituais como eu. Nenhum desses estudiosos tinha acesso às anotações dos outros.

Ele tinha me mostrado alguns feitiços. De *Beowulf*. Da Bíblia. Me cobri mais com o xale.

— Então não há riscos...

— Sempre há riscos. Estamos falando de criação. De vida.

— De um filho — eu disse.

Ele levantou e passou por cima do desenho para se agachar à minha frente.

— Do nosso filho, Lucy, o feiticeiro mais poderoso que o Mundo dos Magos já conheceu.

O cômodo estava iluminado por sete velas.

Davy entoou cada feitiço sete vezes.

Por que sempre sete?, me perguntei, deitada de costas no chão frio de madeira.

Queria que tivéssemos trazido música. Mas havia um grupo de alunos em algum canto lá fora, em volta da fogueira no gramado, celebrando o equinócio.

A noite estava sendo mais solene do que eu esperava. Entrar sem sermos notados em Watford e encontrar o cômodo escondido tinha sido divertido, mas agora Davy estava quieto e concentrado.

Pensei em como saberíamos se o ritual tinha funcionado.

Como saberíamos se nosso filho era o mago mais poderoso do mundo? Ele teria uma aparência diferente? Seus olhos brilhariam?

Davy disse que não podíamos falar nem uma palavra durante o ritual, então só olhei em seus olhos. Ele parecia feliz, animado.

Porque finalmente estava *fazendo* alguma coisa, pensei, em vez de só gritar para os céus.

Tentei não falar. Tentei me manter imóvel.

Eu soube — ah, no momento em que aconteceu eu *soube* que a magia e a sorte estavam do nosso lado.

Senti um puxão profundo na barriga. Como se uma estrela tivesse caído ali. O mundo ficou branco, e toda a minha magia se contraiu em uma bolinha na pélvis.

Quando voltei a enxergar, tudo o que vi foi o rosto dourado de Davy acima do meu, feliz como nunca.

80

AGATHA

Quando chego a Watford, os portões estão abertos, e tem um único rastro de pneus na neve. É uma boa notícia: significa que o Mago está aqui. Sigo o rastro e estaciono o carro no pátio principal, ao lado do jipe do Mago. Não vou ter problemas por isso — é uma emergência.

Não sou boa com emergências. Mal posso esperar para encontrar o Mago e passar a bola para ele. Vou contar o que sei e me afastar dessa confusão tanto quanto possível.

Talvez eu dê uma passada na casa de Minty. Podemos ver *Meninas malvadas*. A mãe dela talvez faça mojitos sem álcool para a gente. Depois podemos fazer as unhas — Minty tem sua própria maquininha para manicure em gel.

Minty não liga para magia.

Minty nem lê fantasia. "Não consigo me conectar", ela diz. "É tudo tão falso."

(Uma vez tentei fazer as unhas junto com Penelope, mas ela se distraiu tentando bolar um feitiço para isso.)

Corro pela neve até a Torre em Prantos, então subo para o escritório do Mago. São uns mil degraus, juro. Tem elevador, mas não sei o feitiço para usar.

Fico tensa de bater na porta do Mago, mas quando chego ela está aberta. Entro. É uma catástrofe. Parece até que Penny esteve aqui: há livros em toda parte, empilhados, abertos. Algumas páginas foram arrancadas e penduradas na parede. (Não com durex, mas com feitiços.)

(Esse é exatamente o tipo de coisa de que estou cansada. Tipo, é só usar durex. Por que inventar um feitiço para pendurar coisas na parede? Já inventaram o durex.) O Mago não está aqui. Eu poderia deixar um bilhete, mas nem sei se ele ia encontrar nessa bagunça. E ele pode não voltar a tempo. O Mago devia ter um secretário, considerando todas as suas responsabilidades. Fecho um livro só de raiva e me apoio na janela enquanto tento decidir o que fazer agora.

Então vejo as luzes na Capela Branca.

SIMON

Não entendo muito bem como sei o caminho para Watford.

Não tenho certeza de que estou mesmo voando. Talvez só esteja *pensando* em chegar lá.

Me pergunto se isso — se o que estou fazendo agora, a magia que estou usando — é o bastante para abrir um novo buraco, ou se torna um antigo maior.

Me pergunto se estão errados a meu respeito, todos eles.

AGATHA

Não gosto da Capela Branca. Não consigo tirar o cheiro de incenso do cabelo depois que temos reuniões ali.

Hoje, cheira mais a fumaça que a incenso. Fumaça e magia feita. Como uma sala de aula depois da prova.

Só vou encontrar o Mago, dizer o que sei e ir embora.

(Pode ser que a casa de Minty não fique longe o bastante deste desastre. Talvez eu deva fazer faculdade na Escócia. No mesmo lugar em que Kate conheceu o príncipe William.)

O saguão de entrada da capela está vazio. Avanço por ele, seguindo a fumaça, o que parece ser meio idiota — algo que Simon faria —, mas também a melhor maneira de encontrar o Mago.

Sigo em frente, abrindo portas, me aprofundando no prédio. Tem mais fumaça aqui. E está mais escuro. Acho que ouço a voz do Mago. Devo estar interrompendo algum feitiço poderoso. Talvez ele esteja procurando por Simon.

— Diretor? — eu chamo. Não sei de que outra maneira chamá-lo. Nunca ouvi ninguém chamar o Mago de Mago na frente dele.

Ouço um baque, que parece madeira batendo em madeira. Não sei de onde vem e não enxergo nada. Começo a procurar pelo interruptor. Alguns prédios mais antigos de Watford nem contam com interruptores, de modo que só se pode acender a luz com magia, mas deixei minha varinha no banco do passageiro do carro, porque não cabia no bolso do casaco.

Outra batida. Fico imóvel, tentando ouvir.

Um ruído metálico. Alguém gritando. Passos vindo na minha direção, correndo. Uma pessoa arfando.

Alguém tromba comigo, me tira da frente e passa correndo. Então outra pessoa me pega e me prende de costas contra a parede.

— Eu disse para não correr! — ele rosna.

— Não disse — eu falo. — Não para mim.

Ele aperta meus braços com tanta força que acho que vão quebrar.

— *Faça-se a luz!* — ele diz.

As luzes se acendem.

Olho nos olhos do Mago. Quando ele vê que sou eu, me solta.

— Aonde ela foi? — o Mago pergunta.

— Quem, senhor?

Ele agita a varinha.

— *Vem aqui já!* — Seus dentes estão à mostra. — Não tenho tempo para isso. A hora se aproxima! — Ele golpeia o ar com a varinha. — *Por favor!* — (Golpeia.) — *Por favor!* — (Golpeia.) — *Por favor!* — (Golpeia.) — *Deixa, vai!*

Não tenho certeza do que ele está querendo, mas o feitiço me atinge, e eu caio para a frente.

— Você... — o Mago diz, me notando de novo. Sua túnica está aberta, e ele está inteiro suado. Tem uma mancha azul espalhada em seu peito. — O que está fazendo aqui, menina?

—Vim falar sobre Simon, senhor.

— Simon! — ele repete, desvairado. — Cadê ele? — O Mago ergue a varinha. — Espera... — Ele parece querer sair correndo atrás de algo, como se estivesse ouvindo. Dou um passo atrás, mas o Mago pega minha mão. — Cadê o Simon?

— Não sei, senhor — digo. — Mas vim contar... que ele estava com Basilton Pitch. Na noite passada. Eles disseram que iam atrás de nulidades, mas acho que é uma armadilha! O senhor tem que ajudar!

As palavras simplesmente saem. Tudo o que ensaiei no carro.

O Mago geme e leva a mão à cabeça, enquanto anda pelo cômodo escuro, entrando e saindo do meu campo de visão. A luz de seu feitiço continua pairando sobre mim. Dou um passo rumo à porta.

— Nulidades agora. Vampiros. *Crianças*. Não tenho tempo para isso!

Ele geme, frustrado, e ouço algo pesado, como uma estante, ir ao chão. Talvez o Mago tenha se distraído. Viro para sair correndo, mas de repente ele está bem aqui, me segurando.

—Você vai ter que servir — ele diz. — Por enquanto.

Minhas pernas falham e o Mago me arrasta.

—Você não tem muito a oferecer — ele diz —, mas vai dar pro gasto.

BAZ

Bunce rói as unhas. Fica tentando encantar o carro, mas já estou indo o mais rápido que posso, e todos os feitiços saem nervosos e tensos.

Ela tem medo de que o Mago mate Simon quando descobrir que ele é a causa do Oco.

Tenho medo de que ela descubra que quero matar o Mago antes disso.

PENELOPE

Não confio em Baz.

Só liguei pedindo ajuda porque ele tem carro.

Adoraria confiar nele — Baz é um feiticeiro brilhante e ótima companhia —, mas não consigo.

Só confio em quatro pessoas: meus pais, Micah e Simon. Não tenho confiança de sobra, e se tivesse não iria gastá-la com Tyrannus Basilton Grimm-Pitch. Ele é cínico, manipulador e absolutamente implacável. Só se preocupa em conseguir o que quer e em proteger sua turma.

Além disso, o jeito como ele olha para Simon é meio estranho…

Não sei se Baz deixou de lado os últimos sete anos de hostilidade. Seus olhos brilham de um jeito meio desvairado quando se trata de Simon. Se Baz tiver uma oportunidade de apunhalá-lo pelas costas, acho que pode aproveitar.

Preciso afastar Simon do Mago.

E depois preciso levá-lo para longe.

AGATHA

Eu deveria estar com medo. E estou. Estou aterrorizada.

Mas também estou pensando: *É claro, porra. É claro que é assim que eu vou morrer! Com alguém procurando por Simon e me encontrando no lugar. Vou ser assassinada por um maluco com sede de poder que nem sabe meu nome.*

Não tento lutar. Pra quê? Meu corpo se entrega. Começo a chorar. Saber que ia morrer assim não me preparou para isso. Queria ter sido mais legal com minha mãe hoje de manhã. Queria estar usando uma roupa melhor que legging e botas felpudas. Sempre achei que daria um cadáver mais bonito.

O Mago me arrasta até outro cômodo, com um alçapão aberto no teto, pelo qual a luz entra.

Ele aponta a varinha para si mesmo.

— *Para o alto e avante!*

Esse feitiço não foi feito para ser usado em pessoas, porque pode acontecer de arrancar os pulmões pelo ombro. Desta vez, funciona, e flutuamos na direção do alçapão.

Então vem outro feitiço:

— *Tudo o que sobe desce!*

Somos jogados ao chão. Quem quer que o tenha lançado, cai também. Ouço o baque.

— Não, Davy — uma mulher diz. — Solta ela.

Só pode ser Lucy. Ela veio. Para me salvar.

SIMON

O sol está se pondo quando chego ao gramado e atravesso a ponte levadiça. Vejo o jipe do Mago e o Volvo do dr. Wellbelove, e me pergunto se eles estão aqui — ou se estão em algum outro lugar, lutando. Lutando de verdade. De espada e varinha na mão. Nem sei onde procurar essa guerra se ela não estiver acontecendo em Watford.

Estou indo para o escritório do Mago quando vejo a luz no topo da capela.

Nunca vi essa torre iluminada. Nunca notei os vitrais ali. Lembra uma coroa, ou uma aglomeração de estrelas.

Enquanto olho, as janelas brilham mais e mais.

AGATHA

O Mago se levanta e começa a lançar feitiços.

— *Por favor, por favor, por favor! Deixa, vai!*

— *Não há no inferno fúria igual!* — a mulher grita. Sai fogo de seu cajado, atingindo-o no peito. Nunca vi nada igual, nem mesmo vindo de Simon. A luz do fogo finalmente ilumina seu rosto. É Ebb. A pastora.

— Corre, Agatha! — ela diz.

Mas o Mago caiu em cima de mim.

— Não consigo! — choramingo.

O Mago ergue a varinha para enfeitiçá-la, então bato em sua mão com toda a força que tenho. A varinha sai voando, e ele sai de cima de mim para pegá-la.

— *Pé na tábua!* — Ebb grita, e eu obedeço. Fico de pé e saio correndo, como se tivesse um jato propulsor nas costas.

Corro em meio à fumaça e à escuridão, chego à luz e à neve, e continuo correndo.

81

EBB

Ele teria matado a menina.

Eu não tinha escolha. Precisava voltar.

O MAGO

Não há tempo.

O Oco está nos devorando.

É hoje. O dia em que minha magia pode funcionar. Essa época do ano é auspiciosa, o solstício se estende.

Hoje é o dia.

A hora é agora.

Se Simon estivesse aqui...

Achei que tínhamos conseguido — a um custo alto, claro —, mas achei que tínhamos conseguido, Lucy. Que tínhamos gerado o Grande Mago.

Ele é o maior dos magos.

Eu o escondi entre os normais, para que ninguém soubesse. Para que ninguém perguntasse. Eu o escondi até que estivesse pronto. Até que me chamasse, como a profecia disse que chamaria!

Eu não sabia que ele estava quebrado.

Não sabia que era um receptáculo rachado.

Talvez fosse poder demais para um filhote. Talvez esse tenha sido meu erro.

Se ele estivesse aqui, eu consertaria tudo. Tenho outros feitiços agora. (Eu procurei longe demais no passado; devia ter me dado conta de que novos poderes devem vir de novos salmos.) Agora a chance está nas minhas mãos. Posso aliviá-lo.

Mas Simon não está aqui e não posso esperar por ele. O Oco não vai esperar. Os Pitch já estão a caminho...

Esta mulher vai ter que servir. Ela é a estrela mais brilhante do nosso mundo, depois de Simon.

Nosso Simon.

Posso pegar o poder dela.

Só tenho que matá-la primeiro.

EBB

Acho que nunca tive as escolhas que achava que tinha.

O MAGO

Ela não passa de força bruta e clichês dos anos 90.

Já a vi lançar feitiços sobre as cabras e a propriedade com verdadeira maestria, mas, na guerra, Ebb é como um canhão em uma luta de espadas. Não é à toa que Simon a segue como um menino perdido.

Pensei em mandá-la embora ao longo dos anos — para que Watford precisa de cabras? —, mas ela é poderosa, e protege a escola na minha ausência.

Eu não a sacrificaria hoje se o destino de nosso mundo não estivesse em jogo.

EBB

Estou fora de forma.

Na verdade, nunca estive em forma, quando se trata de feitiços assim. Conheço dez que transformam água em uísque, e posso atrair as cabras com uma única expressão, mas nunca entendi o sentido *disso*.

Mesmo quando Nico e eu brigávamos, eu costumava resolver tudo com um paz-e-amor ou um nana-nenê.

Minha única chance agora é ser mais forte que Davy.

Lanço um de-pernas-pro-alto e um chão-chão-chão, feitiços que aprendi em brigas de bar. O Mago faz algo que nunca vi: obedece aos feitiços em vez de deixar que o atinjam.

Ele parece doido. Está com a camisa entreaberta, coberto de gosma. Vai saber que tipo de magia sombria pretende realizar — ainda não disse o que quer comigo. Nos encaramos, andando em círculo devagar, como dois lobos.

—Você não é páreo para mim, Ebb — o Mago diz.— *Resistir é inútil!*

Absorvo o feitiço. Faço isso às vezes, deixo que minha magia queime um feitiço.

— *Se desdobra!* — grito de volta quando consigo, desesperada.

O corpo do Mago se contorce como se ele fosse feito de borracha. Então ele se recompõe, suspirando.

O MAGO

Ela me pegou de surpresa agora, e sinto um zumbido nos ouvidos.

— Desculpe, Ebb, mas não tenho tempo para isso. Preciso do seu poder. O Mundo dos Magos precisa do seu poder.

— Não gosto de brigar — ela diz.

— Eu sei. Mas eu gosto. — Dou um passo adiante. — Se sacrifique pelo seu povo.

— O que quer de mim, Davy?

Ela parece assustada. Sinto muito por isso. Uma mecha de cabelo loiro cobre um de seus olhos.

— Seu poder. Preciso do seu poder.

— Pode ficar com ele. Eu não quero.

— Não é assim que funciona — digo. — Preciso tirá-lo de você.

Ela cerra os dentes, e ergue o cajado de pastora entre nós.

— *Fuzuê!* — ela grita, e o cômodo vira a maior confusão.

As tábuas do assoalho se soltam e voam à nossa volta como se fossem serpentinas. Todos os vitrais antigos se estilhaçam.

É um feitiço de criança. Um chilique. Para estragar jogos de tabuleiro e de bolinha de gude.

Tanto poder nessa mulher…

É um desperdício.

Avanço em meio ao caos e enterro minha lâmina em seu peito.

EBB

Decido que o Mago deve estar certo, ainda que pareça um maluco falando.

Decido que é melhor assim. Que deve haver um motivo.

Espero que alguém se lembre de levar minhas meninas de volta ao capril.

82

SIMON

Quando chego à porta da Capela Branca, todas as janelas explodem. Parece que é o fim do mundo, e que o mundo é feito de vidro.

Espero que não seja tarde demais...

Para impedir o que precisa ser impedido.

Para ajudar quem precisa de ajuda.

Corro para a capela, para trás do púlpito. Então penso no Mago, e sou levado para uma sala nos fundos, com um alçapão aberto no teto. Bato as asas — porque ainda tenho asas — e seguro na borda da abertura para me alçar para cima.

É uma sala circular, completamente destruída. O Mago está ajoelhado no centro, com os olhos fechados e os ombros tremendo. Tem alguém deitado à sua frente. Por um segundo, penso que é Baz — mas ele foi atrás de nulidades; sei disso.

Independente de quem esteja no chão, o corpo indica que tudo começou.

Pigarreio e levo a mão à cintura. A lâmina aparece sem qualquer feitiço. É como se o mundo inteiro só *reagisse* a mim. Não tenho nem que *pensar*.

Não tenho que pensar.

As mãos do Mago estão no peito do corpo. Tem uma névoa de magia forte em torno deles, que entoa algo. Preciso de um minuto para reconhecer a música.

— *Easy come, easy go. Little high, little low.*

Dou um passo à frente. Não quero interrompê-lo no meio de um feitiço. Principalmente se estiver tentando reviver alguém.

— *Carry on, carry on* — O Mago canta. *Sempre em frente, sempre em frente.*

Mais um passo silencioso, e vejo que é Ebb à frente dele. Grito, porque não posso evitar.

O Mago vira a cabeça, mas seus lábios continuam murmurando a letra de "Bohemian Rhapsody", do Queen.

— Simon! — ele diz, tão assustado que recolhe as mãos.

— Não para — digo, caindo de joelhos. — Você tem que ajudar Ebb.

— Simon — o Mago repete.

Sangue escorre do peito dela.

— Faz alguma coisa! — digo. — Ela está morrendo!

— Não posso — o Mago diz. — Mas você está aqui. Ainda posso te ajudar.

Ele estica os braços e suas mãos estão molhadas de sangue. Sei que tenho que contar tudo agora. Levanto em um espasmo, me afastando dele.

O Mago pega sua espada — está ensanguentada também — e levanta comigo. Ele tem um corte na cabeça, acima da orelha, e o sangue escorre pelo pescoço e pelo ombro.

— O senhor está machucado. Posso ajudar.

Ele balança a cabeça, olhando para além de mim. Acho que minhas asas o assustam, mas não sei se consigo recolhê-las agora.

— Está tudo bem, Simon — ele diz.

É tarde demais, já pensei em ajudá-lo: o talho acima de sua orelha é curado de fora para dentro, fechando sozinho.

Ele leva as mãos à cabeça. Arregala os olhos.

— *Simon.*

Meu queixo começa a tremer e eu aperto o punho da espada até ficar firme. Tento pensar em curar Ebb — acho que estou pensando nisso o tempo todo —, mas ela continua ali deitada, sangrando.

O Mago dá um passo à frente, como se estivesse se aproximando de um animal.

— Você chegou bem a tempo — ele diz, baixo, então levanta a mão e toca meu rosto. Sinto o sangue escorrer pela minha bochecha. — Te devo um pedido de desculpas. Eu me equivoquei muito.

Olho em seus olhos. Temos a mesma altura.

— Não, senhor.

— Não quanto ao poder — ele diz. — Você *é* o mago mais poderoso que já viveu, Simon. Você é... um milagre. — Ele envolve meu rosto em sua palma ensanguentada. — Mas você não é o Escolhido.

Não sou o Escolhido.

É claro que não sou.

Não sou o Escolhido.

Graças à magia. Essa é a única coisa que me disseram o dia todo que faz sentido. Mas não faz diferença...

Ainda preciso contar a ele.

Engulo em seco.

— Preciso dizer uma coisa ao senhor. Baz e Penelope...

— Eles não importam agora! Nenhum deles importa. Os Pitch e a guerra. Como se toda a magia não estivesse à beira do precipício! Como se o Grande Destruidor já não tivesse marcado nossa porta!

— *Senhor...*

— Achei que pudesse te salvar — o Mago sussurra. Ele está bem perto de mim. Segura meu rosto como se eu fosse um bebê. Ou um cachorro. — Achei que poderia manter a promessa de cuidar de você. Que encontraria o livro certo, o verso que faltava. Achei que pudesse te *consertar*... Mas você não é o receptáculo certo. — Ele assente para si mesmo, como se não estivesse me vendo. — Eu entendi errado. Entendi você errado.

Olho para Ebb. Então de novo para o Mago.

— O Oco... — começo a dizer.

Seu rosto se contorce.

— Você nunca vai ser forte o bastante para enfrentá-lo! Você nunca vai ser o *bastante*, Simon. A culpa não é sua.

— É, sim! — Balanço a cabeça, e ele segura meu rosto com mais força. — Senhor, acho que meu poder está ligado ao Oco. Acho que posso ser a causa dele.

— Que bobagem! — Ele cospe na minha boca. — O Oco foi previsto. "A maior ameaça que o Mundo dos Magos já enfrentou." Assim como o Grande Mago foi previsto.

— Mas Baz disse que...

— Não dê ouvidos àquele cão! — O Mago solta meu rosto e recua, erguendo os braços, agitando a espada vermelha. — Ele é farinha do mesmo saco que a mãe. Alguém acha que Watford estava melhor nas mãos dela? Estes corredores ficavam vazios! Só os feiticeiros mais ricos e poderosos podiam aprender. Natasha Grimm-Pitch era apegada demais ao poder e à riqueza, ao passado, para permitir que Watford mudasse.

O Mago fica dando voltas, falando com o chão. Nunca o vi assim — se movendo tanto, falando tanto.

— Devo chorar pelos mortos? — ele pergunta, alto demais. — Se uma geração de crianças mágicas pôde aprender a usar seu poder? Devo sentir muito por *ela*? Não sinto! Não foi pelo bem *maior*?

Ele traça um círculo à minha volta de novo e leva a mão à minha garganta, olhando nos meus olhos enquanto fala.

— Não. Sinto.

Ele se aproxima ainda mais, seu cabelo tocando o meu.

— Se eu pudesse voltar atrás, não mudaria nada. Nada. Só você... Não posso te consertar, Simon. — Ele balança a cabeça, rosnando e rangendo os dentes. — Não posso te consertar, mas posso lhe trazer *alívio*. Posso cumprir a profecia.

Não sei o que dizer, então assinto.

Eu sempre soube que era uma fraude. É um alívio ouvir o Mago finalmente dizer isso em voz alta. E ouvir que ele tem um *plano*. Só quero que me diga o que fazer.

— Me dê sua magia, Simon.

Dou um passo atrás — surpreso, acho —, mas o Mago ainda me segura. Ele pressiona a mão direita sobre meu coração.

— Posso pegar, se quiser. Finalmente descobri como, mas soube que você descobriu antes. Pode me dar sua magia voluntariamente, não é? Como fez com o pirralho do Pitch. — Sinto a ponta de todos os seus dedos em minha pele. — Não me obrigue a tirá-la de você, Simon...

Olho para Ebb. Seu sangue se acumula em volta do braço e do ombro. Chegou às pontas do cabelo loiro.

— Pense bem — o Mago murmura. — Tenho um controle que você nunca terá. Sabedoria... Experiência... Com seu poder, posso extinguir o Oco. Posso resolver as discórdias de uma vez por todas. *Posso finalmente acabar o que comecei.*

— O que você começou?

— Minhas reformas! — ele silva, pendendo a cabeça para a frente, como se estivesse cansado. — Achei que tirá-los do poder bastaria. Mudar as regras. Mas essas pessoas são como baratas. Saem da toca assim que as luzes se apagam... O Oco me distrai dos meus inimigos. — Ele inclina a cabeça para a direita. — E essas *picuinhas* todas me distraem do Oco. — Ele a inclina para a esquerda. — Não deveria ser assim. — O Mago endireita a cabeça. —Você deveria ser a resposta.

— Não sou o Grande Mago — digo.

—Você é só um menino — ele diz, decepcionado.

Fecho os olhos.

O Mago belisca meu pescoço.

— Me dê.

— Pode machucar, senhor.

Ele pega minhas mãos, sem nenhum cuidado.

— *Agora*, Simon.

Arregalo os olhos e encaro nossas mãos. Eu *poderia* transferir para ele. Tudo. Poderia passar meus poderes, e então não seria mais eu. Seria o Mago quem drenaria toda a magia do mundo ou encontraria uma maneira de não fazer isso...

Aperto uma mão dele e passo um pouco de minha magia. Um punhado.

O Mago agarra meus dedos e seu corpo convulsiona, mas ele não me solta.

— Simon! — Seus olhos se acendem. Literalmente. — Acho que vai funcionar!

— *Vai* funcionar.

É minha voz que ouço, mas não sou eu falando. O Oco está de pé ao nosso lado. Sobre o corpo de Ebb.

O Mago fica imóvel, com a boca aberta. Esqueci que ele nunca viu o Oco.

— Simon — o Mago diz. — É você.

— É o Oco — digo.

— É você no dia em que o encontrei. — Seus olhos estão arregalados, mas carinhosos. — Meu menino...

— Não sou ele — o Oco diz. — Não sou o menino de ninguém.

— Você é minha sombra — digo ao Oco. Não tenho mais medo dele.

— Sou mais como uma ferida aberta, o buraco por onde a bala sai do corpo — ele diz. — Ou a fumaça que sai do exaustor. Tive bastante tempo para pensar nisso.

— O Oco Insidioso — o Mago sussurra.

— É um péssimo nome — o Oco diz, brincando com a bola. — Foi você que inventou?

O Mago se vira para mim e agarra meus dois pulsos.

— Agora, Simon, passe para mim. Ele está bem aqui.

— Quando foi que arranjou asas? — o Oco pergunta. — Nunca tive asas. Nem uma espada. Nunca tive uma bola que preste. Queria uma de futebol.

O Mago sacode meus punhos, ainda olhando para o Oco.

— *Agora, Simon!* Vamos acabar com isso de uma vez por todas!

— Anda — o Oco diz. — Ele está certo. Acaba com tudo. Acaba com a magia. *Com toda a magia.*

O Oco joga a bola para mim, e eu me solto do Mago para pegá-la.

— Simon! — o Mago diz.

Guardo a bolinha vermelha de borracha no paletó — não sei bem quando foi que pensei nesse terno cinza para ele ter aparecido assim — e encaro o Oco. É o único jeito.

Pego o menino pelos ombros.

Ele ri.

— O que vai fazer? Me bater? Explodir? Tenho certeza de que não vai funcionar.

— Não — eu digo. — Vou acabar com isso. Sinto muito.

— Você *sente muito?*

— Todas as coisas boas só aconteceram depois que te deixei.

O Oco parece confuso. Fecho os olhos, então me imagino abrindo todas as portas — e todas as janelas, todas as torneiras — e despejando nele.

O Oco não se contorce nem recua. Quando volto a abrir os olhos, continua olhando para mim, parecendo um pouco menos confuso.

Ele segura minhas mãos e faz um leve sinal de cabeça. Sua mandíbula está firme e seus olhos parecem determinados. Ainda parece um vilãozinho.

Assinto para ele.

Eu lhe passo tudo.

Abro mão de tudo.

O Mago tenta nos separar — grita comigo, xinga —, mas estou fincado no centro da terra, e suas mãos passam direto pelo Oco. O menino vai desaparecendo e fica cada vez mais difícil manter as mãos em seus ombros.

Não acho que o esteja machucando. O Oco, digo. Ele só parece cansado.

Ele é um buraco. É o que resta depois de mim.

Às vezes buracos querem crescer, mas Baz estava enganado — às vezes eles só querem ser preenchidos.

Passo tudo a ele e sinto que ele me puxa. Antes, era eu quem despejava minha magia, mas agora ela está sendo sugada. Está sendo consumida pelo vácuo.

Minhas mãos escorregam dos ombros do Oco, mas a magia continua fluindo para ele.

Caio de joelhos, e o fluxo acelera.

Sinto as pontas dos dedos formigando. Sinto cheiro de fogo. Fagulhas se espalham na minha pele.

Isso não é explodir, penso. *Isso é apagar.*

83

BAZ

Tenho certeza de que chegamos tarde demais.

Além de tudo, além desse fracasso absoluto, estou com tanta sede que poderia chupar todo o sangue de um cavalo gigante.

Eu deveria atacar essa cachorrinha que não para de latir e acabar com o sofrimento dela.

Talvez devesse acabar com o sofrimento de Bunce.

Estamos no alto de um morro e conseguimos ver a escola à nossa frente. Estou pronto para avançar pelos portões, mas o carro atola na neve. Bunce e eu saímos e começamos a correr pelo gramado.

É um choque quando vemos Wellbelove fugindo como um coelhinho em pânico na nossa direção.

PENELOPE

Agatha chora e arfa enquanto corre como uma atleta olímpica, apesar de toda a neve. É uma pena que Watford não tenha equipe de corrida.

Ela não para quando nos vê, só pega minha mão e tenta me puxar.

— Corre — Agatha diz. — Corre, Penny. É o Mago!

— O que tem o Mago?

Pego sua outra mão, e ela começa a correr à minha volta, me girando junto.

— Ele é do mal! — ela diz. — Como não seria?

Baz tenta segurar seus ombros.

— Simon está aqui?

Agatha se afasta dele, correndo de costas, então volta a se aproximar.

— Ele acabou de chegar — ela diz. — Mas o Mago é do mal. Está lutando com a pastora.

— Ebb? — pergunto.

— Ele tentou me machucar. Ia fazer alguma coisa, pegar alguma coisa. Ele quer Simon.

—Vamos! — Baz grita.

—Vem com a gente — digo a Agatha. —Vem ajudar.

— Não posso — ela diz, balançando a cabeça. — Não posso.

Ela vai embora correndo.

BAZ

Wellbelove corre em uma direção e Bunce corre na outra.

Um barulho chega da escola, como um trovão artificial, como um furacão contra um telhado de zinco.

Corro atrás de Penny pela ponte levadiça. Assim que chegamos ao pátio, fica nítido onde Simon está: todas as janelas da Capela Branca se estilhaçaram. Sai fumaça de lá e as próprias paredes externas parecem cintilar, como calor no horizonte.

O ar pesa com a magia de Simon. Sinto aquele cheiro de fogo verde.

Bunce tropeça, tossindo. Pego seu braço e a levanto. Ficaria surpreso se ela conseguisse lançar um clichê que fosse agora.

— Tudo bem aí?

— Simon — ela diz.

— Eu sei. Você aguenta?

Ela assente, se afastando de mim e sacudindo resoluta o rabo de cavalo.

Quanto mais nos aproximamos da capela, pior o ar fica. Lá dentro, a escuridão é sobrenatural, como se faltasse mais que luz. Acho que sinto a presença do Oco, a aspereza e a sucção, mas a varinha na minha mão ainda está viva.

Algo passa por mim — como uma onda no ar, na magia. Bunce tropeça de novo. Eu a pego.

— Não precisamos continuar — digo.

— Precisamos, sim — ela diz. — Eu preciso.

Assinto. Não a solto dessa vez. Andamos juntos rumo ao pior, ao que deve ser os fundos da capela, atravessando portas e corredores.

Meu estômago se revira.

Não tem mais ar, só Simon.

Bunce abre outra porta, e ambos protegemos os olhos. Está claro como fogo aqui dentro.

— Ali em cima! — Bunce grita.

Tento olhar para onde está apontando. A luz se transforma em escuridão, depois volta. Parece estar vindo de uma abertura no teto — uns seis metros acima, pelo menos.

Bunce ergue a mão para lançar um feitiço, então a leva à barriga.

Passo o braço em volta dela e aponto a varinha para o alçapão.

— *Nas asas leves do amor!*

É um feitiço complicado e antigo, que só funciona quando se compreende a grande mudança da entoação de vogais do século XVI — e quando se está ridiculamente apaixonado.

Bunce e eu voamos até a abertura. Não tento nos proteger, porque nem conseguiria.

Chegamos a um cômodo barulhento e estroboscópico demais para descrever, e caímos de joelhos nos cacos de vidro, tentando nos manter firmes. Bunce vomita.

Nos segundos em que a luz não é forte demais nem está completamente extinta, vejo Simon no meio da sala, segurando o Oco como se estivesse prestes a lhe contar uma história muito importante.

Ele está com aquelas asas vermelhas de novo, amplamente envergadas.

O Mago também está aqui, se agarrando inutilmente a Simon — nada pode mover Snow quando ele está assim, com os ombros levemente caídos para a frente, o queixo projetado.

Bunce está de quatro, tentando levantar a cabeça.

— O que ele está fazendo? — ela consegue dizer, então vomita de novo.

— Não sei — digo.

— Devemos tentar impedir?

— Acha que conseguiríamos?

A luz fica menos intensa. A escuridão também.

Mal consigo ver o Oco agora, mas Simon continua segurando firme.

O barulho também está mudando — fica mais alto, como se estivesse afinando, passando de um rugido a um lamento.

Quando para, meus ouvidos entopem, e Simon cai para a frente, iluminado apenas pelo luar que entra pelas janelas quebradas.

Ele cai e não levanta.

PENELOPE

Por um momento, só ouço Baz, uivando.

Então o Mago cai sobre o corpo lânguido de Simon.

— O que você fez? — Ele sacode Simon e bate em suas asas. — Me dê agora!

Simon ergue um braço para afastar o Mago, e esse sinal de vida basta para Baz agir. Ele se move tão rápido que meus olhos não conseguem enxergá-lo até que já esteja segurando o Mago pelo peito, com as presas à mostra sobre o pescoço dele.

— Não! — Simon sussurra, tentando levantar, se segurando às pernas deles.

O Mago aponta a varinha de ponta prateada para Baz, mas Simon a pega e a direciona para o próprio coração.

— Não — ele diz para Baz, ou talvez para o Mago. — Chega!

Os três se enroscam e tropeçam. O Mago está coberto de sangue, e a boca de Baz está cheia de dentes.

— Me dá aqui! — o Mago grita para Simon. Está falando da varinha?

— Já foi! — Simon grita, usando a varinha para se segurar de pé. — Foi tudo embora!

O Mago empurra a varinha contra o peito de Simon.

— Me dá aqui!

Baz puxa o Mago para trás pelos cabelos.

— Para! — Simon grita. — Já foi! Acabou!

Ninguém o ouve.

Estico o braço da mão do anel e falo tão alto e claro quanto possível, deixando a magia sair do buraco vazio no meu estômago:

— *O mestre mandou!*

As próximas palavras de Simon ressoam, cheias de magia.

— *Para, para de me machucar!*

O Mago é jogado para longe dele, caindo em cima de Baz.

Baz recua, confuso, e deixa o Mago ir ao chão. Então vai até Simon, que já está ajoelhando perto do Mago, agarrando seu peito.

— Eu... acho que ele morreu. Penny! Acho que eu matei o Mago. Ai, meu Deus — Simon solta. — Ai, Merlim. Penny!

Ainda estou tremendo, mas me arrasto na direção deles.

— Tudo bem, Simon.

— Não, não, o Mago morreu. Por que ele morreu?

Não sei por que ele morreu.

Não sei o que está acontecendo.

— Talvez só assim ele parasse de te machucar — digo.

— Mas eu não queria que ele morresse! — Simon chora, abraçando o Mago.

— Tecnicamente foi Bunce quem o matou — Baz diz, mas com delicadeza, e tem lágrimas em seus olhos.

— Ele morreu — Simon diz. — O Mago morreu.

84

LUCY

Eu não sabia que tinha algo de errado. Nunca havia engravidado. Ninguém nunca tinha engravidado de você, Simon.

Os livros descrevem movimentos e espasmos na barriga. Contrações. Eu senti muito mais.

Eu sentia você vibrar dentro de mim. Ocupado e brilhante. Eu me sentia quente da barriga até a ponta dos dedos.

Davy não saía do meu lado. Cozinhava para mim. Lançava bênçãos sobre nós dois.

Você pode até pensar que sua bondade era pelo bem do ritual. Mas acho que ele se importava comigo. Acho que se importava com você…

Acho que queria nós dois ao seu lado no futuro brilhante que ia construir. No novo Mundo dos Magos.

Grávidas estão sempre cansadas.

Não conseguem segurar a comida no estômago. Ficam fracas e se sentem tontas.

Um dia, fui dar de comer às novas galinhas e me dei conta de que não conseguiria voltar para casa. Não tinha energia suficiente para dar nem mais um passo.

Caí de joelhos, então me inclinei devagar para a frente, tentando proteger você. Senti minha luz se apagando.

Davy estava lá dentro, tirando uma soneca. Quando acordou, me encontrou lá fora, vermelha e morta de sede. Ele me levou para dentro de casa, falando de tudo o que poderia ter acontecido e perguntando por que eu não tinha lançado um feitiço para pedir ajuda. Minha magia também tinha ficado mais fraca — fazia semanas que eu não fazia feitiços. Das últimas vezes que tinha tentado, o resultado era como bater em uma caixa oca. Tudo o que estava ali antes parecia não estar mais.

Durante a gravidez, a magia de todo mundo fica meio instável.

Na manhã seguinte, eu me sentia melhor.

Na outra, pior.

O puxão na minha barriga ficava mais forte, como uma manivela que não parava de girar. Eu não aguentava ficar dentro de casa, mas não conseguia nem chegar até a porta.

— Ele precisa de ar — eu disse a Davy, que nem discutiu.

Ele me levou para fora, para o jardim vazio, e deitou comigo na grama. Eu precisava sentir a terra debaixo de mim, o ar, o sol.

— Agora melhorou — eu disse a Davy, ainda sentindo a manivela girar.

Quando estava sozinha, eu falava com você.

Contei sobre sua família. Sobre seus avós. Sobre nossa casa. Sobre Watford, o lugar onde eu e seu pai nos conhecemos.

Escolhi seu nome.

— Simon — eu disse a Davy. Já sabíamos que seria um menino.

— Tá bom — ele disse. — Por quê?

— É um bom nome. Um nome prudente.

— Mas é o nome de um salvador?

— Se ele for o Grande Mago, seu nome não vai ser imediatamente o nome de um salvador, independente de como a gente o chamar?

— Bom argumento — ele disse. — Simon.

— Simon Snow.

— Como?

— Quero que esse seja seu nome do meio. Simon *Snow*.

— Por quê?

— Porque gosto. E porque todo mundo devia ter um nome do meio um pouco constrangedor.

— Qual é o seu?

—Winifred.

Rimos até eu não aguentar mais.

Todo mundo se sente cansada na gravidez. Meio adoentada e esquisita.

— Como vai? — Davy perguntava.

— Bem — eu dizia.

— E o nosso garoto?

— Com fome.

Eu nunca dizia a verdade a Davy. O que ele poderia fazer para me ajudar? Se eu dissesse: *Me sinto como um corredor vazio, Davy. Como um túnel de vento. Como se o que está dentro de mim não estivesse só me comendo, mas comendo tudo. Não comendo, essa não é a palavra certa. Consumindo, sugando, devorando. Quanto tempo uma estrela leva para explodir? Quantos trilhões de anos?*

Talvez eu não devesse te dizer tudo isso. Não era isso que eu queria te contar se voltasse.

Não quero que pense que foi culpa sua.

Você é o filho que teríamos de qualquer jeito, Simon. Era nosso de todas as maneiras. Nada disso é culpa sua. Nós o tornamos assim poderoso, como se começássemos um incêndio no meio da floresta. Nós o fizemos tão voraz.

★ ★ ★

No fim, eu só queria te ver.

Achava que talvez, quando você nascesse, eu voltaria ao normal.

Eu devia ter pedido a Davy para ir buscar alguém quando o trabalho de parto começou, mas não queríamos correr o risco de que descobrissem o que havíamos feito.

Você chegou no solstício. Foi tão fácil, que parecia que não queria me causar mais dor.

Seu pai mostrou você para mim e encheu meu rosto e o seu de beijos. Ele era o feiticeiro mais poderoso do mundo antes de você, e lançou todo tipo de proteção sobre nossas cabeças.

Eu te vi.

Te peguei no colo.

Te quis.

Voltei para te dizer isso. Amei você antes de te conhecer, e te amei ainda mais depois que o peguei no colo. Não queria te deixar tão rápido.

Eu nunca teria te deixado.

Simon, Simon.

Meu botão de rosa.

85

PENELOPE

Ficamos sentados, juntos, não sei por quanto tempo. Todos muito além do pesar, da exaustão e do alívio.

Simon tira o paletó — ele rasga por causa das asas — e o estende sobre o corpo do Mago. Simon volta a chorar e Baz o puxa para seus braços. Simon deixa que o faça.

— Está tudo bem — Baz diz. — Está tudo bem agora. — Baz mantém um braço nas costas dele, enquanto com o outro alisa uma mecha de cabelo que cai no rosto de Simon. — Você conseguiu — Baz sussurra. — Derrotou o Oco. Salvou o dia, foi corajoso pra caralho. Foi um pesadelo completo.

— Dei a ele minha magia, Baz. Já era.

— Quem precisa de magia? — Baz diz. — Vou te transformar em vampiro e te obrigar a viver comigo pra sempre.

Os ombros de Simon tremulam.

— Pensa só, Simon. Superforça. Visão de raio X.

Simon levanta a cabeça.

— Você não tem visão de raio X.

Baz ergue uma sobrancelha. Tem uma mecha de cabelo na frente do rosto, e suas mãos sangram.

— Eu o matei — Simon diz.

— Vai ficar tudo bem. — Baz o envolve com os dois braços. — Está tudo bem, meu amor.

Tudo começa a fazer sentido.

EPÍLOGO

PENELOPE

Mandei um passarinho para a minha mãe. Tinha uma porção deles ali — entravam pelas janelas estilhaçadas e traçavam círculos sobre o corpo do Mago.

Estávamos todos destruídos, Simon, Baz e eu. Peguei no sono ali mesmo. Entre dois cadáveres, de tão exausta que estava.

Simon tentou ajudar Ebb, mas ela já estava fria. Tinha partido. Ele não lançou nenhum feitiço nela, nem mesmo para cobri-la, e eu achei que devia estar tão acabado quanto Baz e eu, pela primeira vez na vida sem magia. Foi só muito depois que entendi que tinha perdido sua magia para sempre.

Baz estava exausto *e* morto de sede. Todo o sangue espalhado por ali — de Ebb, acho — o estava deixando louco. Ele começou a se alimentar dos pássaros. Era perturbador, mas muito menos do que tudo o que tinha acontecido, por isso nem Simon nem eu tentamos impedi-lo.

Minha mãe apareceu depois de um tempo — com Premal, imagine só! Parece que ele estava ajudando a me procurar. Estávamos dormindo quando chegaram, então eles pensaram que *todos* tínhamos morrido. Quando sentei, minha mãe estava branca como uma visita. Ela deve ter achado que o que ela mais temia tinha se concretizado.

Premal chorou quando viu o Mago.

Minha mãe deu uma olhada no Mago, lançou um feitiço para preservar seu corpo para investigação e o ignorou completamente depois.

Ela ligou para meu pai, para o dr. Wellbelove e para mais alguns membros do conciliábulo, então levou Simon, Baz e eu para o quarto deles na torre. (É por causa da minha mãe que consigo entrar no quarto; ela desarmou as defesas quando meu pai morava na Casa da Pantomima, e agora todas as mulheres da família Bunce têm acesso ao lugar.) Premal levou chá e biscoitos, depois dormimos mais um pouco.

Quando acordei, contei à minha mãe sobre Agatha. Achei que ela ainda pudesse estar lá fora na neve.

Quando Baz acordou, ligou para os pais dele.

Quando Simon acordou, não disse nada. Só bebeu todo o chá que lhe demos e ficou agarrado ao braço de Baz.

Não tenho muita certeza do que a história vai dizer a respeito disso. Que Simon matou o Mago? Que eu matei?

Espero que Baz receba os créditos por ter acabado com a guerra.

As famílias antigas ainda estavam prontas para atacar quando Baz foi para casa, ainda que o Mago já estivesse morto e Simon tivesse perdido seus poderes — e ninguém sabia ainda, mas o Oco tinha partido.

Minha mãe achava que os Grimm e os Pitch poderiam aproveitar a oportunidade para assumir o controle de tudo.

Baz foi para casa, o conciliábulo se reuniu, foram convocadas eleições e a guerra simplesmente nunca aconteceu.

Minha mãe é a diretora da escola agora. Oficialmente. Foi nomeada pelo conciliábulo.

Ela tentou me convencer a voltar a Watford, para me formar. Se Simon quisesse voltar, talvez eu pudesse ter feito um esforço também, mas havia lembranças ruins demais ali. Toda vez que eu tentava atravessar a ponte levadiça, ficava enjoada. Não sei como Baz dá conta.

Agatha diz que nunca vai voltar.

— Só sobre o meu cadáver — ela diz. — E eu já seria um cadáver se não tivesse fugido.

BAZ

Hoje é a cerimônia de encerramento. Como primeiro da classe — ninguém era páreo para mim depois que Bunce largou a escola —, fui orador.

Pedi que Simon não viesse. É um pouco triste, ficar rodeado por feiticeiros o tempo todo quando não se consegue nem sentir a magia.

Eu não queria que ele voltasse a Watford e pensasse em todas as coisas que não é mais. O herdeiro do Mago. Um feiticeiro.

Simon é todo o resto que sempre foi — corajoso, honesto, inflamavelmente lindo (mesmo com a porra daquele rabo) —, mas não acho que ele queira ouvir isso.

Ando com dificuldade em dizer essas coisas, para ser sincero.

Anda difícil pra gente... falar... às vezes. Ultimamente. Não o culpo. Não é como se a vida tivesse mantido as promessas que fez a Simon Snow. Às vezes, sinto que deveria comprar briga com ele, só para restaurar o equilíbrio.

Em suma. Não acho que Simon ia querer estar aqui.

Minha mãe foi oradora na formatura dela. O discurso dela está nos arquivos da escola — eu o encontrei e vou lê-lo hoje. Fala de magia, do dom da magia, e de responsabilidade.

Fala de Watford. De por que minha mãe amava a escola. Ela fez uma lista de tudo o que ia sentir falta: os biscoitos macios de cereja, as aulas de elocução, os trevos do gramado.

Não posso dizer que amo Watford como minha mãe amava.

Para mim, esse sempre foi o lugar que me tiraram dela. O lugar em que ela foi tirada de mim. Era como se eu estudasse em território ocupado.

Ainda assim, eu sabia que ia voltar para terminar meus estudos, mesmo sem Penny ou Simon. Não ia ser o primeiro Pitch de que se tem notícia a abandonar Watford.

Os discursos são feitos na Capela Branca. Os vitrais foram consertados.

Minha tia Fiona está na primeira fileira. Ela dá um gritinho quando dizem meu nome, e noto que meu pai faz uma careta.

Fiona anda muito animada ultimamente, como nunca a vi. Quando o Mago morreu, ela ficou sem saber o que fazer. Acho que queria matá-lo de novo. (E de novo.) Então o conciliábulo a nomeou ao cargo de caçadora de vampiros, e tudo mudou. Ela está em uma força-tarefa secreta agora, e passa a metade do tempo trabalhando em Praga, disfarçada. Vou mudar direto da escola para o apartamento dela. Meus pais queriam que eu fosse para Oxford com eles — estão morando lá agora, no chalé da família —, mas não conseguiria ficar tão distante de Simon. Meu pai ainda não está pronto para aceitar que tenho um namorado, e seria cansativo demais morar em um lugar onde tenho que fingir que não sou um vampiro *nem* uma bicha inveterada.

Quando acabo o discurso, Fiona está chorando e assoando o nariz. Meu pai não chora, mas está emocionado demais para falar direito comigo depois da cerimônia. Só dá tapinhas nas minhas costas e diz:

— Bom homem.

— Vamos, Basil — Fiona diz. — Vou te levar para Chelsea para encher a cara. E só de coisa boa.

— Não posso — digo. — Ainda tem o baile hoje à noite. Eu disse à diretora que iria.

— Você não perde nenhuma oportunidade de usar terno, né?

— Acho que não.

— Tá... A gente enche a cara amanhã. Venho te buscar na hora do chá. Fique atento a nulidades.

É assim que Fiona se despede de mim agora. Eu detesto.

Ainda faltam algumas horas para o baile, então dou uma rápida caminhada pelas colinas do outro lado das muralhas e faço um buquê com flores amarelas e roxas antes de voltar pela ponte levadiça à capela, agora vazia.

Vou até as catacumbas sem nem acender uma tocha. Há anos não me perco aqui embaixo.

Não tenho pressa, então chupo o sangue de todos os ratos que encontro no caminho. A escola vai ficar infestada deles depois que eu for embora.

O túmulo da minha mãe fica dentro de Le Tombeau des Enfants. É uma arcada de pedra marcada por uma placa de bronze, ao fim do túnel coberto por crânios.

Eu teria sido enterrado aqui com ela se tivesse morrido naquele dia. Quer dizer, se tivesse morrido da maneira normal.

Sento à porta — não tem maçaneta ou tranca, é uma placa de pedra encaixada — e deixo as flores.

— Isso pode parecer familiar a você — digo, pegando meu discurso. — Mas acrescentei algumas coisinhas.

Um rato me observa do canto. Decido ignorá-lo.

Quando chego ao fim do discurso, recosto a cabeça na parede.

— Sei que não pode me ouvir — digo, depois de um minuto ou dois. — Sei que não está aqui... Você voltou, e eu não estava. Então fiz o que queria que eu fizesse, o que significa que você provavelmente não vai voltar. — Fecho os olhos. — Mas só queria te dizer que vou seguir sempre em frente. Como eu sou. Não importa o quanto eu pense a respeito, não consigo imaginar nenhum cenário em que você ia querer que eu continuasse assim. Em que *permitiria* isso. Mas acho que é o que você faria nas minhas circunstâncias. Me parece que você nunca desistiu. Nunca.

Solto o ar de maneira pesada e levanto.

Viro para a porta e inclino a cabeça. Falo baixo, para que nenhum dos outros ossos possa ouvir:

— Sei que em geral venho aqui dizer que sinto muito, mas acho que hoje quero dizer que vou ficar bem. Não permita que eu seja uma das coisas que perturbam sua paz, mãe. Estou bem.

Espero por um momento, só... só para garantir. Então saio das catacumbas, tirando o pó da calça.

É um baile de despedida particularmente desanimado. Os poucos amigos que ainda tenho em Watford vieram acompanhados, ou estão me evitando. Dev e Niall ainda não me perdoaram por ter me aproximado de Simon. Dev disse que desperdicei toda a sua infância tramando contra ele.

— E o que é que você pretendia fazer com sua infância? — perguntei.

Dev nem se deu ao trabalho de responder.

Acabo de pé ao lado do ponche, falando com a diretora Bunce sobre prefixos do latim. É um assunto fascinante, mas acho que eu não precisaria ter me arrumado todo para isso.

A diretora parece triste porque Penelope não está aqui. Penso em consolá-la dizendo que Penelope não teria vindo ao baile mesmo se não tivesse largado a escola, mas a diretora já está indo para o outro lado do pátio dar uma olhada nos e-mails.

— Estava esperando sanduíches — alguém resmunga.

Eu ignoro, porque não vim para Watford fazer amigos ou ficar de papo furado, e não vou fazer isso quando já estou de saída.

— Ou pelo menos bolo.

Viro e vejo Simon Snow do outro lado da mesa do ponche. De terno e gravata, com o cabelo penteado e repartido de lado por uma risca bem-feita.

Ele não deveria conseguir se aproximar assim sem que eu percebesse, mas anda com um cheiro diferente — meio doce e dourado. Nada de fogo verde e enxofre.

— Como está a festa? — Simon pergunta.
— Parece mais um velório — eu digo. — Como chegou aqui?
—Vim voando.

Meu queixo cai e ele ri.

— Brincadeira, Penny me trouxe. Ela me deixou no portão.
— Cadê suas asas?
— Ainda estão aqui, mas invisíveis. Já tropeçaram no meu rabo.
— Eu falei pra você enfiar pra dentro da roupa.
— Mas a calça fica esquisita.

Dou risada.

— Não ri de mim — ele diz.
— E quando é que eu vou rir então?

Snow revira os olhos, então dá uma olhadinha nervosa de lado. Na direção da Capela Branca.

—Você não precisa ficar aqui — digo.
— Não — ele diz, depressa. — Preciso, sim. — Solta um pigarro. — Não quero que vá embora sem mim.

Simon Snow não sabe dançar.

O rabo não está ajudando. Pego a ponta na mão esquerda e enrolo em torno do pulso, segurando a lombar de Simon.

— Não temos que fazer isso — eu disse quando viemos para o pátio de pedra onde as pessoas dançavam. — Ninguém precisa saber.

— Saber o quê? — Snow pergunta, baixo. — Da minha obsessão por você? Todo mundo sabe disso.

Ponho mais pressão na mão esquerda, ainda segurando seu rabo e apoiada nas suas costas, e pego sua mão com a minha direita. Ele ergue a outra mão, então a solta como se não soubesse o que fazer com ela.

— Apoia no meu ombro — digo. Ele faz isso. Ergo uma sobrancelha. — Wellbelove nunca te ensinou a dançar?

— Ela tentou — Snow diz. — Mas disse que eu não tinha jeito.

— Ela estava certa — digo.

Pelo menos a música não é tão ruim. "Into My Arms", do Nick Cave. Uma das preferidas de Fiona. É tão lenta que a gente mal precisa se mexer.

Snow está usando um terno caro. Calça preta, colete e gravata pretos, e um paletó de veludo fino — azul-escuro com lapela preta. Deve ser do dr. Wellbelove. Parece um pouco apertado nos ombros, mas não dá para ver onde suas asas estão escondidas. Alguém deve ter lançado um feitiço para deixá-lo assim arrumado.

Mantenho os ombros abertos. Está todo mundo olhando...

Está todo mundo dançando. Está todo mundo no pátio, tomando ponche. O técnico Mac, o Minotauro e a srta. Possibelf estão todos com a taça de ponche parada a meio caminho para os lábios.

— Eles vão saber — digo. — Vão todos comentar.

— O quê?

Simon está a milhões de quilômetros de distância. Ultimamente, sempre está.

— Vão saber que somos gays.

— Ai, vai acabar com minhas oportunidades de emprego — Simon comenta, sem emoção. — E o que minha família vai dizer?

Não sei bem qual é a graça.

Ele olha para meu rosto e bufa, exasperado.

— Baz, você é literalmente a única coisa que tenho a perder. Se você não me odiar por fazer coisas gays em público, não estou nem aí para os outros.

— Só estamos dançando — digo. — Isso não é gay.

— Dançar é sempre gay — ele diz. — Mesmo que não seja com outro cara.

Franzo a testa para ele.

—Você tem a Bunce.

— Pra dançar comigo?

— Não. A perder.

Sua expressão se desfaz.

Eu o puxo para mais perto.

— Não. Só quis dizer que você não tem só a mim. Tem a Bunce também.

— Ela vai pros Estados Unidos.

— Pode ser — digo. — Quem sabe. De qualquer maneira, não vai imediatamente. Além disso, não é porque ela vai pros Estados Unidos que vai sofrer de amnésia. Bunce vai continuar sendo sua amiga. Ela só tem dois amigos e meio. Não acho que vá desistir de vocês.

Snow começa a dizer alguma coisa, então sacode a cabeça uma vez e olha para os próprios pés. Alguns cachos se soltam e caem na testa.

— O que foi? — pergunto, apertando sua mão. Já conheço as mãos dele muito bem. Namorar Simon Snow não vem sendo a agarração erótica que eu sempre imaginei. Por enquanto, envolve muito ficar sentado em silêncio olhando o horizonte, mas ficamos quase o tempo todo de mãos dadas. Snow parece uma criança com medo de se perder no supermercado.

Ele aperta minha mão de volta, mas não levanta a cabeça.

Decido não insistir. Ele está aqui. Apesar de tudo. Dançando de gravata. Já é muita coisa.

Abaixo a cabeça para encostá-la na dele — então Snow levanta a sua com tudo, não pegando meu nariz por pouco. Endireito o corpo.

— Por Crowley, Snow!

Seu rosto está vermelho.

— É que...

Ele pressiona meu ombro.

— O quê?

—Vocês não precisam fazer isso.

— Fazer o quê?

Snow estreita os olhos e range os dentes. As luzinhas penduradas pelo pátio refletem em seu cabelo.

— É que... vocês... não é...

— Palavras, Simon.

—Você e Penny não precisam fazer isso. Eu não... Não sou que nem vocês. Nunca fui... Sou uma fraude.

— Não é verdade.

— Baz. Não sou um mago.

—Você perdeu seu poder — retruco. —Você o sacrificou.

O rabo dele escapa da minha mão. Tende a se movimentar quando Snow está chateado.

— Acho que nunca foi meu — ele diz. — Não sei o que o Mago fez, mas você e Penny estavam certos o tempo todo. Feiticeiros não abandonam seus filhos. Sou um normal.

— Snow.

— Eu era ruim com feitiços porque não deveria ter nenhuma magia! Os portões nem se abriram pra mim hoje à noite. Penny teve que abrir.

Um casal se aproxima, claramente tentando ouvir — Keris e a maldita pixie. Faço cara feia, e elas se afastam.

Snow aperta minha mão e meu ombro com força demais. Eu deixo, ainda que seja muito mais forte que ele.

— *Simon*. Para com isso. É tudo besteira.

— É mesmo? Você e Penny se importam mais com magia que qualquer outra pessoa no Mundo dos Magos. Era isso que você via em mim: poder. Agora já era. Aquela pessoa não era eu.

— Era, sim! — digo. —Você foi o mago mais poderoso que já houve. Foi verdade.

— Eu era uma desculpa esfarrapada de mago, quantas vezes você não me disse isso?

— Só disse porque tinha inveja!

— Tá, você não tem mais nada a invejar agora!

Eu o solto.

— Por que está falando disso?

Simon cerra as mãos em punho e se curva um pouco, como um touro se preparando.

— Porque estou cansado de *esperar*.

— De esperar o quê?

— Que vocês todos parem de sentir pena de mim!

— Nunca vou deixar de me preocupar com você!

É verdade. Ele perdeu a magia. É de partir o coração.

— Não quero isso! — ele diz, por entre os dentes. — Meu lugar não é mais ao seu lado.

—Você está errado. —Volto a pegar sua mão e o envolvo com o outro braço. — O crisol nos juntou.

— O crisol?

— Eu tinha onze anos, havia perdido minha mãe e a minha ama, e o crisol me entregou a você.

— Ele só nos escolheu pra dividir um quarto — Snow diz.

Balanço a cabeça em negativa.

— Sempre foi mais do que isso.

— Éramos inimigos.

—Você era o centro do meu universo — digo. — Tudo girava em torno de você.

— Por causa do que eu era, Baz. Por causa da minha magia.

— *Não*. — Estou quase tão frustrado quanto ele. — Quer dizer, sim. Por Crowley, Snow, *sim*. A magia ajudou. Olhar para você era como olhar diretamente para o céu.

— Nunca mais vai ser assim.

— Não. Graças à magia. — Suspiro audivelmente. —Você como

era antes… Simon Snow, não tinha um dia em que eu achava que íamos os dois sobreviver.

— A quê?

— À *vida*. Você era o sol, e eu era puxado na sua direção. Acordava todas as manhãs pensando: isso vai acabar em chamas.

— Eu botei fogo na floresta mesmo…

— Mas não foi o fim.

— Baz. — Seu rosto se contorce, em tristeza agora, não raiva. — Não vou conseguir te acompanhar. Sou normal agora.

— Simon. Você tem um *rabo*.

— Sabe do que estou falando.

— Olha. — Junto nossas mãos entre nós e levanto seu queixo. — Olha pra mim. Não quero ter que ficar repetindo isso toda vez. É o tipo de coisa que deveria estar nas entrelinhas… — Ele olha nos meus olhos. — Você ainda é Simon Snow. Ainda é o herói desta história…

— Não é uma história!

— *Tudo* é uma história. E você é o herói. Sacrificou tudo por mim.

Ele parece um pouco envergonhado.

— Não por você exatamente…

— Tá. Por mim e pelo resto do mundo mágico.

— Eu só estava tentando resolver os problemas que tinha criado, Baz. Tipo, ninguém ia te chamar de herói se você limpasse seu próprio vômito.

— O que você fez foi muito corajoso. Corajoso, altruísta e sagaz. Você é assim, Simon. Não vou ficar de *saco cheio* de você.

Ele continua me olhando nos olhos. Ele me encara como fez com a dragoa, de queixo erguido.

— Não sou o Escolhido — Simon diz.

Olho em seus olhos e sorrio. Meu braço é uma faixa de aço em torno de sua cintura.

— Eu te escolho — digo. — Simon Snow, eu te escolho.

Ele nem pisca, sua expressão não se abranda. Por um momento, acho que vai me dar um soco — ou bater com sua cabeça dura na minha. Em vez disso, ele aproxima o rosto do meu com tudo e me beija. Ainda é um desafio.

Eu me seguro. Solto sua mão e seguro seu pescoço. Snow aproxima o corpo do meu, e eu aceito. Não cedo um centímetro. (É uma confusão, sinceramente, e se meus dentes fizerem um corte em seus lábios pode ser desastroso.)

Quando o beijo chega ao fim, Snow está arfando. Pressiono a testa contra a dele e sinto a tensão deixar seu pescoço e suas costas.

—Você pode mudar de ideia — ele diz.

— Não vou mudar.

Balanço a cabeça em negativa, sem descolar a testa da dele.

— Sempre vou ser menos que você — Snow sussurra.

— Eu sei. É um sonho que se torna realidade.

Isso o faz rir um pouco, de um jeito patético.

— Mesmo assim — ele diz. —Você ainda pode mudar de ideia.

— Ambos podemos — digo. — Mas eu não vou mudar.

Eu deveria saber que dançar com Simon Snow seria assim. Como uma luta parada. Com redenção mútua.

Seus braços enlaçam meu pescoço e ele se encosta em mim. Ou esqueceu que está todo mundo olhando ou não se importa.

— Baz?

— Oi?

—Você ainda é amigo da cozinheira?

— Acho que sim.

— É que... achei mesmo que fosse ter uns sanduíches.

AGATHA

O sol brilha todos os dias na Califórnia.

Divido um apartamento com outras duas meninas da escola. Tem uma varandinha, onde eu sento com Lucy quando volto da aula e só fico ali... ao sol.

Lucy é minha cachorra nova, uma cavalier. Eu a encontrei na neve quando fugia de Watford. Sabia que talvez estivesse morta, mas não quis confirmar na hora. Só a peguei e continuei correndo.

Sei que Penny nunca vai me perdoar por ter fugido aquele dia, mas eu não podia voltar. Não podia. Nunca tive mais certeza de como me manter viva.

Eu precisava correr.

Tecnicamente, o lugar mais distante de Watford no mundo é a leste da Nova Zelândia, no meio do Pacífico, mas a Califórnia *parece* mais longe.

Deixei todas as minhas roupas em casa.

Uso vestidinhos de verão agora, com sandalinhas de dedo presas no tornozelo.

Deixei minha varinha em casa também. Minha mãe ia ter um troço se soubesse. Ela vive perguntando se conheci algum feiticeiro. A Califórnia faz muito sucesso entre os magos, minha mãe diz. Tem até um clube exclusivo em Palm Springs.

Não estou nem aí. Moro em San Diego. Meus amigos trabalham em restaurantes, escritórios e shoppings, e saio com garotos que usam gorros escuros até no verão. Nas noites de semana, estudo; nos fins de semana, vamos à praia. Gasto o dinheiro que meus pais me dão pagando a mensalidade e comendo tacos.

É tudo muito normal.

A única pessoa da minha vida antiga com quem ainda falo, além de meus pais e Helen, é Penelope. Ela vive me mandando mensagens. Evito responder, mas isso não funciona com ela.

Penelope me conta como Simon está. Ela também me contou tudo sobre os julgamentos. Achei que pudesse ter que voltar para depor como testemunha, mas o conciliábulo permitiu que eu fizesse meu relato por escrito.

Foi o mais perto que cheguei de falar com qualquer pessoa sobre o que aconteceu.

Sobre o que eu vi.

Sobre Ebb.

Eu não era próxima dela. Ebb era amiga de Simon. Sempre achei que ela era meio excêntrica, morando naquela cabana, passando os dias com cabras.

Mas agora sei mais a seu respeito.

Ebb era uma feiticeira poderosa, que não fazia o que feiticeiros poderosos fazem. Ela não queria estar no comando. Não queria controlar ninguém. Ou lutar. Só queria ficar em Watford tomando conta das cabras.

Mas nem isso a deixaram fazer.

Tipo, como se não quisessem deixá-la em paz. Ebb morreu em uma guerra que não tinha nada a ver com ela. Não há como abandonar o Mundo dos Magos. Não é possível recusá-lo com educação.

Não sei por que ela voltou para me salvar. Mal nos falávamos.

Penny diz que devo honrar a memória de Ebb ajudando a construir um Mundo dos Magos melhor...

Mas talvez eu deva honrar sua memória dando o fora, como ela tentou fazer.

Afinal, Ebb me mandou fugir.

Ainda tenho a foto do Mago com Lucy. Eu a prendi no espelho da porta do quarto. Às vezes penso em Lucy quando estou me vestindo.

Ela conseguiu escapar.

Me pergunto se ainda está aqui, na Califórnia. Se tem uma família. Talvez eu a encontre por acaso no mercado. (Não vou dizer a ela que batizei minha cachorra em sua homenagem.)

Acho que um dia vou mandar a foto para Simon.

Ainda não estou pronta para falar com ele, e não sei bem se ele já está pronto para receber uma foto do Mago pelo correio...

Mas acho que Simon talvez seja a única pessoa que realmente o amava. Sei que ele o matou, mas provavelmente foi quem ficou mais triste com sua partida.

SIMON

Ainda que eu seja o único aqui sem magia, ninguém me ajuda a carregar as caixas quatro lances de escada acima.

— Você — digo a Baz, deixando uma caixa cair no sofá — tem uma força descomunal. Poderia fazer metade das viagens de que vou precisar.

— É... — Ele tira a tampa do café da Starbucks para lamber o chantili. — Mas os vizinhos normais iam estranhar, e eles já estão curiosos quanto ao jovem bonitão que assombra a porta dia e noite.

— Os vizinhos nem sabem que estamos mudando. Estão todos no trabalho.

— Bom, eles vão fazer essa pergunta quando derem uma olhada em nós. Somos mais descolados, misteriosos e bonitos do que qualquer casal deveria ter o direito de ser. — Ele olha para mim e afasta o café da boca. — Falando nisso, vem aqui, Snow. Sua asa está aparecendo.

Achei que as asas iam desaparecer, ou até cair, depois que transferi minha magia para o Oco. Penny diz que não é só porque perdi minha magia que aquilo que foi feito com ela vai ser desfeito.

Meu rabo continua aqui também. Baz não para de tirar sarro dele.

— Não é nem um rabo de dragão. Você se deu um rabo de diabo de desenho animado.

— Tenho certeza de que o dr. Wellbelove poderia tirar — digo.

— É melhor pensar direito antes de fazer qualquer coisa.

Penny lança esses-não-são-os-droides-que-você-está-procurando em mim todas manhãs, para que os normais não notem meus apêndices de dragão, mas o feitiço não aguenta até a noite. Tenho medo de que as asas e o rabo voltem no meio de uma aula.

— É só dizer que está no teatro — Baz aconselhou.

— Que tipo de teatro?

— Sei lá. É o que minha tia dizia quando alguém notava minhas presas.

Sento na mesa de centro — que trouxe pra cima sozinho —, à frente de Baz. Ele me entrega o café e eu tomo um gole.

— O que é isso?

— Mocaccino de abóbora. Eu mesmo inventei.

— Parece uma barra de chocolate derretida — digo. — Achei que fôssemos tomar chá.

— Bunce não te comprou uma chaleira? Você tem que começar a se virar, Snow. Ser autossuficiente. — Ele aponta a varinha para cima do meu ombro e toca minha asa com ela. — *Não tem nada pra ver aqui!*

— Ah, Baz, fala sério. Você sabe que eu odeio esse feitiço. Agora as pessoas vão ficar trombando comigo o tempo todo.

— Em cavalo dado não se olha os dentes. Não sei aquele feitiço dos robôs que a Bunce faz.

Penny aparece, saída de seu quarto.

— Simon, você viu minha bola de cristal?

— Deveria ter visto?

— Está em uma caixa escrito CUIDADO: BOLA DE CRISTAL. Ah, oi, Baz. O que está fazendo aqui?

— Vou estar por aqui o tempo todo, Bunce. Vou assombrar sua porta dia e noite.

— Você veio ajudar com a mudança?

Ele volta a tampar o copo de café.

— Hum… não.

Baz e eu falamos sobre morar juntos depois que se formasse em Watford. Ele voltou para se formar, mas eu não podia. Quer dizer, *po-*

dia, ainda que estivesse sob prisão domiciliar. A mãe de Penelope teria deixado.

Só voltei uma vez, para o baile de Baz, na primavera. Talvez volte um dia. Quando tudo parecer distante. Gostaria de visitar o túmulo de Ebb, nas profundezas da floresta.

Agatha não voltou à escola também. Seus pais não a obrigaram. Ela está estudando na Califórnia agora. Penny diz que adotou um cachorro. Não falei com ela. Não falei com ninguém por um tempo, a não ser com Baz e Penelope.

Houve um inquérito de três meses depois da morte do Mago. No fim, fui inocentado. Penny também. Quando ela fez o feitiço, não tinha ideia de que eu ia dizer o que disse — e eu não tinha ideia de que o que eu disse ia matar o Mago.

Achei que o Mundo dos Magos fosse ruir sem ele, mas já faz sete meses e não houve guerra. Acho que a guerra nunca vai chegar.

O Mago não foi substituído.

O conciliábulo decidiu que o Mundo dos Magos não precisa de um líder no momento. O dr. Wellbelove sugeriu que eu concorresse à posição que o Mago deixou vaga no conciliábulo, e tentei não rir como um louco na cara dele.

Mas acho que é o que eu sou... um louco.

Quer dizer, devo ser.

Estou fazendo terapia com uma psicóloga mágica em Chicago. Ela é, tipo, uma das três que existem no mundo. Fazemos nossas sessões por Skype. Quero que Baz se consulte com ela também, mas até agora ele mudou de assunto toda vez que sugeri.

A família dele se mudou para outra propriedade, mais ao norte.

A magia de Hampshire não voltou. Nem a de qualquer um dos pontos mortos — mas não apareceu nenhum buraco novo desde o Natal. (Dezenas se abriram naquele dia. Me sinto muito mal a respeito, porque esses pelo menos eu poderia ter evitado.) O pai de Penny vive me ligando para garantir que não estão piorando. Até o acompanhei em algumas pesquisas de campo. Visitar buracos não me incomoda tanto quanto a outros feiticeiros. Não tenho mais magia a perder. Quer dizer... me incomoda, mas por outros motivos.

O pai de Penny acha que a magia vai acabar voltando aos pontos mortos um dia. Ele me mostrou estudos sobre plantas crescendo em Tchernóbil e sobre a experiência com o condor-da-califórnia. Quando contei a ele que pretendia fazer faculdade, o sr. Bunce me disse que eu devia estudar ecologia da restauração.

— Pode ser um processo curativo, Simon.

Não sei. Vou começar com o ciclo básico e ver no que dá.

As aulas de Baz na Escola de Economia de Londres vão começar em algumas semanas. Os pais dele estudaram em Oxford, mas Baz diz que prefere ter uma estaca enfiada em seu coração a sair de Londres.

— Isso funciona? — perguntei a ele.

— O quê?

— A estaca no coração.

— Acho que isso mataria qualquer um, Snow.

Ele me chama de Simon de vez em quando, mas só quando estamos sendo muito carinhosos um com o outro. (Isso continua acontecendo, então acho que sou mesmo gay, mas minha terapeuta diz que não está nem perto das cinco principais questões que tenho que trabalhar no momento.)

Enfim, Baz e eu pensamos em alugar um apartamento juntos, mas decidimos que, depois de sete anos, talvez fosse bom morar com outras pessoas. Penny e eu sempre falamos em dividir um lugar.

Nunca achei que fosse mesmo acontecer.

Nunca achei que houvesse um caminho que nos traria até aqui, um apartamento de dois quartos no quarto andar com uma chaleira e um vampiro de olhos cinza sentado no sofá, mexendo no celular novo.

Nunca achei que houvesse um caminho que permitisse que eu e ele continuássemos vivos.

Quando se olha por esse lado, não tive que desistir de muita coisa. Troquei minha magia pela vida de Baz. Pela minha.

Às vezes sonho que ainda a tenho. Sonho que explodo, então acordo, arfando, sem saber se aconteceu ou não.

Mas nunca há fumaça. Meu hálito não queima. Minha pele não brilha. Não sinto uma supernova se formar no meu peito.

Só suor, pânico e meu coração batendo acelerado — e a terapeuta de Chicago diz que tudo isso é normal para alguém como eu.

— Um supervilão derrotado? — pergunto.

Ela sorri, com distanciamento profissional.

— Uma vítima de trauma.

Não me sinto uma vítima de trauma. Me sinto como uma casa depois de um incêndio. E às vezes como alguém que morreu e permaneceu no corpo. E às vezes sinto como se *outra* pessoa tivesse morrido, como se outra pessoa tivesse sacrificado tudo para que eu pudesse ter uma vida normal.

Com asas.

E um rabo.

E vampiros.

E feiticeiros.

E um garoto nos meus braços, em vez de uma garota.

E um final feliz, ainda que não seja o tipo de final feliz que eu teria sonhado para mim mesmo, nem esperado.

E uma oportunidade.

— Que horas são? — Penny pergunta. — É muito cedo para o chá? Tem biscoitos em alguma dessas caixas. Posso fazer um feitiço.

Baz ergue os olhos da tela do celular.

— O Escolhido vai fazer chá pra gente, como um normal — ele diz. — É terapia ocupacional.

— Já sei fazer chá — digo. — E queria que você parasse de me chamar assim.

— Mas você era mesmo o Escolhido — Penny diz. — Você foi escolhido para acabar com o Mundo dos Magos. O fato de ter fracassado não muda isso.

— A profecia toda era a maior bobagem — digo. — *E surgirá aquele que virá para acabar conosco. E surgirá aquele que representará sua queda.* Não fui responsável pela minha própria queda?

— Não — Baz diz. — Esse sou eu. Óbvio.

— E como você representou minha queda? Eu impedi o Oco.

Baz olha para o celular, entediado.

—Você caiu de amores por mim, não foi?

Penny grunhe, mas Baz começa a rir, ainda que tente segurar o sorriso.

— Chega de papinho! — Penny diz, se jogando em uma poltrona que seus pais nos deram. (Que eu também trouxe para cima sozinho.) — Já aguentei conversinha demais pra vida toda. Estou com fome, Simon. Acha os biscoitos.

Baz sorri, então se inclina e beija meu pescoço. (Tenho uma pinta ali, e ele a encara como um alvo.)

—Vai lá então — ele diz. — Sempre em frente, Simon.

AGRADECIMENTOS

Joy DeLyria e eu nunca nos encontramos pessoalmente ou falamos no celular, e às vezes passamos meses sem trocar e-mails. Mesmo assim, *sempre* que me sentia desesperada e perdida com este livro, ela me mandava um e-mail dizendo: "Como anda o Simon?".

Sempre me ajudava a desempacar.

Obrigada, Joy, por torcer tão apaixonadamente por esses personagens e por ser tão generosa com seus bons conselhos.

Agradeço também a Leigh Bardugo e David Levithan por serem bons amigos e bons leitores. (Mesmo que um de vocês tenha sido tão duro que me fez chorar.) (No caso, Leigh.)

Obrigada a Susie Day por ter ouvido todos os diálogos e conversado comigo a respeito. A Keris Stainton, que respondeu a inúmeras questões sobre a vida britânica. Se estes personagens parecem americanos — ou pior —, é apesar da paciência delas.

Agradeço a meu marido, Kai, pelo amor e encorajamento, e pelos clichês infinitos.

A Christopher Schelling, que insistiu em matar mais personagens.

A Sara Goodman, que me deu tanta liberdade como autora e tanto apoio como amiga.

Às pessoas maravilhosas da St. Martin's Press, que vivem me surpreendendo com sua criatividade e seu entusiasmo.

Finalmente, agradeço a Nicola Barr, Rachel Petty e todo mundo na Macmillan Children's Books, por fazerem com que eu me sentisse tão bem-vinda no Reino Unido e por produzirem livros maravilhosos.

1ª EDIÇÃO [2015] 4 reimpressões

ESTA OBRA FOI COMPOSTA POR OSMANE GARCIA FILHO EM BEMBO E IMPRESSA PELA GRÁFICA SANTA MARTA EM OFSETE SOBRE PAPEL PÓLEN SOFT DA SUZANO S.A. PARA A EDITORA SCHWARCZ EM ABRIL DE 2022

A marca FSC® é a garantia de que a madeira utilizada na fabricação do papel deste livro provém de florestas que foram gerenciadas de maneira ambientalmente correta, socialmente justa e economicamente viável, além de outras fontes de origem controlada.